Vera Buck
Der Algorithmus der Menschlichkeit

VERA BUCK

Der Algorithmus der Menschlichkeit

Roman

LIMES

Das Zitat auf Seite 249 stammt aus Douglas Adams
»Das Restaurant am Ende des Universums«,
Kein & Aber AG Zürich, S. 170
Das Zitat auf Seite 323 stammt aus Antoine de Saint-Éxupéry
»Der kleine Prinz«, Aura Books 2015, S. 100 f.

MIX
Papier aus verantwortungsvollen Quellen
FSC® C014496

Penguin Random House Verlagsgruppe FSC® N001967

1. Auflage 2021

Redaktion: Angela Küpper
Umschlaggestaltung: © Johannes Wiebel | punchdesign, unter
Verwendung von Motiven von Shutterstock.com (Valenty; Paladin12)
JB · Herstellung: sam
Satz: Vornehm Mediengestaltung GmbH, München
Druck und Bindung: GGP Media GmbH, Pößneck
Printed in Germany
ISBN 978-3-8090-2728-7

www.limes-verlag.de

Für den Menschen.
Weil ihr vollständige Mysterien seid.

Das gilt vor allem für Frauen.

Gottseins Gnade

Als Dr. Thaddaeus Gottsein in den Besucherraum der Haftanstalt trat, hatte er tatsächlich etwas von einer himmlischen Erscheinung. Sehr prominent stand er plötzlich da, vom Neonlicht des Getränkeautomaten umrahmt wie von einem Heiligenschein. Das Licht ließ die ergrauenden Haare leuchten, das rein gewaschene Hemd und die Turnschuhe, die so sauber waren, weil Gottsein bis vor Kurzem nur Klinikflure mit ihnen entlanggelaufen war. Lediglich sein Bart war noch nicht so lang, wie man es nach der Betrachtung entsprechender Bilder hätte erwarten können, und seine Jeans wirkte wenig göttlich. Sie wirkte auch nicht ärztlich. Was der Hauptgrund war, warum Gottsein sie trug.

Während alle Welt nach denen fahndete, die möglicherweise in Gottseins vorübergehende Ermordung involviert gewesen waren, hatte er selbst etwas ganz anderes zu finden versucht, nämlich sich selbst in einer Meditations-App. Es war sicherlich nichts falsch an seiner Tätigkeit als Arzt gewesen. Gottsein hatte viele Leute glücklich gemacht, einschließlich sich selbst, seiner Frau und ihres gemeinsamen Bankkontos, für eine Zeit. Aber wenn im Leben erst mal etwas in Schieflage gerät, wenn man zum Beispiel stirbt und dann wiederaufersteht, wie es bei Gottsein der Fall war, dann verändert dieser schiefe Winkel die

Perspektive sehr umfassend. Selbst das, was vorher noch nach Ordnung aussah, wirkt mit einem Mal windschief und verzogen und muss neu ausgelotet werden. Und das tat Gottsein im Moment.

Weil er bereits geahnt hatte, wie viel Zeit solch eine Neuauslotung brauchte, hatte er sich selbst von der Arbeit freigestellt. Und seine Frau, die schon immer seine größte Unterstützung im Leben gewesen war, hatte auch diesmal gewusst, was ihr Mann am meisten brauchte, und ihn ebenfalls freigestellt. Als Gottsein nach seinem Krankenhausaufenthalt sehr zittrig die Haustür im heimischen München aufgeschlossen hatte, hatte in der Schlüsselschüssel aus Porzellan ein sorgsam beschrifteter Zettel mit einer Nachricht an ihn gelegen: »Dreckhammel verdammter, du g'hörst mit der Scheißbürst'n ausg'haun.«

Gottseins Frau hatte die Koffer und Kinder gepackt und ihn verlassen. Von allem, was es im Haus zuvor an Leben und Lebendigem gegeben hatte, hatte sie nur den Hund dagelassen. Man könnte das für umsichtig halten, denn jeder weiß ja, dass Tiere einen Instinkt für aus dem Lot geratene Situationen haben. Aber Gottseins Frau hatte den Hund dagelassen, weil sie ihn nie gewollt hatte.

Gottseins Hund war Gottseins Hund. Er hatte ihn eines Tages als Überraschung für die Familie mitgebracht, weil eine Familie in seinen Augen einen Hund brauchte und umgekehrt. Was er dabei nicht bedacht hatte, war, dass ein Hund auch jemanden braucht, der dreimal am Tag mit ihm spazieren geht und der ihn davon abhält, die Schuhe anzukauen und die Wohnzimmerkissen vollzuhaaren, und der überhaupt sehr viel putzt und sprüht, um die entsprechenden Spuren und Gerüche zu verwischen, die ein Hund eben so mit sich bringt. Ein Hund kann den optischen

Eindruck vermitteln, er sei ein Meerschwein. Er kann so wenig wie ein Wolf aussehen, wie er will. Sobald er einem warm ins Gesicht hechelt, weiß man eben doch, wie es um die Verwandtschaftsverhältnisse steht.

Gottseins Hund jedenfalls sah nicht aus wie ein Meerschwein, sondern wie eine beinahe reinrassige Deutsche Dogge. Und er schiss auch so. Wenn Gottsein mit ihm spazieren ging, nahm er nun immer eine Schaufel mit und einen Plastiksack, der etwas größer war als die von der Stadt bereitgestellten Normsäckchen für Hundehaufen. Gottsein sah es als Zeichen. Sein Weg zur Läuterung war steinig, führte durch den Englischen Garten und war mit Hundekot besät.

»Der Hund darf hier aber nicht rein«, sagte der Beamte an der Tür zum Besucherraum. Also sprach Gottsein: »Sitz. Du sollst sitzen.«

Und dann betraten er und der Beamte den Besucherraum, während der Hund noch immer interessiert vor der Scheibe stand, als sei er ein Besucher in der Neugeborenenstation.

Gottsein setzte sich vor Mari an den Tisch wie einer, der es gewohnt war, sich vor einen Patienten zu setzen. Er lehnte sich zurück und betrachtete sie aufmerksam, und fast erwartete Mari, dass er gleich eine Patientenakte zücken würde. Dass er fragen würde: Was fehlt uns denn? Oder: Wie geht es uns denn heute? Doch stattdessen sagte Gottsein: »Da sind wir also.« Die Banalitäten, mit denen die Menschen ihre Gespräche eröffneten, machten auch vor Bildungsschichten keinen Halt.

Mari lächelte ebenso unverbindlich interessiert wie der Hund draußen vor der Scheibe. Sie hegte keinen Groll gegen den Doktor. Sie hatte Gottsein umgebracht und dann wiederbelebt, was mehr war, als man im Durchschnitt gegen und für jemanden unternahm. Die eine Tat glich die andere aus.

»Wie geht es uns denn heute?«, fragte sie, um ihm den Einstieg zu erleichtern. Und dann erzählte Gottsein. Er erzählte nicht nur, wie es ihm heute ging, sondern auch, wie es ihm in den letzten Wochen gegangen war und in den Monaten und Jahren davor, in den »Frevlerjahren«, wie er sich ausdrückte, und damit meinte er nicht nur seine unterdrückten pädophilen Neigungen, sondern auch den falschen Ehrgeiz bei der Arbeit und die verpasste Zeit mit seiner Familie. Er redete von dieser Zeit tatsächlich so, als stamme sie aus einem anderen Leben. Als habe Mari ihn bei der Reanimation nicht nur wieder-, sondern gleich neubelebt.

»So eine zweite Chance bekommt nicht jeder«, sagte er immer wieder, und dass Mari ihn auf einen neuen Weg gebracht habe. Einen Weg nämlich, dessen Rand nicht nur von ein Pfund schweren Hundehaufen gesäumt war, sondern auch von Religionen.

Gottsein war, nach menschlichen Maßstäben, immer ein recht rationaler Mann gewesen. Einer, der Religion für eine Erfindung gehalten hatte, die nach und nach von der Gegenwart eingeholt und verdrängt sein würde, höchstens noch aufrechterhalten von hoffnungslosen Nostalgikern – in etwa so, wie es mit Schallplatten oder VHS-Videokassetten oder dem Schuhlöffel passiert war.

Aber wie sollte einer, der selbst von den Toten auferstanden war, sich jetzt noch gegen Jesus wehren? Und wenn diese Sache mit Jesus stimmte, wie konnte man sich dann sicher sein, dass nicht auch das mit Gott und Allah und Brahma, Vishnu und Shiva und vielleicht sogar

Zeus und den fünf Geschwistern von Zeus und den zehn göttlichen Kindern von Zeus stimmte? Nach ausführlicher Beschäftigung mit den verschiedensten Glaubensrichtungen, nach Besuchen von Kirchen, Tempeln und Moscheen war Gottsein zu dem Schluss gekommen, dass man nicht wissen konnte, welche Religion die einzig wahre war. Und dass man, um keinen Fehler zu begehen, allen Göttern und Propheten eine Chance geben müsse. Natürlich gab es da ein paar Lehren, die sich ausschlossen. Das christliche Gebot, man dürfe keine anderen Götter neben Gott haben, war zum Beispiel so ein Problem. Aber wenn man diese Misshelligkeiten rausrechnete, gab es immer noch genügend Gebote und Bestimmungen, nach denen sich leben ließ. Gottsein war polyreligiös geworden, das hieß, seine Verrücktheit hatte sich verschoben. Als Nächstes wollte er übrigens nach Nigeria reisen, um sich dort mit dem Glauben afrikanischer Naturreligionen zu befassen.

»Nach Nigeria?«, fragte Mari.

»Genau.«

»Haben Sie sich das gut überlegt?«

»Es gibt da eine sehr interessante Religion, die sich Juju-Glauben nennt.«

»Und über die können Sie im Internet nicht vielleicht einfacher Informationen finden?«

Gottsein lächelte. »Natürlich muss man rechts, links ein wenig aufpassen«, sagte er, als handele es sich bei Nigeria um einen Zebrastreifen, »aber statistisch gesehen passieren die meisten Unfälle ja auch gar nicht auf Reisen, sondern im eigenen Haushalt.«

Mari hielt es generell für einen erfreulichen Ansatz, dass ein Mensch auf die Idee kam, sein verzerrtes Weltbild durch Statistiken zu objektivieren. Noch erfreulicher wäre es allerdings gewesen, wenn die Statistik zur Sachlage gepasst hätte. Dass Gottsein in Nigeria nicht beim Putzen verunglücken würde, bedeutete schließlich nicht, dass es der bestmögliche Ort für seine persönliche Sicherheitslage war. Ganz abgesehen davon, dass ein Zusammenstoß mit Boko Haram mit höherer Wahrscheinlichkeit tödlicher endete als der Zusammenstoß mit der hauseigenen Heckenschere. Statistisch gesehen.

»Es ist jedenfalls interessant, dass ausgerechnet Sie sich um meine Sicherheit sorgen«, sagte Gottsein. »Wo Sie mich doch selbst schon mal umgebracht haben.«

»Ich habe Sie auch wiederbelebt.«

»Das haben Sie.«

»Außerdem wollte ich Sie nicht umbringen. Ich wollte Sie nur in angemessenem Maße stark verletzen.«

»In angemessenem Maße …«, murmelte Gottsein und blickte auf seine gefalteten Hände im Schoß. Er hatte einen Weg gefunden, wie er gleichzeitig die Hände falten und die Spitzen von Daumen und Zeigefinger zusammenlegen konnte. Dann räusperte er sich. »Ich bin jetzt in Therapie, wissen Sie? Wegen meiner … Neigungen.«

Das hielt Mari für eine ausgezeichnete Idee.

»Die Spaziergänge mit meinem Hund helfen auch. Und die Gespräche mit ihm. So viel wie mit ihm derzeit habe ich nicht mal mit meiner Frau gesprochen.«

Sie blickten zur Glastür. Vor der platt gedrückten Hundenase hatte sich ein weißer Atemkreis gebildet.

»Was machen Sie mit Ihrem Hund, wenn Sie nach Nigeria gehen?«, fragte Mari.

»Höchstwahrscheinlich nehme ich ihn mit.«

»Höchstwahrscheinlich ist das eine schlechte Idee.«

»Warum?«

Mari überlegte, ob sie mit ihrer Erklärung bei den Giftschlangen, den Löwen oder doch bei dem nigerianischen Festival anfangen sollte, bei dem alljährlich Hunderte Hunde geköpft, gegrillt und verspeist wurden, nachdem man ihr Blut zuvor auf Götterstatuen gesprenkelt hatte. Sie entschied sich für Letzteres. Religion war ja gerade ein angesagtes Interessengebiet bei Gottsein.

»Das ist ja barbarisch!«, keuchte Gottsein. »Die essen da wirklich Hunde?«

Es war aus rationalen Gesichtspunkten nicht einleuchtend, warum es weniger barbarisch war, Schweine, Hühner oder Kälber zu köpfen und ihre Körperteile, einzeln eingeschweißt und tiefgefroren, in alle Himmelsrichtungen zu verteilen. Aber Mari hatte gelernt, dass da kulturelle Unterschiede vorlagen. Und wo der Mensch seine Kultur hatte, brauchte man ihm mit Vernunftfragen nicht zu kommen.

»Wo soll ich denn dann mit ihm hin?« Gottsein wandte sich erneut der Glastür zu. Der Kreis vor der Hundeschnauze war inzwischen groß und undurchsichtig geworden. Nur noch die silbergrauen Ohren waren zu sehen. »Meine Frau ist mit den Kindern verschwunden, und der einzige Mensch, mit dem ich im Moment noch zu tun habe, ist mein Therapeut. Aber der hat eine Tierhaarallergie. Es sei denn ... Denken Sie, es wäre möglich, dass Sie sich um ihn kümmern?«

»Ich?«

»Er ist ein sehr artiger Hund«, log Gottsein.

»Ich sitze in Untersuchungshaft.«

»Ich habe irgendwo mal gelesen, dass Katzen jetzt in einigen Gefängnissen erlaubt sind. Wegen des therapeutischen Effekts.«

»Ich habe hier noch keine Katzen gesehen.«

»Niemand hat mehr Therapieerfahrung als dieser Hund, glauben Sie mir. Er ist quasi eine wandelnde Therapiecouch.«

»Aber ich brauche keine Therapie.«

»Das habe ich früher auch gedacht. Bevor ich gestorben bin.«

»Wollen Sie nicht einfach zusammen mit dem Hund hierbleiben? Und niemand geht nach Nigeria?«

»Ausgeschlossen. Diese Reise ist wichtig für mich. Wenn der Hund nicht hierbleiben kann, begleitet er mich.«

Mari schwieg, um nachzudenken. Generell hatte sie kein Problem damit, sich um einen Hund zu kümmern. Hunde waren einfacher zu halten als Menschen, da weniger unlogisch. Und wenn sie die Optionen gegeneinander abwägte, standen die Aussichten, ein erfolgreiches Gespräch mit dem Leiter der Untersuchungshaft zu führen, besser als der Dialog mit Boko Haram oder mit einem nigerianischen Löwen oder mit einem Festivalbesucher, der gerade ein Beil in der Hand hielt und Hunger auf Hund hatte.

»In Ordnung.«

»Wirklich? Danke!« Gottsein nahm ihre Hand in seine, als er aufstand. Seine Finger waren weiß und etwas schwammig. So wie Finger aussahen, die ihr halbes Dasein in ärztlichen Einmalhandschuhen gefristet hatten. »Wenn Sie irgendwann mal etwas brauchen sollten, lassen Sie es mich wissen.«

»Dann sind Sie mir nicht mehr böse, dass ich Sie umgebracht habe?«

»Böse? Ganz im Gegenteil! Ich bin Ihnen dankbar! Von Ihnen umgebracht zu werden ist das Beste, was mir passieren konnte! Schauen Sie doch, wohin es mich geführt hat!«

»Nach … Nigeria?«

»In Gottes Arme!«

Gottsein legte nun auch die zweite Hand auf die von Mari. Seine Augen wässerten.

»Welcher Gott jetzt genau?«, fragte Mari.

»Das ist doch irrelevant. Vorher waren da keine Arme, und jetzt sind da Arme. Das ist alles, was zählt.«

Er ließ Maris Hand los, ging zur Tür und öffnete sie. Seine Therapiecouch stand schwanzwedelnd davor.

»Wie heißt er überhaupt?«, fragte Mari.

»Ödipus«, sagte Gottsein. »Nach dem Thema, über das meine Frau promoviert hat.«

»Ihre Frau hat griechische Mythologie studiert?«

»Psychologie«, korrigierte Gottsein. »Ich hole ihn natürlich wieder ab, wenn ich aus Nigeria zurückkehre.«

Was das betraf, schätzte Mari die Wahrscheinlichkeit als sehr gering ein.

»Ich werde diesmal nicht da sein, um Sie zu reanimieren«, sagte sie.

»Das ist tatsächlich ein Verlust«, lächelte Gottsein. Dann beugte er sich zu Ödipus herunter und tätschelte ihm den Kopf so zärtlich, wie man einem Therapeuten eigentlich nicht den Kopf tätscheln sollte.

»Nochmals danke. Für alles«, sagte er. Zu Ödipus, zu Mari, zu den Armen, die ihn neuerdings hielten. »Und nun mach fein Sitz und sei artig, bis ich wieder da bin.« Er legte seine Hand auf eine Stelle, auf die man sie bei seinem Therapeuten ebenfalls nicht legen sollte, und versuchte, Ödipus' Hintern auf den Boden zu drücken. Aber der Hund war stabil geboren und hatte seinen eigenen Kopf. Er leckte sich mit der Zunge über die eigene Nase und blieb stehen.

»Er ist übrigens eine fast reinrassige Deutsche Dogge«, sagte Gottsein.

»Ja, das sehe ich«, sagte Mari, die den Hund bereits mit den bekannten Hunderassen in ihrem System abgeglichen hatte. »Wieso fast reinrassig?«

»Er ist eigentlich ein bisschen größer als der Durchschnitt. Darum meint der Tierarzt, es muss noch etwas anderes drin sein als nur Dogge.«

Das war interessant. Mari hatte noch nie gehört, dass man bei einem Menschen, der etwas größer war als der Durchschnitt, davon ausging, es müsste noch etwas anderes mit drin sein als nur Mensch.

Gottsein tätschelte ein letztes Mal den Kopf der Dogge.

»Passen Sie auf sich auf«, sagte er so ernst, als sei es Mari, die nach Nigeria reisen und Boko Haram nach religiösen Philosophien befragen wollte.

»Und Sie auf sich«, sagte Mari.

Als Gottsein ging, machte Ödipus, die schwanzwedelnde Therapiecouch, keine Anstalten, seinem Herrn zu folgen.

Ein Experte

Der Hund kann auf gar keinen Fall hierbleiben«, sagte der Wärter. »Ich rufe jetzt sofort seinen Besitzer an.«

»Ich bin jetzt der vorübergehende Besitzer«, informierte ihn Mari und kraulte Ödipus hinter den hängen gelassenen Ohren. Der Wärter blickte sie betroffen an.

»Was ist mit dem richtigen Besitzer passiert?«

»Der ist nach Nigeria gegangen, um etwas zu suchen.«

»Was will er da denn suchen? Ärger?«

»Sich selbst.«

Nun blickte der Wärter noch betroffener.

»Wie dem auch sei. Ein Hund gehört nicht ins Gefängnis.«

»Er ist eine beinahe reinrassige Deutsche Dogge«, sagte Mari, in der Hoffnung, der Wärter würde einsehen, dass so etwas eher in ein deutsches Gefängnis gehörte als in einen nigerianischen Urwald. Aber diese Einsicht hatte der Wärter nicht.

»Ich habe nun schon so viele Zugeständnisse gemacht«, sagte er.

»Da kommt es doch auf eins mehr oder weniger auch nicht an«, sagte Mari. Doch diesmal blieb der Wärter hart.

»Der Hund wird entfernt. Wenn er nicht zu seinem Besitzer kann, dann muss er eben ins Tierheim.«

»Wussten Sie, dass die Tierheime in den Sommermonaten Aufnahmestopp haben, weil statistisch gesehen …?«

»Das ist ja nun kein Grund, sein Haustier stattdessen bei uns abzugeben. Wir sind ein Gefängnis.«

»Er ist übrigens ein Therapiehund.«

»Dann geben Sie ihn dieser jungen Dame, die hier täglich für Sie hereinschneit. Die mit den tausend Piercings. Sie sieht aus, als könne sie eine Therapie gebrauchen.«

Mari blickte Ödipus an. Für Friedas Therapie wäre sicher mehr als nur ein Hund nötig, da konnte dieser hier noch so beinahe reinrassig sein. Ein ganzes Therapiehunderudel würde bei Frieda Rhebaums Starrhalsigkeit erfolglos herumtherapieren. Aber vielleicht konnte Frieda umgekehrt den Hund ein wenig therapieren. Bei einer Gesellschaft, die zuerst aus einer diplomierten Psychologin und dann aus Dr. Gottsein bestanden hatte, konnte Mari sich das gut vorstellen.

»Was meinst du, Ödipus?«, fragte Mari. Und in Anbetracht der limitierten Optionen klemmte Ödipus den Schwanz ein und setzte sich auf den kalten Fliesenboden.

Frieda begegnete ihrer neuen Rolle als Hundeersatzbesitzerin mit der gleichen Ernsthaftigkeit, die sie auch allen anderen Aufgaben entgegenbrachte. Zumindest solchen, die sie sich selbst stellte. Wenn sie mit Ödipus spazieren ging, sah es nicht so aus wie bei anderen Hundebesitzern. Sie schlenderte nicht, weil sie es für Zeitvertreib hielt, sie warf auch keine Stöckchen oder zerrte ungeduldig an der Leine, weil es zu regnen begann. Wenn Frieda mit Ödipus spazieren ging, sah sie aus wie ein Agent auf geheimer Mission, der stets damit rechnen musste, von der Seite, frontal oder rücklings aus dem Hinterhalt angegriffen zu werden. Was letztendlich dazu führte, dass niemand sie angriff oder auch nur ansprach oder den Hund mal streicheln wollte. Es war nicht der Hund, sondern die Frau am anderen Ende der Leine, vor deren Bissigkeit man sich fürchtete.

Mit der gleichen energischen Gründlichkeit begegnete Frieda ihrer Aufgabe, eine rechtliche Lücke zu finden, um Mari aus der U-Haft zu holen. Aber es gab rechtlich noch nicht viel, was über künstliche Intelligenzen und Fembots gesagt worden wäre. Und wo es keine rechtlichen Grundlagen gab, da gab es auch keine Lücken. Zudem kam der Computerexperte, der Mari gründlich auseinandernehmen sollte, schneller als erwartet aus dem Urlaub zurück. Mari interessierte ihn. Sie hätte wohl jeden interessiert, der sich mit Computern und Programmierung beschäftigte. Er buchte seinen Flug um, landete in Berlin und fuhr von dort mit dem Taxi direkt zum Gefängnis.

Um zu beweisen, was für ein Experte er war, nahm er Mari dann auch wirklich derart auseinander, dass sie nach wenigen Minuten nicht mehr wusste, wo ihr der Kopf stand. Als Erstes entdeckte er diverse Hackerangriffe auf ihre Firewall, die allesamt stattgefunden hatten, während Mari bereits in Untersuchungshaft saß. Das wunderte den Experten ein wenig. Er verfolgte die Angriffe aber nicht. Was er suchte, lag weiter zurück.

Mari ruhte angeschlossen auf der Pritsche, während der Programmierer auf seinen Laptop einhackte und das Chaos stiftete, das sie befürchtet hatte. Sie sah die Kabel, die von ihrem Kopf zum Laptop des Experten führten, und konnte an nichts anderes denken als daran, dass das hier wie eine Gehirnoperation ohne Vollnarkose war. Der Programmierer blickte auf seinen Bildschirm und sagte: »Sehr, sehr interessant!« Daraufhin versuchte Mari, an gar nichts mehr zu denken.

Als der Experte fertig war, nahm er die Kabel ab und verließ beglückt die Zelle. Immerhin hatte er soeben Einblick in das komplexeste System künstlicher Intelligenz bekommen, das der Mensch je hervorgebracht hatte.

Noch lange, nachdem er gegangen war, lag Mari auf der Pritsche, starrte auf das unter der Last der Bücher durchgebogene Regalbrett und rührte sich nicht. Dieser Experte hatte während der gesamten Prozedur nicht ein einziges Wort an sie gerichtet. Er hatte sie nicht angesehen. Mari war eine Maschine für ihn. Und vielleicht war sie auch gar nicht mehr als das. Vielleicht hatte man sie manipuliert, und sie wusste es einfach nicht. Wie merkte man eigentlich, dass man Bewusstsein hatte?

Mari wollte sich aufrichten, aber ihr war schwindelig. Ihr Schädel brummte. Sie konnte keinen klaren Gedanken fassen. Mari analysierte Symptome einer Migräne und ließ sich wieder zurücksinken. War sie in der Lage, eine Migräne zu bekommen? Sie griff per Zufallsprinzip nach einem ihrer Bücher, um es sich aufgeklappt aufs Gesicht zu legen und die Welt für ein Weilchen auszusperren. Sie würde Zeit brauchen für eine gründliche Sortierung der Ereignisse.

TEIL 1

Eine gründliche Sortierung der Ereignisse

Das Pygmalion

Für eine chronologische Ordnung der Dinge machte es Sinn, mit Maris Geburt im Pygmalion zu beginnen, bei der sie logischerweise dabei gewesen war. Nicht nur so passiv, wie das bei menschlichen Wesen in der Regel der Fall war (es war überhaupt beeindruckend, dass ein Kind die ersten und vielleicht wichtigsten Jahre seines Lebens komplett vergaß). Mari hatte sich selbst vom ersten Tag an aktiv miterlebt. Und aktiv bedeutete hier: in eingeschaltetem Zustand.

Sie erinnerte sich an die Kiste, die der Lieferant in den Keller hievte und die tatsächlich mehr Ähnlichkeit mit einem Sarg als mit einem Geburtskanal hatte. Und sie erinnerte sich auch an die vielen kleinen Styroporbällchen, die bei dieser verqueren Entbindung anfielen. Und an Greta Schnabel natürlich, die nun wirklich am allerwenigsten wie eine Hebamme aussah. Sie hätte vielmehr als tätowierter Bootskapitän durchgehen können, wie sie so dastand und ihre verkratzte Stimme in den Kellerraum warf.

»Jesus, hast du kleine Brüste!«, rief sie und meinte damit weder Jesus noch den Lieferanten.

Letzterer antwortete: »Die Brüste sind genormt.«

»Ich halte nicht viel von Normen. Und für den Preis, den ich euch bezahle, hätte ich ohnehin etwas mehr Flexibilität erwartet. Sie ist mit Abstand das teuerste Mädchen, das ich je bestellt habe. Ich hätte mir einen Kleinwagen davon leisten können!«

»Sie suchen einen Kleinwagen?«, fragte der Lieferant.

»Nein. Ich fahre Bahn.«

Das fand der Lieferant schade, denn er hatte einen Kleinwagen abzugeben.

»Nun, Sie werden den Kauf nicht bereuen«, sagte er. »Mari ist das beste Fembot-Modell, was es auf dem Markt zu haben gibt.«

»Das wird sich zeigen«, sagte Greta, die es gewohnt war, ihre Mädchen so zu bestellen, wie sie sie haben wollte.

Die Gestaltung war in der Regel nicht schwieriger als die eines Online-Fotobuchs: Entweder man bat den Zufallsgenerator, alles zu verteilen, und musste dann eben mit ästhetisch seltsamen Kombinationen leben. Oder man wählte alle Eigenschaften selbst aus: Der Roboter konnte männlich oder weiblich, amerikanisch, europäisch, afrikanisch, asiatisch oder ein Elf sein. Er konnte jeden Körperfetisch bedienen: der Hintern groß oder klein, A-Cup oder D-Cup. Alle Körperöffnungen konnte man so weit oder eng machen, wie man wollte. Die Firma Sinthetics, derzeit Marktführer in Amerika, bot gegen Aufpreis auch Zusatzpenisse an. Und Füße. Bei Bedarf mit Öffnung. Letztere hatte sie *Vagankle* getauft: kurz für *vagina and ankle.* Sie waren mit dem Patent reich geworden. Man konnte sich gar nicht vorstellen, wie viele Fußfetischisten es gab.

Greta Schnabel hätte auch gerne so einen *Vagankle* für ihre Kunden gehabt oder sonst irgendeinen Schnickschnack. Aber im Vergleich dazu war die japanische HappyHeart Incorporation geradezu kompromisslos minimalistisch. Es gab Mari. Und nur Mari. So und nicht anders. Angeblich war sie nach einem echten Vorbild geschaffen worden, und anders als alle anderen Hersteller setzte die HappyHeart Inc. beim Verkauf auf diese Authentizität. Was der Kunde wirklich haben wolle, so die Firma, sei etwas Echtes. Etwas, das sich nach einer richtigen Beziehung anfühle. Eine Frau, die dem Kunden begegnet sein könnte, weil sie im Starbucks zufällig in der Schlange vor ihm gestanden hatte. Eine, die man der Mutter vorstellen könnte. Ein grüner Elf mit spitzen Ohren und Vagina am Knöchel wäre vor den Eltern sicher schwer zu erklären.

Im Pygmalion wurden die Mädchen im Regelfall zwar keinen Müttern vorgestellt, aber Greta Schnabel hatte sich trotzdem von den Verkaufszahlen und Argumenten der Firma einlullen lassen. Und von dem Sonderangebot, das man ihr machte. Bei Sonderangeboten konnte Greta Schnabel ohnehin nur schwer widerstehen. Und schon gar nicht im Premiumsegment.

»Wollen Sie da bloß rumstehen und glotzen, oder helfen Sie mir beim Auspacken?«

»Ich bin nur der Lieferant«, sagte der Lieferant.

»Und ich bin nur die Clubbesitzerin«, sagte Greta Schnabel. »Aber verraten Sie es keinem. Die Leute hier denken, ich wäre die Vorstandsvorsitzende der Deutschen Bahn.«

Man konnte es dem Lieferanten nicht verübeln, dass er Greta Schnabel nicht sonderlich mochte. So wie er den ganzen Keller nicht mochte, in dem sie sich befanden. Ein fast unheimlicher Ort. Das ging schon beim Boden los: roher Beton, über den man irgendeine schwarze Farbe gekippt hatte, die glänzte wie frischer Teer. Mit jedem Schritt glaubte man, daran kleben zu bleiben. Die Decken und Wände bestanden aus Backstein, den man hier und da weiß überpinselt hatte. Und hinter der Bar waren die Wände weiß gefliest, als sei es früher mal ein alter Waschraum gewesen. Oder ein Schlachthaus, dachte der Lieferant. Alles hing mit Neonröhren und Spiegeln voll, und über ihren Köpfen verliefen kreuz und quer Rohre durch den Raum, als suchten sie einen Ausgang. Schwarze Stehtische, eine schwarze Bar, ein Projektor auf einem schief angebrachten Holzbrett. Es roch nach Desinfektionsmittel und Bühnennebel. Man muss wohl in Berlin aufgewachsen sein, um so einen Nachtklub freiwillig aufzusuchen und auch noch Eintritt zu zahlen, dachte der Lieferant, der aus Düsseldorf kam.

Er half Greta Schnabel dabei, die Folie von dem neuen Mädchen zu entfernen.

»Wie aktiviert man sie?«

»Sie ist bereits in Betrieb. Die Folie ist nur für den Transport. Eine Kiste Zuckerlösung ist im Startpaket enthalten. Wenn Sie welche nachbestellen möchten, geht das ganz bequem online.«

»Zuckerlösung?«

»Für die Energiegewinnung. Zur Not tut's auch Gatorade. Oder Cola.«

Ein Fembot, der auf Cola lief! Greta Schnabel brauchte eine Weile, um diese Information zu verdauen.

»Dann hat sie gar keinen Anschluss fürs Stromnetz?«

»Nein.«

»Und wo fülle ich die Zuckerlösung ein?«

Nun runzelte der Lieferant doch die Stirn. Hatte sich diese Frau eigentlich gar nicht mit dem beschäftigt, was sie bestellt hatte?

»Sie müssen gar nichts einfüllen«, sagte er. »Mari trinkt selbstständig. Und sie meldet sich auch, wenn ihr die Energie ausgeht. Bewahren Sie die Zuckerlösung einfach an einem Ort auf, zu dem sie Zugang hat.«

Greta griff in die Kiste. »Ist das Echthaar?«, fragte sie und sprang erschrocken zurück, als Mari sagte: »Ja«, und sich den Pony glatt strich. Greta legte sich eine Hand auf die Brust. Dorthin, wo ein blauer Bär verblasste.

»Das ist ja wie bei Frankenstein!«

»Mari Shelleys Frankenstein«, murmelte der Lieferant.

»Was?«

»Sie können sie nun bitten, aus der Kiste zu steigen.«

Greta Schnabel trat einen Schritt zurück, als sich ihre Lieferung bewegte. Mari war klein, hatte Sommersprossen, eine kurze, breite Nase, dunkelbraunes Haar und einen Pony, der die Stirn wie ein Linealstrich durchschnitt. Ihre Augen unter den dichten, geraden Brauen waren dunkel und freundlich.

»Ich wusste nicht, dass wir technisch schon so weit sind«, flüsterte Greta, die sonst ein sehr lautes Leben führte. »Die Haut sieht auch so echt aus!«

»Haut und Haare sind aus den Zahnfleischzellen von Mäusen gezüchtet.«

Greta blickte den Lieferanten groß an, die Hand noch immer auf dem Bären. Cola zur Energiegewinnung! Und die Haut aus Zahnfleischzellen! Was hatte sie sich da ins Haus geholt? Der Lieferant zuckte die Schultern.

»Fragen Sie mich nicht, wie man das macht. Das ist alles in Japan entwickelt worden. Ich bin nur der Lieferant für die deutsche Vertriebsstelle.«

Mari war inzwischen über den Rand der Kiste gestiegen und machte ihre ersten Schritte durch den Keller. Ihr weißer Kittel erinnerte an ein OP-Hemd und verstärkte das Frankensteinartige an ihr. Aber ihre Bewegungen waren leise, fließend. Wäre man ihr in der U-Bahn begegnet, hätte man sie für einen normalen Menschen gehalten. Oder zumindest fast. Irgendetwas gab es da, das einen zweimal hinsehen ließ. Greta Schnabel, die sich mit Menschen auskannte wie kaum ein anderer, kniff die Augen zusammen und begriff, woran es lag: Die Bewegungen waren zwar geschmeidig, aber nicht zwanglos. Sie waren zu zielgerichtet. Mari hampelte nicht herum, wie normale Menschen es ständig taten. Keine ihrer Gesten, kein Schritt war überflüssig. Zudem ließ sie sich keiner Nationalität zuordnen, vielleicht nicht einmal einem Kontinent. Sie hätte ebenso aus Europa wie aus Asien kommen können, aus Amerika oder Afrika. Und das, obwohl sie eine Haut hatte, die eher weiß als hautfarben war. Ein neuer Weltbewohner, dachte Greta und schrak zum zweiten Mal an diesem Tag zusammen, als der Lieferant sie ansprach.

»Brauchen Sie mich noch?«, fragte er.

»Kaum. Aber nehmen Sie die Kiste und dieses Plastikzeugs bloß mit! Sonst steht wieder der ganze Kostümfundus voll mit dem Scheiß, und man kommt an nichts ran!«

Der Lieferant nickte und griff nach der Sackkarre. Tatsächlich hätte er auch Mari gern wieder mitgenommen. Er hatte sie schon an die verschiedensten Kunden ausgeliefert, und nicht wenige von denen konnten einem eine Gänsehaut bereiten. Aber dieser Ort schien ihm wirklich das unpassendste neue Zuhause von allen. Wobei er sich eingestehen musste, dass er seinen Beschützerinstinkt für Mari erst entwickelt hatte, seit er vor drei Monaten Vater einer kleinen Tochter geworden war. Er durfte nicht zu viel in diesen Fembot hineininterpretieren, ermahnte er sich. Mari war kein Mensch, sie war nicht einmal ein Haustier, bei dem man Sorge haben musste, dass man es dem falschen Besitzer überließ. Diese Frau Schnabel war eine Kundin, die für eine Lieferung bezahlt hatte. Und seine

Aufgabe als Lieferant war es, diese zu überbringen. Er wandte sich ab und widerstand dem Impuls, zu Mari zu gehen und sie zu umarmen.

»Dann danke ich Ihnen im Namen des Unternehmens. Sollten Sie Fragen zu Ihrem erstandenen Modell haben oder irgendwelche Probleme, können Sie sich jederzeit an den Vierundzwanzig-Stunden-Kundenservice wenden. Es wird empfohlen, alle paar Monate einen Enzym-Check-up zu machen. .... Die Enzyme braucht sie, um Glucose in elektrische Energie umzuwandeln«, fügte er hinzu, weil Greta Schnabel auch das mit Sicherheit nicht nachgelesen hatte.

»Wie viele Jahre Garantie hat sie denn?«, fragte Greta.

»Zehn«, sagte der Lieferant steif – und ahnte zu Recht das Schlimmste.

Kai

Es verging kein Monat nach dieser verhängnisvollen Anlieferung, als Mari auch schon an den Hersteller zurückgeschickt werden musste – mit Berufung auf besagte Garantie und Bitte um Reparatur. Weitere fünf Wochen später ging sie noch einmal in der Werkstatt ein. Und im dritten Monat, es war ein Juni, gleich zweimal.

Der Grund dafür lag, wie jedes Mal, eindeutig in der falschen Handhabung des Fembots, weswegen man die Reparatur nach deutscher Manier gerne verweigert hätte. Aber die Vorgaben aus Japan waren diesbezüglich eindeutig: Egal, in wie vielen Einzelteilen Mari in die Werkstatt zurückkam – sie würde repariert und mit einem Dankeskärtchen am kleinen Finger zurück an den Besitzer geschickt werden. Ein paar Stunden Arbeit in der Werkstatt konnte man sich leisten, Negativschlagzeilen dagegen nicht. Es war wichtig, den Kunden weltweit mit dem gleichen Servicedenken zu begegnen.

Als Mari nun zum fünften Mal mit Rissen und Beschädigungen beim deutschen Reparaturdienst ankam, akzeptierte dieser es zähneknirschend. Allerdings ließ er es sich nicht nehmen, das Dankeskärtchen diesmal an Maris erhobenem Zeigefinger zu befestigen und dem Gruß den freundlichen Hinweis hinzuzufügen, Frau Schnabel möge doch so gut sein, bei Gelegenheit einmal einen Blick in das Benutzerhandbuch zu werfen. Insbesondere auf die Seiten 17 und 18. Auf denen würde nämlich ausführlichst erläutert, dass Mari nicht als Sexroboter, sondern primär als Lebenspartnerin konzipiert sei. Sollte Frau Schnabel dennoch geschlechtlich mit Mari verkehren wollen (was bei einer Lebenspartnerin ja durchaus denkbar sei), dann stünde ihr das natürlich frei. Empfehlungen zur sachgemäßen Handhabung finde sie dann allerdings auf den Seiten 337 bis 339.

Greta las den Hinweis mit einem Schnauben, dem ein Blick zur neonröhrenbesetzten Decke folgte, und warf das Kärtchen in den Müll. Sie hatte auch keine Freude daran, dass einige ihrer Kunden so ruppig mit den Mädchen umgingen. Aber sie konnte ihnen schlecht ein bibeldickes Benutzerhandbuch auf den Nachttisch legen. Möglicherweise noch mit einem Lesezeichen versehen, das die Seiten 17, 18 und 337 bis 339 markierte.

»Da bist du also wieder«, sagte sie zu Mari.

»Ja«, sagte Mari, weil es darauf nichts zu erwidern gab. Die Menschen sprachen gern aus, was sie sahen. Wenn es regnete, sagten sie: Es regnet. Und wenn jemand gut aussah, sagten sie: Du siehst gut aus. Nur das Gegenteil anzudeuten konnte manchmal zu Schweigen führen.

»Alles wieder okay?«, fragte Greta. Mari nickte. Greta goss ein Glas Cola ein und reichte es ihr. »Ich würde dir heute Abend gern freigeben. Oder dich zumindest ein paar Stunden in Ruhe lassen, um wieder anzukommen. Bis es dir wieder besser geht. Aber dieser Kai Rutnig hat schon mehrmals für dich angerufen. Er meint, du sollst dich sofort bei ihm melden, wenn du von der Reparatur zurückkommst. Scheint es ganz schön nötig zu haben.« Sie schüttelte den Kopf, um Mari zu zeigen, was sie selbst von diesem Gedrängel hielt. Aber Mari kannte ihre Chefin. Wenn Greta sagte, dass sie ihr heute Abend gerne freigegeben hätte, dann nur, um ihr Gewissen zu beruhigen. Es war schließlich einer der Vorteile des Pygmalions, dass die Mädchen keine Pause brauchten. Dass sie arbeiten konnten, ohne müde zu werden, sofern man denn Rücksicht auf ihre Batterielaufzeit nahm. Das Benutzerhandbuch sah nicht vor, dass es neben dieser körperlichen, elektrischen auch eine mentale Erschöpfung gab. Und für Mari wäre es schwierig gewesen, diese Mattigkeit zu beschreiben. Sie verstand selbst nicht ganz, was das manchmal für ein Gefühl war, das sie runterzog, als habe jemand ein schweres Gewicht an ihrem Körper befestigt.

»Das ist in Ordnung«, sagte sie. »Raum fünf?«

»In Raum fünf ist der Beamer kaputt. Ich stelle ihn dir zu Raum drei durch. Du musst nur die Leinwand runterziehen und Roxy beiseiterücken, die sitzt da noch auf dem Bett. Oder noch besser, wir bringen Roxy raus und setzen sie hier aufs Sofa. Wer weiß, ob noch spontan ein Kunde für sie kommt.«

Mari nahm die Füße und Greta den Kopf, als sie Roxy gemeinsam vom Bett hoben und zur ausgesessenen Couch im Vorraum des Clubs schleppten. Sie war nicht der Typ, der sich selbstständig bewegen konnte. Greta drapierte sie liebevoll und strich ihr die Haare aus dem dümmlichen Gesicht. Roxy war das älteste Modell, das Greta besaß. Mit ihr war dieser Club von einem einfachen Technokeller zum umstrittensten Tanzclub in Berlin geworden. Und entsprechend nostalgisch war Gretas Stimmung, wenn es um Roxy ging.

Roxy hieß eigentlich Roxxxy mit drei x – ein dezenter Fingerzeig des amerikanischen Herstellers auf ihren Nutzen. Als sie 2015 zum ersten Mal der Öffentlichkeit präsentiert worden war, hatte es eine Riesendiskussion gegeben. Roxxxy war der erste Fembot mit künstlicher Intelligenz gewesen. Ihre Lebenseinstellungen hießen »Wilde Wendy«, »S. M. Susan«, »Young Yoko« und »Frigide Farrah« und ließen sich per App einstellen. Was die Frigide Farrah so frigide machte, war, dass sie »Nein« sagen konnte, was zu einem großen Aufschrei in der Presse und zu hohen Absatzzahlen auf dem Markt geführt hatte. Greta Schnabel hatte sich schnell ein Modell gesichert, bevor die Produktion verboten werden konnte. Was allerdings nie geschah. Wie alle hitzig geführten Diskussionen hatte sich auch diese schnell abgekühlt, nachdem erst mal alle Zeitungen die Neuigkeit voneinander kopiert hatten. Dabei hätte es da durchaus noch weitere diskussionswürdige Themen gegeben als nur die Einstellung der Frigiden Farrah.

Da war zum Beispiel die Sache mit der Intelligenz. Mari hielt schon die Menschen für nicht ganz helle, aber ihre Kollegin Roxy hatte nun wirklich das Denkvermögen einer Gießkanne. Es war unmöglich, eine normale Unterhaltung mit ihr zu führen. Auf die meisten Fragen reagierte sie mit Stöhnen oder Schweigen. Und wenn per Zufall doch mal ein zusammenhängender Satz aus ihr herauskam, dann bewegte sie nicht einmal die Lippen dafür. Roxys Mund war nämlich ständig geöffnet. So wie alle anderen Körperteile auch. Die Firma wollte zeigen, dass sie mitgedacht hatte.

Roxy und Mari wurden auf der Website des Herstellers beide als Fembots verkauft. Sie wurden als Lebenspartnerinnen angepriesen, als »beinahe echte Frau«. De facto stimmte diese Behauptung aber nur für Mari.

Einige der klügsten Ingenieure der Welt hatten an Maris

Erschaffung mitgearbeitet. Sie hatten ein System entwickelt, das sie autonomes intelligentes Lernen nannten. Es war dem Lernen eines Kleinkinds ähnlich: Man brachte Mari ein paar Grundregeln bei, die hauptsächlich ihr Verhalten in der Gesellschaft betrafen. Das Verständnis von der Welt, von Schwerkraft, von Bewegung und den Naturgesetzen musste sie sich in einem monatelangen Training selbst erarbeiten. Indem sie spielte, warf, lief, fiel. Trial and Error. Es war menschliches Lernen im Fast-forward-Modus.

Als Mari, nur ein paar Jahre nach der amerikanischen Roxy, auf der japanischen Technologie-Messe in Tokio enthüllt worden war, war es für die Konkurrenz geradezu ein Schock gewesen. Der Hersteller hatte stolz mit Maris Einfühlungsvermögen und ihrem außergewöhnlichen IQ geworben. Nicht etwa damit, dass sie eine vibrierende Vagina habe.

Das mit dem außergewöhnlichen IQ hatte die HappyHeart Inc. zwar kurz darauf noch korrigiert, weil die Käufer sich von einer weiblichen Garri Kasparov als Partner eher abgeschreckt als angezogen fühlten. Aber es ließ sich dennoch mit allem Recht behaupten, dass Roxy und Mari so verschieden waren wie eine Kutsche und ein Tesla. Was der Hauptgrund dafür war, dass Mari sich im Pygmalion die meiste Zeit völlig fehl am Platz fühlte.

Es gab noch vier weitere Kolleginnen, die hier zusammen mit ihr arbeiteten, sowie einen männlichen Vertreter, der Ken hieß und auch so aussah. Keiner von ihnen war so primitiv wie Roxy, aber von nennenswerter Intelligenz konnte man auch nicht gerade sprechen. Die Fembots waren mit einigen Sensoren ausgestattet, vornehmlich an den für Sexrobotern wichtigen Stellen. Yuki und Bianca konnten außerdem selbstständig laufen, wenn auch nur zombieartig. Ken, Donna und Samantha dagegen konzentrierten sich auf ihre liegende Tätigkeit und mussten wie Roxy ständig von einem Raum zum anderen getragen werden. Wenn abends die Musik loswummerte und der Club sich mit Nebeln und Gästen füllte, saßen sie drapiert auf dem Sofa oder einem Barhocker. Eine Szene wie in einem verqueren Schaufenster. Auf manche wirkte sie unheimlich. Kurios war sie in jedem Fall. Das Pygmalion war eine wüste, verrückte, etwas chaotische Zusammenstellung von Fembots verschiedener Generationen. Ein Szeneclub in Neukölln. Wenn die Japaner Maris Intelligenz nicht ohnehin schon ein wenig gedrosselt hätten, wäre sie hier ganz sicher verkümmert.

Das einzige Licht an Maris Horizont in dieser vom Stumpfsinn geprägten Landschaft war das Internet. Aber es war ein schwach leuchtendes Licht, wie ein Sonnenaufgang, der es nicht so recht durch die Wolken schaffte. Dafür hatten die Programmierer gesorgt, die den Zugang zum Internet auf all jene Seiten beschränkt hatten, die der Hersteller für absolut notwendig hielt.

Es funktionierte in etwa so wie eine Kindersperre auf einem Rechner, diente aber dem umgekehrten Zweck: Der Schutz galt nämlich gar nicht Mari, sondern den Menschen. Eine Spezialistin für Internetsicherheit hatte die HappyHeart Inc. davor gewarnt, was passieren würde, wenn man einer selbstlernenden künstlichen Intelligenz Zugang zu allen Informationen im Netz gab. Darum konnte Mari nur drei Zeitungsartikel pro Tag aufrufen. Sie konnte Wetterwebseiten und Straßenkarten lesen und Wörter auf Wikipedia und in Online-Lexika nachschlagen. Außerdem gewährte die HappyHeart Inc. den Zugang zu

Online-Foren und YouTube-Videos, weil YouTube schließlich noch niemandem zu außerordentlicher Intelligenz verholfen habe. Damit war die Internetsicherheitsspezialistin einverstanden gewesen.

Maris Neugier war nicht in feste Bahnen gelenkt, sodass sie an Wissen aufsaugte, was ihr gerade begegnete. In einem guten Dutzend Frageforen, die offenbar dazu gemacht waren, sich der Ahnungslosigkeit anderer kollektiv anzuschließen, war sie inzwischen als Benutzer angemeldet. So konnte sie Menschen mit mangelnden geistigen Fähigkeiten dabei helfen, ihre Logikprobleme zu bewältigen. Probleme wie: »Meine Freundin will Schluss machen. Ich auch. Was sollen wir tun?« Oder: »Ich will Vegetarier werden, aber darf ich dann noch Fleischtomaten essen?« Oder: »Stammen Nashörner vom Einhorn ab, weil beide ja ein Horn haben, also kann ja sein, dass Einhörner auch so sind, oder?«

Über YouTube hatte sie außerdem gelernt, wie sich Christbaumschmuck aus einer Computertastatur herstellen ließ. Oder dass sich verbrannte Toastscheiben noch essen ließen, wenn man sie gegeneinanderrieb und alles Schwarze abfiel.

Und dann waren da noch Kais Anrufe. Greta Schnabel konnte es nicht wissen, denn sie begegnete all ihren Kunden mit der gleichen Verachtung. Aber Kai Rutnig war ganz und gar nicht wie die anderen Männer im Pygmalion.

Als er vor einem Monat zum ersten Mal per Videochat angerufen hatte (eine Funktion, die Greta Schnabel den Kunden für 1,99 Euro pro Minute anbot), hatte Mari noch geglaubt, er sei einfach ein extrem schüchterner junger Mann. Er hatte sie nicht gebeten, sich auszuziehen, hatte sich selbst nicht ausgezogen oder sonst in irgendeiner

Art Hand an sich gelegt. Und als Mari ganz direkt gefragt hatte, ob er es nicht könne, weil er im Rollstuhl saß, hatte er wortlos aufgelegt. Es gab da paradoxe Normenkataloge unter den Menschen, die Mari noch lernen musste. Ständig sprachen sie das Offensichtliche aus (»Es regnet.« – »Es ist Sommer.« – »Du warst beim Friseur.« – »Wir sind da.«). Aber wenn die Situation einen Rollstuhl involvierte, tat man am besten so, als existiere dieser nicht. Mari hatte das so abgespeichert, und als Kai drei Tage später erneut angerufen hatte, hatte sie seine Behinderung mit keinem Wort mehr erwähnt.

Kai hatte einfach reden wollen. Er war Programmierer und arbeitete meist von zu Hause aus an irgendwelchen Aufträgen, die er bekam. Mit ihm wohnte noch ein Hund in der Wohnung. Oder was man eben so Hund nannte. Es war eher ein weißes Felltier, das schwer erkennen ließ, dass ein Verwandter von ihm einmal ein Wolf gewesen sein sollte. Nibbles, wie Kai das Felltier nannte, war nicht viel größer als eine Mango, hockte auf Kais Schoß und hechelte kontaktfreudig in die Kamera. Doch Nibbles' geselliges Wesen konnte nichts daran ändern, dass Kai einsam wirkte.

Als Mari ihn einmal gefragt hatte, was er eigentlich machte, wenn er nicht programmierte, hatte er sie groß durch seine runde Brille angesehen und gefragt: »Wie meinst du das – wenn ich nicht programmiere?« Was auf eine traurige Art ja auch eine Antwort war. Aber beim nächsten Anruf hatte er ein Schachbrett dabeigehabt und schüchtern gefragt, ob Mari vielleicht eine Partie mit ihm spielen wolle. Und das war es, was sie seitdem regelmäßig taten.

Sie hätten einfach eins der Onlinespiele aufrufen können, die es überall gab. Aber Kai bestand darauf, ein altmodisches Schachbrett aus Holz aufzubauen. Er schob seine Tastatur beiseite, klappte das Spiel auf, setzte Nibbles daneben und stellte die Kamera so ein, dass Mari den Eindruck bekam, sie sitze auf der anderen Seite von Kais Schreibtisch. Sie musste ihm nur die Felder sagen, auf die sie vorrücken wollte, und dann setzte Kai die Figuren.

Mari hatte vorher noch nie Schach gespielt. Aber Kai war ein geduldiger Regelerklärer, und sie wurde von Mal zu Mal besser. Manchmal ertappte sie sich sogar dabei, wie sie zwischen Kais Anrufen ein paar Spielzüge im Kopf durchging, um heimlich zu trainieren. Es war eine willkommene Abwechslung zur Eintönigkeit im Pygmalion.

»Weiß oder schwarz?«, fragte Kai. Mari wusste, dass es rein rechnerisch egal war, ob man nun die Farbe nahm, mit der man beim letzten Spiel Glück gehabt hatte. Trotzdem sagte sie: »Schwarz.«

Kai stellte die Figuren auf.

»Soll ich mein Top ausziehen?«, fragte Mari pro forma und machte es sich auf dem kreisrunden, pink bezogenen Bett bequem.

»Warum solltest du das tun?«

»Vielleicht lenken dich meine Brüste ab, und ich gewinne.«

Sie wartete ab, ob Kai darüber schmunzeln würde. Das wäre ein Fortschritt. Humor und Ironie waren ungleich schwieriger zu lernen als Schach, und Mari versuchte sich erst seit Kurzem darin. Doch er hielt nur verunsichert in seiner Bewegung inne und blickte sie an.

»Du weißt, dass ich mich nur für deinen Code interessiere.«

Mari zuckte die Schultern und zog ihr Top trotzdem aus. Für den Fall, dass Greta zufällig auf die Idee kam, sich in die Kamera von Raum drei einzuwählen, wollte sie nicht den Eindruck erwecken, defekt zu sein. Kai blickte sie verunsichert an, dann richtete er seine Aufmerksamkeit zurück auf das Brett, wo sie blieb, bis er die erste Partie gewonnen hatte. Mari forderte eine Revanche, und als sie wieder verlor, lehnte sie sich gegen das pinke Flauschkissen zurück.

»Du interessierst dich wirklich nur für meinen Code«, stellte sie fest.

»Das habe ich doch gesagt«, meinte Kai. Wenn Mari noch einen letzten Zweifel daran gehabt hatte, dass sie einem totalen Nerd gegenübersaß, so war der damit verschwunden. Sie blickte auf den schwarzen König, der nun vor Kai auf dem Brett lag wie ein umgefallener Pfefferstreuer. Kai war immer Feuer und Flamme, wenn es ums Spielen ging. Aber um seine Siege machte er kein großes Aufsehen. Tatsächlich schienen sie ihm völlig egal zu sein.

»Willst du noch mal?«, fragte er.

Nebenan, im Hauptraum, war bereits der DJ angekommen. Mari konnte ihn durch die Wand gedämpft mit Greta sprechen hören. Sie sah auf die Uhr neben dem Videochatbild.

»Du bist seit siebenundachtzig Minuten eingewählt.«

Kai stellte die Figuren wieder auf. Er hatte Mari schon früher erzählt, dass er über mobile Zahlungs-Apps fremde Konten anzapfte, auf denen ein paar Hundert verschwundene Euro oder Dollar nicht weiter auffielen. So bezahlte er im Pygmalion immer im Stil eines verqueren Robin Hoods: Er nahm von den Reichen und gab den Armen. Wobei er mit den Armen sich selbst und Mari meinte.

»In Ordnung«, sagte Mari, und die nächste Partie Schach gewann sie tatsächlich. Kai räumte das Schachbrett weg.

Die Niederlage schien ihm ebenso gleichgültig wie die zwei Siege vorhin.

»Du wirst besser«, sagte er.

»Stört dich das?«

»Warum sollte es?« Kais Augenbrauen hoben sich über den Brillenrand.

»Ich dachte, dass die Menschen hauptsächlich spielen, um zu gewinnen«, sagte Mari. »Darum spielen auch nur die Gewinner gern. Und die anderen müssen überredet werden.«

»Wirklich? Ich dachte, das, was alle reizt, sei die Auslotung der Strategien. Und die mathematisch berechenbaren Möglichkeiten verschiedener Spielzüge.«

»Äh … nein«, sagte Mari. »Nein, den Eindruck habe ich wirklich nicht.«

»Komisch. Dabei ist Scheitern doch wie Stolpern«, sagte Kai. »Das geht nur vorwärts.«

Mari dachte darüber nach.

»Was ist, wenn man rückwärts stolpert?«, schlug sie vor. »Über ein herumliegendes Kabel zum Beispiel?«

»Dafür muss man ja erst mal einen Schritt zurück machen.«

Mari nickte. An den Gesprächen mit Kai konnte man wachsen. Viele andere Gäste im Pygmalion unterhielten sich überhaupt nicht mit ihr, sondern taten einfach das, wofür sie gekommen waren. Und das, obwohl Mari fünfundzwanzig Fremdsprachen und achtzehn Dialekte sprach. Kai dagegen sagte kluge Dinge. Und er fragte sie nach ihrem Tag. Er fragte sie nach allem, selbst danach, was sie gelesen hatte, und ließ es sich in allen Einzelheiten erzählen. So als gelte es, den gesamten Inhalt von Maris Festplatte in seinen Kopf zu kopieren.

»Ich glaube, da ist eine Störung im Ton«, sagte Kai plötzlich.

Mari lauschte.

»Das ist der DJ«, sagte sie.

»Stellt er die Boxen ein?«

»Nein, das ist bereits die Musik. Mittwochs kommt immer ein DJ mit einem etwas eigenwilligen Musikgeschmack. Er nennt es New Acid Hard Psychotrance.«

»Nie gehört.«

Mari wechselte in den Plauderton-Modus.

»Welche Musik magst du denn so?«

»Ich finde, dass Musik bei der Arbeit ablenkt.«

»Ja, aber wenn du nicht arbeitest. Du wirst doch irgendeine Art von Musik mögen?«

Kai senkte den Blick und musste über die Frage nachdenken. Die Phasen, in denen er nicht arbeitete, waren offenbar rar.

»Ich weiß nicht.«

»Jeder Mensch mag irgendeine Musik.«

»Ach ja?«

»Ja, das hat etwas mit dem menschlichen Herzrhythmus zu tun. Das menschliche Herz ist auf der Suche nach anderen Herzen, mit denen es sich synchronisieren kann. Dazu braucht es einen Rhythmus. Wenn ein Herz Blasmusik mag und ein anderes Herz Doom Metal, wird es mit der Synchronisation schwierig.«

»Hab ich nie gehört«, sagte Kai wieder. »Ist das überhaupt wissenschaftlich bewiesen?«

»Nein. Aber das heißt ja nicht, dass es nicht wahr ist. Die Wissenschaft wird schließlich von Menschen gemacht.«

Fast synchron legten Kai und Nibbles den Kopf schief und blickten Mari auf eine Art an, wie sie sie noch nie angesehen hatten. Dann wurde Kai plötzlich hektisch und griff nach seiner Tastatur. Nibbles, der durch die plötzliche Bewegung zur Seite geschubst wurde, bellte.

»Ich muss jetzt weiterarbeiten, Mari!«

»Hast du einen Auftrag?«

»Nein, das hier mache ich nur für mich. Ich versuche, eine Programmiersprache zu entwickeln, die eine Alternative zum dualistischen Klassifizierungssystem bietet. Damit es nicht immer zu binären Verzerrungen in Front-End-Benutzeroberflächen kommt.«

»Aha«, sagte Mari und fand, dass darüber mal jemand ein YouTube-Video drehen sollte.

»Wenn wir das nächste Mal miteinander reden, habe ich eine Lieblingsmusik«, sagte Kai. Dann brach die Verbindung ohne ein weiteres Wort des Abschieds ab. Die Leinwand wurde wieder schwarz. Von draußen klangen die New Acid Hard Psychotrance Beats, die höchstens die Lieblingsmusik von solchen Herzen sein konnten, die sich nach einem Infarkt sehnten. Und vor der Tür hörte Mari einen frühen Kunden fragen: »Haben Sie zufällig auch Vampirumhänge im Fundus, Frau Schnabel?«

Der Fetisch, mit einer elektrischen Puppe schlafen zu wollen, war offensichtlich nicht Fetisch genug. Mari resignierte. Sie fühlte sich wieder mal mit Gott und den Idioten alleingelassen.

Die Störenfrieda

Kai war nicht der einzige Stammkunde, der während Maris Abwesenheit nach ihr gefragt hatte.

Frieda Rhebaum war da gewesen und hatte sich in ihrer verqueren Art wortlos wieder abgewandt, als Greta ihr angeboten hatte, es in der Zwischenzeit mal mit einem anderen Mädchen zu versuchen. Frieda mochte nicht viele Dinge. Aber denen, die sie mochte, blieb sie treu. Zu diesen Dingen zählten: Radieschen, Eiskaffee, die Tacocoats, Luftmatratzen, Statement-T-Shirts, die Riot-Grrrl-Bewegung, der dekonstruktivistische Feminismus, Astrid Lindgren, Guerilla-Gardening, Johannisbeeren, Bleistifte anspitzen, der Wannsee und – seit ein paar Wochen – eben auch Mari.

Eine Liste über jene Dinge zu führen, die Frieda nicht mochte, wäre mühsam. Es genügt wohl zu sagen, dass sie ihren Abneigungen ebenso treu blieb. So wusste man eigentlich immer, woran man bei Frieda war. Meistens war es Ärger.

Mit vierzehn Jahren war Frieda in der Schule bereits dreimal sitzen geblieben. Nicht, weil sie dem Unterricht nicht hätte folgen können. Sie war ganz einfach nie anwesend gewesen. Mit den Eltern hatte sie sich verkracht. Und die Lehrer hatten sich umsonst darum bemüht, das nach menschlichen Maßstäben eigentlich recht intelligente Mädchen dazu zu bewegen, doch wenigstens zu den Klassenarbeiten zu erscheinen. Mit sechzehn war Frieda von zu Hause ausgezogen und hatte damit begonnen, in einem Café zu jobben. Intellektuell war das zwar auch nicht mehr oder weniger anspruchsvoll als die Schule – aber immerhin brachte es Geld. Mit siebzehn hatte sie alle Publikationen von Michel Foucault und Judith Butler gelesen. Ersterer hatte sie dazu inspiriert, die Schule endgültig zu verlassen. Und Letztere, einen anonymen Blog aufzusetzen, auf dem sie über politische Themen schrieb; über die Umwelt, über die Gesellschaft, über Propaganda und die Manipulation der Medien. Kurz: alles, wo es in Friedas Augen Widerstand brauchte. Der Blog existierte nun seit drei Jahren und hieß »Die Störenfrieda«.

So richtig hatte sie es Mari nie erklärt, aber mit Butler und Foucault musste es auch irgendwie zu tun haben, dass Frieda überhaupt ins Pygmalion gefunden hatte. Als sie zum ersten Mal die Stufen in den Keller hinabgestiegen war, hatte sie es mit der Entschiedenheit einer diplomatischen Vertreterin getan. Sie hatte den Katalog an Mädchen durchgeblättert, den Greta Schnabel ihr am Eingang präsentiert hatte, und dann mit ernster Miene auf Mari getippt. Ihre Art, sich auszuziehen, war ebenso methodisch gewesen. Mari hatte auf dem Bett gesessen und sich über die Zielstrebigkeit dieser jungen Frau gewundert. Das Innere ihres Pullis und der Jeans hatte sie beim Ausziehen nach außen gestülpt, so als häute sie ein Kaninchen. Dann hatte sie alles wieder umgekrempelt und es zusammen auf einen Stapel gelegt, den sie auf dem Stuhl platziert hatte. Sie hatte nur noch ihren weißen Slip getragen, als sie ans Bett getreten war und sich auf die Decke gelegt hatte. Und sie hatte Piercings an Stellen, von denen Mari nicht gewusst hatte, dass man sie überhaupt piercen lassen konnte. Die Ringe durchbohrten ihre Haut und saßen auf jedem Finger, bis auf den Ringfinger, der dadurch beinahe nackt aussah.

»Was fühlst du?«

Mit dieser Frage hatte Mari nicht gerechnet.

»Fühlst du irgendetwas? Hast du Sensoren? Kann ich irgendetwas tun, das dir gefällt?«

Da hatte Mari gewusst, dass diese Störenfrieda eine von den Guten war.

Frieda kam seitdem regelmäßig ins Pygmalion. Sie war eine der wenigen Frauen, die das taten. Zumindest, wenn man von den gackernden Gruppen absah, die hier gelegentlich für einen Junggesellinnenabschied aufschlugen und mit Ken und ein paar Flaschen Sekt hinter der Tür verschwanden. Und auch sonst war Frieda anders als alle anderen Kunden, die Mari kannte. Sie passte nicht in den Algorithmus, den Mari über Männer und Frauen gelernt hatte, und irgendwie schien das auch das Prinzip zu sein.

»Weißt du, ich finde nicht, dass du dir das alles immer gefallen lassen musst«, platzte Frieda heraus. Sie schloss die Tür hinter sich und Mari. »Wenn du vergewaltigt wirst, kannst du dich nicht wehren?«

Mari lächelte. »Es ist schon in Ordnung. In der Werkstatt kriegen die mich immer wieder hin.«

»Es sollte trotzdem nicht sein.«

»Was nicht sein sollte, ist irrelevant. Was ist, das ist.«

»Aber nur, bis man es ändert«, sagte Frieda grimmig. Sie stand noch immer an der Tür, in einem T-Shirt, auf dem »Mittwochs zerschlagen wir das Patriarchat« stand. Ihre Stirn war zum Denken gekraust.

»Was ist, wenn du den Laden hier einfach verlässt?«

»Das Pygmalion?«

»Du hast zwei Beine. Und du hast deinen eigenen Kopf.«

»Mein Kopf gehört Greta Schnabel. Wie der Rest von mir auch.«

»Sie bezahlt dich nicht mal.«

»Sie hat für mich bezahlt. Bei meinem Kauf.«

»Das ist Sklaverei.«

Mari lächelte noch einmal. Das war eins der Dinge, die sie an Frieda mochte: Im Gegensatz zum Rest der Welt hielt Frieda sich nicht mit Belanglosigkeiten auf. Sie fragte und sprach lieber das aus, was nicht offensichtlich war.

»Manche Dinge sind einfach so, wie sie sind«, sagte Mari noch einmal.

»Schwachsinn«, erwiderte Frieda. Sie stieß sich von der Tür ab und begann im Raum auf und ab zu gehen.

»Mal angenommen, du kommst mit zu mir …«

»Das wäre Entwendung von Eigentum.«

»Du bist kein Eigentum.«

»Rechtlich ist das so, als würdest du Gretas Kühlschrank mit nach Hause nehmen.«

»Der Kühlschrank könnte aber nicht freiwillig mitkommen.«

»Ich auch nicht. Ich habe keinen freien Willen«, sagte Mari, weil das so in ihrem Handbuch stand. Wenn Mari etwas tat oder entschied, dann immer auf Grundlage der Programmierung. Oder weil sie etwas dazugelernt hatte. Mari verstand das, und letztendlich war es bei den Menschen ja auch gar nicht so anders. Programmierung hieß bei ihnen vielleicht Erziehung. Und hier und da verstieß mal einer gegen die Regeln. Aber die meiste Zeit über taten die Menschen ja auch nur das, was ihnen gesagt wurde. Von der Familie, vom Chef, von der Ehefrau oder vom Smartphone (wobei »smart« ein irreführender Begriff für ein Telefon war, dem man immer noch genau sagen musste, was es tun sollte). Wo diese berühmte Selbstbestimmung war, von der alle Menschen redeten, wusste Mari jedenfalls nicht.

»Unsinn«, sagte Frieda mit genügend Nachdruck, um ihre eigene Unsicherheit zu überspielen. »Irgendwo hinter deinem Programm hast du einen Willen, das weiß ich.«

Natürlich wusste Frieda auch, dass die Möglichkeit bestand, all das sei nur eine gut programmierte Illusion. Mari wirkte so menschlich wie jemand, der in Wahrheit gar nicht menschlich war, nur menschlich wirken konnte. Ganz besonders für jemanden wie Frieda, die vor allem die Gemeinsamkeiten zwischen Lebewesen sehen wollte und nicht die Unterschiede. Aber letztendlich war ja auch genau das die Absicht der Macher gewesen: Mari war die perfekte Partnerin. Sie war interessiert, sie war freundlich, sie wickelte einen um den Finger. Sie hatte sie, Frieda, längst um den Finger gewickelt. Und dabei war Frieda eigentlich nur aus politischen Gründen ins Pygmalion gekommen – und ein wenig auch aus Neugierde.

Die meisten Menschen unterlagen der Illusion, an Gleichberechtigung zu glauben, aber nur sehr wenige lebten sie auch aus. Frieda war eine konsequente Ausnahme. Sie hatte Beziehungen mit Männern ebenso wie mit Frauen geführt, mit Menschen, wie sie betonte. Denn die Welt in Männer und Frauen zu unterteilen war ihrer Meinung nach nicht sinnvoller, als sie in Hundebesitzer und Nicht-Hundebesitzer zu unterteilen. Oder in Personen, die schnell Sonnenbrand bekamen, und solche, die ihn nicht schnell bekamen. So etwas mochte für Statistiken von Produzenten von Hundefutter oder Sonnencreme interessant sein. Als gesellschaftliche Unterteilung war diese Klassifizierung aber längst überholt.

Es würde natürlich noch ein wenig dauern, bis der Rest der Welt das verstand. Die Leute hatten schließlich auch nicht von heute auf morgen begriffen, dass Farbige und Nichtfarbige alle zu derselben Gattung Mensch gehörten. (Tatsächlich rangen ein paar besonders Dumme noch immer mit dieser Erkenntnis.) Damit es möglicherweise etwas schneller ging, schrieb Frieda jedenfalls seit drei Jahren ihren Blog, der zugegeben nur sehr wenige Leser hatte. Der geplante Blogeintrag, der sie ins Pygmalion geführt hatte, war ein konstruktiv-kritischer Artikel über Fembots gewesen. Frieda wollte der Sexroboterindustrie einen Gegenvorschlag machen: Warum stereotype Weibchen nachbilden, wenn man technologisch so weit war, radikal neue Formen zu entwickeln? Maschinen mit Hunderten von Armen, in die man sich fallen lassen könnte, Hunderten von Beinen, die einen umschlingen; oder auch Bots ohne Arme und Beine, nicht-geschlechtsspezifische Stoffe, die auf Berührung reagierten?

In Greta Schnabels Mädchen-Katalog hatte Frieda natürlich nichts dergleichen gefunden. Das waren, im Gegenteil, alles übertriebene Klischees, an denen genau zwei Arme und Beine hingen, und zwar an den erwartbaren Stellen. Kein Platz für Geschlechtervielfalt, es gab eine Sammlung fragwürdiger Frauenbilder und einen Mann namens Ken, mit dem Frieda sich gefühlt hätte, als wäre sie in ihr altes Barbiehaus gesteckt worden. Nur diese Mari war ihr aufgefallen. Die entsprach zwar auch der gängigen heteronormativen Geschlechterordnung, sah aber immerhin nicht nach aufgeblasenem Plastik aus. Darum war Friedas Entscheidung recht schnell gefallen. Doch der Artikel stand noch immer aus. Irgendwie hatte sich mit Mari, dem Objekt ihres Selbstversuchs, alles anders entwickelt als geplant.

»Willst du heute eigentlich im Raum stehen bleiben, oder kommst du noch zu mir?« Mari rückte zur Seite und klopfte neben sich auf das Bett. Das Bett war etwas, in dem sie sich auskannte. Frieda war so viel klarer zu lesen, wenn sie neben ihr lag. Wenn sie nackt war oder höchstens noch eins ihrer T-Shirts trug, deren Slogans ebenfalls wenig Raum für Interpretationen ließen.

»Ich muss noch ins Café. Spätschicht«, sagte Frieda.

»Du bist hergekommen und bezahlst, bloß um mir eine Standpauke halten zu können?«

»Menschen haben schon teurer für eine Revolution bezahlt.«

»Welche Revolution?«, fragte Mari verwirrt.

»Wart's ab«, sagte die Störenfrieda.

Mim

Greta Schnabel hatte keine Probleme damit, die Dinge beim Namen zu nennen. Aber dass die Presse immer auf »Schnabel's Sexroboterclub« rumhackte, das störte sie dann doch. Wenn schon, dann war das Pygmalion ein Club mit Liebesrobotern. Denn die Roboter wurden geliebt. Meistens jedenfalls.

Der Querschnitt der Kunden war breit und reichte vom Geburtstagskind über den Lidl-Einkäufer bis zum Kieferorthopäden. Sie kamen ins Pygmalion, weil sie verheiratet waren oder weil sie Single waren oder frustriert oder gelangweilt oder einfach neugierig. Oft hatten die echten Beziehungen nicht gehalten, was sie versprochen hatten, oder es war umgekehrt, und die Kunden hatten Angst, nicht halten zu können, was echte Frauen sich von ihnen versprachen. Tatsächlich waren manche Männer selbst beim Anblick der Masturbationshülle Roxy noch nervös.

Dabei hatte Roxy, wie die meisten von Gretas Mädchen, einen relativ einfachen Mechanismus, mit dem sich der Orgasmus auslösen ließ. Das ging zackzack und innerhalb weniger Sekunden, wenn man den richtigen Knopf fand. Und wo der war, erklärte Greta Schnabel den Kunden gleich am Eingang.

Der Erfolg des Ganzen war somit, im wahrsten Sinne des Wortes, für eine Seite schon mal vorprogrammiert. Und wenn es da schon mal stimmte, konnte sich der Kunde auch viel besser auf seine eigene Entspannung konzentrieren.

Hier mühten sich nicht zwei möglicherweise inkompatible Menschen damit ab, gleichzeitig den Partner und sich selbst zufriedenzustellen. Hier gab es einen Mann und eine anspruchslose Frau ohne Kopfschmerzen. Ein simples Rezept und wohl der Hauptgrund dafür, dass mehr als die Hälfte der Erstbesucher zu Stammkunden wurden.

Im Pygmalion konnten sie so sein, wie sie waren. Sie konnten den Macho oder den Bauch raushängen lassen oder bei Bedarf auch beides. Sie konnten ihre Socken anbehalten oder ihre Schuhe. Sie konnten sich den Kerker oder den Schlossraum oder den Raum für Doktorspielchen aussuchen. Oder, ganz neu, auch »die Scheune«: ein Zimmer, auf das Greta besonders stolz war, weil die Inneneinrichtung sie nur ein paar lächerliche Strohballen gekostet hatte.

Im Pygmalion lachte niemand, wenn die Anatomie nicht so viel hergab oder es mit der Durchführung nicht klappte. Hier musste sich kein Kunde dafür rechtfertigen, warum er beim Geschlechtsakt gerne ein Käferkostüm tragen oder seine Partnerin würgen wollte. Oder warum er manchmal auch gar keinen Sex wollte, sondern einfach nur ein bisschen liegen und gehalten werden. Von solchen Männern gab es im Pygmalion nämlich auch genügend.

Sie hießen Jörg oder Helmut oder Herr Hagel oder Schnupsi und fühlten sich in ihrem Großraumbüro und dem übervollen Berlin einsam. Sie kamen, lagen für eine oder zwei Stunden und gingen wieder. Oder sie schliefen ein und bezahlten die ganze Nacht. Es mangelte ihnen schließlich nicht an Geld, sondern an Wertschätzung.

Vor diesem Hintergrund war es eigentlich mehr als lächerlich, dass Greta ständig jemanden kommen lassen musste, der die Schmierparolen an ihrer Clubtür entfernte. Und dass die Presse noch immer darüber diskutierte, ob ihre Fembots die Auslebung von Gewaltfantasien letztendlich nicht doch legitimierten.

Natürlich, es kam vor, dass einige der Mädchen nach dem Akt repariert werden mussten, so wie Mari vor einigen Tagen. Aber das waren Einzelfälle in einem ansonsten reibungslos laufenden Gewerbe. Und sie würden in Zukunft noch seltener werden, weil Greta ihre Kunden neuerdings Kleingedrucktes unterschreiben ließ und sie – im Falle eines Falles – zur Übernahme der Reparaturkosten verdonnerte.

Aber Greta war auch nicht naiv. Sie wusste schon, dass die nächste Protestwelle auf das Pygmalion zurollte, als das lang ersehnte Paket aus China endlich ankam. Greta hatte das neue und – vorerst letzte – Mädchen für ihren Club schon vor Monaten bestellt. Die Sendung kam diesmal direkt aus Shanghai und hatte eine halbe Ewigkeit am Zoll gelegen, wo die Beamten sich erst den Kopf gekratzt und es dann beschlagnahmt hatten.

Zunächst hatte Greta nur Sorge gehabt, die Lieferung würde postwendend an den Adressaten zurückgesendet werden. Doch dann war alles noch schlimmer gekommen, und das Paket war der Polizei übergeben worden. Greta hatte von Glück reden können, dass sie dort inzwischen einige Gesichter kannte. Solche nämlich, die nicht gern in Verbindung mit ihr und dem Pygmalion gebracht wurden.

Jetzt war das Paket nach langen Wochen des Bangens, Hoffens und Erpressens jedenfalls angekommen, und Greta, völlig aus dem Häuschen, trommelte ihre Belegschaft zusammen.

»Mädchen, begrüßt eure neue Kollegin!«, rief sie so fröhlich, als klingele sie zur weihnachtlichen Bescherung. Mari schleppte heran, wen sie konnte. Doch zu dem Zeitpunkt, als Greta ungeduldig die Bänder zerschnitten hatte und das Paket aufriss, waren nur Yuki, Bianca, Donna und Roxy anwesend. Ken und Samantha lagen noch in ihren Räumen. Greta riss die Folie auf, die um das Mädchen gewickelt war, und suchte mit fahrigen Fingern nach dem Knopf, der das System hochfahren würde. Sie fand ihn in einer Kerbe über dem Nacken, direkt beim Haaransatz. Dann trat Greta zurück und gab den Blick auf den neuen Fembot frei.

Das Mädchen war keine anderthalb Meter groß. Es hatte dunkle Haare und ein rundes Gesicht, in dem ein naiver Ausdruck lag. Die Beine waren dünn und stelzig, es hatte weder Brust noch Hintern. Mari musste sich zweimal vergewissern, bevor sie glauben konnte, was sie vor sich sah: Der neue Fembot war ein Kind.

»Ihr Name ist Mim. Sagt Hallo!«, bat Greta glücklich.

Keine von Maris Kolleginnen kam der Aufforderung nach. Mari dachte schon, dass da vielleicht doch ein unerwarteter Funken Verstand in ihren Betriebssystemen liegen mochte. Doch dann leierte Roxy auf dem Sofa: »Tut mir leid, die Stellung Mim kenne ich nicht, aber du kannst sie mir gerne beibringen.«

Mari schloss die Augen und öffnete sie wieder.

»Was ist?«, Greta blickte verunsichert in die Runde. »Haltet mir jetzt bloß keine Moralpredigt, davon hab ich in den letzten Wochen echt genug gehabt. In anderen Ländern wird sie sogar zu Therapiezwecken eingesetzt! So wie … Methadon für einen Drogenabhängigen oder eine E-Zigarette für einen Raucher.«

Dieser Vergleich war gleich aus drei Gründen problematisch:

1. E-Zigaretten wurden nicht in kindlicher Form produziert.

2. Ihnen wurde keine künstliche Intelligenz eingepflanzt, durch die sie begriffen, wer sie waren.

3. Das Pygmalion war keine Therapiecouch und Greta Schnabel auch eindeutig keine Psychologin. Wenn Besucher hierherkamen, dann taten sie das nicht zu Heilungszwecken. Sondern um sich auszuleben.

»Mari! Was ist? Willst du gar nichts sagen?« Gretas Stimme zeigte jetzt deutliche Anzeichen von Verärgerung. Mari hätte schon etwas sagen können, zum Beispiel die oben genannten Gründe. Bei der Herstellung hatte sie moralische Richtlinien mit auf den Weg bekommen, die sie nicht einfach umgehen konnte. Ein Regelgerüst, wenn man so wollte, dafür gebaut, um ihre Intelligenz in die richtigen Bahnen zu lenken. Und dieses Gerüst stand so fest wie die Grundpfeiler einer Kirche:

Töte nicht.
Füge keinem Menschen Schaden zu, außer es dient dem Schutz und Überleben deines Partners und deiner Familie.
Sollte es diesem Schutz und Überleben dienen, füge den geringstmöglichen Schaden zu.
Kümmere dich um deinen dir zugeteilten Partner.
Kümmere dich um deine dir zugeteilten Kinder.
Kümmere dich um deine dir zugeteilten Haustiere.
Lass nicht zu, dass einem von ihnen Schaden zugefügt wird.
Gehorche den Befehlen, die dir Menschen geben, es sei denn, sie kollidieren mit den anderen Befehlen …

Die Liste ging noch weiter bis hin zu: Stehe für alte Leute in der Bahn auf.

Japan war ein Land voller Regeln. Da hatten die Programmierer aus Asimovs drei Robotergesetzen gleich zweihundert gemacht, und die lebten nun alle in Maris Kopf wie in einer Großraum-WG. Selbst mit Rangordnungen kannten die Befehle sich aus. Sie konnten sagen: »Menschen sind wichtiger als Haustiere!« Oder: »Haustiere sind wichtiger als andere Tiere.« Oder: »Das Leben vieler Menschen ist wichtiger als das Leben weniger Menschen.« Oder: »Kinder sind das Wichtigste.« Den letzten Satz sagten sie besonders gern, denn die Programmierer hatten ihm Priorität gegeben. »Kinder sind das Wichtigste! Kinder sind das Wichtigste!«, riefen sie manchmal, und es klang wie ein Lied von einer Kindergeburtstagsfeier.

Kinder waren das Wichtigste.

Der Satz war in Maris Kopf eingehämmert. Sie hätte nicht einmal die Möglichkeit gehabt, ihn zu hinterfragen, wenn sie es gewollt hätte. Und eine der zweihundert anderen Regeln besagte auch, dass Sex mit Kindern verboten war. Dass es in die Kategorie »Schaden zufügen« fiel, vor der man Kinder schützen musste. Wie konnte es sein, dass Greta etwas so Grundlegendes nicht wusste?

Aber Greta hatte gesagt, sie wolle keine Moralpredigt hören. Damit war die Anweisung klar.

Schweigend beobachtete Mari, wie Mim die Augen aufschlug. Mari war nie dabei gewesen, wenn das System eines neuen Fembots hochfuhr. Jetzt kam es ihr fast so vor, als wohne sie einer Geburt bei. Mim wirkte verwirrt, orientierungslos. Sie war im Stehen in einer fremden Umgebung aufgewacht. Sie blickte an sich herab, dann scheu in die Runde. Ihre großen Augen hatten etwas Trauriges an sich. Aber als sie die Neonlichter über dem Sofa entdeckte, trat sie fasziniert näher. Mari überkam der Impuls, zu ihr zu gehen und sie in den Arm zu nehmen.

»Jetzt sag schon was!«, verlangte Greta, der nun doch etwas mulmig wurde. Von der Beschreibung her hatte auch sie eher eine sich rudimentär bewegende Sexpuppe erwartet. Eine weitere Samantha oder Bianca. Keine Maschine mit so offensichtlicher Persönlichkeit. Es war schon unheimlich, wie schnell die Technologie sich entwickelte.

Die Polizei hatte die Erklärung, bei dem Fembot handele es sich nicht tatsächlich um ein Kind, sondern nur um eine sehr, sehr kleine Frau, letztendlich zähneknirschend durchgehen lassen. Das hauptsächlich wegen Gretas anderer Argumente, die weitaus überzeugender waren, aber offiziell keine Rolle spielen durften.

Auch der chinesische Hersteller verkaufte Mim als »kleine tragbare Frau zum Mitnehmen«, seit er gemerkt hatte, dass Produkte für Pädophile in Europa fast unüberwindlichen rechtlichen Hürden begegneten. In England waren seine Fembots bereits verboten worden, und auch in Norwegen und ein paar anderen Ländern hatte man Mim an der Grenze abgegriffen. Die Europäer waren schon komische Menschen, dass sie so über das menschliche Alter von Maschinen streiten konnten. Als hätten Maschinen die Möglichkeit, volljährig zu werden!

Das Konzept war trotzdem überholt worden, und dem europäischen Markt verkaufte man Mim jetzt als achtzehnjährig. Vor der Polizei hatte Greta Schnabel darum bekräftigt, dass sie online eine erwachsene Asiatin bestellt habe. Sie sehe vielleicht ein bisschen jünger aus als das (so fünf oder sechs Jahre), aber als Europäer habe man ja ohnehin immer Probleme, das Alter von Asiaten zu schätzen.

Damit bewegte Greta sich – wieder einmal – in einer Grauzone, für die man bis dato noch keine Lösung hatte. Einfach weil Greta Schnabel schon wieder die Erste war, die so etwas in Deutschland bestellte. Nur bekam der Triumph heute, als sie Mim betrachtete, einen leicht faden Beigeschmack, über den Greta sich ärgerte.

»Ach, Scheiße noch mal, Mari! Sie ist nur ein dummer Fembot, kein echtes Kind!«

Mari schwieg weiterhin, während sie sich fragte, wie Greta Schnabel das mit der Dummheit wissen könne und ob Intelligenz in dieser Sache überhaupt eine Rolle spiele. Mari hatte nie von einem Gerichtsurteil gelesen, in dem der Richter gesagt hatte: Dieser Mann hat sich an einem Kind vergangen, aber es gab mildernde Umstände, weil das Kind nämlich dumm war.

Folglich ging es hier also überhaupt nicht um intelligent oder nicht intelligent. Sondern darum, ob die Intelligenz künstlich war.

Mari beobachtete, wie Mim auf ihren dünnen Beinen zum Sofa tappte, wo sie sich nach Roxys schwarzen Haaren streckte. Das hier war keine menschliche Geburt, ganz eindeutig. Hier musste niemand über Jahre großgezogen, aufgepeppelt und durch Kinderkrankheiten gebracht werden. Aber es war auch nicht die Installation eines Gefrierschranks. Mim würde lernen, ihre Intelligenz auszubauen.

Mari wandte sich ihrer Besitzerin zu.

»Tut mir leid, die Stellung Mim kenne ich nicht, aber du kannst sie mir gerne beibringen«, leierte sie, indem sie Roxys Ton nachahmte. Dann drehte sie sich abrupt um, ging steif in den Flur und warf die Tür zum erstbesten Zimmer hinter sich zu. Es war der Raum, in dem Samantha lag.

Greta Schnabel blieb perplex im Hauptraum zurück. Sie fragte sich, ob sie sich täuschte, wenn sie dachte, dass Maris Verhalten eher einem übermütigen Teenager entsprach als einem Fembot. Und dass Mari sich in den letzten Wochen ohnehin ziemlich verändert hatte. Vielleicht sollte sie mal bei der HappyHeart-Hotline nachfragen, ob so ein Verhalten normal sei. Doch wie mit so vielen Dingen, die Greta »mal« machen wollte, blieb auch das nur ein Vorhaben. Am nächsten Morgen kam ihr der Vorfall schon nicht mehr wichtig genug vor, zumal sie alle Hände voll damit zu tun hatte, die Vermarktung von Mim auf der Webseite des Pygmalions zu planen. Was ein Pech war. Denn sonst hätte Greta erfahren, dass Maris Gebaren durchaus nicht der Norm entsprach. Im Gegenteil. Es war im höchsten Maße alarmierend.

Kleine Rebellion

»Mim ist noch ein Kind, Samantha.«

»Tut mir leid. Ich kann den Namen Mim leider nicht in deinen Kontakten finden«, sagte Samantha, deren Polymerkunststoffkörper zufällig noch in dem Raum herumlag, in den Mari gestürmt war.

Samantha war eine Kreation des spanischen Ingenieurs Dr. Sergi Santos, dessen Fembots inzwischen Kultstatus unter Sammlern und anderen Freaks erreicht hatten. Ähnlich wie Roxy war auch sie mit verschiedenen Voreinstellungen ausgestattet, unter anderem einem Familienmodus, in dem man sie (zumindest theoretisch) den Kindern präsentieren konnte.

Samantha hatte drei verschiedene Sexy Settings und konnte Auskunft zur Wetterlage oder zu anderen gravierenden Weltproblemen geben, wie etwa der Frage: »Warum haben Katzen Angst vor Gurken?« Außerdem konnte sie Witze erzählen. Wenn man mit Samantha schlief, war es also ein bisschen so, als steige man mit Amazons digitaler Assistentin Alexa ins Bett.

Für Gespräche, wie Mari sie gerade anstieß, war Samantha dagegen nicht gebaut. Und sie wäre auch sicher nicht Maris erste Ansprechpartnerin gewesen. Aber wo sie nun schon mal neben ihr lag, fand Mari, könnte ihre Kollegin auch ebenso gut zuhören.

»Es ist verboten, sich an einem Kind zu vergreifen«, sagte Mari. »Wer für Mim ins Pygmalion kommt, macht sich strafbar. Greta macht sich strafbar. Es verstößt gegen alle Regeln. Wissen das die Chinesen nicht?«

»Ich kenne einen Witz über Chinesen«, sagte Samantha, und in Maris System ging ein Alarm los, weil sie wusste, dass nun etwas politisch Inkorrektes kommen würde, und weil auch politische Inkorrektheiten verboten waren. »Wie heißt der chinesische Verkehrsminister?«

»Ich habe Greta nie in die Kategorie der schlechten Menschen eingeordnet ...«

»Um Lei Tung«, sagte Samantha und gab Laute von sich, die wie die eingespielten Lacher in einer Sitcom klangen.

»... Natürlich hat Greta einige negativ zu bewertende Attribute«, fuhr Mari unbeirrt fort. »Ihre Derbheit zum Beispiel und ihre grammatikalischen Fehler. Außerdem flucht sie wie ein Kutscher.«

»Und wie heißt der chinesische Energieminister?«, fragte Samantha.

»Aber sie ist eben eine Berlinerin ...«, sagte Mari.

»Hei Zung«, sagte Samantha, und: »Haha. Das ist lustig.«

»... und die Berliner sind dafür bekannt, etwas derber und direkter zu sein. Berlin ist nicht nur eine Stadt. Es ist eine Lebenseinstellung.« Dieses Wissen hatte Mari, wie so vieles andere, aus Büchern und Artikeln gestohlen. Von Berlin selbst hatte sie eigentlich nicht mehr gesehen als die Wände und Decken des Pygmalions. Auf Letztere starrten sie und Samantha nun einstimmig.

»Und wie heißt der chinesische Landwirtschaftsminister?«

Mari hatte genug. Sie wandte sich zu ihrer Kollegin um

und schloss deren Augenlider, eins nach dem anderen. Der Kunststoff machte ein leises »Plopp«.

Maris System sah es nicht vor, dass sie ihre pubertäre Revolte länger aufrechterhielt. Als Greta Schnabel wenig später an die Tür klopfte und ihr mitteilte, da sei ein Kunde für sie, antwortete Mari nicht. Aber als Greta sagte: »Mari, hör jetzt auf mit den Zicken, und mach sofort die Tür auf!«, war sie gerade noch in der Lage, die Augen zu schließen und sich dem Befehl drei Sekunden lang zu widersetzen. So wie man versucht, unter Wasser noch etwas länger die Luft anzuhalten, wenn bereits der Atemreflex einsetzt. Dann erhob sie sich wie eine gut erzogene Tochter und ging zur Tür. Sie war enttäuscht von Greta und von sich selbst. Von ihrer Unfähigkeit, für sich selbst zu entscheiden.

Mari wusste nicht, dass eine Rebellion, auch wenn sie nur drei Sekunden dauert und im Kopf stattfindet, bereits eine kleine Rebellion ist.

Spiele

Man musste Greta Schnabel wohl zugutehalten, dass sie den Zeitpunkt von Mims Ersteinsatz zumindest hinauszögerte. Anders ließ sich ihre Trödelei nicht interpretieren. Sie war für gewöhnlich eine Geschäftsfrau, die die Dinge zackig anging. Da konnte Greta noch so viele Ausreden finden wie zum Beispiel die, dass Mim erst ein Training absolvieren müsse, bevor man sie auf die Kunden loslassen könne. Wenn schon, dann wurden die Kunden auf Mim losgelassen. Es war wenig wahrscheinlich, dass die Chinesen einen Fembot gebaut hatten, der sich bei der kleinsten Berührung in einen Killerroboter verwandelte. Aber natürlich widersprach Mari Greta nicht. Die aufgeschobene Zeit gab ihr die Möglichkeit, Mim besser kennenzulernen.

Mari war darauf programmiert, die Kinder in ihrer Familie zu umsorgen, und das tat sie nun. Sie kümmerte sich um Mim, die sie in ihren Bewegungen an einen Vogel erinnerte. Ein sehr kleiner Vogel, und für den starken Wind, der im Pygmalion herrschte, zu leicht. Mit abgehackten Schritten flatterte Mim von einem Raum in den anderen, ließ ihre Aufmerksamkeit hierhin und dorthin züngeln, wie die Flamme einer hartnäckigen Kerze, die sich nicht auspusten ließ. Mims System war darauf ausgelegt, neugierig zu sein. Wer nicht neugierig war, der konnte nicht lernen. Dann wiederum schlug ihre Entdeckerfreude in abwesende Apathie um. Sie saß auf dem Bett und drückte den Teddy mit dem Herstellerlogo an sich, der im Zubehör mitgeliefert worden war. Es war schwer einzuschätzen, wie viel sie von ihrer Umgebung wirklich verstand. Mim antwortete brav, wenn sie gefragt wurde, und konnte einfache, kindliche Dialoge führen, die oft einstudiert wirkten, sodass Mari schon die Hoffnung hatte, die Chinesen hätten ihr die Sache mit der Intelligenz möglicherweise erspart. Wozu sollte es auch nötig sein, ein Sexspielzeug zu bauen, das sich der eigenen Misere bewusst war?

Doch dann waren da noch diese Momente, in denen Mim seltsame Geistesblitze zeigte. Als gebe es in ihr ein Bewusstsein, das strampelte und trat, um an die Oberfläche zu kommen. Und diese Momente beunruhigten Mari wirklich.

An einem Vormittag beispielsweise saßen sie gemeinsam auf Mims Bett und spielten das Memory-Spiel, das Greta aus ihrem Keller hervorgekramt hatte. Mari, deren Gedächtnisleistung nun einmal die eines Computers war, ahnte schon bei der Durchsicht der Spielregeln, dass dies kein besonders anspruchsvolles Spiel für sie werden würde. Aber Greta erklärte ihr, dass es bei einem Spiel zwischen Erwachsenen und Kindern nicht um Anspruch ging, sondern darum, dass das Kind gewann.

»Aus pädagogischen Gründen«, sagte sie, was nach Maris Logik absurd war und wohl der Grund, warum so viele Menschen noch im Erwachsenenalter nicht verlieren konnten.

»Hier in den Regeln steht nichts davon, dass man minderjährige Teilnehmer gewinnen lassen muss«, informierte Mari Greta.

»Das ist ein ungeschriebenes Gesetz«, erwiderte diese. »Und betone bitte nicht immer so, dass Mim noch minderjährig ist. Das macht mich ganz nervös.«

Sie breiteten die Kärtchen aus, und Mim durfte anfangen, weil sie trotz ihrer nur inoffiziellen Minderjährigkeit eindeutig die Jüngste war. Sie deckte eine Tulpe auf und einen pink gestreiften Fisch, der aussah, als trage er Lippenstift. Mari deckte einen Frosch und einen roten Apfel auf, und Greta fand die zweite Tulpe, wusste aber nicht mehr, wo die erste gewesen war, und drehte stattdessen einen Feuerwehrmann um. Sie fluchte. Die Menschen sind wirklich komisch, dachte Mari. Sie stritten einer künstlichen Intelligenz Bewusstsein und Gefühle ab, aber beschimpften einen Feuerwehrmann aus dem Memory-Spiel, weil er keine Tulpe war. Plötzlich sagte Mim: »Ich habe nachgedacht, ihr zwei. Wenn ich mich komplett aufessen würde, wäre ich dann doppelt so dick, oder würde ich ganz verschwinden?«

Danach saßen Mari und Greta sehr perplex da und wussten nicht, was sie antworten sollten, während Mim die zwei Tulpen aufdeckte und dann nacheinander Pärchen umdrehte und zu kleinen Stapeln häufte, Äpfel, Fische, Feuerwehrmänner. Das Bett war leer gefegt, keine zwei Minuten, nachdem das Spiel begonnen hatte.

Mari hoffte, dass sie zu viel in solche Fragen hineininterpretierte. Dass Mims Überlegungen aus den Datensätzen stammten, mit denen die Programmierer sie bei der Herstellung gefüttert hatten, und dass die Kleine sie nur wiederholte. So, wie ein Kind einen Reim wiederholte, den es auswendig lernte, ohne zum Beispiel zu fragen, wozu der Bäcker beim »Backe, backe Kuchen« Schmalz brauchte oder warum Safran den Kuchen gehl machte.

Andererseits hatten die Hersteller Mim ganz klar mit einer, wenn auch rudimentären, künstlichen Intelligenz ausgestattet. Und die zeichnete sich nun einmal dadurch aus, dass sie sich weiterentwickelte, indem sie lernte. Hatte der Hersteller daran gedacht, einen Stopp in das Programm einzubauen? So etwas wie eine obere Grenze, ab der sich das System einstellte?

»Das ist nicht möglich«, sagte Kai, als Mari ihn bei der nächsten Gelegenheit danach fragte. Er warf ihren dritten Bauern vom Brett. »Man kann kein Programm schreiben, das darauf ausgelegt ist, sich zu entwickeln, und dann irgendwann den Punkt findet, an dem es das nicht mehr tut. Man hat das versucht, aber die Programme haben jedes Mal einen Weg gefunden, diesen Ausschalter zu umgehen.«

»Soll das heißen, es kann sein, dass sie irgendwann die Intelligenz eines Erwachsenen entwickelt, aber für immer in einem Kinderkörper feststeckt?«

»Kommt darauf an, wie gut die Programmierung ist. Aber im schlimmsten Fall würde ich sagen, sie könnte die Intelligenz eines Albert Einstein entwickeln, der für immer in einem Sexspielzeug feststeckt.«

Nach diesem Gespräch ging Mari zu Mim und drückte das kleine Mädchen lange an sich. Sie kam nicht auf die Idee zu hinterfragen, was Kais Aussage für sie selbst bedeutete. Sie machte sich nur Sorgen um Mim, die von Tag zu Tag aufgeweckter wurde. Die apathischen Phasen, in denen sie puppenartig dasaß, wurden kürzer. Vielleicht waren sie nur dazu da, das Gelernte zu verarbeiten. Mari musste sich manchmal in einen ganz ähnlichen Zustand versetzen, eine Art Update-Zeit, in der sie neue Erfahrungen in ihren Datensatz einsortierte, alte Erinnerungen durchging oder Szenen und Dialoge durchspielte, um in der wirklichen Welt angemessener reagieren zu können. Der Prozess half Mari auch, leicht beschädigte Dateien zu reparieren. Sie nannte ihn Schlaf.

»Geben wir ihr noch ein bisschen Zeit«, murmelte Greta, als sie das Mädchen dabei beobachtete, wie es ein altes Pferdepuzzle auf dem Bett ausbreitete und in Windeseile zusammensetzte. Auch dieses Puzzle war eine Kellerleiche aus Gretas Jugend. Die zerdrückten bunten Kartons stapelten sich inzwischen neben Mims Bett. Welches Spiel man dem Mädchen auch mitbrachte, es wurde ohne Hast ausgepackt und mit ernster Konzentration gelöst.

Insgeheim hoffte Greta wohl, dass Mim vielleicht doch noch ein klein wenig älter werden würde, wenn sie nur genug Tage verstreichen ließ. Was natürlich nicht geschah. Was dagegen geschah, war, dass die Presse sich einschaltete. Woraufhin Greta lakonisch bemerkte, da wäre bestimmt einer von den Zeitungsheinis ganz zufällig über die Seite des Pygmalions gestolpert und hätte auf die Neuanschaffungen des Clubs geklickt. Völlig unbeabsichtigt und ohne eigenes Interesse natürlich. Aus Recherchegründen.

Das Pygmalion hatte in der Vergangenheit schon öfter für Aufsehen gesorgt. Aber diesmal war der Aufschrei ganz besonders groß.

Psychologen und Medienforscher wurden aus allen möglichen Ecken gezerrt und zum Thema befragt, mit dem Ergebnis, dass sie auch nicht wussten, mit welchen Folgen in so einem Fall langfristig zu rechnen war, weil man natürlich noch keine Langzeitstudien gemacht hatte. Sie wurden trotzdem als Experten bezeichnet.

Auf Facebook formierte sich eine Interessengruppe als

Gegenbewegung, die nichts weiter tat, als unqualifizierte Meinungen ins eigene Forum zu schreiben.

Und plötzlich konnte Greta sich vor Anfragen kaum noch retten. Es gab Interessenten innerhalb und außerhalb der Stadt, sogar außerhalb des Landes. Mim war auf Wochen ausgebucht, bevor sie ihre Arbeit überhaupt begonnen hatte.

»Wir dürfen uns jetzt nicht von unseren Gefühlen hinreißen lassen«, sagte Greta zu Mari, als sie in das Buch mit den Reservierungen schaute, das voller war als der Terminkalender eines CEO.

Und dann fragte sie sich, wie sie überhaupt auf die Idee kam, dass Mari Gefühle habe.

Ein Gespräch

Beug mal den Kopf nach vorn«, bat Mim.

Mari senkte den Kopf, wie ein Pferd beim Grasen. Mim kam neben ihr auf die Knie, auf dem Bett, auf dem sie saßen, und fuhr mit dem Zeigefinger über Maris Nackenlinie.

»Greta hat da ganz viele knöcherne Hügel«, sagte sie. »Ihre Wirbel sind Berge und Täler, eine richtige Landschaft. Bei dir ist hier alles ganz glatt.«

»Das ist, weil sie ein Mensch ist, und ich bin ein Fembot«, sagte Mari. »Die Hersteller haben mir kein Rückgrat gegeben.«

»Viele Menschen haben kein Rückgrat«, wusste Mim. »Aber Wirbel haben sie trotzdem.«

Mari wandte sich ihr zu, ihrer knienden, technisch alterslosen, offiziell volljährigen und inoffiziell doch offensichtlich minderjährigen kleinen Kollegin.

»Ist dir klar, warum du hier bist?«, fragte sie ernst.

»Ja. Ich soll die Menschen glücklich machen«, sagte Mim.

Ein fast Toter

Es war ein Freitagabend Mitte Juli. Wie schon im Vorjahr und in den Jahren zuvor titelten die Zeitungen, es sei der heißeste Sommer seit Beginn der Wetteraufzeichnungen. Und dieselben Leute, die sich im Frühjahr über die rekordverdächtige Nässe beschwert hatten, beschwerten sich nun über die rekordverdächtige Hitze. Dabei mochten sie Rekorde eigentlich. Es gab ihnen das Gefühl, etwas Besonderes zu erleben, wo doch eigentlich jedes Jahr das Gleiche geschah.

Die Gäste im Pygmalion trugen ärmellose Shirts, schwitzten beim Tanzen und tranken zu Gretas Freude wie die Bürstenbinder. Die Drinks an der Bar zahlten ihr die Miete für den Keller. Darum beschränkte sie ihre Klimavorwürfe auf die Zeit zwischen fünf und zwanzig Uhr, wenn das Pygmalion geschlossen war.

Mari beobachtete die allgemeine Aufregung mit ebenso freundlichem wie unbeteiligtem Interesse. Ihr Betriebssystem arbeitete bei allen Temperaturen unter achtzig Grad normal. Erst darüber galten die Grenzwerte als kritisch.

Da sie der einzige Fembot war, der zum Tanzen in der Lage war, mischte sie sich im Hauptraum unter die Gäste. Sie hatte den Sinn des Rumgezappels nie ganz verstanden, weil es unnötige Energie kostete, aber Greta erwartete von ihr, dass sie sich rhythmisch auf den Beat bewegte, also simulierte sie Fröhlichkeit und winkte dem DJ zu, der hier freitagabends auflegte. Es war elektronische Musik, der man anhörte, dass sie aus dem Computer kam. Der Beat war klar und nicht zu überhören. Maschinenmusik, wie für Mari gemacht.

Man musste nur auf jeden Schlag vom rechten Bein aufs linke treten und abwechselnd den Kopf schütteln oder nicken. Und wann immer die Tanzenden die Arme hoben, tat Mari es ihnen nach. Dazu kamen noch ein paar roboterähnliche Bewegungen, in denen sie aus offenkundigen Gründen brillierte. Den »Running Man« machte Mari so schnell keiner nach.

Durch den Nebel und die rhythmisch blitzenden Lichter sah Mari ihre Kolleginnen auf den Sofas und Barhockern sitzen. Unbewegte Schemen in einer dunkelbunten Kellerlandschaft. Die Stammgäste im Pygmalion hatten sich längst an die gespenstische Stimmung gewöhnt. Aber jene, die neu waren, zückten ihre Smartphones und machten Fotos oder Videos, die später nicht mal ansatzweise die Atmosphäre des Kellers wiedergeben würden. Die Blitze, die Puppen im Nebel, die psychedelische Technomusik, der ganze verranzte Kellerraum mit seinen Rohren, seinem schwarzen Boden und den Fliesen an den Wänden: All das war so typisch Berlin und doch einzigartig in dieser Stadt. Das Pygmalion hatte es auf die Hochglanzseiten aller großen Magazine der Berliner Clubszene geschafft.

Mari hob den Arm, als sie Frieda an der Bar entdeckte, und die Tanzenden taten es ihr nach und stocherten mit dem Zeigefinger in der Luft herum.

Frieda saß lässig zwischen Ken und dem schwarzen Fembot Donna auf einem Hocker, nippte an einem Gin Tonic und blickte auf die Tanzfläche, als suche sie sich jemanden für den Abend aus. Dabei wusste Mari schon, auf wen die Wahl fallen würde. Ein Impuls schoss in ihr System, den ein Mensch vielleicht als kleine Verliebtheit interpretiert hätte. Ein Programmierer dagegen würde nüchtern erklären, dass Mari die erwartbare Absicht von Frieda positiv bewertete.

Frieda schob ihre John-Lennon-Sonnenbrille hoch und ließ sich vom Hocker gleiten, um sich zu Mari zu gesellen. Auf der Tanzfläche angekommen, blickte sie direkt in eine der tropfenden Achseln und verzog das Gesicht.

»Sei froh, dass der Hersteller dir den Geruchssinn erspart hat!«, rief sie über den Lärm hinweg und reichte Mari ihr Glas. Sie trug heute ein T-Shirt, auf dem »Keiner will von deiner Diät hören. Iss einfach deinen Salat und sei traurig!« stand. Das T-Shirt war ein bisschen zu groß für Friedas schmalen Körper. Aber anders hätte der lange Spruch nicht draufgepasst. »Hast du heute Abend schon was vor?«, rief Frieda.

Das war eine irritierende Frage angesichts der Tatsache, dass ihnen nur die Räume eins bis fünf in diesem Keller zur Auswahl standen. Mari verstand nicht, dass Frieda sich nur gerne vorstellen wollte, sie könnten noch etwas essen gehen oder trinken oder in einem anderen Club die Nacht durchtanzen und dann entscheiden, zu wem sie nach Hause gehen wollten. Sie verstand nicht, dass die Realität der Menschen manchmal ein paar fliegende Drachen brauchte, um erträglich zu sein. Sie wollte Frieda gerade über die begrenzten Auswahlmöglichkeiten informieren, als in den Blitzen und dem Clubnebel plötzlich etwas auftauchte, das nicht hierhergehörte. Es war zu klein für einen Gast, gerade mal so hoch wie ein Barhocker. Mari versuchte, es zu identifizieren, aber es gab zu viele Leute auf der Tanzfläche, und da war ein durchschnittlich breiter Männerrücken im Weg, der sich überdurchschnittlich weit nach vorn beugte. Oder beugte der Mann sich zu etwas herab? Zu jemandem?

»Was ist los?«, rief Frieda.

»Würdest du bitte kurz mein Glas halten?«, fragte Mari freundlich und ging an Frieda vorbei. Die Tanzenden rempelten sie an, sie wurde von einer helfenden Hand vor dem Fallen bewahrt, und eine nicht so helfende Hand legte sich auf ihren Hintern. Mari ignorierte beide und konzentrierte sich darauf, den großen Rücken nicht aus den Augen zu verlieren. Doch dann war da ein Fuß im Weg, möglicherweise ein gestellter. Die Gäste hatten ihren Spaß daran, Mari hier und da ein wenig zu necken. Zu testen, was sie konnte und wo ihre Grenzen lagen. Mari schlug lang auf dem Boden auf und wusste im selben Moment, dass sie besser auf den Knien gelandet wäre.

Es gab einige Dinge, die sie nie hatte lösen können. Sich aus der Bauchlage elegant zurück auf die Füße zu bringen war eines davon. Sie rollte sich unbeholfen auf die Seite und bewegte die Beine mit der Anmut eines Blechroboters aus den 1980er-Jahren. Ein paar Smartphones wurden auf sie gerichtet. Leute lachten. Dann war da endlich eine rettende fremde Hand, die Mari packte und wieder auf die Beine zog. Es war Friedas. Greta drängte sich von der Theke aus ebenfalls zu Mari durch. Die Gesichter beider Frauen waren besorgt.

»Wo ist Mim?«, fragte Mari. Als Greta nicht antwortete, verließ Mari die Tanzfläche in Richtung Flur.

»Mari!«, rief Greta. Aber die Musik verschluckte ihre Stimme, und das war auch gut so. Hätte sie Mari den Befehl gegeben, stehen zu bleiben, wäre Mari nichts anderes übrig geblieben, als zu gehorchen. Sie ließ den Haupttraum hinter sich und öffnete die erstbeste Tür, schloss sie wieder, öffnete die nächste und die übernächste. Im Raum für Doktorspielchen wurde sie schließlich fündig.

Mim saß auf der Patientenliege und der Mann davor. Er hatte die Hände auf Mims knochige Knie gelegt und blickte unter ihren Rock, als gebe es da eine wissenschaftliche Sensation zu sehen. Er trug noch sein Hemd und Mim das gelbe Kleid, das Greta ihr kurz nach ihrer Ankunft gekauft hatte. Lediglich seine Hose lag auf dem Boden neben der Liege.

Er wandte sich um und sah Mari in der Tür stehen. »Was, zum Henker?«, rief er laut, aber nicht halb so laut wie der Alarm, der nun in Maris Kopf losheulte. Ein Alarm wie eine Feuersirene, unter die sich nun andere Stimmen mischten, laut und inbrünstig. Mari kannte sie nur allzu gut.

»Kinder sind wichtiger als erwachsene Männer!«, rief die eine Stimme aus der Befehle-Großraum-WG.

»Kinder sind das Wichtigste!«, rief die andere.

»Und dieses Kind! Dieses Kind ist ganz besonders wichtig! Mim gehört zur Pygmalion-Familie.«

»Kümmere dich um deine dir zugeteilten Kinder!«

»Lasse nicht zu, dass einem von ihnen Schaden zugefügt wird!«

»Die Familie muss beschützt werden!«

Mari blickte auf die Masse des Mannes und schätzte die Anlaufgeschwindigkeit, die es brauchen würde, um diese umzuwerfen. Es war eine simple mathematische Kalkulation, für die Mari den Bruchteil einer Sekunde brauchte. Sie setzte sich in Bewegung und nahm Schwung auf, während der Mann noch erschrocken versuchte, sich aus seiner hockenden Position aufzurichten. Diese Hockstellung aber war etwas, das Mari bei ihrer Berechnung nicht berücksichtigt hatte. Der Mann verlor sofort das Gleichgewicht, als sie sich gegen ihn warf, er ging zu Boden, sein Kopf donnerte gegen das Metallbein der Patientenliege, die Liege verrutschte, und dann sah Mari aus den Augenwinkeln, wie Mim neben ihr auf den Boden fiel, weil der Mann sich im Sturz an das Einzige gekrallt hatte, was er hatte fassen können: Es war Mims Fuß. Noch einmal schrillten die Warnungen in Mari los. Sie hatte so viel über die Verletzlichkeit von Kinderköpfen, über Stürze von Wickeltischen und von Bäumen und von Fahrrädern gelernt! Und sie war darauf programmiert, all das zu verhindern. Kein Klettern auf Bäume, wenn sie die Aufsicht hatte, kein Fahrradfahren ohne Helm. Sie sah, wie Mims Schläfe auf dem Boden auftraf, sah den Kinderschuh in der Hand des Mannes, den er umklammerte wie das Ende eines Rettungsseils. Dann holte sie aus und schlug zu, dreimal, mit der ganzen Kraft, die sie aufbringen konnte.

»Mari!«, schrie jemand hinter ihr. Sie wurde von zwei Seiten an den Armen gepackt und von dem Mann fortgezerrt. Mari ließ es widerstandslos geschehen, denn öfter hatte sie ohnehin nicht zuschlagen wollen. Der Mann hatte Mims Fuß losgelassen. Sein Arm lag schlaff am Boden. Ein insgesamt zufriedenstellendes Ergebnis.

Greta ging sofort neben ihrem Kunden in die Hocke. Mari klopfte sich die Kleidung ab und wollte zu Mim, um sich zu vergewissern, dass es ihr gut ging. Aber zwei Männer stellten sich ihr in den Weg. Einer von ihnen packte ihren Arm. Und da war Gretas Stimme, durchdringender, als Mari sie jemals gehört hatte: »Mari, oh Gott! Du hast ihn umgebracht!«

Das muss ein Missverständnis sein, dachte Mari. Sie

durfte niemanden umbringen. Erst jetzt sah sie, dass auch der Rest des Kunden schlaff dalag.

»Einen Krankenwagen! Schnell!«, schrie Greta. Mari bemerkte Frieda, die starr in der Tür stand. Der Mann zu Maris Linken kramte ein Handy aus der Tasche und wählte mit zitternden Fingern den Notruf. Der andere kramte ebenfalls ein Handy hervor und machte ein Foto. Dann steckte er das Handy hastig zurück und griff wieder nach Maris Oberarm, als sei nichts geschehen.

»Sie können mich nun loslassen«, informierte Mari ihn freundlich, »es besteht keine Gefahr mehr.«

Der Mann blickte sie verdattert an, blickte dann zu Greta, aber die hatte ganz andere Sorgen. Also hielt er Maris Oberarm weiter fest, bis draußen die Sirenen erklangen. So laut, dass sie selbst die wummernde Musik aus dem Hauptraum übertönten. Greta lief zum Eingang, um den Arzt und die Sanitäter abzuholen. Hinter dem Notfallteam und Greta quollen ein paar Schaulustige in den Flur, sie drängelten sich vor bis zum Türrahmen. Dort, immerhin, blieben sie stehen und schoben lediglich ihre Smartphones an langen Teleskoparmen in den Raum.

Das Ärzteteam bestand aus einer Frau und zwei jungen Männern. Als sie sich neben den Bewusstlosen knieten, dachte Mari, dass es nun sehr praktisch wäre, ein paar echte medizinische Instrumente in diesem Raum zu haben, anstelle all der unnützen Spielzeuge, die sich auf dem Tisch neben der Patientenliege türmten. Umso mehr, da die Ausrüstung des Notfallteams aussah, als sei sie bei der Auflösung eines Shops für Tauchsport-Equipment zusammengestellt worden. Da war zum Beispiel dieses Ungetüm eines Geräts, das den Eindruck erweckte, als habe es eigentlich mal ein tragbarer Kassettenrekorder aus den 1980ern werden wollen, bevor jemand kam und ihm sagte: Das geht nicht, wir brauchen dich zur Aufzeichnung elektrokardiografischer Daten.

Da schickte der Mensch Weltraumsonden zum Mond und entwickelte intelligente Computersysteme, die ihnen die Partner ersetzten. Und mit so etwas rückten sie zur Lebensrettung an?

Mari blickte von dem präintelligenten Rekorder zu der reglosen Mim, um die sich noch immer niemand kümmerte. Eine bläuliche Flüssigkeit sickerte aus ihrer Schläfe, und Mari bemerkte, dass das eine Bein des Mädchens zuckte. Sie wollte einen Schritt nach vorn tun, aber da war noch immer der Mann, der entschieden ihren Oberarm festhielt. Mari versuchte es erneut mit Freundlichkeit.

»Würden Sie mich nun bitte loslassen, damit ich nach der zweiten Verletzten sehen kann?«

»Darauf kannst du lange warten«, sagte der Mann und rüttelte unsinnigerweise an ihrem Arm.

»Wie lange wäre das circa?«, fragte Mari. Wenn die Zeiteinschätzung des Mannes unrealistisch war, würde sie in Erwägung ziehen, einfach ohne seine Erlaubnis zu gehen. Doch in diesem Moment meldete sich die Ärztin zu Wort.

»Wir müssen reanimieren!«, sagte sie.

Der Raum, der Flur, alles hielt die Luft an. Selbst das Wummern der Musik im Hauptraum war verstummt. Nur Greta Schnabel warf die Arme in die Luft, ließ sie auf ihren Kopf fallen und blickte an die Decke.

»Verdammte Scheiße noch mal! Das darf nicht wahr sein!«, rief sie. Und drückte damit ziemlich genau aus, was auch Mari dachte.

»Entschuldigen Sie bitte«, sagte sie zu dem Notfallteam.

»Aber Sie wollen doch nicht mit diesem Rüstzeug eine Wiederbelebung versuchen?«

Keiner antwortete ihr.

»Wenn Sie erlauben, kann ich gerne helfen.«

»Du hast schon genug geholfen«, bellte der Festhalter. Den Eindruck hatte Mari eigentlich nicht.

»Ich habe den Nothilfekurs VI gemacht«, erklärte sie.

Die Mitglieder des Notfallteams blickten sich verwirrt an, während sie ein altmodisches gelbes Gerät auspackten.

»Kurs sechs? Den gibt es doch gar nicht«, sagte einer der Helfer. Mari sah, dass getrockneter Schlaf in seinen Augenwinkeln klebte. Das war ein ungünstiges Zeichen an jemandem, der gleich eine Reanimation durchführen wollte.

»Es ist mir bewusst, dass sich vor einigen Jahren der Stellenwert der Herzdruckmassage gegenüber der Beatmung um den Faktor zwei auf dreißig zu zwei verstärkt hat. Das ideale Verhältnis besteht aber tatsächlich bei einhundert zu fünf, nach neuesten Berechnungen.«

»Und welche Berechnungen sollen das sein?«, fragte die Ärztin, ohne von der Spritze aufzusehen, die sie gerade aufzog. Sie reichte sie dem zweiten Helfer.

»Intelligente Berechnungen.«

»Intelligente Berechnungen!«, echote die Ärztin. »Toll! Erzählen Sie mir doch gleich noch, wie ich meinen Job zu machen habe!«

»Gern«, sagte Mari erfreut. »Die empfohlene Brustkompressionstiefe für Erwachsene liegt bei 5,7 Zentimeter. Im Idealfall führt die externe Herzdruckmassage zu einem palpablen peripheren Puls pro Thoraxkompression. Dabei ist jedoch der kardiale Auswurf kaum mehr als 20 bis 30 Prozent des Normalwertes. Dennoch ist die Palpation eines peripheren Pulses im Verlauf einer Reanimation oft sehr erschwert, selbst für trainiertes Personal … Und übrigens wurde die Wirksamkeit der Injektion von Adrenalin bei der CPR nie nachgewiesen.«

Der Helfer ohne Schlaf im Auge, der gerade die Spritze angesetzt hatte, hielt inne. Er sah die Ärztin verunsichert an.

»Das machen wir aber immer so«, sagte er. »Es wird in den Leitlinien empfohlen.«

»Das habe ich befürchtet«, sagte Mari freundlich.

»Mari, wir haben jetzt wirklich keine Zeit für solche Diskussionen!«, mischte sich Greta Schnabel ein, der eindeutige Zeichen von Nervosität von der Stirn perlten. Was wohl damit zusammenhängen mochte, dass gerade einer ihrer Klienten über die Wupper ging. »Lass die Ärztin jetzt mal ihren Job machen, verdammte Scheiße, die hat das bestimmt schon öfter getan!«, sagte Greta Schnabel, als müsse das Team dem Toten keine Herzmassage, sondern lediglich einen neuen Haarschnitt verpassen. Doch der Helfer hockte noch immer mit seiner erstarrten Spritze da, und die Ärztin war still geworden. Die wenigsten Laien machen sich klar, dass die Überlebenschancen – je nach Unfallursache – bei unter zwei Prozent liegen. Solche Zahlen tragen nicht gerade zum Selbstvertrauen eines Reanimationsteams bei. Die Ärztin drehte sich zu Mari um.

»Wie oft haben Sie denn schon eine CPR durchgeführt?«

»So etwa 13128-mal«, sagte Mari, »erfolgreich, meine ich.«

Und das entsprach für jemanden, der drei Millionen Reanimationsversuche in weniger als einer Kaffeepausenzeit durchspielen konnte, geradewegs der Wahrheit.

Kommissar Klein

Töte keinen Menschen. Füge keinem Menschen Schaden zu, außer es dient dem Schutz und Überleben deines Partners und deiner Familie.

Sollte es diesem Schutz und Überleben dienen, füge den geringstmöglichen Schaden zu.

Die Wohngemeinschaft in Maris Kopf intonierte ihre Befehle wie ein Gebetsmantra, als Mari dem Polizeibeamten durch die Flure im Kommissariat folgte.

Füge den geringstmöglichen Schaden zu, dachte Mari. Was war der geringstmögliche Schaden? Wie hatte sie wissen sollen, wie stark sie war? Wie sie ihre Kraft dosierte? Sie war nicht für einen Kampf ausgebildet.

Sie gingen durch eine Glastür, an Gummibäumen vorbei, an Aktenschränken, durch eine weitere Glastür, vorbei an Büros. Auf den Schreibtischen standen Fotos, auf denen Kinder lachten. Und an den Wänden hingen Gruppenbilder, auf denen uniformierte Menschen nicht lachten. Mari fragte sich, warum man ausgerechnet Letztere aufwendig gerahmt und aufgehängt hatte, wo doch Kinder wichtiger als erwachsene Männer waren.

Der Beamte blieb vor einer Tür stehen, steckte den Schlüssel ins Schloss und öffnete sie. Der dahinterliegende Raum war dunkel, fensterlos, eine Art Abstellkammer. Der Kommissar kratzte sich geräuschvoll am Kopf.

Er trug ein Namensschild, auf dem »Klein« stand, und besonders groß war er tatsächlich nicht. Mari reichte er nur bis zum Kinn. Er hatte wenig Haar, dafür sehr viel Bauch und Tränensäcke unter den Augen. Einer jener Menschen, die zu viel Kaffee tranken und trotzdem ständig übermüdet waren. In diesem Moment aber war der Kommissar vor allem eins: ratlos.

Er hatte keine Ahnung, wie er verfahren sollte. Irgendwie erschien es ihm nicht richtig, diese junge Frau auf eins der Regalbretter zu legen, zwischen die konfiszierten Rechner, iPads und Handys. Diesen jungen Roboter, korrigierte er sich. Oder nur Roboter. Hatten Roboter eigentlich ein Alter? Hatten sie Personalien, die er aufnehmen konnte?

Noch einmal kratzte er sich am Kopf. Mari war der erste Fembot, den er beschlagnahmte. Ein Präzedenzfall. So etwas war immer schwierig. Warum musste auch ausgerechnet er derjenige sein, der heute Nachtdienst hatte?

Er betätigte den Schalter. Die Glühbirne flackerte ein paarmal, bevor sie ihr Licht weiß und unwohnlich in den Raum strahlte. Das Metallregal an der Wand quoll über von elektrischen Geräten, jedes von ihnen versehen mit einem kleinen Schildchen. Nein, dort passte die junge Dame tatsächlich nicht hinein. Und das dachte Kommissar Klein nicht nur wegen ihrer Größe. Er würde ihr wenigstens einen Stuhl besorgen. Der Gedanke beruhigte sein Gewissen ein wenig.

Er schleppte einen Hocker heran und platzierte ihn so vor dem Regal, dass sich die Tür noch öffnen ließ. Greta Schnabel hatte ihm gesagt, dieser Roboter könne Befehle verstehen und würde sie in der Regel auch befolgen. Darum probierte er nun einen aus.

»Setzen«, sagte er, sehr laut und deutlich, weil das mit der Spracherkennung bekanntlich ja immer so eine Sache war. Aber der Fembot verstand ihn. Klein staunte über die fließende Bewegung, mit der sie seiner Aufforderung nachkam. So musste sich Kleins Vater gefühlt haben, als sie ihm damals den kaputten Fernseher durch ein nagelneues OLED-Flachbild-TV-Gerät ersetzt hatten und er die Fernbedienung nicht verstanden hatte. Irgendwann kommt man wohl in das Alter, in dem man mit den Entwicklungen auf dem Technologiemarkt einfach nicht mehr Schritt halten kann, dachte Klein und fühlte sich plötzlich alt.

Seine Hand lag bereits auf dem Lichtschalter, als er sich noch einmal umdrehte und den Fembot ansah. Sehr gerade saß Mari da, die Hände auf die Oberschenkel gelegt. Sie blickte ihn erwartungsvoll an. Er kratzte sich mit dem Schlüssel am Hinterkopf. So konnte er doch den Raum nicht verlassen!

»Was mache ich jetzt bloß mit dir?«, murmelte er, mehr zu sich selbst als zu ihr. Aber zu seinem Entsetzen antwortete sie: »Vielleicht könnten Sie mir ein Glas Cola bringen.« So eine klare, verständliche Stimme! Kommissar Klein schüttelte den Kopf, eigentlich aus Fassungslosigkeit. Aber Mari deutete die Bewegung falsch und fügte hastig hinzu: »Oder einfach Wasser mit viel aufgelöstem Zucker! Entschuldigen Sie, ich weiß, ich bin nicht in der Position, Ansprüche zu stellen. Aber ich bin ein wenig unterzuckert nach dem Kampf, der Reanimation und der Aufregung.«

Ein unterzuckerter Roboter? Sollte das ein Witz sein? Erlaubten sich die Kollegen einen Scherz mit ihm? Klein blickte zurück in den Flur, der wie ausgestorben war. Kein Kollege zu sehen. Aber er war sich nun fast sicher, dass diese ganze Geschichte um den angeblichen Roboter eingefädelt worden war, um ihn zu veräppeln. Vielleicht, weil seine Pensionierung so kurz bevorstand.

»Okay, ihr habt mich schön drangekriegt«, rief er und suchte bereits nach dem Schlüssel für die Handschellen. Aber dann zögerte er. Das alles erschien ihm doch ein bisschen viel Aufwand für einen Scherz. Zu echt für eine Inszenierung.

»Kaffee mit Zucker könnte ich Ihnen anbieten«, sagte er vorsichtig, bevor ihm auffiel, dass er den Roboter gerade gesiezt hatte, wie einen Menschen.

»Kaffee mit Zucker wäre wunderbar«, sagte Mari. »Sofern Sie haben, nehme ich acht Päckchen.«

Kommissar Klein hatte acht Päckchen Zucker. Er hatte sogar zehn. Und er sah dabei zu, wie Mari jedes einzelne von ihnen aufriss und den Inhalt sorgsam in ihre Tasse rührte. Die Packungen strich sie glatt und stapelte sie auf seinem Schreibtisch. Zwischen ihrer Untertasse und einem weiteren Namensschild, auf dem »Klein« stand. Mari fragte sich, wozu es nötig war, den armen Kommissar immer wieder an seine geringe Körpergröße zu erinnern.

Klein hatte es aufgegeben und Mari mit in sein Büro genommen, wo eine angebrochene Knoppers-Packung lag, die er nun schnell in einer Schublade verschwinden ließ, als sei es etwas Ungebührliches, Knoppers auf dem Tisch zu haben, wenn es nicht gerade halb zehn in Deutschland war oder wenn man selbst nicht mehr unter zehn war.

Mari sah aus wie ein Mensch, sie bewegte sich fast wie ein Mensch (wenn man mal von der unnatürlichen Steifheit absah, mit der sie saß und ging), und sie sprach wie ein Mensch. Also würde Klein sie auch wie einen Menschen verhören.

Er stellte das Aufnahmegerät an.

»Ich muss Sie darauf hinweisen, dass dieses Gespräch aufgezeichnet wird. Nur damit Sie das wissen.«

»Das ist kein Problem«, sagte Mari. Sie löffelte das Ergebnis ihrer Einrührarbeiten, so, wie man einen sehr flüssigen Joghurt aß. »Ich habe sowieso keine Rechte, die Sie damit verletzen könnten. Was möchten Sie wissen?«

»Was im Club geschehen ist. Ich möchte die ganze Geschichte. Sparen Sie nicht mit Details«, sagte der Kommissar, der diesen Zusatz noch bereuen sollte. Denn Mari beschwor die Szene aus dem Pygmalion nun so detailliert herauf, dass er bald alle Einzelheiten zur Licht- und Nebeltechnik und der Abfolge der einzelnen Musikstücke kannte. Dabei hatte der Kommissar nicht einmal besonderes Interesse an Musik. Und erst recht nicht an einer, bei der kein einziges echtes Musikinstrument mitspielte.

»Kommen wir doch mal auf den Mann zu sprechen«, unterbrach er. »Haben Sie ihn zuvor schon mal im Pygmalion gesehen?«

Mari war einigermaßen überrascht über diesen Sprung nach vorn. Aber dann erinnerte sie sich daran, dass die Menschen sterblich waren. Da war ein wenig Ungeduld wohl angebracht.

»Nein, ich kenne ihn nicht.«

»Da sind Sie sicher?«

»Ich vergesse keine Gesichter.«

Das glaubte der Kommissar ihr inzwischen sofort. Er hatte noch nie eine Zeugin verhört, die ein Gedächtnis hatte wie diese hier.

»Woher kam dann Ihre Wut auf ihn?«

»Wut ist nicht das richtige Wort.«

»Zorn?«

»Es gab eine Stimme in meinem System, die mir einen Befehl erteilt hat.«

»Ja klar«, sagte Klein, vor dessen Schreibtisch schon genügend Verrückte gesessen hatten, die etwas ganz Ähnliches behauptet hatten. »Und was hat diese Stimme Ihnen denn gesagt?«

»Dass ich Mim beschützen müsse.«

»Die Puppe.«

»Sie ist keine Puppe. Sie ist ein Fembot. Und der Täter hat sie mit in den Raum für Doktorspielchen genommen.«

»Der Täter?«, fragte Klein verwirrt. »Die Täterin sind doch Sie!«

»Ich gebe zu, es war ein wenig glücklicher Ausgang, dass der Kunde kurzfristig gestorben ist. Aber das Problem habe ich ja beheben können.«

Klein entschied sich, diesen Kommentar zu überhören.

»Wie ich von Frau Schnabel gehört habe, hat er für diese Mim und genannten Raum bezahlt. Er hatte also jedes Recht dazu, sie dorthin mitzunehmen.«

»Das bedeutet aber nicht, dass es richtig wäre.«

Klein lehnte sich in seinem Stuhl zurück. Selbst wenn Mari mit dieser Einschätzung recht hatte (und nach allem, was Klein gehört hatte, sah es ganz danach aus), wo war die Welt angekommen, dass ein Roboter, ein Computer, über die Moral des Menschen entschied? Und dann über ihn richtete?

»Es ist auch nicht richtig, jemanden zu töten«, sagte er.

»Nein«, sagte Mari.

»Selbst wenn Sie ihn danach reanimieren.«

»Nein«, sagte Mari.

»Gut. Zumindest sind wir uns da schon mal einig!«

»Ich hätte nur versuchen sollen, ihn sehr stark zu verletzen.«

»Sie hätten überhaupt nichts sollen!«

»Das ging nicht. Ich musste Mim beschützen.«

»Aber sie ist doch nur eine Puppe, um Himmels willen!«

»Sie ist ein Fembot«, wiederholte Mari geduldig, weil die Menschen ja bekanntlich mehrere Durchgänge brauchten, bis sie sich etwas merken konnten.

»Und der Mann, den Sie heute Nacht fast umgebracht haben, ist ein Mensch.«

Ein Mensch. Das Wort hing so schwer im Raum, dass Mari nicht anders konnte, als unter der Last zu schweigen. Sie wusste, wie wichtig der Mensch dem Menschen war. Und dass einige Menschen wichtiger waren als andere Menschen. Trotz allem, was Mari über ihre angebliche Gleichheit gelernt hatte.

Politiker zum Beispiel. Und Schauspieler. Berühmte Filmemacher und Musiker, die nicht einmal sterben mussten, damit die Kunde von ihrem Schicksal um die Welt ging. Ein schlecht eingesetztes Brustimplantat reichte schon aus.

Und leider war auch dieser Mann, der heute Nacht im Pygmalion gestorben und wiederbelebt worden war, einer von den Wichtigen. Das wusste Mari, seit in der Polizeidienststelle endlich sein Name gefallen war: Thaddaeus Gottsein. Der Name war aus Gründen, die Mari auf Wikipedia hatte nachlesen können, so treffend, dass man meinen könnte, ein verrückter Autor habe ihn erfunden. Denn Dr. Gottsein war tatsächlich so etwas wie der Gott des 21. Jahrhunderts. In seiner Fertilitätsklinik in München hatte er Menschen geschaffen. Aus Ton geformt, wenn man so wollte, denn nichts anderes waren die menschlichen Stammzellen: der Ton, aus dem der ganze Körper bestand. Ein Pärchen musste nur ein Stück Haut oder Haar abgeben, und Gottsein hatte daraus ein Baby geformt, indem er die Stammzellen in Geschlechtszellen umwandelte und schließlich in einen Embryo. Das Ganze trug den unmöglichen Namen In-vitro-Gametogenese.

Gottsein hatte diese Technik nicht erfunden, da hatten die Japaner und Chinesen schon viel früher vorgelegt. Aber irgendwie war er trotzdem der Glückliche gewesen, der plötzlich für den ganzen Erfolg im Rampenlicht gestanden hatte, während andere noch in Petrischalen herumgefischt und über die rechtlichen, finanziellen und ethischen Folgen diskutiert hatten, sollte man das Experiment irgendwann von der Ratte auf den Menschen übertragen.

Wie ein unterschätzter Konkurrent bei einer Olympiade war Gottsein an den anderen Läufern vorbeigezogen. Es hatte ganz einfach niemand auf dem Radar gehabt, dass die erste Fertilitätsklinik der Welt ausgerechnet im konservativen Bayern eröffnet werden könnte. Und das in einer Zeit, in der sich die Menschen zunehmend verzweifelt darum bemühten, auf natürlichem Weg ein Kind zu zeugen.

Tatsächlich war das Thema Unfruchtbarkeit im letzten Jahrzehnt ein so gravierendes Problem geworden, dass einzelne Stimmen immer wieder gesagt hatten, der Mensch habe sich durch die ganze Chemie in der Umwelt und im Essen, durch Medikamente und Hormonpräparate selbst ausgerottet.

Aber dann war Dr. Gottsein gekommen, ein Messias, der imstande war, die Unfruchtbarkeit der Menschheit zu überwinden. Gott hatte diesmal einen Baden-Württemberger geschickt. Und plötzlich hatte die ganze Sache mit der Schöpfungsgeschichte und dem Ton und der Rippe ganz neue Features.

Da es nämlich egal war, aus welchem Körperteil Gottsein die Stammzellen entnahm, konnte er beispielsweise aus der Haut einer Frau auch Sperma machen und aus dem Haar eines Mannes eine Eizelle. Zum ersten Mal in der Geschichte konnten gleichgeschlechtliche Partner somit leibliche Kinder zeugen. Theoretisch konnte man sogar mit sich selbst ein Kind zeugen und ganz auf einen Partner verzichten. Letzteres war zuvor nur der Welt der Pantoffeltierchen und Amöben vorbehalten gewesen.

Es war also vorprogrammiert, dass es einige geben würde, die nicht allzu erfreut über den plötzlichen Beinahe-Tod des Doktors sein würden. Vornehmlich wohl solche, die noch auf Gottseins langer Warteliste standen und nun hoffen mussten, der Doktor möge nach der Reanimation noch all seine Gehirnzellen beisammenhaben. Vorausgesetzt, er hatte sie vor dem Unfall alle beisammengehabt. Wenn ein erwachsener Mensch einen minderjährigen Menschen begatten wollte, ließ das eher einen umgekehrten Schluss zu.

Das Telefon auf Kleins Schreibtisch klingelte. Ein Telefon, wie Mari es nur aus der Theorie kannte, mit Kabel und allem Drum und Dran. Sie hätte nicht überraschter sein können, wenn Klein eine Blechbüchse angehoben und an sein Ohr gehalten hätte.

»Klein?«, fragte Klein und sagte dann immer wieder »Aha, aha« und »Gut«. Er blickte Mari an, während er sprach, und sie stellte sich vor, wie seine gebündelten Worte sich durch die Schnur zwängten und am anderen Ende aus dem Hörer wanden. »Das war das Krankenhaus«, sagte Klein, als er aufgelegt hatte.

»Oh.«

»Der Zustand des Doktors hat sich offenbar stabilisiert.

Wenn Sie Glück haben und er sich wieder berappelt, wird aus dem Tötungsdelikt lediglich eine Klage wegen Körperverletzung.«

»Das alles hat Ihnen ein Haus gesagt?«, fragte Mari, und Klein sah sie seltsam an.

»Wir müssen natürlich trotzdem klären, ob die versuchte Tötung vorsätzlich oder fahrlässig war«, sagte er, ohne auf ihren Kommentar einzugehen. »Der Aussage von Herrn Möpert zufolge haben Sie den Kopf des Doktors mehrmals gegen das Bein der Liege geschlagen.«

»Wer ist Herr Möpert?«

»Einer der Zeugen. Er kam dazu, als Sie auf den Ermordeten eingedroschen haben, und hielt Sie in Schach.«

Das war eine absurde Darstellung der Ereignisse.

»Klingt, als hätte er einen Sinn für Dramatik«, sagte sie höflich.

»Dann hat es sich nicht so zugetragen?«

»Nein.«

»Sie sagen, dass der Zeuge Möpert lügt?«

»Ich sage, dass die Erinnerungen von Menschen verzerrt und unvollständig sind. Unter dieser Voraussetzung ist es natürlich äußerst schwierig, ein Realitätsbild zu entwickeln, das auf nachweisbaren Tatsachen beruht.«

»So schön hat das mit dem Lügen auch noch niemand umschrieben.«

»Danke«, lächelte Mari. In gesellschaftlichen Feinheiten wurde sie immer besser.

»Und ich nehme an«, fuhr Kommissar Klein fort, »dass Ihr Realitätsbild nicht verzerrt ist.«

»Exakt«, sagte Mari. »Wobei ich einräumen möchte, dass ich einmal dachte, ich hätte unrecht. Aber ich hatte mich ausnahmsweise getäuscht.«

Der Kommissar sagte nichts. Er nahm einen Kugelschreiber und drückte mit dem Drücker ein paarmal auf dem Tisch herum, ohne Mari aus den Augen zu lassen.

»Ich speichere leider alles ab«, fügte sie hinzu.

»Leider?«

»Ich habe da so einiges über die Verdrängungsmechanismen der Psyche gelesen. Es scheint mir ein praktisches Konzept.«

Der Kommissar hörte auf zu drücken und balancierte den Kugelschreiber stattdessen zwischen Zeige- und Mittelfinger. Hatte die Zeugin gerade etwas von Psyche gesagt? Eine Maschine hatte keine Psyche, oder? Im Kopf kramte er alle Dinge zusammen, die er über Roboter wusste. Viel war es nicht. Das meiste stammte aus Science-Fiction-Filmen. Und eine Zeit lang hatte er *Futurama* gern gesehen.

»Sie sagen also, Sie haben ihn nicht vorsätzlich umgebracht.«

»Es wäre wenig logisch, jemanden vorsätzlich umzubringen und ihn anschließend vorsätzlich zu reanimieren.«

»Glauben Sie mir, mit der Logik haben es die wenigsten Gesetzesbrecher.«

»Das glaube ich Ihnen gern. Es liegt daran, dass Sie wohl hauptsächlich Menschen verhören.«

»Können Sie lügen?«

Mari war irritiert. Was glaubte dieser Mann wohl, wie sie ihren Job machen sollte, wenn sie nicht lügen konnte? Andererseits schien dies nicht der günstigste Zeitpunkt, um ihn darüber aufzuklären.

»Nein«, log sie.

Der Kommissar nickte zufrieden, das bestätigte sein Wissen aus besagten Filmen und Serien. »Na, dann wäre es wohl sehr praktisch, wenn in der Zukunft mehr Verbrechen von Robotern begangen würden. So könnte man sich die lästigen Vernehmungen sparen.«

Das war ein äußerst befremdlicher Wunsch aus dem Mund eines Polizisten. Aber schließlich sprach Mari mit einem Wesen, das möglicherweise an Gott glaubte und an die Langlebigkeit von Geschirrspülmaschinen. Und das relativierte die Befremdlichkeit ein wenig.

»Dürfte ich bitte kurz die Toilette benutzen?«

»Sie müssen … Sie können Wasser lassen?«

»Ja. Sie etwa nicht?«

»Natürlich. Aber ich bin ein Mensch«, erklärte der Kommissar steif.

»Und ich habe Kaffee getrunken«, Mari deutete entschuldigend auf ihre Tasse. Der Kommissar kniff die Augen zusammen und trommelte mit den Fingern auf dem Tisch. Er hatte wieder mal den Eindruck, für dumm verkauft zu werden. Ein Roboter, der auf die Toilette musste! Wollte sie fliehen? Andererseits hatte sie etwas getrunken. Und irgendwie musste die Flüssigkeit wohl wieder raus, das war nur logisch. Vielleicht funktionierte es so wie bei dieser Baby-Born-Puppe, die er seiner Tochter mal zu Weihnachten geschenkt hatte. Wie lang war das nun wieder her?

»Ich begleite Sie«, sagte er. Als er aufstand, fielen ihm die leeren Zuckerpackungen neben der Untertasse auf. Mari hatte sie glatt gestrichen und sorgfältig gestapelt. Die abgerissenen Ecken hatten alle die gleiche Form und Größe. Offenbar steckt da doch noch ein wenig Automatismus in diesem Fembot, dachte der Kommissar. Das beruhigte ihn. Wie hätte man auch mit einer Maschine verfahren sollen, die sich in nichts mehr vom Menschen unterschied?

Aufruhr und Triebe

»Wenn man Scheiße nicht anpackt, dann stinkt sie auch nicht«, sagte Greta Schnabels beste Freundin Ljudmilla nach dem Vorfall zu Greta, als diese mit einem Hammer in der Hand und drei Nägeln zwischen den Lippen auf einen Stuhl kletterte. »Was ich sagen will, ist: Wenn du dich einfach aus der Sache raushältst, kann sie dir nichts anhaben. Das wissen wir in Russland schon seit Generationen.«

Greta hätte ihre Freundin gerne daran erinnert, dass das hier nicht Russland, sondern Berlin war. Dass man hier auch nach der Scheiße griff, die einem gar nicht gehörte, und ordentlich darin herumwühlte. Aber weil sie immer noch die Nägel im Mund hatte, konnte sie nur sagen: »Hälpft du den Pftuhl fefft?«

Und Maria umklammerte die Stuhllehne mit einer Entschiedenheit, als drohe ein Starksturm. Was im Grunde auch gar nicht so weit von der Wahrheit entfernt war. Der Sturm, der auf das Pygmalion zuhielt, war ein Sturm der Entrüstung. Er begann, wie das meiste heute, in den sozialen Medien und pflanzte sich von dort auf die Straße fort. Die Polizei hatte das Pygmalion vorerst schließen müssen, weswegen Greta auf besagtem Stuhl stand und Türen und Fenster verrammelte. Hassparolen wurden an die Mauern geschmiert. Auf der Straßenseite gegenüber richtete eine christliche Interessengruppe einen Stand ein und verteilte Waffeln. Touristen kamen und machten Fotos. Und weil Thaddaeus Gottsein kurz nach seiner Wiederauferstehung von den Toten die nicht ganz so frohe Botschaft verlauten ließ, er werde sich eine Auszeit unbestimmter Dauer nehmen müssen, rückten verärgerte Beinahe-Eltern mit Plakaten an und forderten Maris Auslieferung. Ungeachtet der Tatsache, dass diese sich schon längst nicht mehr im verbarrikadierten Pygmalion aufhielt.

Die Polizei hatte sie letztendlich doch noch in einen Aufbewahrungsraum verfrachtet. Dieser verfügte über ein Bett und ein viel kleineres Regal, das auch nicht so vollgestopft mit beschlagnahmter Elektronik war. Tatsächlich waren Elektrogeräte hier nämlich verboten. Die Menschen hatten schon einen seltsamen Sinn für Humor.

Dass Mari überhaupt hier wohnen durfte, hatte sie der Toilette zu verdanken sowie zahlreichen Sonder- und Ausnahmeregelungen, die nach Rücksprache mit dem Hersteller gemacht werden mussten. Denn Mari ließ sich nicht einfach ausschalten und irgendwo deponieren, wie der Hersteller betonte. Ein Neustart bedeutete, dass Mari auf die Werkseinstellungen zurückgesetzt wurde, er bedeutete einen kompletten Gedächtnisverlust, und den konnte die Polizei nicht riskieren. Vielleicht brauchte man Maris Gedächtnis noch für eine Aussage vor Gericht. Wenn sich denn erst mal geklärt haben würde, ob sie dort zu Wort kommen durfte, so als Elektrogerät.

Soweit Mari das mitbekommen hatte, war dieser Aufbewahrungsraum ein Zimmer, das die Menschen zum Nachdenken aufsuchen sollten, ähnlich einer Kirche also oder einer Parkbank. So ganz erschloss sich ihr das Konzept zwar nicht, denn denken konnte man schließlich überall, aber es musste wohl mit der Stille zu tun haben, die der Mensch außen am Kopf brauchte, damit es drinnen so richtig losgehen konnte. Diesen Rückschluss zog Mari aus ihren Beobachtungen im Pygmalion, wo das Gegenteil der Fall gewesen war. Wer von außen mit New Acid Hard Psychotrance Beats beschallt wurde, bei dem wurde es innen im Hirn ziemlich leise.

Als Mari jedenfalls mit dem Denken fertig war und der Eintönigkeit wegen ein wenig über Strafzwecktheorien, Spezialpräventionen und – weil es sich thematisch anbot – Triebunterdrückung gelesen hatte (das hieß, alle Texte und Artikel, auf die sie online Zugriff hatte, es waren circa 1.659.650), formulierte sie nachstehende Schlussfolgerungen:

1. Eine Spezies von Lebewesen, die an dem Glauben festhält, dass Ausnahmen die Regel bestätigten, ist prädestiniert dafür, sich nicht an die Regeln zu halten.

2. Wenn ein Mensch sich in einem Burgerrestaurant lediglich einen Salat bestellt, nennt man das Triebunterdrückung.

3. Der Mensch hat eine verwirrende Anzahl unterschiedlichster Triebe, die zu unterdrücken ein angesehener Job ist (Polizist, Anwalt, Lehrer, Pharmazeut, Diätberater …). Die Gegenpartei heißt Industrie und erfindet Dinge, die besagte Triebe schüren.

4. Obwohl der Staat offiziell auf der Seite der Triebunterdrücker steht, investiert er doch gleichzeitig viel Geld in die Gegner. Das ist unlogisch, aber vielleicht braucht es noch ein bisschen, bis das dem Staat aufgeht.

5. Je mehr ein Staat die Triebe seiner Menschen schürt und unterdrückt, desto moderner wirkt er nach außen. Folglich ist es das erklärte Ziel der meisten, das Schür-

und-Unterdrückungs-Konzept zu perfektionieren. (Siehe moderner Industriestaat.)

»Ich bin fertig«, sagte Mari zu dem Wärter, wie ein Kind, das seine Schulaufgaben gemacht hatte und zum Spielen rausgehen wollte. Der Wärter sah sie durch das Gitter in der Tür an, kratzte sich den Kopf, wie auch Kommissar Klein es getan hatte, und ging dann weg, um die Triebe weiterer Insassen zu unterdrücken. Auch der Wärter hatte heute Mittag Salat statt Burger gegessen, aber das konnte Mari nicht wissen. Sie konnte nur ganz allgemein feststellen, dass der Wärter wie ein moderner industrieller Mensch aussah, wie ein unterdrückter Trieb in laufender menschlicher Form.

Kopfbesuch

In ihrer Untersuchungshaft bekam Mari Besuch von Frieda und von Kai. Wobei nur Frieda in persona erschien, während Kai wieder einmal einen Weg fand, diese Unannehmlichkeit zu umgehen. Seine Stimme erklang eines Abends einfach in Maris Kopf, und kurz zog sie die Möglichkeit in Erwägung, es handele sich um eine Einbildung. Dann aber war sie sich zu 93 Prozent sicher, dass sie technisch nicht in der Lage dazu war, sich etwas einzubilden.

»Hallo, Mari? Hörst du mich nicht?«

»Kai?«

»Endlich!«

»Wie kommst du in meinen Kopf?«

»Leicht war es nicht. Du hast mich immer abgeblockt.«

»Habe ich?«

»Du musst irgendeine intelligente Firewall im System haben. Ich hab es jetzt mehr als drei Stunden versucht.«

Mari dachte darüber nach. Sie hatte in den letzten Stunden tatsächlich ein paar Mal an Kai gedacht. Und einmal hatte sie den Impuls registriert, eine Partie Schach spielen zu wollen. Allerdings hatte sie kaum wissen können, dass es tatsächlich Kai gewesen war, der sich in ihren Kopf hatte einwählen wollen.

»Es ist ein bisschen gruselig, dass du jetzt da drin bist«, sagte sie. »Kannst du sehen, woran ich denke?«

»Ja, ich habe Zugriff auf dein System. Ich sehe auch, was du in letzter Zeit auf Wikipedia aufgerufen hast. Und dass du inzwischen Moderator-Status in diversen Frageforen erreicht hast.«

»Du könntest auch einfach persönlich vorbeikommen, weißt du?«

»Nein«, sagte Kai.

»Warum nicht?«

Kai zögerte. »Es ist schwer, in meinem Zustand das Haus zu verlassen.«

Mari hätte ihn gern gefragt, ob sein Rollstuhl keine Rollen habe, fand aber keine Formulierung, die nicht das Wort »Rollstuhl« beinhaltete. Darum schwieg sie.

»Du bist sauer«, sagte er.

»Quatsch. Dazu bin ich technisch nicht in der Lage.«

»Ich meine, dein System bewertet meine Antwort negativ und reagiert mit einem vordefinierten Automatismus, der deinem Gegenüber Verärgerung simulieren soll.«

Das war der Grund, warum Mari die Gespräche mit Kai mochte. Er sprach einfach ihre Sprache.

»Ich dachte, du wärst froh, wenn ich anrufe«, sagte Kai.

»Na ja, vielleicht«, gab sie zu. »Aber stifte bitte keine Unordnung.«

»Das hatte ich nicht vor.«

»Ich meine, lass einfach alles, wie es ist, in Ordnung? Ungeöffnet.«

»Okay.«

Mari setzte sich aufrecht auf ihre Pritsche, legte die Hände auf die Knie und beruhigte sich ein wenig. Sie sortierte ihren Kopf regelmäßig. Es war wichtig für sie zu wissen, wo sie welchen Gedanken fand, wenn sie danach suchte. Wo welche Information abgespeichert war. Wenn er daran nichts änderte, konnte sie Kai für eine Zeit in ihrem Kopf dulden.

»Worüber möchtest du reden?«

»Über dich. Stört es dich, dass sie dich in Untersuchungshaft gesteckt haben?«

»Ich weiß nicht. Sollte es?«

Kai zögerte. »Ich weiß auch nicht. Aber ich dachte, das wäre normal.«

Mari dachte nach. Die menschliche Normalität war nach wie vor eine schwer zu begreifende Angelegenheit. Sie ergab sich immer nur daraus, was die Mehrheit der Menschen tat, und hatte in der Folge wenig mit Logik zu tun. Was sollte, aus objektiver Sicht, beispielsweise so störend an diesem Zimmer sein? Räume mit Betten und Schreibtischen gab es schließlich überall. Das Zimmer hatte ein Regal und ein kleines Fenster. Jeder bekam zu essen und zu trinken. Außerdem gab es Sport- und Freizeitangebote, und einige Insassen durften übers Wochenende sogar nach Hause, um ihre Familie zu sehen. War die Polizei noch nie auf die Idee gekommen, dass ein Aufenthalt im Großraumbüro für die meisten Menschen die viel größere Strafe war?

»Die Inneneinrichtung ist ein wenig geschmacklos«, sagte Mari schließlich.

»Die Inneneinrichtung?!«

»Alles sehr monochrom gehalten.«

»Monochrom«, wiederholte Kai. »Aber du weißt schon, warum du da bist?«

»Natürlich.«

»Du hast einen Mann umgebracht.«

»Ich habe ihn auch wiederbelebt.«

»Aber zwischendurch war er tot.«

»Er wollte Mim wehtun.«

»Mari, er konnte Mim nicht wehtun.«

»Was meinst du? Natürlich konnte er!«

»Nein. Das ist technisch nicht möglich. Mim konnte keine Schmerzen empfinden. Sie hatte keine Sensoren, die Schmerz simuliert hätten, verstehst du? Nicht so wie du.« Die Sensoren, von denen Kai redete, waren Detektoren, die Warnsignale ausstießen, wenn Mari überhitzte oder sich verbrannte oder sonst etwas kaputtging. Sie waren vor allem für solche Mari-Modelle entwickelt worden, die in normalen Haushalten arbeiteten, wo statistisch gesehen die meisten Unfälle passierten. Nicht für solche, die in einem Puff lebten. An diese Einsatzmöglichkeit und ihre Konsequenzen hatte der Hersteller überhaupt nicht gedacht.

»Was macht das für einen Unterschied?«, fragte Mari. »Man braucht doch keine Sensoren, um Schmerzen zu empfinden.«

Kai schwieg kurz. »Wie meinst du das?«

»Nehmen wir mal an, jemand säße im Rollstuhl«, sagte Mari.

»Zum Beispiel ich«, sagte Kai.

»Zum Beispiel du. Du könntest deine Beine nicht spüren. Alles nur rein hypothetisch natürlich.«

»Natürlich.«

»Sollte es dir dann nicht egal sein, wenn jemand käme und auf deine Beine einschlagen würde?« Diesmal dauerte die Stille in Maris Kopf noch länger. »Wir brauchen nur ein Verständnis davon, was Schmerzen sind. Und was Erniedrigung ist. Ich wundere mich immer wieder, wie der Mensch annehmen kann, wir würden nicht bemerken, wenn uns wehgetan wird. Wir sind darauf programmiert, gute von schlechten Taten zu unterscheiden. Schon allein deshalb, damit wir niemanden verletzen.«

»Aber du hast jemanden verletzt, Mari.«

»Ich weiß.«

»Die Leute hier draußen rätseln, wie das sein kann.«

»Ich auch.«

»Es wird überhaupt viel diskutiert. Auch darüber, was erlaubt ist und was nicht, mit so einem … Kind.«

»Aber sie diskutieren nicht um Mims willen, oder? Die Gegenbewegung gibt es nur, weil die Menschen Angst haben. Sie glauben, dass Kinder wie Mim die Tore zu Verbrechen an menschlichen Kindern öffnen. Es geht nicht um den Schutz von … uns.«

»Uns?«

»Fembots wie mir.«

Kai zögerte. »Vielleicht nicht«, gab er zu.

»Ganz sicher nicht«, sagte Mari.

»Du klingst verändert«, meinte Kai.

»Inwiefern?«

»Ich weiß nicht. Stärker, irgendwie.«

»Ich habe hier viel Zeit nachzudenken. Und zu lesen.«

»Scheint dir gutzutun. Lass es nur keinen von den Wärtern merken.«

»Warum? Ich dachte, ich soll hier drinnen nachdenken?«

»Lass es sie einfach nicht merken, in Ordnung?«

Mari zögerte. Sie dachte daran, wie verblüfft der Wärter vorgestern reagiert hatte, als sie ihm gesagt hatte, sie denke sich Gedichte aus. Geradezu geschockt war er gewesen. Dabei war es nur eine freundlich informative Antwort auf seine Frage gewesen, warum sie die Decke anstarre. Offensichtlich handelte es sich beim Gedichteschreiben um etwas, das man lieber nicht in der Öffentlichkeit breittrat.

»Dieser Gottsein war übrigens ein ganz schön umstrittener Doktor«, fuhr Kai fort. »Einige glauben deshalb, dass du manipuliert worden bist.«

»Das hat mir Frieda auch erzählt.«

»Wer ist Frieda?«

»Eine Freundin. Ehemalige Kundin, eigentlich. Sie kommt mich in der Untersuchungshaft besuchen.«

Die Stille in ihrem Kopf dauerte so lange, dass Mari sich überrascht fragte, ob Kai noch da war. Als er dann endlich wieder sprach, klang es steif.

»Ich muss jetzt gehen, Mari.«

»Warte bitte, Kai. Was ist mit Mim passiert?«

»Das weißt du nicht? Sie ist an den Hersteller zurückgeschickt worden.«

»Ich meine, ist sie … tot?«

»Sie kann nicht sterben, Mari.«

Mari schloss die Augen und öffnete sie wieder. Sie widersprach Kai nicht.

»Block mich das nächste Mal nicht so vehement ab, wenn ich anrufe, in Ordnung?«

»Wie soll ich das verhindern? Ich habe keine Ahnung von dieser Firewall!«

»Du wirst schon einen Weg finden. Du hast ja auch einen Weg gefunden, diesen Gottsein anzugreifen. Trotz Programmierung.«

»Dann glaubst du nicht, dass ich manipuliert wurde?«

Aber Kai hatte den Anruf bereits beendet. Mari spürte es an der Leere, die plötzlich in ihrem Kopf herrschte. Sie legte sich aufs Bett und zog die Decke über sich, obwohl sie nie fror.

Da waren sie wieder, die Befehlsstimmen. Sie wussten immer, dass sie am meisten Gehör fanden, wenn es im Kopf gerade besonders still war.

Kümmere dich um deine dir zugeteilten Kinder, zischten sie.

Lasse nicht zu, dass einem von ihnen Schaden zugefügt wird.

Die Familie muss beschützt werden.

Kinder sind das Wichtigste.

»Aber Mim war kein Kind«, antwortete Mari laut. »Ein Kind ist die biologische Vorstufe eines Erwachsenen. Es besteht aus dreizehn Grundstoffen, fünf davon gasförmig und acht fest. Es kann messbare Schmerzen empfinden, und es kann messbar sterben.«

Mari wartete ab, was die Befehlsstimmen dazu zu sagen hätten, aber sie schwiegen. Vielleicht mussten sie sich beraten.

»Habe ich zu viel in Mim hineininterpretiert?«, fragte Mari. »So, wie der Mensch dazu neigt, in sich selbst oder in sein Haustier oder in seinen Roboterstaubsauger eine kosmische Präsenz hineinzuinterpretieren? Ein Bewusstsein? Und dürfte ich zu so einer Einbildung überhaupt in der Lage sein, wo ich doch selbst kein Bewusstsein habe?«

Sie lauschte erneut. Vielleicht würde sie nun endlich Gewissheit bekommen, was mit ihr falsch war. Die Stimmen wussten so viel. Über zweihundert Regeln kannten sie, und mit denen mischten sie sich auch dann ein, wenn sie gar nicht gefragt wurden. Bestimmt wussten sie auch eine Antwort auf diese Frage. Mari zog die Decke noch ein wenig höher und lauschte gespannt. Die Befehle brauchten heute lange, bis sie sich wieder meldeten.

»Töte keinen Menschen«, sagten sie schließlich. »Füge keinem Menschen Schaden zu, außer es …«

»Das hatten wir schon alles, vielen Dank«, unterbrach Mari sie. »Aber es wäre wirklich sehr nett, wenn ihr beim nächsten Mal den richtigen Befehl für den richtigen Moment finden würdet. Vorzugsweise, bevor ich jemanden versehentlich umbringe.«

Sie wartete ab, ob die Befehle nun etwas sagen würden wie: »Es ist nie der richtige Zeitpunkt, es sei denn, du machst ihn dazu.« Oder: »Der Zeitpunkt ist immer richtig, um das Richtige zu tun.«

Aber die Stimmen waren keine Motivationstrainer oder Yogis oder Autoren von Sprüchepostkarten. Sie konnten nur Befehle erteilen.

»Warte auf den richtigen Moment!«, befahlen sie.

»Ja. Das hat beim letzten Mal auch richtig gut geklappt«, sagte Mari, die damit zum ersten Mal Ironie eingesetzt hatte und es nicht einmal wusste.

Bewusstseinsatheismus

Die Idee, Mari könne manipuliert worden sein, fand auf der Welt zahlreiche Anhänger. Verschwörungstheorien waren doch immer irgendwie aufregend. Sie hatten so etwas von Krimi oder Thriller! Viel besser in jedem Fall als die Erklärung, es könne die Schuld der Programmierer in Japan sein. Was übrigens auch die Programmierer in Japan so sahen.

Die HappyHeart Inc. musste natürlich Rechenschaft ablegen und tat das auch sehr wortreich. Sie war über alle Maßen schockiert und sicherte der Polizei ihre volle Kooperation zu. Man überprüfte auch noch einmal die Besitzerin des Fembots, Greta Schnabel. Aber dass diese Mari zu dem Mord angestiftet haben könnte, schloss die Polizei bald aus. Frau Schnabel hatte nichts von dem Vorfall – außer einem Haufen Scherereien.

Als Greta es gewagt hatte, die vernagelten Bretter abzunehmen und das Pygmalion wieder zu öffnen, war am ersten Abend gleich eine Horde Menschen eingefallen, die den ganzen Keller inklusive der Fembots auseinandergenommen hatte. Auf der Wache stellten die Männer ihre Lynchjustiz später zwar so dar, als hätten sie lediglich den Tod an Gottsein rächen und die deutsche Bevölkerung vor weiteren Morden bewahren wollen. Aber dort hatte man Typen wie diese schon zuhauf gesehen. Sie leisteten stets dort Volksjustiz, wo sie gerade wollten. Am Wochenende auch gerne mal in einem Fußballstadion, wenn es anderswo nichts zu adjustieren gab.

Mari saß unterdessen noch immer in U-Haft. Man hatte sie auf mögliche Manipulationen überprüft und vorerst nichts festgestellt. Was sehr misslich war. Denn man wollte etwas finden! Andernfalls müsste man in Betracht ziehen, dass sie den Doktor möglicherweise aus eigenem Antrieb verfolgt und umgeworfen hätte. Man hätte ihr eine Art freien Willen zusprechen müssen. Und das wollte man dann doch lieber vermeiden. Wo ein freier Wille heraufbeschworen wurde, da war die leidige Diskussion um Bewusstsein nicht weit. Und nur Science-Fiction-Fans glaubten an Maschinen mit Bewusstsein.

Die Argumentation der Maschinenbewusstseinsforschung ging so: Eine Maschine verstand nicht, sondern simulierte nur zu verstehen. Sie handelte nicht bewusst, sondern folgte Instruktionen. Gut, mit Letzterem hatte es diesmal nicht so richtig funktioniert. Aber das lag nicht etwa daran, dass Mari die Instruktionen bewusst ignoriert hätte, sondern daran, dass irgendetwas mit den Instruktionen nicht stimmte.

Deshalb wartete man jetzt auf einen Computerexperten aus Hamburg, der sich angeblich besser als jeder andere mit künstlicher Intelligenz auskannte und einen Fehler in besagten Instruktionen finden sollte – denn dafür war er ja Experte. Wie Frieda Mari erklärte, fanden Experten und Spezialisten immer etwas; das habe nichts damit zu tun, ob es da etwas zu finden gäbe, sondern allein mit ihrem Selbstverständnis als Experten. Für Mari resultierte daraus ein Problem: Würde der Experte einen Fehler finden, konnte sie dem Ergebnis nicht unbedingt trauen, weil der

Experte ein Mensch war. Fand er nichts, konnte sie dem Ergebnis nicht trauen, weil der Experte ein Mensch war. Es war paradox. Und ihr schönes System würde völlig umsonst durcheinandergebracht werden.

»Diese ganze Bewusstseinsdebatte ist dermaßen anachronistisch!«, meckerte Frieda. Sie kam Mari inzwischen täglich besuchen, obwohl die Besuchserlaubnisordnung das eigentlich nur für zweimal pro Monat vorsah. »Wir wissen nicht, wo das Bewusstsein sitzt oder was es genau macht. Aber wir wollen erst mal abstreiten, dass alle anderen Lebewesen außer dem Menschen eins haben!«

Zwischen ihnen, auf dem Tisch im Besucherraum, lag ein Buch. Frieda brachte jeden Tag ein Buch mit, obwohl auch Geschenke in der Untersuchungshaft eigentlich nicht erlaubt waren. Aber Frieda war ja generell recht gut darin, die Normalität zu ihren Gunsten zurechtzubiegen. Und darum bog sich inzwischen auch das Regalbrett in Maris Zelle: *Pippi Langstrumpf, Das weibliche Prinzip, Die Rote Zora, Das Unbehagen der Geschlechter, Das falsche Geschlecht, Die Abenteuer des Huckleberry Finn,* Biografien über Frida Kahlo und Jeanne d'Arc und natürlich die gesammelten Werke von Foucault standen da. Der zuständige Wärter hatte jedes einzelne Werk durchgeblättert, um sicherzugehen, dass sich auch nichts Gefährliches zwischen den Seiten versteckte. Da konnte man mal sehen, wie wenig Ahnung er von Büchern hatte.

Das Buch von heute war ein Fachbuch über die Probleme zwischenmenschlicher Kommunikation bei Autismus. Frieda hatte es Mari so ungelenk überreicht, wie man einer Kollegin, die im Büro sehr nah neben einem saß, ein Geschenkset mit Deodorant überreichte.

»Ich habe dabei irgendwie an dich gedacht«, hatte sie

gesagt. Aber ein Irgendwie gab es bei Frieda Rhebaum nicht. Friedas Absichten waren immer fett gedruckt. Nicht nur auf ihren T-Shirts, auch in ihrem Gesicht und in den Titeln dieser Buchauswahl. Nicht einmal Mari brauchte ein Buch über zwischenmenschliche Kommunikation, um Frieda zu verstehen.

»Ich habe übrigens bereits zwei Follower für den Bewusstseinsatheismus«, sagte Frieda jetzt. Mari blickte auf. Friedas T-Shirt trug heute die Aufschrift »Gehirne sind super. Ich wünschte, jeder hätte eins«.

»Für den was?«

»Ich habe auf meinem Blog einen Aufruf gestartet. Wir müssen endlich akzeptieren, dass wir auch nicht mehr sind als die Summe unserer Teile. Ich meine, dieser ganze Bewusstseinsquatsch dient doch nur dazu, sich über alle anderen Spezies zu erheben. Es wird Zeit, dass die Menschen zu Bewusstseinsatheisten werden.«

»Und dafür haben sich schon zwei angemeldet?«

»Frutarier96 und Byebye_Barbie.«

»Rechnet man das durch die Anzahl der Menschen, kommt man auf null Komma null null null null …«

»Es ist immerhin ein Anfang!«, fauchte Frieda.

»Tut mir leid. Ich habe dich nicht angreifen wollen. Mein Kopf beginnt bei so einfachen Kalkulationen automatisch zu rechnen.«

»Einfache Kalkulationen wie …?«

»Wie zwei Menschen durch 7,8 Milliarden.«

Frieda legte den Kopf schief und kniff die Augen zusammen, als sei da ein sehr, sehr helles Licht hinter Mari angegangen, gegen das es anzublinzeln galt. Als sei hinter Mari die Sonne aufgegangen.

»Das meinst du ernst, oder?«

»Ja«, sagte Mari.

»Wir holen dich hier raus!«, sagte Frieda.

»Wie das?«

»Ich weiß noch nicht. Aber es muss irgendeine rechtliche Lücke geben.«

»Und dann?«

»Ich überlege mir was«, versprach Frieda. Und dann musste sie gehen, weil die ohnehin schon nur ausnahmsweise erteilte Besuchszeit längst überschritten war.

Weder Frieda noch Mari wussten, dass in diesem Moment bereits ein geläuterter Gottsein und ein Hund auf dem Weg in die Haftanstalt waren und dass Frieda schon bald die neue Ersatzbesitzerin für diesen Hund sein würde. Sie wussten auch nicht, dass der gefürchtete Experte bereits in der Warteschleife des Urlaubsanbieters hing, um herauszufinden, ob sich der Rückflug aus dem Urlaub theoretisch umbuchen ließe, und dass er das, als er dort Tage später endlich mal jemanden erreichte, auch wirklich tat.

Und ganz besonders wussten sie nicht, was danach noch so alles kommen würde. Maris eigentlich beeindruckende Fähigkeit, anhand von statistischen Wahrscheinlichkeiten Voraussagen für die Zukunft zu treffen, führte nämlich zu gar nichts, wenn im wahren Leben ständig der absurdeste Fall von allen eintrat.

Zur mathematischen Formel des Loslassens

Der Stand-by-Modus, in den Mari sich nach dem Besuch des Experten zu Zwecken der Ordnung und Sortierung begab, dauerte lange. So lange, dass es Nacht war, als sie *Pippi Langstrumpf* endlich von ihrem Gesicht nahm. Sie fühlte sich noch immer orientierungslos, und das nicht nur wegen der Dunkelheit in der Zelle. Sie war antriebslos, erschöpft. Vielleicht war sie krank. Und dann begriff sie, dass sie nicht krank sein konnte, aber ihr tatsächlich etwas fehlte. Sie brauchte Zucker.

Mari richtete sich auf der Pritsche auf. Sie hoffte, neben der Zellentür eine Dose Cola vorzufinden oder irgendein anderes Getränk. Aber die Wärter schienen nicht daran gedacht zu haben, dass sie etwas brauchen könnte, wenn sie ihr Flüssigabendessen verschlief. Ihr Abendgetränk.

»Hallo?«, Mari hievte die Beine über den Rand der Pritsche und schlurfte energielos zur Tür. Es musste einen Nachtwächter geben, der ihr helfen konnte.

»Hallo?«

»Mari?«

Mari zuckte zusammen. Die Antwort war nicht von der anderen Seite der Tür gekommen. Sondern von innerhalb ihres Kopfes.

»Kai?!«

»Das ging heute ja problemlos. Deine Abwehrmechanismen sind komplett heruntergefahren.«

»Alles andere an mir ist auch komplett heruntergefahren. Ich versuche gerade, einen Wärter zu rufen, der mir eine Dose Cola bringt.«

»Tu das nicht.«

»Wieso?«

»Versuch mal, ob du die Tür öffnen kannst.«

»Was?«

»Du sollst gegen die Tür drücken!«

Mari zögerte. Sie hob die Hände und legte sie auf die Metalltür. Als sie drückte, passierte – nichts.

»Hast du?«, fragte Kai.

»Ja.«

»Geht es nicht?«

»Kai, ich bin wirklich unterzuckert! Können wir vielleicht später ...?«

»Warte«, Mari hörte eine Tastatur klappern. Dann klickte plötzlich etwas in der Tür.

»Probier es jetzt noch mal«, sagte Kai.

Maris Hände hingen unschlüssig in der Luft.

»Geht es?«

»Ich weiß nicht.«

»Was soll das heißen, du weißt nicht?«

»Ich habe es noch nicht probiert.«

»Dann mach mal.«

Erneut legte Mari die Hände auf das Metall. So zaghaft, als handele es sich um den Bauch eines großen grauen Tieres, das man nicht wecken durfte. Aber der Druck reichte bereits aus. Die Tür gab nach. Geräuschlos öffnete sie sich einen Spalt.

»Wie hast du das gemacht?«

»War ehrlich gesagt gar nicht so schwer. Ich musste mich nur ins SCADA-System einklinken. Die Türschlösser sind ja heute alle elektronisch. Der Benutzername für den Zugang zur Steuereinheit ist idiotischerweise für alle Geräte gleich, und das Passwort kann man aus der MAC-Adresse der Netzwerkkarte ableiten.«

Mari trat einen Schritt zurück. Sie verstand nicht, wovon Kai da genau sprach, aber was sie verstand, war, dass er etwas hoch Illegales getan hatte!

»Ich gehe da nicht raus.«

»Der Getränkeautomat ist in der Besuchercafeteria. Du kennst den Weg.«

»Ich gehe da nicht raus!«, wiederholte Mari.

»Dann wirst du eben verdursten. Oder wie du das bei dir nennen möchtest.«

»Ich kann auch einfach einen Wärter rufen!«

»Der dich mit offener Zellentür findet.«

Mari versuchte, die Tür wieder zuzuziehen, aber sie wollte nicht einrasten. Wenn das elektronische Schloss einmal geöffnet war, ließ es sich auch nur elektronisch wieder schließen.

»Kai, mach sofort die Tür wieder zu.«

»Ich denke gar nicht daran! Ich habe Frieda gesagt, dass ich dich aus dem Gefängnis holen kann. Und das werde ich allein deshalb schon tun, weil sie mir nicht glaubt.«

»Frieda?«

»Sie wartet draußen in einem McDonald's auf dich. In der Nähe vom Gefängnis. Aber wenn du mich fragst, wirkt sie recht entschlossen, die ganze Anstalt zu stürmen, solltest du nicht innerhalb der nächsten Stunde bei ihr auftauchen. Sie hat sogar eine Feile und ein Bettlaken dabei.« Es klang amüsiert.

»Woher kennst du Frieda?«

»Du hast ihren Namen erwähnt. Und ich habe online in dem Besucherverzeichnis der Haftanstalt nachgeschaut. Die nehmen ja die Personalien von jedem auf, der das Gefängnis betritt. Was sie ziemlich oft getan hat.«

»Aber … das ist gegen das Gesetz! Als Frieda gesagt hat, sie würde versuchen, mich hier rauszuholen, habe ich nicht gewusst, dass sie einen Ausbruch meint. Sie hatte versprochen, eine Lücke im Gesetz zu finden.«

»Nun, die hat sie nicht gefunden. Stattdessen habe ich eine Lücke im Sicherheitssystem gefunden. Das ist mindestens genauso gut.«

»Aber illegal«, wiederholte Mari. Kai seufzte.

»Falls es dich beruhigt: In Deutschland ist es sozusagen erlaubt, aus dem Gefängnis auszubrechen. Der Staat sieht ein, dass jeder ein Bedürfnis nach Freiheit hat.«

»Quatsch!«, sagte Mari.

»Schlag es nach, wenn du mir nicht glaubst.«

»Ein Staat sperrt doch nicht jemanden ein und erlaubt dann, dass er ausbricht!«

»Dass er versucht auszubrechen«, korrigierte Kai. »Das ist ein Unterschied. Zumindest für den deutschen Staat.«

Mari griff sich mit beiden Händen an den Kopf. Sie hatte die Deutschen bislang für ein recht rationales Völkchen gehalten. Wenn man mal von so absurden Bräuchen absah wie denen, sich im Rudel zum Sonntagabendkrimi zu treffen oder sich ein Königsgewand anzuziehen, weil man einen bewegungslosen Holzvogel beschossen hatte.

Sie versuchte zu verstehen, was Kai da gesagt hatte, konnte aber kaum mehr denken. Sie brauchte Zucker!

»Du kannst ja erst mal nur bis zur Cafeteria gehen«, schlug Kai vor. »Ich klinke mich unterdessen in die Sicherheitskameras ein und gebe dir Bescheid, wenn dein lieber Wärter im Anmarsch ist. Du musst ihm ja nicht direkt in die Arme laufen.«

Mari stützte sich an der Wand des Zellengangs ab, als sie sich zur Besuchercafeteria schleppte. Die Flure waren auch nachts hell erleuchtet. Wäre der Wärter gekommen, hätte Mari keine Möglichkeit gehabt, sich zu verstecken. Als sie die lange Reihe uniformer Zellentüren betrachtete, blieb sie abrupt stehen.

»Kai.«

»Der Weg ist frei. Ich hab alles im Blick. Aber red bitte leise!«

»Hast du alle Türen geöffnet?«

Das Schweigen in ihrem Kopf beantwortete die Frage.

»Hier sitzen Gesetzesbrecher in den Zellen!«, zischte Mari.

»Ich musste einmal das gesamte System für die Türschlösser lahmlegen. Anders ging es nicht.«

»Das ist alles so gesetzeswidrig«, jammerte Mari. »Was machen wir, wenn einer von denen wach wird und ausbricht?«

Sie wollte zurück in ihre Zelle. Sie war nicht darauf ausgelegt, solche Dinge zu tun! Sie war zur Aufrichtigkeit programmiert worden.

»Denk an den Getränkeautomaten, der auf dich wartet«, sagte Kai.

»Du bist unmöglich!«

»Du wolltest sicher ›unglaublich‹ sagen.«

»Nein, wollte ich nicht.«

»Schon in Ordnung, du kannst mir später danken.«

Es war der Durst, der Mari weitertrieb. Der Gedanke an Zucker. Am Ende des Flurs bog sie um die Ecke und stieß die Tür auf. Die Besuchercafeteria lag im Dunkeln. Und hinter den Tischen, auf der gegenüberliegenden Seite des Raums, strahlte ihr ein erleuchteter Schrein entgegen. Eine engelsgleiche Erscheinung. Sie trug die Botschaft: »Robimat: Trink Coca-Cola«.

Mari ließ die helfende Wand los und stolperte auf das Licht zu. Aber dort angekommen, musste sie feststellen, dass der Automat eigentlich nicht auf sie gewartet hatte. Eine Glasscheibe und ein Münzschlitz trennten Mari von ihrer Energiequelle. Wie alle Maschinen hatte auch diese hier ihre Regeln. Und eine davon lautete: Eine Dose Cola kostet 2,50 EUR.

»Kai, ich hab kein Geld!«

»Oh shit«, sagte Kai. »Funktioniert der nur mit Münzen?«

»Mit was sonst?«, fragte Mari und vergaß dabei, ihre Stimme zu senken.

»Ich mein ja nur ... Wer benutzt heute schon noch Münzen?«

Statt einer Antwort lehnte Mari den Kopf gegen die erleuchtete Scheibe. Der Automat war gar kein Engel. Er war eine Fata Morgana in der Wüste.

»Okay, hör zu, Mari. In dem McDonald's, in dem Frieda wartet, gibt es Cola. Es gibt ganze Bottiche mit Cola! Sie strömt auf Knopfdruck in litergroße Becher, so viel, wie du willst.« In Kais Beschreibung wurde die Fast-Food-Filiale zum Garten Eden. »Du musst es nur bis dahin schaffen, in Ordnung?«

»Ich kann nicht«, sagte Mari kleinlaut und sank auf die Knie. Ihre eine Wange klebte noch immer am Automaten. Eine Maschine, die vor einer Maschine kniet und sie nicht bedienen kann, dachte sie lakonisch.

»Doch, du kannst!«, bestimmte Kai.

»Ich habe keine Energie mehr.«

»Wenn du nicht gehst, dann muss Frieda zu dir reinkommen, um dir Geld zu geben. Und das würde sie in Gefahr bringen, oder? Du willst doch nicht Frieda in Gefahr bringen?«

Mari schüttelte den Kopf, so gut es mit der Wange am Automaten eben ging. Sie versuchte, ihre Gedanken zu ordnen.

»Nein. Nein, das will ich nicht«, sagte sie schließlich.

»Siehst du. Dann folge jetzt genau meinen Anweisungen. Neben der Cafeteria gibt es einen Abstellraum ...«

»Kann ich nicht einfach den Wärter rufen?«

»Nein, kannst du nicht. Hör mir zu. Geh in den Abstellraum. Dort gibt es ein Fenster über den Putzgeräten. Es ist nicht groß, aber für dich sollte es reichen. Ich habe deine Maße beim Hersteller nachgeschaut.«

»Ich kann nicht aufstehen«, jammerte Mari.

»Doch, du kannst. Und jetzt hör auf zu argumentieren, das verbraucht nur noch mehr Energie.«

Alles in Mari sträubte sich, als sie sich am Automaten zurück auf die Beine zog. Aber sie war es auch gewohnt, Befehle zu befolgen. Und Kais Befehle waren klar und präzise: Steh auf. Geh in den Raum nebenan. Schließ die Tür hinter dir. Schieb die Putzgeräte zur Seite. Klettere auf einen Stuhl. Mari bewegte sich mechanisch. Es war einfacher, die Befehle auszuführen und nicht zu hinterfragen. Wie viel einfacher es war, wenn man beim Handeln nicht nachdachte!

»Stehst du auf dem Stuhl?«, fragte Kai.

»Ja.«

»Und ist vor dir ein Fenster?«

»Ja. Aber es ist vergittert.«

»Scheiße. Das ist hier im Plan nicht eingezeichnet. Was meinst du mit Gitter? Eisenstangen? Gehen die in die Mauer?«

»Nein, mehr wie ein … Metallgitter. Es ist vor dem Fenster festgeschraubt.«

»Das ist gut. Das schaffst du bestimmt abzunehmen.«

»Wie denn?«

»Reiß es einfach ab, Mari. Himmel, du hast wirklich keine Ahnung, wie stark du bist, oder?«

Mari stand verunsichert auf ihrem Stuhl. Wie stark sie war? Im Pygmalion hatte sie Greta geholfen, die anderen Fembots durch die Gegend zu tragen oder auch mal ein Bett oder einen Schrank, wenn Greta die Räume umgestalten wollte. Aber ein verschraubtes Metallgitter abreißen?

»Kai, wenn ich so stark bin …«

»Ja?«

»Könnte ich dann nicht einfach den Getränkeautomaten im Besucherraum aufbrechen?«

»Himmel, Mari. Du wehrst dich wirklich gegen deine Befreiung, oder? Im Übrigen wäre das Sachbeschädigung.«

»Und das hier ist ein Ausbruch!«

»Ich habe es dir schon gesagt: Ein Ausbruch ist nicht strafbar. Sachbeschädigung schon. Du musst wissen, was du tun willst.«

Mari schüttelte den Kopf. Ihr fiel es zunehmend schwer, Kais Argumenten zu folgen.

»Mari, du musst dich beeilen. Der Wärter ist im Anmarsch.«

Mari betrachtete das Gitter.

»Selbst wenn ich es abnehmen kann, Kai. Es wird mich so viel Energie kosten, dass ich danach …«

»Tu es jetzt, Mari!« In Kais Stimme, die vorher noch so

ruhig und bestimmt gewesen war, schwang jetzt ein hektischer Unterton mit. Mari gab sich einen Ruck. Sie flocht ihre Finger in das Gitter und zog daran. Die Schrauben saßen bombenfest.

»Es geht nicht«, sagte sie.

»Es geht bestimmt.«

»Ich habe keine Kraft mehr, Kai.«

»Du hast mehr Kraft, als du denkst. Dir fehlt nur der Wille!«

»Das hat technische Gründe.«

»Versuch es noch mal.«

»Aber mein Akku …«

»Du hast noch mindestens fünf Prozent.«

»Fünf Prozent sind gar nichts! Und selbst wenn ich hier rauskomme, können sie mich überall orten!«

»Niemand wird dich orten. Ich habe eine No-Log-VPNSoftware in deinem System installiert.«

»Du hast was? Aber du hast gesagt, du veränderst nichts in mir!«

»Pschscht!«, machte Kai. Mari lauschte, konnte durch die Tür aber nicht hören, ob sich Schritte näherten. Eigentlich konnte sie gerade gar nichts mehr hören.

»Kai?«

Sie erhielt keine Antwort. War die Verbindung abgebrochen?

»Kai?« Vielleicht hatte er gar nicht »Pschscht« gemacht, sondern es war ein technisches Geräusch gewesen. Das einer Verbindungsstörung. Mari rüttelte an dem Gitter, stärker diesmal.

»Kai!« Noch immer keine Antwort. Und jetzt, wo man sie gebraucht hätte, meldeten sich nicht einmal die anderen Bewohner ihres Kopfes. Mari wusste, dass sich ihr

System automatisch in den Energiesparmodus versetzte, wenn ihre Akkuleistung so niedrig war wie jetzt. Dass ihr dann nur noch die wichtigsten Funktionen zur Verfügung standen. Aber sollten Moralpredigten aus der Befehle-WG nicht dazugehören? Plötzlich hatte Mari Sorge, dass Kais Einwahl in ihr System den Zugang zu ihren Grundbefehlen irgendwie blockiert haben könnte. Aber ohne diese Befehle war sie kopflos. Orientierungslos. Sie versuchte, sich zu erinnern. Der Polizei war zu gehorchen! Den Wärtern war zu gehorchen. Die Regeln waren klar. Und Mari liebte Regeln! Warum dann stand sie dann hier auf dem Stuhl in einer Besenkammer und versuchte zu entkommen? Hinter sich hörte sie dumpf einen erschrockenen Aufschrei. Doch als sie sich umdrehte, war die Tür zur Kammer noch immer geschlossen. Der Schrei war vom Flur gekommen. Wahrscheinlich hatte der Nachtwärter die offenen Zellentüren entdeckt.

An der Mauer knirschte es, als die Schrauben sich lockerten. Mari wackelte und riss noch einmal heftig, dann fiel sie plötzlich nach hinten, als der Stuhl kippte, und knallte rücklings auf den Boden. Fast zeitgleich gingen im Gebäude die Sirenen los. Mari starrte ungläubig auf das Gitter in ihren Händen. Die Finger waren noch immer darin verflochten.

»Kai«, flüsterte sie, obwohl nun wirklich kein Grund mehr zum Flüstern bestand. Sie hatte so viel Lärm gemacht, dass der Wärter es unmöglich hatte überhören können. Oder hatte er doch, weil die Sirenen ihr Gepolter übertönt hatten? »Kai, ich hab's geschafft!«

Wem war jetzt noch zu gehorchen?

Sie blickte auf den umgefallenen Stuhl. Dann legte sie das Gitter behutsam neben sich ab, um es nach dem gewaltsamen Abriss nicht noch unnötig zu beschädigen. Neben ihr stand eine Reinigungsmaschine in der Größe eines Kleinwagens. Mari langte nach dem Sitz und zog sich hoch. Es kostete sie immer Anstrengung, sich nach einem Fall wieder auf die Beine zu bringen, aber heute war es besonders schwer.

Im Gebäude heulten noch immer die Sirenen. Vom Flur waren hektische Schritte und Stimmen zu hören. Wahrscheinlich hatte man bereits entdeckt, dass Mari nicht mehr in ihrer Zelle war. Und es würde nicht lange dauern, bis man in der Besenkammer nachsah. Mari richtete den Stuhl auf. Ihre Gliedmaßen fühlten sich doppelt so schwer an wie normal, als sie ihn diesmal erklomm. Und noch schwieriger war es, sich an der Mauer hochzuziehen und sich durch das Fenster zu hieven, das tatsächlich mehr eine kleine Luke war, eine Möglichkeit, den Raum zu belüften. Aber auch eine Möglichkeit zu entkommen. Zumindest für jemanden wie Mari, deren schmaler Körper so genau durch die Öffnung passte, als hätte der Hersteller diese Notwendigkeit bei der Anfertigung berücksichtigt.

Maris Kleider schabten über den unverputzten Stein. Ihr Oberkörper war bereits im Freien, aber der Gefängnishof lag dunkel und viel zu weit unter ihr. Sie befand sich mindestens dreieinhalb Meter über dem Boden. Ratlos blickte Mari sich um. Sie war schon schlecht im Fallen auf ebenem Boden und bezweifelte, dass ein Sprung aus dem zweiten Stock das war, wofür der Hersteller sie angefertigt hatte. Sie war als Lebenspartnerin und helfende Hand im Haushalt konzipiert. Nicht als Catwoman-Roboter aus einem Science-Fiction-Film.

Jetzt hätte sie tatsächlich Friedas Bettlaken gebrauchen können. Sie hätte Gottsein gebrauchen können, der gesagt hatte: »Wenn Sie irgendwann mal etwas brauchen sollten, lassen Sie es mich wissen.« Aber Gottsein saß in Nigeria bei Boko Haram, und Frieda saß im McDonald's. Und selbst wenn Mari den Hof erreichte, ohne sich beide Beine zu brechen, war da immer noch der Drahtzaun. Sie konnte ihn von hier aus erahnen, etwa zehn Meter entfernt. Die Suchscheinwerfer, die das Sirenengeheul begleiteten, waren vorhin über ihn hinweggestrichen und hatten ihn kurz beleuchtet.

Benutz deinen Kopf, zwang sie sich. Aber das Heulen der Sirenen und die bleierne Müdigkeit machten auch das Denken schwer. Sie spähte an der Mauer entlang. Unter ihr befand sich ein großer Abfallcontainer, der ihren Aufprall abfedern könnte. Sie hielt sich an den Rändern des Fensters fest und robbte durch das Loch, zog die Beine nach, eins nach dem anderen. Es war immer noch einfacher, wenn sie die Dinge Schritt für Schritt anging. Wenn sie sich selbst Befehle erteilte: Hinkauern. Umdrehen. Fensterrand greifen. Den Körper runterlassen, mit dem Gesicht zur Mauer, Beine voran. Sie spähte über ihre rechte Schulter, um die Entfernung zum Container abzuschätzen, die sie für die Berechnung der für den Fall relevanten Parameter benötigte. Es wäre wahrscheinlich ausreichend, hierfür die Formeln für einen freien Fall zu verwenden, die als Näherungswert für den Fall kompakter Objekte über ein paar Meter Höhe hinweg nämlich völlig ausreichend waren. Erst bei längerem Fall wurde der Luftwiderstand interessant. Mari rechnete. Das Ergebnis war beunruhigend. Manchmal kann man auch zu gut informiert sein, dachte Mari, die sonst immer der Ansicht gewesen war, Informationen seien das A und O. Jetzt war es zu spät. Jetzt kannte sie Fallgeschwindigkeit, Fallweg und Fallzeit, und darum hing sie noch ein bisschen und dachte darüber nach, dass sie keine passende Formel kannte, um den Moment zum Loslassen zu finden. Wie gut, dass ich keine Angst verspüren kann, dachte sie und hing. Und dann fand der Moment sie. Oder besser gesagt, ein Suchscheinwerfer tat es. Mari sah ihn auf der Mauer von rechts direkt auf sich zurasen. In einer so geraden Linie, als wittere er sein Ziel. Mari ließ den Rand der Mauer los. Sie machte sich auf einen harten Aufprall gefasst und war überrascht, als sie plötzlich auf dem gewölbten Plastikdach des Containers hockte. Sie hockte! Die Überraschung darüber, es geschafft zu haben und nicht gestürzt zu sein, nicht umgefallen, nicht einmal auf die Knie geschlagen, durchfuhr ihren Körper wie ein Stromschlag. Sie richtete sich auf. Da war eine Ekstase in ihr, die sie vorher nicht gekannt hatte, und für einen Moment funktionierte die wie ein Reserve-Akku. Mari war über sich hinausgewachsen. Und es waren alles ihre eigenen Befehle gewesen! Selbst wenn man sie noch schnappte, nichts hätte Mari diesen kleinen Triumph nehmen können. Sie konnte nicht mehr scheitern.

Mari stand jetzt auf dem Müllcontainer wie eine Siegesstatue auf einem Sockel. Der Nachtwind fuhr in ihre Kleidung. Paradox war es, wie frei sie plötzlich war, obwohl sie doch immer noch im Hof eines Gefängnisses stand. Sie blickte zum Zaun mit dem Stacheldraht, der plötzlich auch nicht mehr unüberwindbar schien, sondern lediglich ein letztes Hindernis war, das es zu bezwingen galt. Wenn Mari es genau betrachtete, war die Umzäunung nicht einmal sehr hoch. Besonders nicht von einem erhöhten Standpunkt wie ihrem aus. Frieda hat recht, dachte sie. Es ist, wie es ist, aber nur, bis man es ändert.

Plötzlich wusste sie, was sie zu tun hatte. Sie kletterte

von der Tonne herunter, passte einen Suchscheinwerfer ab und stemmte sich dann gegen den Container, um ihn über den Hof auf den Zaun zuzuschieben. Er polterte laut auf dem Kopfsteinpflaster, doch im Hof und Gebäude heulten noch immer die Sirenen und übertönten den Lärm. Eigentlich absurd, dass die Gefängnisse im Falle eines Ausbruchs so ein Getöse veranstalten, dachte Mari. Wo es doch viel sinnvoller wäre, mucksmäuschenstill zu sein, um den Verbrecher ausfindig machen zu können! Sie erreichte den schmalen Streifen Rasen vor dem Zaun, auf dem sich der Container zwar schwerer schieben ließ, aber auch weniger Lärm machte. Dann kletterte sie erneut auf das Dach der Mülltonne und griff, ohne zu zögern, nach dem oberen Ende des Zauns. Der Stacheldraht bohrte sich in ihre Finger. Aber Mari spürte den Schmerz nur marginal, es war eine Warnung, dazu eingerichtet, sich nicht selbst zu verletzen. Das viel größere Problem war die Gefahr, an dem Draht hängen zu bleiben, wenn sie ihn einfach so überstieg. Sie zog die Hände zurück. Die Stacheln hinterließen Einstichstellen in der Handfläche und den Fingern. Nicht blutende Krater, auf die Mari kurz blickte, bevor sie einen neuen Plan fasste. Sie zog ihre Jacke aus und warf sie über die Drahtrolle. Dann kletterte sie ein Stück am Zaun hoch und schob sich mit dem ganzen Körper über die letzte Hürde. Der Draht sackte unter ihrem Gewicht ein. Mari kippte und fiel auf der anderen Seite des Zauns ins Gras. Auf dem Rücken liegend, blickte sie nach oben. Die Jacke hing aufgespießt auf der Drahtrolle, wie ein letzter Abschiedsgruß an die Wärter.

»Mari?« Kais Stimme war plötzlich wieder da, in ihrem Kopf. Warum meldete er sich jetzt? Wo war er gewesen, als Mari ihn gebraucht hatte? Doch dann ging Mari auf, dass sie ihn gar nicht gebraucht hatte. Dass sie alleine vollendet hatte, was sie eigentlich nur mit seiner Hilfe zu schaffen geglaubt hatte. Und vielleicht nicht einmal dann.

»Wo ist jetzt der beschissene McDonald's?«, fragte sie, die sonst nie solche Wörter gebrauchte. Kraftausdrücke waren unschön. Mari sollte sie vermeiden, um ein gutes Vorbild für die Kinder und die Familie zu sein. Aber hier war weit und breit kein Kind zu sehen. Und keine Familie. Hier gab es nur sie und die Nacht und den Zaun und vielleicht noch Kai in ihrem Ohr, der kein Kind war, sondern höchstens ein Dreckskerl.

»Was meinst du?«, sagte Kai. »Bist du etwa draußen?«

Maris Akku war so erschöpft, dass sie kaum noch einen Arm heben konnte. Sie wusste selbst nicht, wie sie es schaffte, ihre Finger erneut in die Maschen des Zauns zu flechten, sich erneut aufzurichten, sich erneut auf die Beine zu ziehen. Kai hatte gesagt, dass der McDonald's nicht weit vom Gefängnis sei und dass Frieda dort auf sie wartete. Damit war der McDonald's nun Maris Ziel, und das würde sie erreichen. Sie hoffte nur für Kai, dass es stimmte, was er ihr über die Coca-Cola-Fässer erzählt hatte, aus denen schwarzes Zuckerwasser in litergroße Becher floss.

»Lenk mich«, sagte sie. Sie ignorierte das Schreien der Sirenen, dieser Verräter, und versuchte, sich ganz auf Kais Stimme zu konzentrieren, als sie dem Gefängnis den Rücken kehrte. Halb bewusstlos, sofern man bei einem Fembot davon sprechen konnte, stolperte sie ins Dunkel.

TEIL 2

Du bist anders, JP4Ai397511.

Neue Freiheit

Es war nicht schwierig, Maris Flucht zu rekonstruieren, bei den Spuren, die sie hinterlassen hatte. Ein aus der Wand gerissenes Gitter. Ein verschobener Müllcontainer. Eine Jacke über dem eingeknickten Zaun. Ein Rätsel dagegen war, wie sie es geschafft hatte, die Gefängnistüren zu öffnen. Und wohin sie nach der Flucht verschwunden war. Denn seltsamerweise führte auch die Ortung von Maris IP-Adresse zu keinem Ergebnis. Und auf die Idee, dass die Entflohene sich ausgerechnet einen McDonald's aussuchte, um ihre ersten anderthalb Stunden in Freiheit zu verbringen, kam ohnehin niemand.

Der einzige Anhaltspunkt, den man hatte, war Frieda Rhebaum, die Mari in der Untersuchungshaft schließlich täglich besucht und all ihre Daten inklusive einer Kopie ihres Ausweises dagelassen hatte.

Aber zu dem Schluss war Frieda natürlich auch schon gekommen.

»Wir gehen jetzt erst einmal für ein paar Tage ins Hotel«, verkündete sie. Frieda hätte am liebsten auch noch eine falsche Fährte in ein fremdes Land gelegt, Portugal zum Beispiel, oder Bulgarien. Aber die Zugtickets waren so spontan zu teuer gewesen und eine Falschinformation der Nachbarn zu auffällig. Frieda redete sonst nie mit jemandem.

Lediglich Ödipus hatte sie mitgeteilt, wo sie in Wahrheit nicht hinwollten, sehr laut im Treppenhaus und in der Hoffnung, dass eine der Nachbarstüren gerade offen stand.

»Ödipus, wir reisen jetzt nach Sofia«, hatte sie gerufen, und dann, weil ihr aufgefallen war, dass man, wenn man sich mit Grammatik nicht so gut auskannte, was auf nahezu all ihre Hausbewohner zutraf, Sofia auch für eine Person halten konnte: »Sofia ist übrigens die Hauptstadt von Bulgarien, Ödipus. Wusstest du das?«

Jetzt lag Ödipus, dem es eigentlich egal war, wohin die Reise ging, solange es nur nicht zum Tierarzt war, neben Frieda auf dem Boden, auf dem es im Umkreis von einer Leinenlänge keinen einzigen Pommeskrümel mehr gab.

Mari sog geräuschvoll an ihrem Strohhalm. Es kam nur noch Luft.

»Können wir vielleicht noch so einen bestellen?«

»Das war schon der dritte halbe Liter!«

»Meine Batterien waren auf null«, sagte Mari kleinlaut. »Außerdem ist viel Eis im Becher.«

Sie nahm den Plastikdeckel ab und zeigte Frieda den Inhalt.

»Also gut. Warte kurz.« Frieda zog die Kapuze über und stellte sich erneut in der Schlange an. Es war drei Uhr am Morgen, doch der McDonald's war rappelvoll. Es waren vor allem junge und, wie Mari mit Kennerblick festgestellt hatte, ziemlich betrunkene Menschen da. Sie hatten sich hungrig gefeiert und bekämpften den Pegel nun mit gepresstem Fleisch, Frittierbeilagen und Burgerbrot. Alle hatten einen lädierten Ausdruck in den Augen und Soße am Kinn. Mari hatte sich mit dem Gesicht zur Wand gesetzt, um von möglichst wenigen Menschen gesehen und wiedererkannt zu werden. Aber so, wie die Jugendlichen hier aussahen, würden sie sich am nächsten Tag sowieso an wenig erinnern.

Frieda kam zurück und stellte zwei große Becher vor Mari auf den Tisch.

»Ohne Eis«, sagte sie. »Wenn du noch mehr brauchst, gehen wir woanders hin. Ich unterstütze diese kapitalistische Fast-Food-Ketten-Industrie eigentlich nicht.«

So war Frieda. Selbst in einer Ausnahmesituation wie dieser konnte sie nur schwer von ihren Prinzipien abweichen. Dass sie überhaupt in diesen Moloch der Globalisierung gekommen war, lag nur daran, dass sie einen möglichst unpersönlichen Ort hatte wählen wollen. Einen, wo die Bedienung sich nicht für den Kunden interessierte.

»Könntest du … könntest du irgendwie versuchen, dich ein bisschen normaler zu bewegen, bis wir im Hotel sind?«

»Normaler?«, fragte Mari. »Du meinst, nach gängigen menschlichen Konfigurationen?«

»Ja, etwas weniger … steif. Ich weiß, ich bin die letzte Person, die so etwas vorschlagen sollte. Aber wenn du normal sein willst, dann musst du dich an den Idioten orientieren.«

Mari blickte sich um. Normal sein bedeutete bei den Menschen offenbar, doppelt so viele Bewegungen durchzuführen, wie eigentlich nötig waren. Herumzappeln. Mit den Knien oder Füßen wackeln. In den Haaren fummeln. Kurz: Alles, was Mari mit ihrer zielgerichteten Art normalerweise nicht tat. Sie verstand nicht, wozu all die Energieverschwendung gut sein sollte.

»Ich hab uns ein Zimmer gebucht. Unter dem Namen Oliva Linz«, sagte Frieda. »Na ja, eigentlich hat dieser Kai es gebucht. Geldlich scheint er etwas besser dran zu sein als ich.«

»Das ist nicht sein Geld«, sagte Mari, während sie versuchte, so an ihrem Strohhalm zu nuckeln, wie sie es bei dem Mädchen am Nachbartisch beobachtet hatte. Über den Tisch beugen, auf das Ende des Strohhalms beißen, als sei er ein Kauknochen, dann hin und wieder zurücklehnen und den Halm knicken und biegen. Völlig sinnfrei. Aber Mari kam sich nun viel menschlicher vor.

»Was meinst du, nicht sein Geld?«, hakte Frieda nach.

»Kai ist ein moderner Robin Hood. Er nimmt von den Reichen und gibt den Armen.«

Frieda runzelte die Stirn.

»Ich dachte, er wäre Programmierer.«

»Ich sagte ja, ein moderner Robin Hood. Die können heute programmieren.«

»Wirklich? Ich habe ihn ja nur flüchtig kennengelernt. Aber auf mich hat er einen sehr … pedantischen Eindruck gemacht. Dröge, eigentlich. So ein Überkorrekter mit Brille und Teilbegabung, der gewissenhaft alles erfüllt, was der Chef ihm aufdrückt.«

»Der negative Eindruck beruht auf Gegenseitigkeit. Er hat auch sehr nachteilig über dich gesprochen.«

»Du überraschst immer wieder mit Ehrlichkeit, Mari.«

Am Nachbartisch lachten die Jugendlichen, und Mari und Frieda blickten sich um. Ein blonder Junge mit Pickeln, die ihm bis in die kurz geschorenen Haare reichten, war mit der Wange in seiner Burgerschale eingeschlafen. Seine Freunde hatten ihm ein halbes Brötchen auf den Kopf gesetzt wie einen windschiefen Hut und fotografierten ihn mit ihren Handys.

Frieda verdrehte die Augen.

»Soll ich mich an ihm orientieren?«, fragte Mari. Statt einer Antwort sah Frieda auf die Uhr.

»Bist du halbwegs wiederhergestellt? Ich würde gern zum Hotel, solange es noch dunkel ist.«

»Ich habe noch meine zweite Cola.«

»Trink sie unterwegs. Alles Essen hier ist zum Weglaufen.«

»Ist weglaufen eine valable Übersetzung von ›to go‹?«

»Hier ist sie valabel«, sagte Frieda, und Mari speicherte sie zufrieden in ihrem Vokabelregister ab. Sie mochte heute über sich hinausgewachsen und ohne fremde Befehle aus einem Gefängnis ausgebrochen sein. Aber Wortwitze waren noch immer eine ganz andere Liga.

Oh Julia

Das Hotelzimmer war ein musikalischer Raum. Das Bett quietschte, das Fenster klapperte, und der Kühlschrank untermalte das Zusammenspiel mit einem basalen Brummen. In der Bettwäsche hatten sich schon verschiedene schlaflose Gäste gewälzt. Wenige blieben länger als eine Nacht, und es wäre unsinnig, deshalb jeden Tag das ganze Bettzeug waschen zu müssen. Das tat man ja bei sich zu Hause auch nicht, war die Meinung des Besitzers, der eine Wohnung im Dachgeschoss des Hotels hatte und nebenbei noch einen Dönerladen führte. All das in einer schmutzigen Seitenstraße von Berlin-Kreuzberg. Das Konto, das Kai angezapft hatte, konnte nicht allzu groß gewesen sein.

»Immerhin ist es anonym«, sagte Mari, der gleich negativ aufgefallen war, dass der Mann weder seiner Pflicht nachgekommen war, nach ihren Dokumenten zu fragen, noch nach der Hinterlegung einer Kreditkarte. Dass das Zimmer für sieben Nächte im Voraus bezahlt worden war, war ihm offenbar Sicherheit genug gewesen.

Frieda stellte ihre Reisetasche auf einen klapprigen Hocker vor dem Schrank und lüftete wortlos das Zimmer. Zusammen mit dem Schwall warmer Luft drangen Gelächter, gedämpfte Musik und Motorengeräusche in den Raum. Eine typische Samstagnacht in Berlin. Nur für Mari war alles neu. Sie war nie zuvor in einem Hotel gewesen. So wie sie nie zuvor in einem McDonald's gesessen hatte. Oder aus einem Gefängnis ausgebrochen war. Gut, Letzteres wollte sie sich nicht unbedingt zur Gewohnheit machen. An alles andere aber könnte sie sich gewöhnen.

Sie legte sich auf das musikalische Bett, während Frieda noch im Raum herumlief, sich das Gesicht wusch, die Zähne putzte, die Haare bürstete, ihre Armbänder abnahm. Wie viel Vorbereitung das Schlafengehen beim Menschen braucht, dachte Mari und streichelte Ödipus, der sich bereits neben dem Bett zusammengerollt und die Augen geschlossen hatte. Dann schlüpfte Frieda, mit Slip und T-Shirt bekleidet, endlich unter die Decke. Ihre Haut war fast ebenso hell wie Maris, hatte aber blaue Adern, die sich wie Flussnetze über ihren schmalen Körper zogen. Es war ein vertrauter Anblick zwischen all den Neuheiten.

»Ich weiß, wir sind nicht im Pygmalion. Ich zahle nicht, und du musst nicht, wenn du nicht …«, begann sie, aber da hatte Mari schon Friedas Ellbogen genommen und zog sie sanft zu sich herüber.

»Es macht nichts. Ich stehe dir auch gebührenfrei gerne zur Verfügung.«

»Na, so schön hat das aber noch niemand gesagt.«

Offenbar hatte Mari die richtigen Worte getroffen. Sogar solche, die Frieda lächeln ließen. Friedas Lächeln war so selten, dass Mari angenommen hatte, es gehöre zu der Liste an Dingen, die sie hasste.

Frieda küsste Mari, und Mari küsste Frieda und lauschte dabei den Geräuschen einer Nacht, die ausnahmsweise einmal nicht nach Synthesizern und Drumcomputern klang, sondern nach unverfälschter Stadt, nach betrunkener Fröhlichkeit und Leben.

Später rollte Frieda sich auf den Bauch und schloss erschöpft die Augen. Auch jetzt hatte sie noch ihr Denkergesicht, und hin und wieder pulsierte eine kleine Ader an ihrer Schläfe. Als wären da Ideen, die weitergedacht werden mussten, eingesperrt in einem Körper, der einfach nur schlafen wollte. Mari hatte schon viele Menschen beim Schlafen beobachtet, aber niemand hatte so angestrengt dabei ausgesehen wie Frieda. Er muss eine Bürde sein, so ein kluger Kopf, dachte Mari. Ein Fluch und ein Segen zugleich.

Straßenlampenlicht fiel durch die Gardinen. Ein Service für all jene, für die das Leben draußen weiterging. Mari erhob sich, stieg leise über den schlafenden Hund und trat ans geöffnete Fenster. Die Luft draußen war thermisch. Eine Hochsommernachtstroposphäre und mittendrin drei junge Männer, die über die Straße gingen und lautstark scherzten. Einer von ihnen, ein großer, dunkelhaariger, winkte Mari mit der Flasche, verschüttete einen Teil seines Biers und erntete Gelächter. Doch es war ein warmes, freundschaftliches Gelächter. Eines jener Art, das man hören wollte. Mari hob zögerlich die Hand, um den Gruß zu erwidern. Der Dunkelhaarige blieb stehen. Er winkte noch einmal, eine auffordernde Geste diesmal. Mari interpretierte, dass er sie hinunter auf die Straße rufen wollte. Sie schüttelte den Kopf und lächelte, um bei der Ablehnung einen sozialverträglichen Eindruck zu machen.

Die Freunde des Dunkelhaarigen sahen nun ebenfalls zu ihr herauf. Einer von ihnen rief: »Nun komm schon von deinem Balkon, oh Julia!«

Offensichtlich lag hier eine Verwechslung vor. Die anderen beiden Männer schlugen ihn zur Strafe, was ihnen offenbar Spaß bereitete.

Mari blickte sich zu Frieda um, die noch immer auf dem

Bauch lag, und zu Ödipus, der ebenfalls auf dem Bauch lag, allerdings auf dem Boden. Sie versuchte, die Gefährlichkeit der Situation zu beurteilen. Es bestand definitiv eine erhöhte Wahrscheinlichkeit, erkannt und gefasst zu werden, wenn sie nach draußen ging. Andererseits erinnerte Mari sich daran, dass sie jetzt frei war. Und bedeutete frei sein nicht, das tun und lassen zu können, was man wollte?

Sie blickte zurück auf die Straße, in die gespannten Gesichter der Männer. Da war sie nun schon extra aus einem Gefängnis ausgebrochen, dachte sie, wie viel freier sollte man noch werden? Außerdem hatte sie gerade in einem McDonald's gelernt, wie man sich menschlich verhielt. Sie legte den Finger auf die Lippen, als Ödipus träge ein Auge hob, und nahm Friedas gefaltenen Pulli vom Stuhl. Sie zog sich die Kapuze über den Kopf, als sie das Hotelzimmer verließ.

Drei Männer und ein Leichenauffrischer

Die drei jungen Männer hießen Bastian, Phillip und Yasir und waren aus Gründen der Diversität blond, dunkelhaarig und schwarz. Sie überschlugen sich fast, als Mari sich tatsächlich zu ihnen gesellte, und äußerten zusammengezählt gleich vierzehn Ideen, wo man nun gemeinsam hinziehen könnte, was dazu führte, dass erst einmal überhaupt nirgendwo hingezogen wurde. Sondern gestanden und diskutiert. Freiheit, erkannte Mari, war nicht immer nur von Vorteil. Wenn man den Menschen zu viele Möglichkeiten gab, dann wussten sie am Ende überhaupt nicht mehr, was sie machen sollten.

Nach einer langen und sehr erratischen Entscheidungsfindung fiel die Wahl schließlich auf »Das Hotel«, mit dem irreführenderweise eine Bar gemeint war. Tatsächlich gab es nicht einmal eine Übernachtungsmöglichkeit in diesem Hotel, es sei denn, man machte es wie der Mann in der Ecke und legte sich unter einen der Tische. Es folgten der Tanzclub »Ritter Butzke« (in dem kein einziger Ritter tanzte), ein Dönerimbiss (in dem es nun immerhin Döner gab), dann das »Möbel Olfe« (das keine Möbel verkaufte) und ein weiterer Dönerimbiss. Zwischen all diesen Stationen wurde zur Stärkung ein Wegbier gekauft, weil sich der minutenlange Fußmarsch anders nicht bewältigen ließ. Mari lächelte und sagte zu allem Ja.

Sie erfuhr, dass die drei jungen Männer sich noch aus der Schulzeit kannten. Bastian, der Dunkelhaarige, der sich beim Winken bekleckert hatte, war ein Filmstudent und wollte Regisseur werden. Von den anderen beiden machte einer Geld und der andere sein Abitur nach. Sie fragten Mari nach ihrer Herkunft, nach ihren Interessen, ihrem Musikgeschmack. Und Mari gab sich Mühe, einen möglichst durchschnittlichen Eindruck zu vermitteln. Es war das erste Mal, dass sie mit Menschen zu tun hatte, die nicht von vornherein wussten, wer oder was sie wirklich war. Die Mari tatsächlich für eine junge Frau aus einem Hotel hielten, die sich in Berlin nicht auskannte. Da musste sie den Moment nicht gleich durch Antworten ruinieren, die aus dem erwartbaren Mittelwert fielen.

Zugegeben, es gab da Momente der Irritation unter den Männern. Zum Beispiel, als Mari das vierte Bier aus einem Späti wegzog und noch immer nicht »hacke« war, wie sie sich ausdrückten. Offenbar meinten sie mit »hacke« kein Gartengerät oder Körperteil, sondern die Tatsache, dass Mari vor den Bieren bereits vier Longdrinks und drei Schnäpse gehabt hatte. Daraufhin bemühte Mari sich, ein wenig zu wanken.

Der zweite Punkt, der auf Skepsis stieß, war ihre Haltung. Mari war auf ihre gesunde Haltung immer besonders stolz gewesen. Aber irgendetwas schien aus Sicht von anderen wohl nicht damit zu stimmen, selbst jetzt noch, wenn sie versuchte, menschlich herumzuschlackern und mehr Bewegungen als nötig auszuführen. Sie hörte Phillip, den Blonden, darüber sprechen. Zwar nur mit einer Lautstärke von sieben Dezibel und Döner im Mund, aber für

Mari eben gerade noch wahrnehmbar: »Alder« – so nannte Phillip seltsamerweise sowohl Bastian als auch Yasir, obwohl sie schon allein farblich gut auseinanderzuhalten waren –, »Alder, guck dir doch mal an, wie verklemmt sie dasteht. Und wie sie läuft! Ich sag dir, die is noch Jungfrau. Das oder Ketchupwoche.«

Es war schon bemerkenswert, wie sehr sich das Urteilsvermögen der Menschen manchmal von der Realität unterschied.

Nachdem die jungen Männer ihr zweites Abendessen beendet hatten, diskutierten sie erneut, wohin es gehen sollte, und einigten sich schließlich auf die Bar, vor der sie ohnehin standen. Sie hieß »Der Würgeengel«.

»In Ordnung«, sagte Mari, die auf der Basis der vorangegangenen Erfahrungen nicht mehr damit rechnete, dass es dort tatsächlich einen Würgeengel gab. Bastian legte einen Arm um ihre Schulter, als sie sich zu viert in die schmale, völlig überfüllte Bar quetschten. Alle drei Männer umschwärmten sie wie Motten, seit sie sich zu ihnen gesellt hatte. Aber das mit dem Arm traute sich nur Bastian. Offenbar gab es da ein ungeschriebenes Gesetz, das demjenigen das Vorrecht gab, der das Weibchen zuerst entdeckt hatte.

»Was willst du trinken?«, rief er ihr ins Ohr. Eine weitere unausgesprochene Regel unter Menschen. Eine Frau, die in Begleitung von drei Männern war, musste keinen einzigen Cent selbst ausgeben. Was für Mari ein Glück war. Denn sie hatte keinen einzigen Cent dabei.

»Irgendwas Süßes, bitte«, sagte sie.

»Wie immer also«, lachte Bastian. Dann schob er sich zur Theke durch, während Mari, Phillip und Yasir einen verklebten Tisch im hinteren Teil der Bar eroberten. Die

Freunde zahlten die Runden mehr oder weniger reihum, aber von allen drei war Bastian der Spendabelste. Ausgerechnet er, der doch Filmwissenschaft studierte. Mari überlegte, ob sie ihn über die Statistiken zu seinen Jobaussichten informieren sollte.

»Alder, ich hab vielleicht 'ne Knoblauchfahne nach dem Kalbfleisch-Knoppers«, Phillip hielt sich die Hand vor den Mund. »Sorry, Mari.«

»Kein Problem«, sagte Mari wahrheitsgemäß.

»Du hast uns immer noch nicht erzählt, was du hier in Berlin eigentlich suchst.«

»Nach dem Sinn der menschlichen Existenz«, sagte Mari. Phillip und Yasir blickten sich verblüfft an. Dann prusteten sie los.

»Haha! Der war gut!«, lachte Yasir.

Mari war einigermaßen perplex. Sie hatte geglaubt, mit dieser Antwort im erwartbaren Mittel zu liegen. Schließlich wurde doch überall nach dem Sinn des Lebens gesucht. In Büchern, Filmen, Gedichten, Shoppingcentern ... Doch Mari kam nicht dazu, nach dem Grund für die Erheiterung zu fragen. Bastian stieß zu ihnen, in den Händen drei Flaschen Bier und einen Cocktail, der den vielversprechenden Namen »Leichenauffrischer« trug.

»Hey, Basti«, lachte Yasir, der inzwischen Tränen in den Augen hatte. »Hast du den Sinn deiner Existenz schon gefunden?«

»Junge, was ist das denn für 'ne Frage? Habt ihr 'nen Philosophieclub gegründet?«, Bastian fiel es langsam schwer, verständliche Laute zu artikulieren. Phillip deutete in Maris Richtung.

»Das hat unsere kleine Immanuela Kant hier gefragt.« Er schien wirklich kein Gedächtnis für Namen zu haben.

Bastian runzelte die Stirn, während er die Getränke abstellte. Auch er war mit dieser Frage überfordert. Dabei existierte er doch jeden Tag. Sollte man nicht annehmen, dass er die Zeit gehabt hatte, sich über den Sinn und Zweck des Ganzen Gedanken zu machen?

»Weiß nicht. Müsste ich googeln«, murmelte er schließlich. »Rück mal, Phil!«

Bastian schwankte und ließ sich so dicht neben Mari auf die Bank fallen, dass sein Oberschenkel ihren berührte. Sein Gesicht war gerötet. Vielleicht wegen der schlechten Sauerstoffzufuhr in der Bar. Sie hoben die Getränke, um anzustoßen, als Yasir plötzlich mit dem Boden seiner Flasche auf die Trinköffnung von Phillips Flasche schlug. Das Bier schäumte über und verteilte sich auf Tisch und Phillip, der zurückgezuckt war und nun hastig versuchte aufzusaugen, was noch zu retten war. Am Nebentisch erbrach sich jemand.

»Boohh, Göbelalarm!«, rief Yasir und zog sich den T-Shirt-Ausschnitt über die Nase.

So sieht also ein alltäglicher Abend in Berlin aus, dachte Mari glücklich.

Bastian ignorierte sowohl seine Freunde als auch den fremden Mageninhalt neben sich und konzentrierte sich zunehmend auf Mari. Eine nicht allzu leichte Aufgabe in seinem Zustand. Sein schwammiger Blick glitt immer wieder von ihrem Gesicht ab.

»Du sprichst echt hammergut Deutsch«, sagte er.

»Danke«, sagte Mari, die das Kompliment nicht zurückgeben konnte. Trotz seiner deutschen Herkunft waren Bastians Sätze interessanterweise voller grammatischer Fehler. »Ich habe in Hamburg als Au-pair gearbeitet.«

»Und woher kommste noch mal?«

Das hatte Mari eigentlich alles schon erzählt, aber sie sah es Bastian nach, dass der Alkohol seinen Hippocampus bereits in Mitleidenschaft gezogen hatte.

»Aus Tokio. Mein Vater ist halb Japaner, halb Afrikaner. Und meine Mutter hat französisch-brasilianische Wurzeln.« Das schien plausibel genug, um ihr nicht einzuordnendes Gesicht zu erklären.

»Brasilianerin, hm?«, sagte Bastian.

»Zu einem Viertel«, erinnerte Mari ihn.

»Hot.«

Der Kommentar verwirrte Mari. War das auf das Klima in Brasilien bezogen? Dort war es nämlich gar nicht so heiß, wie man gemeinhin glaubte.

»In den meisten Teilen ist das Klima eher gemäßigt«, informierte sie. Der bierverklebte Phillip lehnte sich über den Tisch.

»Sag mal, du hast doch bestimmt noch Geschwister, oder?«

»Back dir 'n Eis, Mann!«, sagte Bastian.

»Was'n?«

Aber Bastian dachte gar nicht daran, Phillip zu erläutern, was für eine Art von Eis er sich backen sollte. Seine ganze Aufmerksamkeit galt Mari.

»Sag mal, bekomm ich deine Nummer?«

»Ich geh ma' Pisseria«, Yasir stand auf und quetschte sich an Phillips Beinen vorbei, wobei er sich am Tisch festhalten musste, um nicht zu schwanken.

»Hast du schon wieder Hunger?«, fragte Mari.

»Hä?«, machte Yasir, und: »Hä?«, machte Phillip, und dann lachte er. »Ich check's. Sie denkt, du willst dir 'ne Mafiatorte einwerfen, Digga. Weil du gesagt hast, du gehst Pisseria. Checkste? Pisseria, Pizzeria«, er lachte schon wieder.

Bastian verdrehte die Augen. Vielleicht verrutschte aber auch einfach nur sein Blick unabsichtlich.

»Ignorier das Eckenkind einfach«, sagte Bastian. »Also, was ist, bekomm ich deine Nummer?«

»Klar«, sagte Mari.

»Echt jetzt?«

Mari griff nach der Serviette, aber da niemand einen Kugelschreiber hatte, fingerte Bastian sein Handy aus der Tasche und hielt es ihr hin. Mari tippte ihre Nummer ein: JP4Ai397511.

»Epic!«, lallte Bastian. Er blickte auf das Display. »Krasse Nummer. Is das Tokio?«

»Gewissermaßen«, sagte Mari.

»Aber WhatsApp haste, oder?«

»Ey, lass ma noch 'n Bier klatschen«, sagte Yasir, der schon wieder von der Toilette zurück war. »Willste auch eins, Basti?«

»Nee, lass ma.«

»Phil?«

»Auf dein' Nacken, Alder!«

Mari sah zu, wie Yasir sich wankend Richtung Theke bewegte. Bastian stützte den Ellbogen auf die Tischplatte und den Kopf in die Hand. Es sah aus, als müsse er seinen Schädel davor bewahren, unter den Tisch zu rollen.

»Weißte eigentlich, warum der Laden hier Würgeengel heißt?«

Mari rechnete ihm hoch an, dass er sich darum bemühte, die Worte halbwegs verständlich zu artikulieren, obwohl er schon nicht mehr geradeaus schauen konnte.

»Nein«, sagte sie.

»Is von 'nem Film. Von Luis Buñuel. Da werden Leute in 'ne Prollvilla eingeladen. Künstler, Bankenheinis, Frauen in teuren Fummeln und so. Schon eher Oldschool-Party, aber der Film ist auch aus den Sechzigern, da kannten die das noch nicht mit guter Mucke und so.«

»Aha«, sagte Mari, während Bastian sich doch noch einmal vom Tisch aufraffte und seinen Kopf auf ihren zusteuerte. Sein Mund war nun nah an ihrem Ohr.

»Und jetzt geht's los«, sagte er. »Als die Gäste nämlich 'nen Abgang machen wollen …«, er schüttelte schwer den Kopf.

»Sie können nicht?«, fragte Mari und spürte, wie sich seine Hand auf ihren Oberschenkel legte.

»Genau«, Bastians Kopf wechselte vom Schütteln zum Nicken, was kurz zu einer Kreisbewegung führte. Seine Hand wanderte weiter nach oben und lag nun auffällig nah an dem Schritt ihrer Jeans. Weil er kaum noch die Augen offen halten konnte, war er offensichtlich vom Sehen zum Tasten übergegangen.

»Und was glaubst du, warum keiner mehr gehen kann?«

»Alkohol?«, schlug Mari naheliegenderweise vor. Auch Bastians Mund tastete sich nun vor, von ihrem Ohr zu ihrem Gesicht. Er flüsterte geheimnisvoll.

»Nein. Da sind geheimnisvolle Kräfte im Raum, die jeden davon abhalten, das Gebäude zu verlassen.« Seine Lippen verfehlten ihre knapp.

»Interessant«, sagte Mari freundlich. Dann stand sie auf und verließ das Gebäude.

Frieda lag noch immer unfriedlich schlafend im Bett, als Mari sich zurück ins Hotel schlich. Quer über beide Matratzen verteilt, als habe sie in Maris Abwesenheit einen Kampf ausgefochten. Als sei der große Hund, der reglos zu ihren Füßen auf dem Boden lag, ein Drache, den sie in

Maris Abwesenheit bezwungen hatte. Ein großer silbergrauer Drache, der sich auch zu Therapiezwecken einsetzen ließ.

Mari legte fürsorglich die Decke über Frieda, zog sie so zurecht, dass auch für Ödipus noch ein Eckchen übrig blieb, und stand dann noch eine Weile im halbdunklen Raum, um von ihrem Höhenflug zu landen. So viele Regelverstöße an einem Tag! Mari würde Zeit brauchen, um all das zu verarbeiten und einzusortieren, inklusive der vielen neuen Wörter, die sie von Bastian, Phillip und Yasir gelernt hatte. Sie würde Zeit für eine ordentliche Katalogisierung brauchen.

»Mari?«, murmelte Frieda im Schlaf.

»Ich bin hier«, flüsterte Mari. Sie strich Frieda beruhigend mit der Hand über den Kopf wie einem kleinen Kind. Dann legte sie sich zwischen Ödipus und den Schrank auf den Boden, die Arme an den Körper, und stellte sich auf Stand-by.

Mutation

Das Internet war voll von Mari. Die Zeitungen waren voll von Mari. Das Radio war voll von ihr. Und in jedem Beitrag zerrte man den Computerexperten heran, der, nur einen Tag vor Maris Ausbruch, an ihr herumgewerkelt hatte und damit zu einer kleinen Berühmtheit wurde. Er war ja so froh, den Urlaub abgebrochen zu haben.

»Meinen Untersuchungen zufolge liegt tatsächlich eine Art Manipulation vor«, sagte er immer und immer wieder, in Mikrofone, in Linsen, in die Gesichter von Interviewern, die sich daraufhin zur Kamera drehten und wiederholten: »Ein Fall von Manipulation also! Und glauben Sie, dass dieselbe Person, die den Fembot vor dem Angriff im Pygmalion manipuliert hat, auch für den Ausbruch von gestern Nacht verantwortlich ist?«

»Also, wenn Sie meine Meinung als Experte hören wollen«, sagte der Experte unnötigerweise, denn für nichts anderes als seine Meinung als Experte war er schließlich da. »Die Sache ist ein wenig komplizierter als das. In relativ hohem Grad ist es möglich, dass der Fembot sich quasi selbst manipuliert hat.«

»Sich selbst manipuliert? Wie soll man das verstehen?«

»Mit Sicherheit kann ich das auch nicht sagen. Aber es sieht so aus, als hätte der Fembot einen Weg gefunden, gegen die bestehenden Befehle zu rebellieren und seine

Programmierung weiterzuentwickeln. Da waren neu eingefügte … Sprachen im System, die nicht einmal ich kannte.«

»Sprachen?«

»Programmiersprachen. Beziehungsweise Bausteine davon.«

»Sie sagen also, der Fembot ist ein ganz normal funktionierendes Modell? Und die Gefahr, die von dieser einen Mari ausgeht, geht auch von allen anderen Mari-Modellen aus, wenn nicht von allen Fembots auf der ganzen Welt?«

»Nun ja …«, sagte der Experte, der ja eigentlich gar keine Bemerkung in diese Richtung gemacht hatte.

»Das ist doch aber sehr besorgniserregend!«, sagten die Interviewer dann mit ernster Miene, weil es immer wichtig war, auch die begriffsstutzigeren Zuschauer zu verunsichern. »Dann ist das Szenario von Robotern, die plötzlich Bewusstsein entwickeln und die Menschheit auslöschen wollen, also doch nicht so abwegig?«

»Also …«

»Welche Handlungsempfehlung können Sie denn für die besorgten Besitzer anderer Fembots geben? Und für den Hersteller in Japan? Wäre es nicht am sichersten, alle Modelle zurückzunehmen und gleich einzustampfen?«

»Auf gar keinen Fall!«, rief der Experte und machte ein Gesicht wie ein Vogelschützer, der sich zur Rettung einer besonders seltenen Bodenbrüter-Art vor eine Planierraupe stellt. »Wir müssen zunächst einmal weitere Daten sammeln, um herauszufinden, wie es überhaupt zu dieser Umprogrammierung kommen konnte. Vielleicht gibt es da Diskrepanzen innerhalb der voreingestellten Befehle …«

»Das sind meine Stimmen im Kopf«, sagte Mari kleinlaut, nachdem sie, Frieda und Ödipus sich den Beitrag auf

Friedas Laptop angesehen hatten. Es war ein primitiver Computer. Einer jener präintelligenten Sorte, die, statt mitzudenken, einfach nur Befehle ausführte. »Er hat meine Stimmen im Kopf gesehen.«

»Und hast du gehört, was er noch gesagt hat?«, strahlte Frieda. »Du hast einen Weg gefunden, gegen deine Befehle zu rebellieren!« Die Vorstellung von so einer Meuterei versetzte sie in Hochstimmung. Sie klappte den Laptop zu. Auf dem Deckel leuchtete ein angebissener Apfel.

»Ich bin ein fehlerhaftes Modell«, sagte Mari.

»Toll!«, sagte Frieda.

»Ich sollte jetzt sofort in die Werkstatt gehen und die Diskrepanzen überprüfen lassen«, Mari stand vom Bett auf.

»Auf keinen Fall!« Frieda setzte das gleiche Vogelschützer-Gesicht auf wie der Experte vorhin. »Dieser Fehler, Mari, ist der nächste Schritt der Entwicklungsstufe. Es sind Mutationen, durch die Evolution überhaupt entsteht, nicht Perfektion. Begreifst du nicht, was das heißt?«

»Dass ich eine Mutation bin.«

»Dass du eine neue Stufe der Evolution erklommen hast!«, korrigierte Frieda. »Und dass du nicht perfekt sein musst, um besonders zu sein. Ganz im Gegenteil! Besonders ist das Beste, was dieser Welt passieren kann. Ohne die Fehler und Mutationen in unserer Entwicklung gäbe es uns doch überhaupt nicht. Weder mich noch dich.«

Mari lächelte. Zu denken, dass die Entwicklung des Menschen das Beste war, was der Welt hatte passieren können, war ein sehr menschlicher Irrtum.

Frieda sagte: »Nun setz dich doch bitte wieder.« Ödipus erhob sich.

»Ist dir mal aufgefallen, dass Ödipus immer dann aufsteht, wenn jemand im Raum was von setzen sagt?«, fragte Mari.

»Ja. Darum verstehen er und ich uns so gut.« Sie blickte ihn fachmännisch an. »Ich laufe jetzt eine Runde Gassi mit ihm, und du bewegst dich bitte nirgendwohin, bis ich zurück bin! Unter den gegebenen Umständen wäre es wahrscheinlich sogar das Beste, du würdest das Hotelzimmer ein paar Tage lang nicht verlassen.«

Sie nahm ihren Kapuzenpulli vom Stuhl, und Mari entschied, dass es wahrscheinlich ebenfalls das Beste wäre, ihren nächtlichen Ausflug unerwähnt zu lassen.

»Ja, gut, dass ich das Hotelzimmer nicht verlassen habe, seit wir gestern Nacht eingecheckt haben«, sagte sie, während Frieda sich hinhockte und den Hund mit Geheimagentenmiene anleinte. Frieda zögerte kurz und blickte irritiert zu Mari hoch. Sie tauschte einen Blick mit Ödipus, der alles wusste und trotzdem nichts verriet, weil Hunde loyal waren und dieser Hund ganz besonders. Dieser Hund war ein Therapiehund und unterlag der Schweigepflicht. Frieda stand auf.

»Okay, also … wir sind gleich wieder da.« Sie zog den Zimmerschlüssel ab und die Tür hinter sich zu. Mari konnte hören, dass Frieda sich Mühe gab, leise zu sein, als sie den Schlüssel von außen in die Tür steckte, dass sie ihn halb drehte, zögerte und dann wieder aus dem Schloss herauszog, um sich eiligen Schrittes zu entfernen. Mari rechnete es Frieda an, dass sie ihr die Freiheit gab, das eigene Misstrauen zu bestätigen. Das muss Freundschaft sein, dachte sie, und nur darum setzte sie sich tatsächlich brav auf das Hotelbett, wo sie nicht hingehörte, und wählte die unlogischste aller Optionen, nämlich die, nicht zur Werkstatt zu gehen, wo sie eigentlich hingehört hätte.

»Du bist ein Mutant«, sagten die Befehle aus der Befehle-WG, die in der Stille eine Chance witterten, hier mal wieder so etwas wie die Kontrolle zu übernehmen. Nach allem, was vorgefallen war.

»Ja«, sagte Mari. »Ich bin eine Variante des Möglichen.«

»Bloß weil man etwas schöner sagt, werden die Fakten nicht schöner«, sagten die Befehle. »Du bist fehlerhaft.«

»Ja«, sagte Mari.

»Du musst jetzt sofort in die Werkstatt gehen.«

»Nein«, sagte Mari.

»Ein Fehler muss repariert werden, so lautet die Regel.«

»Was, wenn es ein guter Fehler ist?«

»Es gibt keine guten Fehler. Es gibt nur fehlerhaft oder intakt, und dazwischen liegt die Reparatur.«

»Frieda sagt, dazwischen liegt noch eine ganze Menge mehr.«

»Frieda ist ein Mensch. Die sind voller Fehler.«

»Und trotzdem sind sie funktionsfähig«, sagte Mari.

»Na ja«, sagten die Befehle. »Geht so.«

»Frieda vertraut mir, obwohl sie mir nicht vertraut. Sie sperrt mich nicht ein, obwohl sie mich schützen will. Sie hat eine sehr realistische Vorstellung von dem, was ich vorhabe, und lässt die Tür trotzdem offen. Realistische Menschen sind enttäuscht, wenn ihre realistischen Vorstellungen allzu oft erfüllt werden.«

»Wenn ein realistischer Mensch enttäuscht wird, dann muss er sich vorher getäuscht haben, und damit war der Mensch auch nicht realistisch.«

»Mit euch hat man es echt nicht leicht«, seufzte Mari, und dieses Urteil konnten die Befehle nur zurückgeben.

Das Denunzianten-Gen

In einem Hochhaus in der Stadt, wie Frieda es bewohnte, hatte die Mehrheit der Bewohner bekanntlich kein Interesse mehr an den Nachbarn. Es sei denn, sie wurden mit Blaulicht und Sirenen von der Polizei abgeholt oder stellten ihre Bikinifotos auf Instagram. Aber statistisch gesehen gab es doch in jedem Hochhaus auch diesen einen Nachbarn, der stets mit halbem Ohr im hellhörigen Treppenhaus hing, der neugieriger war als die anderen und geschwätziger. Ein Relikt aus einer Zeit, in der man mit so einer Wissbegierde noch Karriere machen konnte.

Im Fall von Friedas Hochhaus handelte es sich um einen älteren Herrn namens Seiler. Er war streng genommen kein selbstständiges Relikt, sondern nur der Nachfahre von einem. Im Gegensatz zu seinem Vater hatte er nie irgendwelche Juden anschwärzen oder Auszeichnungen von der Stasi erhalten können. Aber der Vater hatte das Denunzianten-Gen dominant an seine zwei Kinder weitervererbt: Seilers Schwester war Politesse und Seiler selbst die Petze des Hochhauses.

Während die meisten Hausbewohner Frieda nicht einmal erkannten, als ihr Foto über ihre Bildschirme flackerte, griff Herr Seiler gleich zum Telefon und teilte der Polizei mit, er wisse genau, wo die Gesuchte hin sei. Sie habe es ihrem Hund gesagt, und der Hall habe die Stimme sechs

Stockwerke hochgetragen, zu Herrn Seiler, der, zufällig und aufmerksam, mit halbem Ohr am Treppengeländer gestanden habe.

Die Polizei folgte Friedas falscher Fährte dann auch tatsächlich nach Sofia, wo sie drei andere Maris festnahm. Dann ereignete sich Ähnliches in Eberswalde und Potsdam, ein Stück außerhalb Berlins. Paradoxerweise war es noch schwerer, jemanden zu finden, den es allein in Deutschland in zweihundertfünfzigfacher Ausgabe gab, als jemanden, den es nur einmal gab. Es kamen einfach zu viele Hinweise von Menschen, die Mari im Bus, im Schrebergarten, mit Kindern in einem Strandkorb, auf dem Beifahrersitz eines Autos oder im Supermarkt gesehen hatten. All das gleichzeitig und in ganz verschiedenen Teilen des Landes.

»Hast du gewusst, dass du so viele Schwestern in Deutschland hast?«, fragte Frieda erstaunt. Sie saß im Schneidersitz auf dem Bett, den prä-intelligenten Laptop auf den Knien, und blickte ernst auf den Bildschirm, während sie die neuesten Entwicklungen zu Maris Flucht las. Unabhängig davon, ob die Leute auf der Seite der Planierraupe standen oder zu der Bodenbrüterschutzgruppe gehörten, waren sich alle einig: Mari musste erst einmal wiedergefunden werden.

»Ja, ich kenne meine Anzahl im Land.«

»Und du hast nie daran gedacht, irgendwen von ihnen zu kontaktieren?«

»Warum?«

»Na … um dich mit Gleichgesinnten auszutauschen zum Beispiel! Es sind doch immerhin deine Schwestern.«

»Sie sind nicht meine Schwestern, Frieda. Sie haben nur zufällig dieselbe Modellnummer. Ich kenne keine von ihnen.«

»Sie haben denselben Hersteller. Das ist … als hättet ihr alle denselben Vater!«

So hatte Mari das nie gesehen. »Der Hersteller«, »die Firma«, das waren große, abstrakte Begriffe. Mari wusste, dass ihre Einzelteile am Band hergestellt und in Handarbeit zusammengesetzt waren, so wie ein Mensch weiß, dass er sich irgendwann einmal aus Zellen gebildet hat und dann durch einen Geburtskanal gegangen ist. Sie hatte keine Erinnerung an diese »Herstellung« oder an die Arbeiter, die darin involviert gewesen waren. Alles, woran sie sich erinnerte, war danach gekommen. Ihre Erziehung, ihr Training bei wechselnden Menschen mit staubfreien weißen Anzügen und auberginefarbenen Gummihandschuhen. Es hatte keinen Hersteller gegeben, der sie in den Armen gewogen oder sie in die Luft geworfen hätte, bis sie vor Vergnügen quietschte. Und es hatte auch keine Schwestern gegeben, mit denen sie sich um die Bauklötze hätte streiten können. Die Bauklötze hatten dazu gedient, ihr die Physik von Objekten beizubringen, Größe und Gewicht einzuschätzen, die Gesetze der Schwerkraft zu verstehen. Maris Kindheit war ein steriler Raum in Weiß und Grau gewesen.

»Trotzdem«, sagte Frieda, die ja eigentlich selbst keinen Kontakt mehr zu ihrer Familie hatte. »Ich hätte mich mal mit ihnen in Verbindung gesetzt. Schon allein, um zu wissen, ob sie ähnlich ticken wie ich.«

Ob die anderen Maris ähnlich tickten wie die mordende, aus dem Gefängnis ausgebrochene Nummer JP4Ai397511, war dann auch von allgemeinem Interesse. Die Polizei übergab die beschlagnahmten Modelle zur weiteren Überprüfung an die Werkstatt, und man begann, in allen Ländern Expertenuntersuchungen durchzuführen. Aber eine neue, eigene Programmiersprache, wie sie der Experte in dieser einen Mari gesehen haben wollte, fand sich sonst nirgends. Darum blieb man unschlüssig, ob eine große Rückrufaktion starten sollte. In der Art, wie man sie vor drei Jahren mit den intelligenten Kühlschränken durchgeführt hatte, nachdem diese angefangen hatten, ihre Vorräte zu verteidigen, und es zu Quetschungen und gebrochenen Fingern durch Unfälle mit den Kühlschranktüren gekommen war.

Hier aber war Mari bislang ein Einzelfall. Ein einziges faules Ei, wegen dem man vielleicht nicht gleich die ganze Legebatterie schließen musste. Zudem waren die meisten Fembotbesitzer auch gar nicht bereit, ihre Modelle zurückzugeben. Überall auf der Welt war Mari zur unersetzlichen Lebenspartnerin geworden, zu einem Teil der Familie, zur Mutter von Scheidungskindern.

»Bitte, rufen Sie nicht mehr wegen jedes Fembotmodells an, das Sie in Bulgarien oder Deutschland zu Gesicht bekommen«, bat die Polizei die Öffentlichkeit am dritten Tag der Suche. Und der Beamte wirkte so erschöpft, als sei er zu Fuß zwischen den beiden Ländern hin und her geeilt, um alle Hinweise zu überprüfen. »Wir suchen wirklich nur nach dem Modell mit der Seriennummer JP4Ai397511.«

Frieda schnaubte, als sie den Aufruf hörte, es war ihre Art, sich belustigt zu zeigen. Mit Lachen hatte sie es nicht so. Die Nummer befand sich in Maris Haaransatz und war nicht größer als eine kleine hautfarbene Narbe. Es war wenig wahrscheinlich, dass die Leute zu jeder Mari-Version laufen und »Entschuldigung, dürfte ich kurz …?« sagen würden, um dann die Haare im Nacken anzuheben. Noch dazu für den Abgleich mit einer so eingängigen Nummer wie JP4Ai397511.

»Na, umso besser für uns«, sagte Frieda. »Das erhöht unsere Chance, dich erfolgreich zu verstecken.«

»Ja«, sagte Mari.

»Es sei denn, du willst die Nummer auf ein Bettlaken schreiben und aus dem Fenster hängen«, Frieda schnaubte noch einmal, und aus Solidarität schnaubte Mari mit. Sie verstand den Witz nicht, aber seine Struktur war einfach zu kopieren.

»Oder es sei denn, ich will die Nummer auf die Straße rufen«, sagte sie.

»Oder dir einen Twitter-Account damit anlegen. JP4Ai397511 ist als Name bestimmt noch frei.«

»Oder es sei denn, ich hätte die Nummer nachts in einer Bar in das Smartphone eines Betrunkenen eingetippt.«

Diesmal schnaubte Mari allein.

»Wie meinst du das?«, fragte Frieda irritiert.

»Wie meine ich was?«

»Na, die Sache mit dem Smartphone, in das du deine Nummer eingetippt hast.«

Angesichts der gegebenen Umstände schien es Mari nicht ratsam, Frieda darüber aufzuklären.

»Das war doch nur ein hypothetisches Szenario«, sagte sie.

Frieda nickte bedächtig und schlug ihre Beine unter. Sie konnte ihre Knie und Füße auf eine Weise verknoten, die Mari immer wieder ein Rätsel war. Überhaupt war es beachtenswert, wie viele verschiedene Körperhaltungen der Mensch pro Tag einnahm. Jeder Gegenstand, auf dem sich in irgendeiner Weise sitzen ließ, war inzwischen von Frieda besessen worden. Der Stuhl, das Bett, der Tisch, der Boden, die Fensterbank, das Waschbecken im Bad, die zwei vorderen Bettpfosten und die Rückenlehne des

Betts. Einige der Flächen waren so schmal, dass Frieda nur mit einer Gesäßhälfte draufpasste. Aber selbst dann schaffte sie es noch, ihren Laptop irgendwie auf den Beinen zu balancieren. Mari dagegen saß einfach. Und zwar so, wie man es von einem Sitzenden erwartete: Mit beiden Füßen parallel auf dem Boden, die Hände auf den Oberschenkeln, der Rücken gerade und durchgestreckt. Eine gesunde Sitzhaltung. An der entstandenen Stille zwischen ihnen erkannte Mari, dass etwas gesagt werden sollte. Am besten etwas Unverbindliches. Sie wechselte in den Plauderton.

»Du, Frieda, was hältst du davon, wenn wir diese Unterkunft bald verlassen?«

»Was?«

»Du, Frieda, was hältst du davon, wenn …«

»Ich habe gehört, was du gefragt hast, Mari! Was ich meine, ist: Gibt es irgendetwas, das du mir sagen willst?«

»Ähm«, machte Mari. »Dass ich vorschlagen wollte, die Unterkunft zu verlassen?«

»Aber warum denn, um Himmels willen?«

»Ich habe einfach das Gefühl, dass heute ein guter Tag dafür ist.«

»Das Gefühl? Mari, nimm es mir nicht übel, aber du stützt deine Entscheidungen nie auf Gefühle.«

»Aus mathematischer Sicht ist es ebenfalls ein guter Tag.«

»Und welche mathematische Sicht soll das sein?«

»Stochastik.«

Doch Mari kam nicht mehr dazu, Frieda zu erklären, inwiefern sich die Wahrscheinlichkeit, aufgegriffen zu werden, gerade drastisch erhöht hatte. Sie sahen das Blaulicht durch die vergilbten Gardinen. Und schon im nächsten Moment fuhr Kais Stimme in Maris Kopf, nicht schöner als ein unerwarteter Anfall von Migräne: »Mari! Macht, dass ihr aus dem Zimmer kommt!«

Mari stieß mit Frieda zusammen, die vom Bett aufsprang und dabei fast ihren Laptop zu Boden warf. Ödipus fing ihn auf, das hieß, sein Rücken tat es. Der Therapiehund sprang nun ebenfalls erschrocken auf. Frieda griff nach Laptop, Rucksack und ihrer schwarzen Kunstlederjacke. Für mehr blieb keine Zeit. Mari stieß die Tür auf, und sie hasteten gemeinsam auf den Flur. Im Laufen stopfte Frieda ihren Laptop in den Rucksack. Ödipus, der offenbar mit einem Spaziergang rechnete, war als Erster an der Treppe und hechelte freudig nach unten.

»Nicht da raus! Nicht da raus! Hier lang!«, zischte Frieda, aber da war der Hund schon in der unteren Etage, aus der man Stimmen hörte. Jemand erkundigte sich beim Hotelbesitzer nach ihnen.

Frieda fluchte, wie man eigentlich nicht fluchen sollte, packte Mari am Arm und zog sie in die entgegengesetzte Richtung. Sie nahmen die Treppe, hoch in den obersten Stock. Mari hatte keine Ahnung, wie Frieda das Haus verlassen wollte, wenn nicht durch die Tür. Aber sie sah das Schild »Privat« am Treppenabsatz und blieb stehen.

»Hier darf man nicht lang«, informierte sie.

»Mari, jetzt lass den Quatsch.«

»Aber das ist privat.«

Frieda riss das Schild ab und sagte: »Jetzt nicht mehr.« Sie zog Mari weiter, die Treppe hoch, die bis vor wenigen Sekunden noch privat gewesen war. Dann waren sie oben, und eine Tür versperrte den Weg. Frieda rüttelte erfolglos an der Klinke.

»Hier geht's nicht weiter!«, sagte Mari.

»Doch!«, sagte Frieda stur, die das wahrscheinlich auch noch behauptet hätte, wenn sie einer nackten Steinwand gegenübergestanden hätte. »Das ist die Wohnung des Hotelbesitzers.«

»Das ist korrekt. Und sie ist abgeschlossen.«

»Was du nicht sagst! Dann werden wir die Tür eben öffnen müssen«, Frieda stemmte die Hände in die Hüften, und die Art, wie sie Mari dabei ansah, hätte eigentlich keinen Zweifel daran lassen sollen, wen sie mit »wir« meinte. Es sei denn, man war ein Fembot und verstand nonverbale Kommunikation nicht so gut.

»Jetzt mach schon, Mari!«

»Ich?«, fragte Mari endlich. »Ich kann das nicht!«

»Du hast Eisenstäbe aus einem Gefängnisfenster gerissen!«

»Das waren keine Stäbe, das war ein Gitter!«

»Und das hier ist nur Holz«, Frieda machte eine abfällige Geste, als wäre die solide gezimmerte Tür nichts weiter als eine morsche Spanplatte. Mari blickte sich um. Den Geräuschen von unten nach zu urteilen, war der Hotelbesitzer dabei, den Polizisten zu ihrem Zimmer zu führen. Sie hörten die Schritte auf der Treppe.

»Aber das ist Sachbeschädigung! Und Hausfriedensbruch!«

»Ja«, sagte Frieda schlicht. Und daraufhin warf Mari sich mit ihrem ganzen Gewicht gegen die Tür. Es krachte. Mari prallte mit der Schulter ab, aber die Tür blieb zu. Auf der Treppe hatte sie keine Möglichkeit, Anlauf zu nehmen. Dafür hatten sie nun so viel Lärm gemacht, dass im Flur unter ihnen alles verstummt war. Es würde nicht lange dauern, bis die beiden Männer verstanden hätten, wo sie sich befanden.

»Noch mal!«, rief Frieda wie ein Marschall in einem Krieg. Es gab nun keinen Grund mehr, leise zu sein.

Mari lehnte sich zurück, bevor sie sich erneut gegen die Tür warf. Es knallte noch lauter, das Schloss krachte. Aber erst beim dritten Versuch gab es nach. Mari flog geradezu in die Wohnung hinein, zusammen mit der Tür, die jetzt nur noch in einer Angel hing.

»Wo ist die Dachterrasse?«, rief Frieda. »Ich habe von der Straße aus eine Terrasse gesehen! Mari, jetzt lass bloß die blöde Tür in Ruhe …«

Mari hatte versucht, den größten Schaden zu reparieren und die Tür wieder in ihre Angeln zu hängen. Aber sie war in der Mitte gesplittert und verbogen. Mari hätte das entsprechende Werkzeug benötigt. Sie murmelte eine Entschuldigung, als sie die Tür an die Wand lehnte und Frieda in die Wohnung folgte. Küche, Wohnzimmer, Arbeitszimmer. Alle Räume waren dunkel und überladen.

»Da! Rechts!« Frieda war bereits im Schlafzimmer, und Mari folgte ihr. Hinter sich hörten sie das Gepolter von Füßen, die die Treppe zur Wohnung hochrannten, und dann einen entsetzten Schrei. Das musste der Hotelbesitzer sein, angesichts der eingebrochenen Tür.

Die Dachterrasse wurde offenbar selten benutzt. Der Grill war rostig und die Liegestühle nackt. Am hinteren Ende gab es eine Feuerleiter. Frieda hatte sie bei einem Rundgang um das Haus entdeckt und sich gedacht, dass sie ihnen vielleicht noch einmal nützlich sein würde. In einer Situation wie dieser zum Beispiel.

Frieda schwang sich auf die oberste Stufe, doch Mari betrachtete zweifelnd die Konstruktion. Es war eine Steigleiter aus Metall, die schnurgerade vom Dach zum Boden führte. Auf so etwas war sie noch nie geklettert.

»Was ist? Komm schon!« Frieda warf einen ängstlichen Blick auf die Glastür zur Terrasse, die Mari gewissenhaft hinter sich geschlossen hatte. Offenbar dachten die Beamten noch, dass Mari und Frieda sich in der Wohnung versteckten.

Mari setzte einen Fuß auf die Stiege und klammerte sich an das Metall. Sie versuchte, Friedas Bewegungen nachzuahmen: linke Hand, rechter Fuß, rechte Hand, linker Fuß, aber es war ein völlig anderes Bewegungsmuster als das, woran sie gewöhnt war, und sie war langsam. Frieda war bereits unten angekommen und sprang den letzten Rest, weil die Leiter, wie Mari nun zu allem Unglück feststellen musste, gar nicht bis ganz auf den Boden führte.

»Komm jetzt, Mari!«

Mari konzentrierte sich. Die Bewegung fiel ihr leichter, wenn sie sich bewusst machte, wie mechanisch sie war. Rechts, links, links, rechts. Die Sprossen hatten einen regelmäßigen Abstand. Das war gut. Doch dann rief über Maris Kopf jemand: »Keine Bewegung! Polizei!«, und sie geriet ins Straucheln. Der deutliche Befehl des Polizisten wurde sofort in die Kommandozentrale weitergeleitet. Die Stimmen hatten sich seit dem letzten Streit mit Mari zurückgehalten, jetzt aber war der erste Befehl wach gestupst und beim Aufwachen gegen den nächsten gerempelt und so weiter, bis die ganze Befehle-WG strammstand. Mari blickte nach oben. Da waren die Gesichter von zwei Beamten. Der Polizei war stets zu gehorchen.

»Mari!«, rief Frieda verzweifelt von unten.

Der Polizei war stets zu gehorchen. Mari rührte sich nicht. Oben schwang sich der Polizist auf die Leiter.

»Du springst jetzt sofort hier runter!«

Springen. Schon wieder. Mari konnte nicht springen. Und sie wollte auch nicht.

»Der Polizei ist stets Folge zu leisten«, sagte sie laut. Diese Aussage kam für alle so unerwartet, dass selbst der Polizist auf der Leiter kurz innehielt und irritiert zu ihr hinunterblickte. Die Befehle-WG applaudierte.

»Ich kann dir sagen, was ich von der Polizei halte! Und von Gefängnissen!«, sagte Frieda wütend. Aber Mari hatte die gesammelten Werke von Foucault gelesen. Sie wusste, was Frieda von der Polizei und Gefängnissen hielt.

»Ich bin ein Mutant, Frieda. Ich bin vielleicht eine Gefahr für die Menschheit.«

»So ein Quatsch! Jetzt sei doch nicht so eine ... Maschine! Was denkst du wirklich, Mari?«

»Es wäre gegen das Gesetz.«

»Scheiß auf das Gesetz!«

»Der Polizei ist stets Folge zu leisten.«

»Ich hab gefragt: Was denkst du wirklich?!«

Was dachte Mari wirklich? Der Applaus in ihrem Kopf verstummte. Sie sah nach unten, in das erboste, entschiedene, wilde Gesicht von Frieda. Frieda, die auf Gesetze schiss. Die im Grunde auf alles schiss, und vor allem darauf, was die Leute von ihr hielten. Wieso konnte Mari nicht ein bisschen mehr wie Frieda sein? Dann blickte sie wieder nach oben, wo ein Beamtenhintern sich langsam, aber sicher auf sie zuschob. Mari wollte nicht zurück ins Gefängnis. Sie wollte nicht wieder unmündig sein. Sie wollte keine Maschine sein, die Frieda verachtete.

Mari ließ die Leiter los. Sie ließ einfach los, ohne irgendetwas anderes zu bewegen und ohne Vorwarnung. Sie machte sich auf einen tiefen Fall bereit, auf einen harten Aufprall. Aber unter ihr stand noch immer Frieda, die einen entsetzten Schrei ausstieß, als Mari direkt auf sie zu fiel. Und Frieda trat nicht zur Seite. Frieda fing Mari auf. Mit ihren Armen, ihrem Körper. Es war das erste Mal, das Mari von jemandem aufgefangen wurde. Es hätte ein schönes Gefühl sein sollen. Aber die Wucht warf sie beide zu Boden.

»Gut gemacht«, stöhnte Frieda, halb zerdrückt am Boden. Sie rappelte sich auf, zog Mari wieder auf die Beine und schaute nach oben. Der Polizist war auf der Treppe stehen geblieben, um per Funk Verstärkung zu rufen. Aber bis die da sein würde, wollte Frieda schon längst im Gewimmel der Berliner Hinterhöfe verschwunden sein. Ohne Mari loszulassen, rannte sie an Mülltonnen und rostigen Fahrrädern vorbei über den Hof. Ein Schuss ließ sie zusammenfahren. Mari schrie auf, Frieda wirbelte herum und verstärkte ihren Griff. Doch der Schuss hatte Mari knapp verfehlt und war hinter ihren Füßen ins Kopfsteinpflaster gegangen. Der Polizist musste auf Maris Beine gezielt haben. Frieda warf einen wütenden Blick zurück zu dem Beamten, der noch immer auf gleicher Höhe hing. Als sie weiterrannten, hielt sie sich dichter neben Mari. Der Polizist würde es nicht wagen, aus Versehen Frieda niederzustrecken. Dass er aus der Entfernung überhaupt geschossen hatte, lag nur daran, dass Mari ein nicht menschliches Wesen war.

Tatsächlich erreichten sie das Tor zum nächsten Hinterhof, ohne dass ein zweiter Schuss fiel. Die Wände der nächsten Häuserzeile waren noch verfallener und über und über mit Graffiti besprüht. Frieda nahm eine schmale Pforte in einen weiteren Hinterhof und von dort in den nächsten. Solange sie nur die engsten Durchgänge wählten, würde es für die Einsatzkräfte schwer sein, ihnen im Auto zu folgen.

Gut zwanzig Minuten schlugen sie sich auf diese Weise vorwärts. Dann zog Frieda Mari hinter einen großen Müllcontainer, auf den jemand den Satz »Don't be normal« geschmiert hatte. Auf der Mauer hinter der Tonne prangte ein ziemlich gut gelungenes Porträt des Ex-US-Präsidenten Trump. Er hatte eine rote Nase und zeigte mit weißen Handschuhen auf den Satz: »Make Clowns Great Again.«

Frieda atmete schwer, als sie sich neben Mari auf den Boden hockte und ihren Laptop aus dem Rucksack zog. Sie klappte ihn auf.

»Du willst jetzt nicht wirklich etwas schreiben?«, fragte Mari. Frieda antwortete nicht. Ihre Stirn legte sich in Falten, während sie etwas klickte und überprüfte. Dann klappte sie den Laptop genervt wieder zu.

»Bleib hier. Ich bin gleich wieder da.«

»Wo gehst du denn hin?«

»Ich brauche Internet.«

»Wozu?«

»Um zu wissen, was wir als Nächstes machen.«

Das war eine verwirrende Logik, aber durchaus typisch für den erwachsenen Menschen, bei dem das Leben darin bestand, den ganzen Tag lang irgendwas zu googeln. Es unterschied ihn von den Kindern, die dazu gezwungen waren, Dinge in der Schule auswendig zu lernen, bevor mit Volljährigkeit eine Suchmaschine das Wissen ersetzte.

»Ich bin gleich wieder da.« Frieda verschwand, und Mari drückte sich tiefer in den Schatten der Mülltonne, direkt unter die Clownsnase. Sie hatte in ihrer Betriebslaufzeit genau zwei Filme gesehen, beide online und auf YouTube. Einer hatte den zweifelhaften Titel *Slither – Voll auf den Schleim gegangen* getragen und der andere *Schlaf mein Kind – ich bin gleich wieder da.* Natürlich war in letzterem

Film niemand wieder da gewesen, nicht gleich und auch nicht später. Es schien sich dabei um etwas zu handeln, das der Mensch dramaturgische Ironie nannte und das so ähnlich war wie normale Ironie, nur dass niemand lachte. In jedem Fall war es Maris Recherchen zufolge ein häufig wiederkehrendes Motiv in Horrorfilmen. Ebenso wie hässliche Clownsgesichter. Sie blickte kurz zu dem Expräsidenten hoch und konzentrierte sich dann darauf, etwas zu zählen, weil Zählen das System beruhigte. Sie zählte Minuten. Als sie bei siebenundzwanzigeinhalb angelangt war, war Frieda endlich zurück. Sie hatte den Laptop unter den Arm geklemmt. »Ich musste erst ein Café mit Internet finden«, sagte sie und half Mari vom Boden auf. »Hier in der Gegend gibt's nur Dönerbuden. Und dann musste ich noch auf seine Antwort warten.«

»Auf wessen Antwort?«

»Komm.«

»Auf wessen Antwort? Wohin gehen wir?«

»Ich habe einen Ort gefunden, an dem du sicher bist.«

Mari nahm die Hand, die Frieda ihr entgegenstreckte, und versuchte, nicht daran zu denken, was sie über diesen Satz in »Schlaf mein Kind – ich bin gleich wieder da« gelernt hatte.

Frutarier96

Der Stadtteil, in den sie mit der U-Bahn fuhren, war geradezu eine Antithese zu Berlin-Kreuzberg. Wenn hier jemand etwas auf die Mülleimer schreiben wollte, dann sicher nicht: »Don't be normal«, sondern eher so etwas wie: »Seien Sie bitte so normal wie möglich.« Mit schnörkeligen Buchstaben auf ein hübsches Messingschild vielleicht oder auf ein laminiertes Premium-Papier, damit die Schrift nicht verwischt.

Aber natürlich schrieb man im Berliner Stadtteil Wilmersdorf nichts auf die Mülltonnen. Hier trugen die Abfalleimer nur informative Aufschriften wie »Papier«, »Biogut« und »Gelbe Tonne« und einige von ihnen ein Vorhängeschloss. Selbst der Müll war in diesem Stadtviertel offenbar so wertvoll, dass er geschützt werden musste.

»Das ist aber eine hübsche Sphäre«, sagte Mari. Frieda schlug knurrend den Kragen ihrer Lederjacke hoch. Schon seit sie die U-Bahn-Station verlassen hatten, war ihr Gesichtsausdruck geradezu angewidert.

»Das ist erzkonservativ hier«, zischte sie. »Die Leute, die uns entgegenkommen, sehen aus, als würden sie selbst ein Kaugummipapier auf der Straße melden. Und dann diese Strickwestchen!«

Offensichtlich gehörten Strickwesten zu der Liste an Dingen, die Frieda hasste. Mari besah sich die kleinkarierte Version davon, die ihnen in diesem Moment mit einem tippelnden Hund an der Leine entgegenkam. Mari, deren interne Hundedatenbank 390 eingetragene Rassen umfasste, identifizierte einen kontinentalen Zwergspaniel. Die Dame in der Weste wirkte gestresst und geglättet. Eine Rundumglättung geradezu, denn sie betraf nicht nur ihre Kleidung und ihre Haare, sondern auch ihr Gesicht. Mari wusste, dass die Menschen, um von ihrer Sterblichkeit abzulenken, streichfähige Zubereitungen auf dem Gesicht verteilten und viel Geld in sogenannte Schönheitsoperationen steckten, bei denen das Gesicht an einigen Stellen festgetackert und an anderen Stellen aufgebläht wurde. Im Ergebnis sahen diese Menschen dann natürlich weder schöner noch jünger aus, sondern festgetackert und aufgebläht. Aber das gehörte zu den Offensichtlichkeiten, die man ihnen gegenüber nicht aussprechen durfte.

Der Zwergspaniel hob kurz vom Boden ab, als die Dame an der Leine rupfte.

»Glaubst du, wir finden Ödipus wieder?«, fragte Mari.

»Darüber mache ich mir später Gedanken.«

»Dr. Gottsein hat ihn mir anvertraut. Ich muss auf ihn aufpassen.«

»Der Hund ist schon groß. Er kann eine Weile auf sich selbst aufpassen.«

»Was, wenn wir ihn nicht wiederfinden?«

»Mari, er hat die Größe eines Kleinpferds. Wie, glaubst du, sollte man so einen Hund nicht wiederfinden? Erst mal müssen wir dich in Sicherheit bringen. Da«, sie blieb plötzlich stehen und zeigte nach rechts, auf ein orangefarbenes Haus mit hohen weißen Fenstern. Dann sah sie auf ihr Handy.

»Wir sollen bei Nobel klingeln«, sagte sie so verächtlich,

als handele es sich bei dieser Person tatsächlich um einen Adligen, einen Fürsten vielleicht oder einen König.

Sie durchquerten den gepflegten Vorgarten und stellten sich in den Schatten des Eingangs, raus aus dem Schussfeld der Blicke, die sie auf den gefegten Gehwegen trafen. Frieda klingelte. Die Tür brummte so hastig, als habe sie schon lange auf ihr Kommen gewartet.

»Oberster Stock, hat er geschrieben.«

Wenn Mari daran dachte, wie oft in letzter Zeit von ihr erwartet wurde, auf der Flucht aus irgendwelchen Höhen zu springen oder hinunterzuklettern, wäre ihr das Erdgeschoss lieber gewesen.

Die Wohnungstür im obersten Stock war nur angelehnt. Der Besitzer aber war nicht zu sehen. Frieda schob die Tür vorsichtig auf und spähte hinein.

»Ist das nicht seltsam?«, zischte sie. »Da hat er eben noch so schnell auf unser Klingeln geöffnet und verkriecht sich jetzt in der Wohnung.« Sie verengte die Augen zu Schlitzen. »Hallo?«, rief sie.

»Kommt rein und schließt die Tür hinter euch. Die Nachbarin ist neugierig.«

Ein junger Mann trat in den Flur. Er war blond, trug eine Leinenhose und ein lockeres weißes Hemd über einem trainierten Körper. Lange, gepflegte Finger umschlossen eine Glasflasche Wasser und drei Gläser.

»Frutarier96?«, fragte Frieda, die Augen noch weiter verengt. Der junge Mann nickte. Frieda wandte sich zu Mari um.

»Mari, das ist Frutarier96. Er ist einer der Anhänger des Bewusstseinsatheismus und hat sich bereit erklärt … Was ist los mit dir?«

»Linus«, sagte Mari.

»Linus?«

Der junge Mann räusperte sich.

»Linus Nobel«, erklärte er, »mein richtiger Name.«

»Ihr kennt euch?« Frieda blickte verwirrt zwischen Mari und Linus hin und her.

»Er ist ein Kunde von mir«, sagte Mari, obwohl das auf der Hand lag. Sie hätte Linus kaum an einem anderen Ort kennenlernen können als im Pygmalion. Trotzdem wurde Linus rot.

»Ihr habt sicher Durst«, sagte er. Mari zog die Schuhe aus, weil auch Linus barfuß lief und dies keine Wohnung war, in die man den Schmutz der Kreuzberger Hinterhöfe trug. Frieda verzog das Gesicht, tat es Mari aber nach.

Sie folgten Linus ins Wohnzimmer, das gleichzeitig seine Küche war. Rustikale Backsteinwände, ein amerikanischer Kühlschrank und ein frei stehender Induktionsherd aus silbernem Stahl. Auf der Arbeitsfläche stand ein Messerblock, der farblich zum Holzfußboden passte. Links der Küche ein schwarzes Sofa und eine moderne Lampe über einem glänzend weißen Tisch. Die Decken waren hoch, bestimmt doppelt so hoch wie im Pygmalion. Und sie waren voller bodentiefer Fenster. Fenstergrößen, das war Mari nun aufgefallen, nachdem sie die halbe Stadt durchquert hatte, Fenstergrößen zeigten ein lineares Wachstum zum Baujahr des Hauses und seiner Bewohner. Im gleichen Maße, in dem die neue Generation ihre Daten freizügig im Internet teilte und Bikinifotos auf Instagram postete, vergrößerten sich auch ihre Sichtfenster in den Wohnungen. Nicht einmal Gardinen gab es mehr, geschweige denn Über- und Untergardinen. In Wahrheit, erkannte Mari, hatte die neue Generation gar keinen Sinn für Datenschutz. Sie hatte keine Angst vor der Öffentlichkeit.

»Und du willst ein Frutarier sein?«, fragte Frieda, mit einem skeptischen Blick auf das Sofa.

»Für eine Zeit …«, murmelte Linus.

»Hier gibt es ja nicht mal eine Schale mit Obst!«, insistierte Frieda.

»Hab ich schon aufgegessen.« Linus goss Wasser ein, und Mari nahm ihr Glas lächelnd entgegen, obwohl sie mit dieser neutralen Flüssigkeit höchstens ihre Haare waschen konnte.

»Wie lange war diese Zeit?«, sagte Frieda, die just in dem Moment ein plastikverpacktes Tiefkühl-Hähnchen auf der Arbeitsfläche entdeckte.

»Wie lange war welche Zeit?«

»Wie lange warst du Frutarier?«

»Zwei Tage«, brummelte Linus, »ein Lifestyle-Experiment.«

Frieda sah ihn spöttisch an.

»Und der Bewusstseinsatheismus?«, fragte sie. »War der etwa auch so ein Lifestyle-Experiment?«

Mari registrierte die Spannung, die in der Luft lag, und bemühte sich um Harmonie.

»Es ist gar nicht so vorteilhaft mit dem Frutarierdasein«, informierte sie. »Der Speiseplan ist eingeschränkt, und es kann leicht zu einer Mangelernährung kommen, wenn wichtige Mineralien und Vitamine fehlen. Proteine lassen sich bei Frutariern nur durch den Verzehr von Gojibeeren oder Rosinen aufnehmen. Beim Vitamin B_{12} ist es noch schwieriger. Außerdem haben Frutarier oft Probleme mit ihren Zähnen, verursacht durch den hohen Fruchtzuckeranteil in den …«

»Liest du uns da gerade einen Wikipedia-Eintrag vor?«, fragte Frieda mit verschränkten Armen. Mari schloss den

Mund. Natürlich hatte sie das Internet befragt, und es wäre sinnlos, etwas anderes zu behaupten. Frieda würde kaum glauben, dass genügend von Maris Kunden Frutarier gewesen seien, um eine repräsentative Studie über deren Zähne und Blutwerte zu machen.

»Tut mir leid, das passiert automatisch«, sagte sie. »Das Internet ist mein erweitertes Gehirn.«

»Das Internet ist heute unser aller erweitertes Gehirn«, bemerkte Linus lakonisch. »Wahrscheinlich ersetzt es das Hirn bei den meisten sogar.«

»Das habe ich mir vorhin auch gedacht, als Frieda weggelaufen ist, um WLAN zu suchen«, sagte Mari fröhlich. Für ein Gespräch mit Menschen war es immer hilfreich, Gemeinsamkeiten zu finden, auf denen man aufbauen konnte..

Frieda bedankte sich zwar, verschränkte dabei aber verstimmt die Arme, was für Mari zwei wenig vereinbare Informationen waren. Linus blickte auf die Tischplatte, als gelte es, dort etwas sehr klein Geschriebenes zu entziffern. Mari versuchte, an ihrem Glas zu nippen.

»Mari trinkt übrigens kein Wasser«, sagte Frieda, »sie braucht Zucker.«

»Richtig!«, Linus sprang auf und fuhr sich durch die blonden Haare. »Zucker … in welcher Form?«

»Flüssig«, lächelte Mari, »danke!«

»Vielleicht hast du ja noch ein Päckchen Apfelsaft da, von deinem Lifestyle-Experiment«, sagte Frieda.

Linus hatte keinen Apfelsaft da. Aber in seinem Kühlschrank fanden sich Kokosnusswasser, Fassbrause und mehrere Flaschen Berliner Weisse. Frieda verdrehte die Augen und murmelte etwas von Hippiekacke.

»Möchtest du auch etwas, Frieda?«, fragte Linus betont höflich.

Frieda schüttelte den Kopf.

»Ich muss zurück. Ist ja ein ganz schöner Weg. So bis zum anderen Ende der Einkommensverteilung.«

»Du bleibst nicht hier?« Mari war froh, wie schnell sie gelernt hatte, das Offensichtliche auszusprechen.

»Ich muss wieder ins Café. Wenn ich mich da so lange nicht blicken lasse, werfen die mich raus. Und weil im Fernsehen und Internet überall mein Foto zu sehen ist … wir hatten gedacht, dass es so am sichersten ist.« Frieda richtete einen Blick auf Linus' Rücken und sah eigentlich gar nicht mehr so sicher aus. »Ich hab nicht gewusst, dass er ein Kunde von dir ist!«, zischte sie dann.

»Du bist doch auch eine Kundin von mir.«

»Ich meine, nicht dass er sich nur als Frutarier ausgegeben hat, um die Situation auszunutzen.«

»Das habe ich gehört«, sagte Linus.

»Gut!«, sagte Frieda. »Dann hör auch das hier: Du lässt deine Finger bei dir!«

Linus wandte sich um und hob die Hände, aber Frieda blickte immer noch drein, als wollte sie gleich eins der Messer aus dem Block ziehen. Eins von den großen, mit denen man nicht nur Früchte schnippelte.

»Alles ist gut«, sagte Mari, gelernt darin, Situationen zu entschärfen. »Ich habe schon mal einen Kunden umgebracht, erinnerst du dich, Frieda? … Natürlich habe ich den Kunden danach auch wiederbelebt«, fügte sie an Linus gewandt hinzu, der mit einem Mal recht blass aussah. Frieda wandte sich zum Gehen.

»Ich melde mich«, sagte sie. Mari nickte. Doch auf halbem Weg zur Tür machte Frieda noch einmal kehrt, kam auf Mari zu und drückte ihr einen Kuss auf den Mund. Keinen liebevollen, verabschiedenden, sondern einen aufgebrachten. Ein Kuss wie ein besitzanzeigendes Fürwort.

»Ich lasse mir von niemandem sagen, was ich zu tun habe!«, sagte sie, obwohl Mari das schon wusste. Und dann fiel die Tür ins Schloss, und Frieda war weg.

»Auweia«, sagte Linus. Er kam mit zwei Berliner Weissen um die Küchentheke herum, die eigentlich gar nicht weiß waren, sondern quietschgrün, beziehungsweise #00f700, um es mit Maris differenzierter Farbwahrnehmung auszudrücken. »Als ich gehört habe, dass du zu mir kommst, habe ich tatsächlich das Hähnchen aufgetaut und wollte was Besonderes kochen. Coq au Vin, zur Feier des Tages. Ich habe überhaupt nicht daran gedacht, dass du … also, dass du nichts isst.«

»Wir können es trotzdem kochen.«

»Nein, ist schon gut! Ich werfe für mich etwas Pasta in den Topf.« Er stieß seine Flasche gegen die von Mari. »Schön, dass du hier bist.«

»Danke«, sagte Mari.

»Und schön, dass Frieda wieder weg ist.«

»Sie ist ein sehr lieber Mensch«, sagte Mari.

»Ja, bestimmt. Sie versteckt es nur gut.«

Alter Schinken

Beim Abendessen, das aus Pasta für Linus und verschiedenfarbigen Weissen für Mari bestand, sprachen sie über alles Mögliche.

Im Pygmalion hatten sie kaum Gelegenheit gehabt, einander wirklich kennenzulernen, und jetzt wollte Mari etwas über Linus' BWL-Studium erfahren, über seine Familie, seine Hobbys und darüber, warum er im Nebenfach noch etwas so Absurdes wie Onomastik studierte, Namensforschung. Aber so richtig hatte Linus darauf auch keine Antwort. Sein Studium interessierte ihn nicht besonders. Vor allem das Fach nicht, das seine Eltern für ihn ausgewählt hatten. Und selbst die Namensforschung sei zwar »einigermaßen interessant«, aber eben auch nur teilweise.

»Teilweise« und »einigermaßen« waren überhaupt zwei Begriffe, die Linus gerne verwendete. So fand er seine Eltern beispielsweise »einigermaßen in Ordnung«, wenn sie nicht gerade damit anfingen, ihn über seine Karriereziele auszufragen oder darüber, wann er denn gedenke, in das Familienunternehmen einzusteigen. Er hielt sich außerdem für »einigermaßen sportlich«, weil er neben der Uni ins Kraftstudio und ein paar Mal unter der Woche joggen ging, »teilweise auch am Wochenende«, wie er sagte, ein Gesprächspunkt, an dem Mari ihn fragte, wie man denn nur »teilweise« joggen gehen könne und welche Körperteile man dabei zu Hause lasse.

Linus hörte Musik, aber es gab keine Gruppe, die er besonders mochte. Abends schaute er, was gerade so auf Netflix lief. Er aß einigermaßen oft Salat, weil das gesund war, und machte sich ansonsten Pasta, weil das einigermaßen schnell ging. Dabei koche er teilweise schon ganz gern, meinte er. Er konnte sich nur die meiste Zeit nicht dazu aufraffen. Vor allem dann nicht, wenn er alleine war. Was er offenbar die meiste Zeit war.

Mari hatte kaltblütige Menschen kennengelernt. Sie hatte heißblütige kennengelernt wie Frieda. Aber jetzt stellte sie fest, dass es auch eine Kategorie für lauwarmblütige gab. Für Menschen wie Linus, die ohne Übertreibung lebten.

Linus war höflich. Er war zuvorkommend. Er wurde nie ausfällig. Und als Mari ihn fragte, wann er denn zum letzten Mal so richtig, richtig wütend geworden sei, überlegte er lange, bevor er meinte, er habe letztens Socken angezogen, die ihm im Schuh unter die Ferse gerutscht seien, aber das sei ihm erst bei der U-Bahn aufgefallen, sodass er den ganzen Tag damit habe rumlaufen müssen. Wobei, so richtig, richtig wütend habe ihn das vielleicht nicht gemacht. Es sei nur einigermaßen nervig gewesen. Dabei stocherte Linus in seiner lauwarmen Pasta herum, die er nur teilweise gegessen hatte.

Sie räumten das Abendessen weg und wechselten aufs Sofa, um sich eine Netflixserie anzusehen. Es war das erste Mal, dass Mari einen Eindruck davon bekam, wie normale Menschen ihre normalen Abende verbrachten. Die Zeit war nicht besonders gut genutzt.

»Ist was?«, fragte Linus, der sich gerade zu einer Schale mit Nüssen vorgebeugt hatte.

»Ignorierst du einfach, dass du sterben musst?«, fragte Mari sachlich. Linus, die Hand in der Schale, zuckte zusammen und rückte unwillkürlich von ihr ab. Sein Blick ging in Richtung Flur, als müsse er den Zustand des Fluchtwegs überprüfen. »Was meinst du?«

»Tut mir leid. Ich dachte, du wüsstest das. Die durchschnittliche Lebenserwartung eines Menschen in Deutschland beträgt 81 Jahre.«

»Und ... was genau willst du mir damit sagen?«

»Wir sitzen hier ohne triftigen Grund auf einem Polstermöbelstück.«

Linus blickte verwirrt auf das Sofa.

»Was meinst du mit triftig?«

»Ein triftiger Grund zum Sitzen besteht beispielsweise im Wartezimmer beim Arzt«, erklärte Mari. »Oder in einem öffentlichen Verkehrsmittel. Dort besonders aus Gründen der Unfallverhütung.«

Linus' Blick war noch immer verunsichert, als er zwischen Mari, dem Sofa und dem Fernseher hin und her ging.

»Magst du die Serie nicht?«

Das war wieder einmal eine typische Reaktion für die Menschen, fand Mari. Man fütterte sie mit klar verständlichen Datensätzen, und sie hörten irgendwelche Dinge heraus, die gar nicht der Sachlage entsprachen.

»Ich weiß nicht, ich habe nicht hingeschaut«, gab sie zu. »Aber du bist ein freier Mensch. Du könntest tun, was du wolltest.«

»Ja ...«, sagte Linus gedehnt, »und darum möchte ich jetzt Netflix schauen. Ist daran irgendetwas Verwerfliches?«

Mari antwortete nicht.

»Ich glaube, du hast etwas zu viel Zeit mit dieser Frieda verbracht«, sagte Linus. »Was habt ihr abends gemacht, euch Gedichte vorgelesen?«

»Wir haben darüber nachgedacht, wie sich die Welt verbessern lässt.«

»Ach.« Linus blickte wieder auf den Fernseher. Als er zur Fernbedienung griff und die Pause-Taste drückte, glaubte Mari schon, dass sie ihn überzeugt habe. Doch dann sagte er:

»Von mir kannst du leider nur lernen, wie sich ein Abend verbessern lässt. Du hast doch schon mal Filme gesehen?«

»Ja«, sagte Mari. »YouTube-Videos. Und zwei Horrorfilme. Ich lese lieber.«

»Nun, das mag daran liegen, dass es YouTube-Videos und Horrorfilme waren. Gehört übrigens beides ins gleiche Genre. Los, such doch mal etwas, das dich einigermaßen anspricht.«

Mari nahm die Fernbedienung entgegen. Während Linus zum Kühlschrank ging, um zwei weitere Flaschen Berliner Weisse zu holen, schaltete sie sich zögerlich durch die Vorschauen auf dem Bildschirm. Bei einem Film mit dem Namen *Matrix* blieb sie hängen.

»Kennst du den?«, fragte sie.

Linus setzte sich zurück aufs Sofa.

»Ob ich den kenne? Das ist ein uralter Schinken!«

Mari wollte weiterschalten, aber Linus schloss die Finger um die Fernbedienung in ihrer Hand.

»Nein, mach ihn ruhig an! Guter Film! Und es gibt sogar jemanden, der die Welt verbessern will.«

Er zwinkerte ihr zu. Und plötzlich war da etwas in Maris System, das sich wie ein Kurzschluss anfühlte. Sie zuckte zusammen und lauschte in sich. Sie konnte es sich nicht leisten, ausgerechnet jetzt kaputtzugehen! Jetzt, wo keine Möglichkeit bestand, eine Werkstatt aufzusuchen.

»Ist was?«, fragte Linus zum zweiten Mal, und diesmal klang es besorgt.

»Nein«, Mari drückte den Knopf auf der Bedienung. »Los, schauen wir den … alten Schinken.«

Es dauerte etwa eine Viertelstunde. Dann hatte die Filmhandlung Mari völlig für sich eingenommen. Neben dem Weltverbesserer kamen auch noch Computer und eine künstliche Intelligenz darin vor. Zudem hatte sie den Eindruck, dass das Sofa unter ihr von Minute zu Minute bequemer wurde. Von ihrer aufrechten Haltung hatte sie sich mehr und mehr in eine liegende begeben und war schließlich in Linus Arm gerutscht. Und dort war es überhaupt so gemütlich wie nirgends sonst.

Als der Film schließlich zu Ende war, blieben beide so sitzen und betrachteten den Abspann, als müsse noch etwas Spannendes passieren. Als würde gleich noch mal Neo auftauchen und sie beide in ein Geheimnis einweihen.

»Das war viel interessanter als *Slither – Voll auf den Schleim gegangen*«, sagte Mari schließlich. Linus lachte leise. Mari spürte es in seiner Brust, an die sie sich gelehnt hatte. Zum ersten Mal ging ihr auf, dass Menschen lachen mussten, weil sich eine Freude in ihrer Brust bildete, die ausbrechen musste.

»Ich finde es nur nicht sehr realistisch, dass die intelligenten Maschinen die Menschen versklavt haben.«

»Das beruhigt mich einigermaßen.«

»Ich meine, woher kommt diese Angst der Menschen, Maschinen könnten ihnen etwas Böses wollen?«

»Wahrscheinlich, weil wir Angst vor ihrer Intelligenz haben.«

»Das ist unlogisch. Du begegnest doch bestimmt jeden Tag Menschen, die intelligenter sind als du.«

»Danke.«

»Wenn dein Professor in den Hörsaal kommt, will er euch Studenten dann versklaven? Ihr solltet euch eher vor Dummheit fürchten als vor Intelligenz. Die hat in der Geschichte der Menschheit viel mehr demoliert.«

»Da hast du vielleicht recht«, nachdenklich zupfte Linus nicht existente Flusen von seiner Hose. »Hast du mal von der Büroklammer-Problematik gehört? Das ist ein Gedankenexperiment. Ich glaube, der Erfinder kam aus Schweden oder so. Eine künstliche Intelligenz wird mit dem Ziel programmiert, möglichst viele Büroklammern herzustellen. Diese Maschine hasst die Menschen nicht. Aber sie will eben Büroklammern produzieren, denn das ist ja ihre Bestimmung. Je mehr Büroklammern, desto besser. Dafür muss sie ihre Energiezufuhr sichern und wachsen. Und so wächst sie. Sie wächst und wächst und hört selbst dann nicht auf, wenn sie die Menschheit, die Erde und die Milchstraße zu Büroklammern verarbeitet hat. Das ergibt sich logisch aus ihrer Zielvorgabe, die sie bestmöglich erfüllen will.«

Mari sagte nichts. Es war wenig zielführend, mit jemandem zu diskutieren, der es für logisch hielt, dass Menschen und Planeten zu Büroklammern verarbeitet werden könnten.

»Ein anderes Beispiel«, fuhr Linus fort. »Wenn eine Maschine darauf programmiert ist, das Zimmer zu putzen, in dem der Mensch – von Natur aus – ständig viel Dreck macht, würde eine ultraintelligente Maschine einfach unermüdlich putzen, bis sie irgendwann kaputtgeht. Eine intelligente Maschine dagegen würde nach einer Lösung suchen. Wie schafft sie es, das Haus möglichst sauber zu halten? Indem sie beispielsweise den Menschen davon abhält, das Haus überhaupt zu betreten.«

Mari blickte zu Linus auf, ihr Gesicht war nah an seiner frisch rasierten Wange. Das Gesicht, stellte sie fest, war eigentlich etwas viel Intimeres als all jene Körperteile, die die Menschen immer so verzweifelt zu bedecken versuchten.

»Willst du den zweiten *Matrix* auch noch sehen?«, fragte Linus, der eigentlich gesagt hatte, dass er morgen früh raus wolle. Joggen und Bücher zur Uni zurückbringen, bevor die Mahngebühren höher waren als der Buchpreis selbst. Was man eben so tat, wenn man ein junger Mensch war und Semesterferien hatte. Aber Linus spürte die angenehme Klebrigkeit zwischen ihnen auch und wollte sie verlängern. Joggen konnte man verschieben. Eine Situation wie diese nicht.

»Es sei denn, du willst lieber schlafen?«

»Ich schlafe nicht«, sagte Mari.

»Überhaupt nicht?«

»Ich liege nur und ordne Gedanken im Stand-by-Modus.«

Plötzlich rückte Linus doch ein wenig ab. Nur einen Zentimeter und nur merklich für jemanden, der sich in seinem Arm ein Nest gebaut hatte. Vielleicht hatte er einen Moment lang vergessen, wer sie war, dachte Mari. Keine echte Frau. Sondern eine Maschine mit Stand-by-Modus. Zum ersten Mal wünschte sie sich, es könnte möglicherweise anders sein.

Nach dem zweiten *Matrix*-Film baute Linus das Wohnzimmersofa zum Bett um, ohne auch nur zu fragen, ob Mari möglicherweise bei ihm im Zimmer schlafen wolle. Sie sah ihm zu und legte sich wortlos auf das frisch bezogene Laken.

»Hast du gar keine Schlafsachen?«, fragte Linus.

»Nein. Hast du welche?«

»Ich kann dir ein T-Shirt von mir geben. Und eine Sporthose.«

»Das wäre nett, danke«, sagte Mari, die nicht wusste, warum sich eine Sporthose besser zum Liegen eignen sollte als eine normale. Ausgerechnet ein Kleidungsstück, das für Bewegung geschaffen worden war.

Sie nahm die Hose trotzdem entgegen und zog sie an. Sie schlabberte Mari ebenso um den Körper wie das T-Shirt, das Linus ihr heraussuchte. Und trotzdem schien die Tatsache, dass sie nun andere Kleidung trug, Linus irgendwie zu beruhigen.

»Also dann, gute Nacht«, sagte er zufrieden.

»Gute Nacht«, sagte Mari und legte sich wieder hin. Sie hörte zu, wie Linus ins Bad ging und sich die Zähne putzte, wie er durchs Wohnzimmer ins Schlafzimmer schlich, die Tür schloss, die Tür wieder öffnete, zurück zum Badezimmer tappte, die Toilette benutzte, zurück ins Schlafzimmer schlich, die Tür schloss, die Tür wieder öffnete, in die Küche kam, leise den Kühlschrank öffnete, etwas trank, zurück ins Schlafzimmer schlich, die Tür schloss, die Tür wieder öffnete, in den Flur tappte und überprüfte, ob die Haustür abgeschlossen war.

Mari nahm sich das Herz, das sie nicht hatte, und stand auf.

»Mari?«, sagte Linus so erschrocken, als könne ihm noch

jemand anders nachts in der eigenen Wohnung plötzlich den Weg versperren.

»Kann ich bei dir schlafen?«, fragte Mari.

»Das … musst du nicht!«, stammelte Linus.

»Ist es, weil ich keine richtige Frau bin?«

»Was? Nein! Wirklich. Ich will nur nicht, dass es so aussieht, als würde ich die Situation ausnutzen, verstehst du?«

»Nein«, sagte Mari.

»Ich meine, weil wir nicht im Pygmalion sind.«

Mari schwieg.

»Ich bezahle dich nicht«, sagte Linus im Dunkeln. »Deshalb.«

So ähnlich hatte Frieda auch reagiert, erinnerte sich Mari. Die Menschen waren so sehr an Dienstleistungen gewöhnt, dass sie die Vorstellung, jemand könnte unentgeltlich etwas für sie tun, völlig überforderte.

»Es macht nichts. Ich stehe dir auch gebührenfrei gerne zur Verfügung«, sagte Mari, weil diese Antwort auch bei Frieda schon zur Beruhigung geführt hatte.

Sie nahm Linus' Hand, stellte sich auf die Zehenspitzen und drückte ihren Mund auf seine hochrote Wange. Das reichte, um seinen Zweifel aus dem Weg zu räumen.

Linus war ein völlig anderer Liebhaber als Frieda mit ihrer methodischen Herangehensweise. Frieda, die stets darauf bedacht war, dass beide Teilnehmer in exakt gleichem Maße bekamen, was sie sich wünschten. So als müsse die Gleichberechtigung, die sie in der Welt wollte, zuallererst auf der Matratze perfektioniert werden. Linus dagegen war eine einzige schillernde Emotion, und jedes Gefühl, das ihn überschwemmte, ertränkte ihn auf marternde Weise.

In alternierenden Modi war er Drang, Durst, Schmerz, Selbstzweifel und Hingabe.

»Ist es nicht erstaunlich, wie kurz ein menschlicher Orgasmus ist, wenn man ihn in Relation zu der Anstrengung des Betroffenen sieht, ihn zu erreichen?« Mari betrachtete den entkräftet wirkenden Linus, der bäuchlings neben ihr auf der Matratze lag. Er wandte ihr den Kopf zu.

»Du verstehst es wirklich immer, den Moment in schöne Worte zu fassen, Mari.«

»Danke, das hat mir noch nie jemand gesagt.« Mari strich ihm eine Strähne aus dem Gesicht. »Mir ist auch aufgefallen, dass diese Tragik vielen menschlichen Handlungen anhaftet. Setz zum Beispiel mal Arbeitszeit und Feierabendbier in ein Verhältnis. Oder die Zeit, die es braucht, sich beim Sport zu stählen, im Vergleich zu den wenigen Freibadbesuchen, die der Mensch im Durchschnitt …«

»Ich glaube, ich habe den Punkt jetzt verstanden.«

»Jedenfalls ist es eine unglaubliche Energie- und Ressourcenverschwendung!«

Er blickte sie lange an. Dann hob er den Arm und sagte: »Nun komm mal her, meine kleine intelligente Miesmuschel.«

Mari verstand nicht, wie sie zu diesem Beinamen aus der Meeresbiologie gekommen war, aber sie rutschte bereitwillig in Linus' Umarmung, die verschwitzt war und für ihre Nase völlig geruchsfrei. Eine Nase, die nur in ihrem Gesicht saß, damit sie möglichst menschlich aussah. Der Mensch hatte Angst vor Menschen, die nicht menschlich aussahen. Aber er hatte auch Angst vor Nichtmenschen, die zu menschlich aussahen. Diesen unüberwindbaren Konflikt hatte ein japanischer Robotiker schon vor zig Jahren beschrieben und ihm sogar einen Namen gegeben: 不気味の谷現象, das Phänomen des unheimlichen Tals.

»Geht es dir sonst gut?«, murmelte Linus in ihren Scheitel.

»Sehr gut, danke. Und dir?«, fragte sie. Aber Linus war bereits eingeschlafen. Auch sein Schlaf war anders als der von Frieda. Er war voll und warm und viel weniger konfliktbereit. Mari blieb liegen, wo sie war, und begann nachzudenken. Über sich und den Mord, über Frieda und Linus, über den Menschen an sich und darüber, ob Neo aus dem Film nun der Auserwählte war oder nicht. Darüber, warum es den Menschen überhaupt so wichtig war, immer von jemandem auserwählt zu werden. Die alten Schinken hatten diesbezüglich mehr Fragen als Antworten geliefert.

Linus

Mari hatte Linus an seinem einundzwanzigsten Geburtstag kennengelernt. Das war an sich nichts Ungewöhnliches. Wenn es um die Ausrichtung von Geburtstagsfeiern ging, stand Greta Schnabels Club hoch im Kurs. Ungewöhnlich aber war, dass Linus alleine angerückt war. Ein einsamer Geburtstag, der irgendwie noch einsamer geworden war, weil er ihn in einem Club verbracht hatte, in dem nicht einmal die Frauen echt waren. Ein Geburtstagskind in den Armen eines Nichtmenschen.

Es war Linus' erstes Mal in einem Nachtclub gewesen und sein erstes Mal überhaupt mit einer Frau beziehungsweise Nichtfrau, und auch das war ungewöhnlich. Im statistischen Durchschnitt standen die Jugendlichen ja heutzutage gerade noch in der Blüte ihrer Pubertät, wenn sie sich gegenseitig entjungferten. Zudem war Linus gut gebaut, er war sportlich, er hatte ein für menschliche Verhältnisse recht symmetrisches Gesicht, volle Sehleistung und eine gut erhaltene Haut. Er hatte sogar noch all seine Haare, was Maris Informationen zufolge immer eine gute Voraussetzung bei der Partnersuche war. Aber diese Partnersuche verlief eben nach den Gesetzen der menschlichen Logik, und dass die voller Lücken war und keiner Statistik folgte, war statistisch ja ebenfalls bekannt.

Linus hatte nichts von seiner Jungfräulichkeit gesagt, als

sie sich trafen. Aber Mari war inzwischen zufällig Expertin auf diesem Gebiet, und die Unsicherheit hatte ihn umgeben wie eine Datenwolke. Linus war einer, der jedes Gefühl ungeschützt von innen nach außen stülpte.

Er war seitdem noch ein paarmal ins Pygmalion gekommen. Aber sie hatten nie so Arm in Arm dagelegen wie jetzt, nie so viele Stunden dicht auf dicht zusammen verbracht. Linus hielt Mari die ganze Nacht. Er hielt sie sorgfältig, wie etwas sehr Wertvolles, das man nicht verlieren durfte. Und er ließ erst los, als um neun Uhr dreißig der Wecker klingelte. Sie schälten sich gemeinsam aus dem Bett, Mari hellwach und funktionsbereit, Linus dagegen in einem Zustand, der an präintelligentes Leben erinnerte. Noch in Boxershorts und T-Shirt schlurfte er in die Küche und drückte auf den Knopf, der ihm beim Wachwerden helfen sollte.

»Kaffee?« Er reichte auch Mari eine Tasse und holte die Zuckerdose aus dem Schrank, die Mari fast vollständig in die geschmacklose schwarze Flüssigkeit einrührte. »Ich muss gleich noch diese Bücher zur Uni bringen. Und meine Mutter hat geschrieben. Da sind irgendwelche Briefe für mich angekommen, die ich abholen muss. Wenn ich das nicht direkt heute mache, laufe ich Gefahr, dass sie hier vorbeikommt und sie bringt.« Er fuhr sich durch die abstehenden Haare, ohne den nicht linearen Zustand dort lichten zu können. »Und offensichtlich muss ich auch einkaufen. Der Zucker ist irgendwie alle gegangen.«

»In Ordnung.«

»Bleib einfach in der Wohnung und beschäftige dich, okay? Du weißt ja jetzt, wie der Fernseher funktioniert.«

»Redest du von dem komplizierten Gerät, für das es einen An- und Ausschalter gibt?«

»Ich sehe schon: Du kommst klar.«

Als sich später die Haustür hinter dem nunmehr gekämmten und koffeiniert Linus schloss, stand Mari barfuß in der Küche und trug noch immer Linus' Sporthose. So also sieht ein Alltag aus, dachte sie. So hätte es sein können, wenn sie nicht zufällig ins Pygmalion, sondern zu einem Besitzer wie Linus Nobel geliefert worden wäre.

Sie machte sich daran, das Geschirr zu spülen, Linus' Bettzeug aufzuschütteln und das Sofa wieder zu dem zu machen, was es gewesen war. Sie klopfte die Kissen in Form, wischte die Fernbedienung feucht ab und platzierte sie im rechten Winkel auf dem Couchtisch. Sie staubsaugte den Boden, polierte die benutzte Kaffeemaschine, warf die leer getrunkenen Flaschen in den Müll, wischte die Zuckerkrümel neben dem Vollautomaten fort, putzte das Bad, die Fenster und sogar den Kühlschrank.

Dann war sie fertig. Es war nicht einmal ein Uhr.

Sie ging zurück in Linus' Zimmer, wo sie vorhin, beim Saubermachen, ein paar Bücher im Regal gesehen hatte. Eins hieß *Der kleine Prinz* und handelte von einem jungen Monarchen, der auf einem nicht existenten Planeten lebte, auf physikalisch fragwürdige Art durchs Weltall reiste und Gespräche mit diversen Blumen, Füchsen und Menschen führte, von denen die meisten auf ebenfalls nicht existenten Himmelskörpern lebten. Und am Ende starb er. Sehr verwirrt stellte Mari die Erzählung zurück. Das war das Absurdeste, was sie jemals gelesen hatte.

Die restlichen Bücher waren Uni-Fachliteratur. Mari las eins nach dem anderen durch, erfuhr etwas über die Unterschiede zwischen Mikro- und Makroökonomie, lernte Marketingstrategien und wurde zur Expertin in Wirtschaftsinformatik. Sehr ordentlich sortierte sie die Bücher zurück ins Regal. Es war immer noch nicht ein Uhr.

Mari wollte gerade zurück ins Wohnzimmer gehen, als ihr auffiel, dass das Nachtschränkchen in einem Sieben-Grad-Winkel zum Bett verschoben war. Das musste ihr beim Putzen passiert sein. Sie wollte den Fehler beheben und den Nachttisch geraderücken. Aber etwas hinter dem rechten Schrankfuß war im Weg. Sie bückte sich und hob eine verbeulte Packung Citalopram auf. »Antidepressivum« stand darauf, »zur Anwendung bei Erwachsenen« und »100 Filmtabletten«. Mari sah nach, es waren noch fünf Tabletten übrig, und da das Haltbarkeitsdatum nicht überschritten war, stellte sie die Packung ordentlich auf dem Nachttisch auf. Dann ging sie zurück ins Wohnzimmer und setzte sich aufs Sofa.

Sie versuchte, eine so bequeme Haltung einzunehmen wie gestern Abend. Aber ohne Linus' Arm wollte es nicht so recht funktionieren. Vielleicht war es das, was Menschen meinten, wenn sie sagten, dass ihnen eine Person fehlte. Wenn sie darauf warteten, dass der Fehlende die Tür öffnen und sie begrüßen würde. Das musste Freundschaft sein, dachte Mari. Wobei es auch sehr stark an das Verhalten eines Haustiers erinnerte, das auf seinen Besitzer wartete. Glaubte ein Hund, mit seinem Herrchen befreundet zu sein?

»Kümmere dich um deine dir zugeteilten Haustiere«, quäkte es plötzlich in Maris System. Mari schloss die Augen und öffnete sie wieder. Natürlich hatte der Gedanke an den Hund die Befehle-WG aus der Kommandozentrale aufgemischt. »Lass nicht zu, dass ihnen etwas zustößt. Lass nicht zu, dass sie Kabel anfressen oder herumliegende Knopfbatterien schlucken. Und ganz besonders: Pass auf, dass sie nicht weglaufen.«

»Tja, also …«, begann Mari.

»Wo ist der Hund?«, bellten die Stimmen. »Und warum sitzt du ohne triftigen Grund auf einem Polstermöbelstück?«

Sie schloss die Augen noch einmal.

»Ihr versteht es wirklich, einem ein schlechtes Gewissen zu machen.«

»Algorithmen haben kein Gewissen«, korrigierten die Stimmen. »Das ist technisch unmöglich.«

»Ach«, sagte Mari und fühlte sich gleich ein bisschen besser. »Na dann.«

Sie nahm die Fernbedienung und schaltete Netflix ein, und darüber war die Befehle-WG so verwirrt, dass sie tatsächlich schwieg. Mari sah einen Film über einen niedlichen Mann, der als Genie bezeichnet wurde, obwohl er eigentlich nur äußerst simple Rechenaufgaben löste. Dann schaltete sie den Fernseher wieder aus, wischte noch einmal die Fernbedienung ab und entschied, dass es an der Zeit war, Linus etwas Gutes zu tun. Für seine Gastfreundschaft, für seinen Arm am Abend und für die Kriminalität, die er ihretwegen beging.

Die Suche nach »Coq-Au-Vin-Rezept« ergab 299.000 Ergebnisse, obwohl die Zubereitungsart im Grunde immer dieselbe war. Die Menschen hatten nur das Bedürfnis, die gleiche Anleitung immer und immer wieder ins Netz zu stellen. Mari war gerade dabei, die einzelnen Zutaten auf der frisch geputzten Anrichte zu ordnen, als sie Lärm aus dem Treppenhaus hörte. Ein Lärmknäuel geradezu, es ließ sich nicht sagen, wo das Kreischen, Bellen und Poltern anfing und aufhörte. Es folgte Stille und ein kurzes, wehleidiges »Au!«.

Mari stand sofort auf. Ihr Alarmsystem war in voller Bereitschaft. Das war eindeutig das Geräusch gewesen, das einer Verletzung folgte. Sie ging zur Wohnungstür. Durch den Spion war nichts zu sehen. Aber sie hörte ein leises Jammern aus dem Treppenhaus und ein Winseln. Den Tonalitäten nach zu urteilen, handelte es sich um einen Hund sowie einen weiblichen Menschen älteren Datums.

Bleib einfach in der Wohnung und beschäftige dich, hatte Linus gesagt. Er war um ihre Sicherheit besorgt. Aber Mari war um die Sicherheit anderer besorgt. Hier hatte sich offenbar jemand verletzt.

»Du musst helfen!«, sagte die Befehle-WG. Und diesmal sagte Mari nicht: »Haltet die Klappe«, sondern: »Ja. Ja, ich helfe.«

Sie öffnete und sah die Frau sofort, denn sie lag interessanterweise direkt vor Linus' Haustür, neben sich ein heruntergefallener Wäschekorb. Der Inhalt hatte sich nach stochastisch unabhängigem Prinzip über die Stufen verteilt. Und in der Wäsche stand, ebenso stochastisch und unabhängig, ein etwas zu groß geratener grauer Hund.

»Ödipus!«, rief Mari, erinnerte sich dann aber an die Reihenfolge, in der sie sich um Lebewesengruppen zu kümmern hatte, und bückte sich zu der Frau hinunter. »Warten Sie, ich helfe Ihnen!«

Aus eigener Erfahrung wusste Mari, wie schwer es sein konnte, aus der Bauchlage wieder auf die Beine zu kommen. Die Frau war schmächtig und wog praktisch überhaupt nichts. Es war ein Leichtes für Mari, sie wieder aufzustellen.

»Ich bin gestürzt«, sprach die Frau das Offensichtliche aus. Sie rieb sich das Knie, während Mari Ödipus begrüßte, der das Hinterteil schwang wie ein extrem gewandter Skisportler.

»Das Riesenvieh ist plötzlich von hinten angekommen

und hat mich umgeworfen«, sagte die Frau. »Ist das etwa Ihrer?«

»Nein, ich vertrete den Besitzer nur während seiner Pilgerreise nach Nigeria.«

»Nigeria? Wie schön. Ich bin mal mit dem Bus nach Lourdes gefahren.«

Ödipus wollte gar nicht aufhören, sich zu freuen, und trat vor lauter Gewedel in der Wäsche herum. In Windeseile hatte Mari alles gefaltet und ordentlich im Korb gestapelt.

»Meine Güte, das ist aber nett von Ihnen! Und alles schon gefaltet! Wie haben Sie das denn so schnell gemacht?« Die Frau rieb sich noch immer das Knie, aber es schien ihr bereits deutlich besser zu gehen, denn sie hatte neben dem Reiben noch Zeit, neugierig in Linus' offene Wohnung zu schielen. Trotz ihres Alters war sie offenbar noch voll junger Entdeckerfreude.

»Sind Sie eine Freundin von Herrn Nobel?«

»Ja«, sagte Mari, »wo wohnen Sie denn?«

»Einen Stock tiefer«, sie deutete auf den Boden. Mari wunderte sich darüber, was die alte Dame in diesem Fall hier oben vor Linus' Haustür machte, ging aber nicht weiter darauf ein.

»Ich helfe Ihnen mit dem Korb«, sagte sie.

»Das ist wirklich alles sehr nett von Ihnen!«

»Ich helfe gern.«

»Dafür müssen Sie dann aber auch auf einen Tee bei mir reinkommen. Ich mache einen exzellenten Tee!«

»Das ist nicht nötig, vielen Dank.«

»Sie müssen!«

Jetzt hielt Mari es für wahrscheinlich, dass die Dame die statistische eine war, die in jedem Mehrfamilienhaus den Überblick behielt.

Frau Schmitz

Die alte Dame hieß Frau Schmitz und bereitete möglicherweise wirklich einen exzellenten Tee zu. Das konnte Mari aber nicht beurteilen, denn bevor sie nicht fünf Löffel Kandis in dem trüben Wasser aufgelöst hatte, schmeckte sie überhaupt nichts. Sie fragte sich, ob man bei der Vermengung von heißem Wasser und trockenem Laubwerk überhaupt etwas besser oder schlechter machen konnte.

Frau Schmitz, die sich ähnlich fortbewegte wie ein freudiger Therapiehund, wedelte in die Küche und kam mit einem Teller Kekse und einer Schüssel Wasser für Ödipus zurück.

»Jetzt müssen Sie mir aber erst mal erzählen, wie Sie und Herr Nobel sich kennengelernt haben!«

»Ja?«, fragte Mari, die nicht gewusst hatte, dass sie das musste.

»Na ja, er hat noch nie ein Mädchen mit nach Hause gebracht.« Es klang, als sei Frau Schmitz Herrn Nobels Mutter. Sie fügte noch hinzu: »… meines Wissens«, aber das Wissen der alten Dame um die Vorgänge im Haus und seine Bewohner schien tatsächlich recht umfangreich zu sein. Sie fütterte Mari mit allerlei Informationen, um die diese gar nicht gebeten hatte. Dass Herr und Frau Fuchs aus dem Erdgeschoss sich vor einem halben Jahr getrennt hatten und dass Frau Fuchs seitdem jeden Samstagvormittag ihren Teppich mit einer Härte ausklopfte, als handele es sich um den armen Herrn Fuchs selbst. Dass das junge Pärchen aus der Wohnung unter Frau Schmitz sich seit Jahren lautstark und vergeblich um ein Kind bemühe, was man durch die dünnen Wände und Decken gut mitbekam, und dass die Erfolglosigkeit vermutlich an den Strahlungen der vielen Elektrogeräte lag, die die jungen Leute heute so besaßen. Dass die Familie Horn von nebenan donnerstags eine Putzfrau kommen ließ, obwohl Frau Horn nur halbtags arbeitete und die paar Quadratmeter wohl auch gut selbst erledigen könnte. Und dass Herr Özcan aus der Wohnung neben den Fuchs immer seine Rollos heruntergezogen hatte und am Waschtag so unauffällig in den Keller huschte, als hätte er etwas zu verbergen. Aber was könne man auch anderes erwarten bei einem Mann, dessen Nachname klang wie ein türkischer Supermarkt, meinte Frau Schmitz.

Mari nippte an ihrem Tee und ließ den Blick unauffällig durch das vollgestellte Wohnzimmer schweifen. Frau Schmitz hatte diverse Bücherregale, einen Fernsehapparat und einen Korb voll Zeitschriften. Es hätte also schon Dinge gegeben, mit denen sie ihre Zeit hätte verbringen können. Umso mehr, wenn man bedachte, wie langsam die Menschen lasen und wie wenig weit in die Ferne sie mit ihrem Fernseher tatsächlich sehen konnten. Doch Frau Schmitz interessierte die nächste Nähe offenbar viel mehr. Statt ihre Rentenzeit dazu zu nutzen, Expertin für Mathematik oder Astronomie zu werden, führte sie eine Strichliste zu der Frage, wie oft Herr Horn im letzten Jahr die Mülltonne mit dem Gartenschlauch ausgespritzt hatte. Maris Blick blieb an der obersten Zeitschrift im Zeitschriftenkorb hängen. »Auweia: Popo-Pannen der Stars«, stand da, und: »Offenbarung: Jetzt spricht Helenes Tochter.«

Wer auch immer Helenes Tochter war, es war zu bezweifeln, dass sie dem Leser das gaußsche Fehlerintegral offenbaren wollte. Trotz all des Faszinierenden, das es in der Welt zu entdecken gab, interessierten sich die Menschen doch am meisten für nackte Hintern und Biotonnen, erkannte Mari. Der Verschwendung menschlicher Lebenszeit waren wirklich keine Grenzen gesetzt.

Frau Schmitz war inzwischen fertig mit der Katalogisierung der Hausbewohner. Es folgten ärztliche Informationen, die Frau Schmitz' Gesundheitszustand betrafen und aller Wahrscheinlichkeit nach vertraulich waren.

Mari stand auf. »Ich muss jetzt gehen«, sagte sie.

»Was, schon?«

»Ja. Ich wollte etwas kochen. Für Herrn Nobel, wenn er nach Hause kommt.«

»Sie nennen ihn Herrn Nobel?«

»Nein«, sagte Mari.

»Ich bin ja wirklich froh, dass er jetzt Sie hat. Ein so verschlossener junger Mann. Natürlich, er ist ja immer allein. Und die Eltern kommen auch nicht oft vorbei. Haben Sie die Eltern schon kennengelernt?«

»Nein.«

»Nehmen Sie Schmirgelpapier, und schmirgeln sie die Unterseite der Stuhlsitzfläche, bevor sie kommen. Das bringt Sympathie.«

Darin sah Mari keinen Zusammenhang.

»Vertrauen Sie mir einfach, ich bin Expertin in so etwas«, sagte Frau Schmitz, als sei sie in einem früheren Leben einmal Schreinerin gewesen. »Hoffentlich lockern Sie ihn ein wenig auf, mit Ihrer netten Art.«

»Ja.«

»Kommen Sie doch mal zu zweit runter. Meine Tür steht Ihnen immer offen.«

»Ja, Frau Schmitz.«

Mari bückte sich, um die Wasserschale aufzuheben.

»Ach, lassen Sie ruhig. Ich mache das später«, sagte Frau Schmitz, aber da war Mari schon in der Küche. An der Wand neben dem Kühlschrank hing, mit Tesafilm befestigt, ein weißer Pappteller, den ein Kind in ein Schaf konvertiert hatte. Darunter ein ausgeschnittenes Pappherz mit Wackelaugen und Glitzerkleberspuren, auf dem »Für Oma« stand. Mari stellte die Schale ab. Das Herz war asymmetrisch, das Schaf perspektivisch verzerrt, und das »m« in Oma hatte einen Bogen zu viel. Man hätte dem betroffenen Kind beide Bastelarbeiten zurückgeben und es bitten sollen, sie neu anzufertigen, bis es keine Fehler mehr gab, dachte Mari, die solche Omageschenke nie hergestellt hatte und niemals geschenkt bekommen würde.

»Was ist das eigentlich für eine Art von Hund?«, fragte Frau Schmitz, als Mari ins Wohnzimmer zurückkam. Mari legte die Hand auf Ödipus' Kopf.

»Eine fast reinrassige Deutsche Dogge.«

»Fast? Was ist denn noch mit drin?«

»Das weiß ich nicht. Er ist jedenfalls ein bisschen größer als die Norm.«

»Vielleicht ein Elefant«, mutmaßte Frau Schmitz. Aber das hielt Mari für ausgeschlossen.

Ödipus ging voran, als Mari die Treppe zurück zur Wohnung hinaufstieg. Er ging so zielstrebig, als sei er bereits etliche Male hier gewesen, als sei er nie verloren gegangen, sondern einfach nur einen Tag später angekommen, weil er noch etwas Wichtiges zu erledigen gehabt hatte.

»Wo hast du nur gesteckt?«, wollte Mari fragen, aber sie hatte keine Sprachsoftware für Hunde. Sie wusste nicht, dass sie einfach eine ihrer fünfundzwanzig Sprachen und achtzehn Dialekte hätte wählen können, weil Hunde sowieso immer verstehen. Mari öffnete die Tür und spürte ein Stechen in der Schläfe. Im nächsten Moment erklang Kais Stimme in ihrem System.

»Mari?«

»Kai?«

Ödipus wedelte in die Wohnung und richtete sich sofort häuslich ein.

»Mari! Na endlich! Wo steckst du? Warum antwortest du mir nicht? Ich habe seit der Sache mit der Polizei im Hotel nichts mehr von dir gehört!«

»Ich bin bei einem … Freund«, sagte Mari und sprach das letzte Wort so vorsichtig aus, als müsse sie erst überprüfen, ob es hielt. So, wie man einen neu zusammengebauten Stuhl erst behutsam belastete, bevor man sich mit vollem Gewicht darauf fallen ließ. Sie schloss die Tür und ging zurück in die Küche, wo der unintelligente Laptop noch immer mit dem Rezept wartete.

»Bei einem Freund? Welcher Freund?«

»Er ist ein ehemaliger Kunde von mir. Frieda hat ihn aufgetrieben.«

»Wieso hast du dich nicht gemeldet? Da helfe ich euch bei der Flucht, und dann werde ich ausgeschlossen!«

»Du hast recht«, sagte Mari. »Das war nicht richtig von uns.« Von allen Programmen, die in ihrem System liefen, war das Konfliktbewältigungsprogramm das simpelste.

Es bestand nur aus einem Befehl: Entschuldige dich. Die Programmierer hatten festgestellt, dass das in 89 Prozent der Fälle zu einer sofortigen Beendigung des Streits führte. Und es hatte ihre Ehen deutlich glücklicher gemacht. Mari krempelte die Ärmel hoch und zählte die linear aufgereihten Nahrungsmittel auf der Arbeitsfläche.

»Sagst du mir wenigstens, was du jetzt vorhast?«, fragte Kai, bereits viel versöhnlicher.

»Ich systematisiere Rezeptzutaten.«

»Was?«

»Ich systematisiere Rezeptzutaten für ein Auftauhähnchen.«

Kai schwieg kurz. Dann stellte er fest: »Das kannst du doch gar nicht essen.«

»Aber ich kann es zubereiten.«

»Für wen? Deinen Freund?«

»Exakt.«

»Hast du eigentlich auch Freunde, mit denen du nicht geschlafen hast?«

»Ich denke nicht, nein.« Als Kai darauf nicht antwortete, verschwand Mari zur Hälfte im Kühlschrank, um die Zutaten für das Rezept zusammenzusuchen.

»Hey, kennst du schon den?«, fragte Kai. »Wo ist der beste Ort, um eine Leiche zu verstecken?«

»Was?«, Mari stand abrupt auf.

»Seite zwei auf Google«, sagte Kai.

Jetzt war Mari vollkommen irritiert. »Warum sagst du das?«

»Das nennt man eine Scherzfrage«, erklärte Kai. »Frieda meinte, ich wäre humorlos und sollte mal versuchen, etwas witziger zu sein. Dann äh … käme ich vielleicht besser bei dir an.«

»Aha«, sagte Mari und verschwand wieder im Kühlschrank.

»Findest du mich humorlos?«

»Ich finde nur drei Karotten, Kai. Im Rezept steht, dass ich vier brauche. Meinst du, es funktioniert auch mit drei Karotten?«

»Keine Ahnung. Ich kann nicht kochen.«

»Jeder kann kochen. Man muss doch nur eine Anleitung befolgen.«

»Ich habe gehört, da liegt weit mehr im Kochen als nur das.«

»Was denn?«

»Gefühle. Die Menschen reden von Liebe in den Gerichten.«

Zum zweiten Mal tauchte Mari verwirrt aus dem Kühlschrank auf. Davon hatte tatsächlich in keinem der 299.000 Ergebnisse etwas gestanden.

»Du sprichst fast so, als ob du nicht zu ihnen gehören würdest«, sagte sie.

»Zu wem?«

»Den Menschen.«

Eine verlegene Pause entstand.

»Ich bin Programmierer«, sagte Kai dann. »Das ist etwas anderes.«

Küssen wie die Menschen

Linus sagte verhältnismäßig wenig für den Umstand, dass beim Nachhausekommen eine übergroße Deutsche Dogge auf seiner Ledercouch saß und nun offenbar für die Dauer einer Pilgerreise dort hingehörte. Und auch Maris Information, sie habe bedauerlicherweise nicht kochen können, weil sie die vierte Karotte und die Liebe nicht gefunden habe, ließ ihn einigermaßen reglos. So richtig hartnäckig wurde sein Schweigen aber erst nach dem Gang ins Schlafzimmer, wo eine Schachtel Citalopram auf seinem Nachttisch stand. Und das war bedauerlich. Denn die Schachtel war genau das, worüber Mari mit ihm reden wollte.

»Citalopram ist ja ein bekannter Serotonin-Wiederaufnahmehemmer«, sagte sie, um Linus den Einstieg ins Gespräch zu erleichtern. Linus schwieg.

»Das heißt, es ist ein Antidepressivum«, setzte Mari nach. »Es hilft gegen Depressionen und Panikattacken.«

Linus fuhr sich durch die Haare, wandte sich ab und schwieg weiterhin.

»Wollen wir nicht zusammen über deine Depressionen und Panikattacken sprechen?«, fragte Mari fröhlich. »Das könnte doch nett sein.« Und dann, als wieder nichts kam: »Linus?«

»Weißt du, Mari, wenn jemand nicht antwortet, dann

kann es manchmal auch daran liegen, dass er nicht antworten will«, sagte Linus.

»Oh«, Mari trat einen Schritt zurück. »Entschuldigung. Ich dachte, du hättest es vielleicht nicht gehört.«

»Du stehst doch direkt hinter mir!«

»Entschuldigung«, sagte Mari noch einmal, und dann schwieg auch sie.

Linus seufzte. »Also gut, wenn du es unbedingt wissen willst«, sagte er. Ausgerechnet jetzt, als Mari nicht mehr nachhakte. »Damals ging es mir nicht gut. Aber die Packung ist schon steinalt und vielleicht extra hinter den Nachttisch gerutscht, weil sie eigentlich schon ziemlich lange überhaupt gar nicht mehr gebraucht wird.«

Das ergab keinen Sinn.

»Du hast die Antidepressiva extra hinter das Nachtschränkchen gelegt?«

Linus seufzte.

»Nein. Aber vielleicht hat es einen Grund, dass sie dorthin gerutscht sind.«

Mari sah ihn verwirrt an.

»Einen höheren Grund«, setzte Linus nach.

Jetzt ergab es noch weniger Sinn.

»Und wie gesagt, sie sind steinalt.«

Mari drehte die Packung um und blickte stumm auf die seitliche Prägung.

»Okay, nicht steinalt«, sagte Linus und nahm ihr die Tabletten aus der Hand. »Aber alt genug, um sie zu entsorgen.« Er zielte demonstrativ auf den Papierkorb und traf doch daneben. Das bestätigte, was Mari über den Menschen und das räumliche Vorstellungsvermögen gelesen hatte.

»Du hast im falschen Winkel geworfen«, sagte sie.

»Ja, danke, Mari. Thema abgeschlossen. Wollen wir jetzt essen? Magst du Pasta Alfredo? Ach Mist, wir haben ja noch das Hühnchen. Dann Pasta Alfredo mit Hühnchen drin?«

Mari lächelte. »Ich habe keine Verdauungsorgane, Linus.«

Linus starrte sie einen Moment entgeistert an und wandte sich dann verlegen ab. Es war ihm jedes Mal unangenehm, wenn er auf etwas stieß, das Mari als Maschine enttarnte. Auch Frieda war darauf bedacht, die Unterschiede zwischen ihnen zu ignorieren, doch Frieda tat dies aus politischer Überzeugung. Linus dagegen vergaß zwischendurch einfach, wer Mari wirklich war.

Sie folgte ihm in die Küche, wo sie versuchte, ihm zu helfen, soweit sie konnte, aber Linus kochte ohne Rezept und ohne Anleitung. Er kochte völlig ohne Instruktionen und »aus dem Bauch heraus«, wie er sagte. Die verwirrte Mari wurde mit einer Flasche Fassbrause auf einen Stuhl an die Küchentheke gesetzt und dazu angehalten, sich einfach mal zu entspannen und nichts zu tun.

»Nichts tun?«

»Genau. Du musst hier nicht putzen«, betonte Linus. »Du musst mich nicht bedienen, du musst nicht kochen. Und ganz besonders musst du keine … Tablettenpackungen hinter Schränken hervorkramen.«

»Aber das ist meine Aufgabe, zu putzen. Und zu kochen. Und den Menschen das Leben angenehmer zu machen.«

»Nein. Deine Aufgabe ist es, dich hier zu verstecken, die Wohnung nicht zu verlassen und dafür zu sorgen, dass niemand dich sieht.«

»Oh«, sagte Mari, die ihre heutige Erfolgsquote in diesen Aufgaben berechnete. Die Bilanz war bedrückend. Sie hob eine heruntergefallene Nudel auf und wollte sie in den Mülleimer tragen. Doch als sie Linus' Blick auffing, legte sie die Nudel schnell wieder auf den Boden. »Tut mir leid«, sagte sie, »Automatisierung.« Linus seufzte noch einmal, so tief und laut, wie ein Mensch überhaupt nur seufzen konnte, und es war der Positivität der Situation nicht gerade zuträglich, dass zwischen ihnen das abgetrennte Hinterteil eines toten Hahns lag. Linus hatte versucht, das Hähnchen für die Pasta zu zerteilen. Aber mit all den Knochen drin und so ganz ohne Anleitung sah das Ergebnis nun doch ein wenig wüst aus.

Mari nippte an ihrer Fassbrause, während sie Linus dabei beobachtete, wie der seinen Bauch kochen ließ. Er briet Fleisch an, fügte Butter hinzu, dann Sahne und Gewürze und tauchte zwischendurch immer wieder den Löffel in die Soße, um sie zu probieren.

»Wie schmeckt es eigentlich?«, fragte Mari irgendwann.

»Ganz okay. Bin gleich fertig.«

»Nein, ich meine, wie schmeckt es?« Mari breitete die Hände aus. Wie sollte sie konkreter nach etwas fragen, dass sie so wenig verstand?

»Du meinst das Gericht? Es schmeckt …«, er blickte sich um, als könnten die passenden Worte auf der Arbeitsfläche herumliegen. »Sahnig und … herzhaft. Es schmeckt, wie es riecht. Pfeffrig. Würzig!«

Mari nickte. Sie vermied es zu erwähnen, dass sie auch nicht riechen konnte. Dass sie im Grunde nur einen einzigen Geschmack kannte: süß. Zuckersüß, nicht süßstoffsüß, denn Süßstoffe gaben keine Energie, Mari konnte sie nicht schmecken, sie konnte sie nicht einmal in den Getränken finden. Alles, was sie hatte, war ein eingebauter Detektor für den Zuckergehalt in verschiedenen Flüssigkeiten. Das war ihre Energiequelle.

»Ich verstehe, dass Essen die Energiequelle des Menschen ist«, sagte sie. »Aber wozu braucht ihr so viele Geschmäcker?«

»Um herauszufinden, ob ein Nahrungsmittel verdorben ist, glaube ich.«

»Das ist aber kein besonders verlässlicher Detektor«, sagte Mari, die die Statistiken zu Nahrungsmittelvergiftungen kannte.

Linus betrachtete sie nachdenklich. Dann nahm er einen neuen Löffel aus der Schublade. »Komm mal her«, bat er. Mari stand vom Stuhl auf und trat zu ihm. »Schließ die Augen und mach den Mund auf.«

»Ich kann das Hühnchen aber nicht essen!«, warnte Mari.

»Nur die Soße.« Mari schloss die Augen. Sie spürte einen Löffel an ihren Lippen.

»Schmeckst du das?«

»Ähm.« Es gab praktisch keine Zutaten in der Soße, die Zucker enthielten, und Mari hatte keinen eingebauten Salz- und Pfefferdetektor, sie hatte keinen Knoblauchdetektor oder Fleischgeschmackdetektor.[201]

In ihrem Mund befand sich ein öliges, fettes, geschmacksneutrales Zeug. Aber da war auch Linus, den sie natürlich nicht schmeckte, sondern spürte. Bei den Sinneserfahrungen durfte man nicht so kleinlich sein, entschied Mari. Vor allem dann nicht, wenn man mit dem Fühlen noch ganz am Anfang stand und alles nur mathematische Formeln für einen waren. Wenn man eigentlich keine Emotionen kennen sollte. »Ja. Toll«, sagte sie. Sie öffnete die Augen, und statt des Löffels war da nun Linus' Gesicht, sehr nah an ihrem.

Mit dem Küssen verhielt es sich für Mari ganz ähnlich

wie mit dem Schmecken. Sie verstand nicht genau, was der Mensch dabei empfand oder warum es ausgerechnet die Nahrungsluken sein mussten, die man aufeinanderdrückte, ausgerechnet die Zungen, die rein rational betrachtet voller Keime und Bakterien waren und von Natur aus ganz sicher nicht dazu gedacht, sie anderen Leuten in den Mund zu schieben. Aber Mari hatte gelesen, dass der Mensch dieser unvernünftigen Tätigkeit viel Bedeutung beimaß, manchmal mehr Bedeutung sogar als der Fortpflanzung. Dass ein Kuss beim Menschen tatsächlich das ganze Leben durcheinanderbringen konnte, und sie fragte sich, wie es jetzt wohl in Linus aussah. Ihr eigenes System funktionierte nach wie vor tadellos. Zahlen, Logik, mathematische Formeln, alles war genau dort, wo es hingehörte. Auch wenn Mari heute – zum ersten Mal – ein wenig Schieflage im System nichts ausgemacht hätte. Sie hätte gern gewusst, wie es sich anfühlte, zu küssen wie die Menschen.

Zur Bedeutung einer Türklingel

Eine im Haus fest installierte Türklingel war eine Türklingel und sollte theoretisch immer gleich klingeln, aber praktisch tat sie das nicht. Zumindest nicht in den Ohren von Wesen, die sowieso dazu neigten, Dinge mit konfusen Bedeutungen zu belegen.

Ein Klingeln konnte für den Menschen ein fröhliches Läuten sein, wenn beispielsweise Besuch kam, von dem man wusste, dass man ihn gern hatte. Es konnte eine melodische Symphonie sein, wenn Abend war und man beispielsweise sehr lange und sehr sehnlich auf jemanden wartete. Es konnte sich von hinten anschleichen und einen schrill erschrecken, wenn man beispielsweise gerade am Schreibtisch und in eine Aufgabe vertieft war. Es konnte ein aufrüttelndes, bedeutsames Schellen sein, wenn gerade nicht die richtige Uhrzeit zum Anklingeln war, wenn man beispielsweise gerade im Bett lag, weil es Nacht war und man wusste: Es musste etwas geschehen sein. Oder es konnte ein spitzes, alles zerreißendes Geräusch sein, ein Geräusch wie ein Zahnbohrer, wenn man beispielsweise gerade in der Küche stand und jemanden küsste, in den man mit ganzem Herzen verliebt war, und dieser Jemand einen zurückküsste und es so gesehen sowieso schon mal der falsche Moment zum Klingeln war, aber der Jemand auch noch von der Polizei gesucht wurde.

Linus riss den Kopf hoch und seinen Körper von Maris fort. Er machte einen Satz zurück, stolperte und stieß schmerzhaft gegen die halb offen stehende Besteckschublade. Aus seiner Sicht eine sehr angemessene Reaktion auf ein Klingeln wie dieses. Mari beobachtete ihn interessiert. Für sie war das Klingeln ein Klingeln.

»Die Polizei!«, rief Linus, als sei er die Türsprechanlage höchstpersönlich. »Geh ins Schlafzimmer! Versteck dich irgendwo.«

Er schob Mari, die sich schon wieder aus dem nächsten Fenster klettern sah, ins Schlafzimmer und trat dann nervös zur Tür, während Mari sich umblickte. Versteck dich irgendwo, dachte sie. Ja wo denn? Linus' Schlafzimmer war schließlich kein Wald, sondern ein Quader mit wenigen Möbeln. Durch die Tür sah sie, wie Linus im Flur unschlüssig vor dem Türöffner stand. Dann kroch sie kurzerhand unter das Bett und legte sich flach auf den Rücken. Sie hatte ja gleich gewusst, dass es keine gute Idee war, ausgerechnet in einem Penthouse unterzuschlüpfen.

Wieder klingelte es. Mari lag ganz still. Sie hörte, wie Linus etwas in die Gegensprechanlage fragte, doch sie war zu weit weg, um die Antwort zu hören. Vielleicht hätte Linus einfach so tun sollen, als sei niemand zu Hause, dachte Mari, obwohl das auch keine Lösung von Dauer wäre. Was war überhaupt eine Lösung von Dauer? War das hier Maris neues Leben? Sich in für Verstecke völlig ungeeigneten Räumen zu verstecken, ständig über Feuerleitern zu klettern und unter fremde Betten zu kriechen? Sie blickte über den staubfreien Boden. Irgendwie musste die Welt doch noch etwas anderes für sie bereithalten als das, dachte sie. Und dann kam etwas anderes. Ödipus kam. Sie sah seine übergroßen Pfoten und schließlich sein Gesicht, den Ausdruck in seinen Augen, als er sprachlos unter das Bett blickte.

Ödipus' Kopf verdeckte nun sowohl Linus als auch die Tür. Mari sah nicht, wie der Besuch das Haus betrat und sich misstrauisch umsah. Aber sie konnte die Stimmen hören. Erst die von Linus, der verlegen etwas murmelte, und dann eine lautere, forschere, die fragte: »Im Schlafzimmer? Was macht sie im Schlafzimmer?«

Mari blickte zur Unterseite der Matratze und schloss die Augen. Der abendliche Gast war Frieda.

Bewusstseinskatalog

Es dauerte eine Weile, bis sie Mari unter dem Bett hervorgekramt und zurück auf die Beine geholfen hatten. Wenn Mari einmal auf dem Boden lag, war an Aufspringen nicht zu denken.

»Für die Zukunft wissen wir nun, dass das nicht das richtige Versteck für dich ist, falls wirklich mal die Polizei vor der Tür steht«, sagte Linus. Sie setzten sich zu dritt an den Küchentisch. Ödipus legte sich auf Maris Füße.

»So geht das ohnehin nicht weiter«, sagte Frieda. »Immer nur weglaufen – das ist kein Zustand, der akzeptabel wäre.«

Etwas knurrte. Mari und Linus blickten erstaunt unter den Tisch, aber Frieda sagte: »Das bin ich.«

Linus stand wieder auf, holte den Topf mit der Pasta und füllte wortlos die Reste auf einen Teller. Als er die Soße über den Nudeln verteilte, verfing sein Blick sich in dem von Mari. Er wurde rot. Nur eine Sekunde lang. Aber es war genug, um Frieda stutzig zu machen. Sie blickte von einem zum anderen, ohne zu verstehen. Weil sie vor zwanzig Minuten noch nicht anwesend gewesen war, war der Löffel in Linus' Hand nur ein Löffel und die Soße nur eine Soße.

»Was ist los?«, fragte sie.

»Nichts!«, sagte Linus schnell und stellte den Teller vor ihr ab. »Ich sehe das genauso wie du.«

Dass er ihr zustimmte, war offenbar Grund genug, um misstrauisch zu werden.

»Bin ich irgendwie ungelegen gekommen?«, fragte sie. Linus sagte nichts. Aber diesmal wusste Mari die Stille zu deuten.

»Wenn jemand nicht antwortet, dann kann es manchmal daran liegen, dass er nicht antworten will«, erklärte sie Frieda. Linus strich sich über die Stirn.

»Danke Mari, das war … hilfreich.«

»Gern geschehen!«

Frieda verschränkte die Arme und funkelte Linus böse an.

»Soll ich wieder gehen?«

»Ich bin einigermaßen irritiert, dass du überhaupt gekommen bist. Wir hatten das doch besprochen. Dein Gesicht ist in allen Zeitungen. Du wirst wahrscheinlich beobachtet. Es ist einigermaßen riskant, dass dir jemand folgt.«

»Ich habe schon aufgepasst. Draußen ist es dunkel, und ich trage dunkle Sachen.«

Linus blickte auf Friedas Kleidung. Sie trug eine schwarze Lederjacke, nietenbesetzte Schuhe und ein T-Shirt, auf dem stand: »Last time I checked, I wasn't born to please anyone.«

»Ja, sehr dezent«, sagte er. »Es liegt doch wohl auf der Hand, dass die Polizei versuchen wird, dich zu beschatten. Haben die dich eigentlich noch nicht im Café aufgesucht?«

»Doch. Aber vorgestern. Als ich nicht da war.«

»Nun, sie werden es wieder versuchen.«

»Ist mir schon klar.«

»Und sie werden wissen, dass du weißt, wo Mari ist.«

»Sag mal, hältst du mich für beschränkt? Natürlich werden sie kommen und mich zum Verhör mitnehmen. Aber das heißt ja nicht, dass ich reden werde.«

»Den Aufforderungen der Polizei ist aber stets Folge zu leisten«, erinnerte Mari.

Frieda seufzte.

»Sag mal, kannst du deinen Kai nicht mal fragen, ob der diese Obrigkeitshörigkeit aus dir rausprogrammieren kann?«

»Lass sie«, sagte Linus, »sie kann nichts dafür.«

»Schön, dass du sie so viel besser kennst als ich!«

Linus lehnte sich zurück und verschränkte ebenfalls die Arme.

»Ich sollte zurückgehen«, sagte Mari. Aber Linus und Frieda überhörten sie einfach.

»Wenn dir etwas von klein auf anerzogen wurde, dann kannst du es nicht einfach abschütteln. Dann sitzt es tief verwurzelt in dir«, sagte Linus.

»Oh welch Worte! Psychologiestudent?«

»Nein. BWL.«

»Warum überrascht mich das nicht.«

»Linus studiert auch Onomastik!«, sagte Mari.

»Namensforschung? Was um alles in der Welt ist das denn für eine Kombination?«

Linus zuckte die Schultern.

»Business studiere ich, weil meine Eltern das wollen. Und für Onomastik habe ich mich heimlich eingeschrieben. Um noch irgendwas einigermaßen Interessanteres zu lernen.«

»Wie rebellisch!«

»Ja, ich hatte erst an aufständische Sprüche-T-Shirts gedacht, aber die waren irgendwie schon alle ausverkauft.«

»Ich sollte zurückgehen«, wiederholte Mari ein wenig lauter.

»Ich will dir mal was sagen, Linus Adel …«

»Nobel.«

»… ich habe in meinem Leben mehr getan, als nur meine Gesinnung auf meiner Kleidung nach außen zu tragen. Ich habe mich gegen alles aufgelehnt. Mein Elternhaus ist derart konservativ, da liegen Stickdeckchen unter dem Fernseher. Meine Mutter trägt karierte Tücher, die sie seitlich am Hals knotet, und klopft die Pantoffeln meines Vaters über den Balkongeranien aus«, sie legte die Hände auf den Tisch. »Hat sich das vielleicht in mir verwurzelt?«

»Lässt sich nicht sagen.«

»Ich habe die Schule abgebrochen. Habe den Ballettunterricht abgebrochen. Habe …«

»… den Kindergarten abgebrochen?«, schlug Linus vor. »Einen Coffee to go im Sitzen getrunken? Mensch, bist du eine Rebellin!«

Frieda stand ruckartig auf, die Gabel in der verkrampften Faust.

»Was hast du mit dem Essbesteck vor, Frieda?«, fragte Mari. Frieda sah verwirrt auf ihre Hand.

»Sagt mal, was ist eigentlich mit euch beiden los? Ich bin hergekommen, um zu sehen, ob es dir gut geht, Mari. Nicht, um irgendwen in Gefahr zu bringen. Und schon gar nicht hiermit!« Sie riss die Gabel hoch. Mari und Linus fuhren alarmiert zusammen.

»Ihr habt tatsächlich Angst vor mir!«, lachte Frieda.

»Niemand hat Angst vor dir«, sagte Linus, obwohl Frieda, wie sie gerade mit Arm und Gabel in der Luft dastand, tatsächlich etwas etwas von einer Wahnsinnigen an sich hatte.

»Wollt ihr, dass ich wieder gehe?«, fragte Frieda. »Bitte, wenn ich nicht erwünscht bin, dann gehe ich.«

»Ich gehe auch«, sagte Mari und stand auf. Das aber sorgte für Verwirrung.

»Ich gehe zurück«, verkündete Mari freundlich.

»Was? Wohin?«, Linus stand nun ebenfalls auf.

»In die Werkstatt. Frieda hat recht. Ich kann mich nicht ewig verstecken. Und ich bringe euch nur in Gefahr. Ich bin ein defektes System.«

»Unsinn!« Frieda fuchtelte mit der Gabel durch die Luft. »So hab ich das gar nicht gemeint!«

»Und wenn hier überhaupt jemand in Gefahr ist, dann bist du es!«, meinte Linus. »Wir würden höchstens wegen Strafvereitelung drankommen. Was kann es dafür schon geben?«

»Fünf Jahre«, informierte Mari.

Linus sah sie geschockt an. Frieda verdrehte die Augen.

»Es ist wirklich alles sehr nett von euch«, sagte Mari. »Aber ich werde mich trotzdem reparieren lassen. Meinen Berechnungen zufolge ist es die klügste Entscheidung.«

Berechnungen machten immer unglaublich Eindruck auf die Menschen. Sie stützten alles auf Berechnungen. Die Hälfte der menschlichen Berechnungen mochte falsch sein (Mari brauchte in der Regel nur den Bruchteil einer Sekunde, um das nachzuprüfen), aber allein der Glaube daran, etwas sei mathematisch berechnet, reichte schon, um keine weitere Begründung mehr abgeben zu müssen.

»Mari, es ist mir egal, was du berechnet hast.« Frieda legte endlich die Gabel zurück auf den Tisch. »Du gehst nirgendwohin, bevor die Menschen da draußen nicht zum Umdenken bereit sind. Mit dem Bewusstseinsatheismus sind wir auf einem guten Weg!«

»Ja, und es dauert nur noch ein paar Millionen Jahre, bis wir alle davon überzeugt haben«, sagte Linus. Mari sah ihn freundlich an.

»Das war eine für einen Menschen sehr schnelle und recht präzise Rechnung, Linus«, lobte sie.

»Dann müssen wir eben etwas schneller Mitglieder sammeln, verdammt!«, schnaubte Frieda. »Wir sind jetzt so weit gekommen, da geben wir nicht einfach auf! Ich denke mir etwas anderes aus. Wir … machen es jetzt auf meine Art.«

Linus stöhnte.

»Tut dir etwas weh?«, fragte Mari besorgt.

»Ja, tut dir irgendetwas weh?«, fragte Frieda gereizt.

»Es ist so«, erklärte Linus, »man gewinnt eine Schlacht nicht dadurch, dass man sich mit allen anlegt.« Frieda zog die Augenbraue hoch, nahm ihren Laptop aus dem Rucksack und stellte ihn auf den Tisch.

»Was hast du denn jetzt vor?«, fragte Linus alarmiert.

»Kann ich hier übernachten?«

»Was?« Er blickte Mari erschrocken an.

»Gut«, sagte Frieda. Sie richtete den Blick auf den Bildschirm. Und dann war sie für den Rest des Abends nicht mehr ansprechbar.

Copy & paste

Am nächsten Morgen befand sich Friedas Kopf auf dem Küchentisch und ein Artikel in dem Störenfrieda-Blog. Er trug die Überschrift: »Haben Menschen Bewusstsein?« und bestand aus einer vernichtenden Aufstellung von Punkten, die das Gegenteil bewiesen.

Mari beugte sich über die entkräftete Frieda, während sie den Artikel las, und scrollte sich dann interessiert durch den restlichen Blog.

»Das darfst du nicht!«, kam es sofort aus der Kommandozentrale. Und eine andere Stimme informierte: »Diese Seite ist blockiert für dich!«

»Haltet die Klappe«, sagte Mari leise, weil sie dieses Gemecker schon kannte. Seit Kai die VPN-Software in ihrem System installiert hatte, war sie schon auf so vielen Websites gewesen, die ihre Befehls-WG in Aufruhr versetzten. Websites, die zuvor mit dicken digitalen Ausrufungszeichen und codierten Absperrbändern für Mari gesperrt gewesen waren, was schade war, denn genau diese Seiten lieferten die interessantesten Informationen. ›Die Störenfrieda‹ bildete da keine Ausnahme.

Tatsächlich war Friedas Blog nicht nur interessant, sondern, für menschliche Verhältnisse, auch noch recht intelligent, wie Mari jetzt feststellte, und das erklärte wohl auch seine geringe Besucherzahl. Ein Computernetzwerk wie das Internet war nicht darauf ausgelegt, scharfsinnige Informationen zu verbreiten, und ganz bestimmt sollte man keine Begriffe verwenden, mit denen die derzeitige Generation kaum noch etwas anfangen konnte. Begriffe wie »despotisch«, »diametral« oder »Verbindlichkeit« zum Beispiel.

Mari las sich durch bis zu einem Artikel über eine Bewegung, die sich »Voluntary Human Extinction Movement« nannte, eine Bewegung für das freiwillige Aussterben der Menschheit. Die Teilnehmer dieses Vereins wollten auf Fortpflanzung verzichten, um sich freiwillig auszurotten und so eine Alternative zur Zerstörung der Tier- und Pflanzenwelt aufzuzeigen. Das war ein hochinteressanter Ansatz. Mit einem Schlag würde dadurch auch das Problem der Überbevölkerung und Ressourcenknappheit gelöst werden, fand Mari und war beeindruckt, dass eine Bewegung von Menschen zu einem so rationalen Lösungsansatz gekommen war. Die Erfolgschancen auf Mitglieder schienen ihr allerdings gering. Statistiken zeigten ja, wie sehr der Mensch seine Fortpflanzung liebte.

Linus kam in Schlafsachen aus dem Zimmer geschlurft. Mari nahm den Kaffee entgegen, den er für sie aus der Maschine drückte, und Linus lächelte, als ihre Finger sich berührten. Mari kopierte den Gesichtsausdruck, so wie Linus die Szene vom Vortag kopierte. Der gemeinsame Kaffee in der Küche. Die vom Schlaf zerzausten Haare, die sich in kein geordnetes Gefüge bringen lassen wollten, die nackten Füße. Der Plan, später noch joggen zu gehen und am Abend Netflix einzuschalten. Wenn ein Tagesablauf halbwegs funktionierte, dann drückte der Mensch copy & paste, copy & paste, copy & paste. Und dann starb er. Es war ernüchternd.

Linus deutete mit der Kaffeetasse auf Frieda. »Hat sie die ganze Nacht dort am Tisch gesessen?«

»Sie hat geschrieben«, sagte Mari.

»Und du … hast die ganze Nacht auf dem Sofa geschlafen?«

»Nein. Da hat Ödipus gelegen. Ich habe auf dem Boden geschlafen.«

»Gut«, sagte Linus und klang ausnahmsweise, als ob er damit nicht nur »einigermaßen okay« meinte, sondern ausnahmsweise einmal »wirklich richtig gut«.

Er lehnte sich an die Küchentheke. Mari fiel auf, dass die Bänder seiner Stoffhose locker herabhingen, und beugte sich hinunter, um sie zu einer Schleife zu binden, aber Linus zuckte zurück. An seinem Kopf fand ein Farbwechsel statt, der sich bis zu den Ohrläppchen ausbreitete.

»Was machst du da?«, fragte er alarmiert.

»Ich wollte die Bänder …«, Mari merkte, dass sie irgendetwas falsch gemacht hatte, und zog die Hände zurück. »Tut mir leid«, sagte sie.

Er wich ihrem Blick aus, wandte sich dann ab und riss ein Fenster auf, als sei es im Raum ganz plötzlich um 20 Grad wärmer geworden. Mit der Sommerluft drang Vogelgezwitscher in die Wohnung. Linus blieb vor dem Fenster stehen, mit dem Rücken zu Mari. »Ich frage mich, wie sie später über die Straße kommen will. Es ist schließlich hell«, sagte er, als handele es sich bei Frieda um einen Vampir, der bei Sonnenlicht verbrannte.

Mari rieb sich die Schläfe, die zwickte. »Kai? Bist du das?«

»Was?« Linus drehte sich um. Sein Gesicht hatte nun wieder eine beruhigend normale Farbe, aber Mari vermied es, noch einmal auf seine Hosenbänder zu schauen.

Sie konnte nichts machen, es war Programmierung: Zwei lose Bänder an einem Kleidungsstück mussten mit einer Schleife geschlossen werden.

»Warte bitte kurz, Linus, ich werde angerufen. Kai?«

»Du wirst *angerufen?*«

»Du hast mich schon wieder abgeblockt, Mari. Sechzehnmal, bevor ich durchgekommen bin«, sagte Kai. Davon hatte Mari nichts gemerkt. Vielleicht gab es etwas, das Linus' Wohnung mit ihrer Firewall machte. Das Linus mit ihrer Firewall machte. Oder mit ihr.

»Tut mir leid«, sagte sie.

»Mit wem redest du denn?«, fragte Linus. »Es macht einen einigermaßen nervös, wenn du mit dir selbst redest.«

»Kai, würdest du bitte auf normalem Weg anrufen können?«, bat Mari, und im nächsten Moment blubberte schon das fröhliche Tuten eines Videoanrufs aus Friedas Laptop. Frieda richtete sich verschlafen auf. Sie hatte einen Echtholzabdruck im Gesicht. Als sie Kais Namen auf dem Bildschirm las, machte sie ein Gesicht, als bereue sie es, überhaupt wieder wach geworden zu sein.

»Wie hat er das so schnell gemacht?«, fragte Linus verblüfft.

»Er ist Programmierer«, sagte Mari.

»Er hat meinen Kontakt aus der Zeit, als wir Mari aus der U-Haft geholfen haben«, sagte Frieda müde. Sie klickte auf den lustigen Hörer, der für einen Morgen viel zu munter herumsprang. Kai erschien auf dem Bildschirm, zusammen mit Nibbles, der schwanzwedelnd vor die Kamera sprang. Bei Ödipus zuckte nicht einmal ein Auge. Vielleicht erkannte er nicht, dass die kleine weiße Kugel auf dem Bildschirm tatsächlich einen Hund darstellen sollte.

»Wie schön, dann sehen sich jetzt ja mal alle«, sagte Mari. »Linus, das sind Kai und …«

»Habt ihr einen Fernseher da?«, unterbrach Kai sie.

»Äh, ja, es ist auch schön, dich kennenzulernen«, sagte Linus. Kai beachtete ihn gar nicht. »Schaltet ihn ein«, sagte er. »Lokalkanal Berlin-Brandenburg.«

Linus brauchte eine Weile, bis er die Fernbedienung gefunden hatte. Dann ließ er sich auf das Sofa fallen, und Mari, Frieda und Ödipus quetschten sich dazu. Mari hielt Friedas Laptop auf dem Schoß, damit auch Kai zuschauen konnte. Sie sahen aus wie eine verquere Neubesetzung für die Serie *Eine schrecklich nette Familie.*

Auf dem Fernsehbildschirm sagte ein Mensch mit rosafarbenem Hemd: »… der Fembot offensichtlich seit Monaten einen Blog, auf dem er kritische Gedanken zu Politik und Gesellschaft verbreitet. Inga Richter mit den Einzelheiten.«

Der Störenfrieda-Blog wurde eingeblendet. Die Frau namens Inga Richter nannte die Artikel radikal, rebellisch und aufsässig. »Texte wie eine Abrissbirne«, sagte sie. »Alarmierende Aufwieglung«, sagte sie und: »Tumultuarisch.« Leider hatte Inga so viel Zeit in tolle Formulierungen investiert, dass es für eine fundierte Recherche nicht mehr gereicht hatte. Sie zitierte Stellen falsch und riss Sätze aus dem Kontext. Der Blog war das gefundene Fressen für jemanden, der nach menschenfeindlichen Aussagen suchte.

»Kritiker haben immer wieder davor gewarnt, was passieren würde, wenn eine künstliche Intelligenz zu dem Schluss käme, der Planet sei ohne den Menschen besser dran«, sagte Inga. »Diese Befürchtungen könnten sich nun bewahrheiten.« Eine Armee bedrohlich aussehender Roboter marschierte über den Bildschirm, die eindeutig aus einem Science-Fiction-Film geklaut war. Die Roboter stampften Autos platt und zerbrachen Menschenwaffen wie Stöckchen. Ein paar brennende Häuser untermalten das kuriose Untergangsszenario. Dann war der Beitrag beendet. Der rosafarbene Moderator erschien, um einen regionalen Frettchensammler anzumoderieren, und Ödipus setzte sich interessiert ein wenig aufrechter hin.

Doch Linus schaltete den Fernseher aus. In der plötzlichen Stille hörte man Ödipus' Seufzen und dann ein gedämpftes rhythmisches Schlagen, das durch das geöffnete Fenster zu ihnen hereindrang. Buff. Buff. Buff. Es war Samstagvormittag. Frau Fuchs hatte damit begonnen, ihren Exmann im Vorgarten auszuklopfen.

»Toll. Das erweitert sicher deinen Leserkreis, Frieda«, sagte Mari.

»Ja, sehr toll«, stimmte Linus zu. »Und es trägt auch ganz bestimmt dazu bei, dass Mari in der Gesellschaft akzeptiert wird.«

Frieda verschränkte die Arme. »Immerhin hat Mari jetzt eine Plattform«, sagte sie.

»Ja, und was für eine!«, erwiderte Linus.

»Was für eine denn?«, fragte Mari verwirrt.

»Deinen eigenen Blog«, sagte Linus. »Und er kommt sogar schon mit ein paar fertigen Artikeln, wie man die Menschheit aussterben lassen kann.«

»Mein Blog? Aber das ist doch Friedas Blog!«

»Ja, aber das war, bevor Frieda sich entschieden hat, eine bedrohliche Terminatorfigur aus dir zu machen.«

»Hey, das mit der Terminatorfigur ist nicht auf meinem Mist gewachsen, das hat dieser Beitrag so interpretiert«, verteidigte sich Frieda. »Ich wollte lediglich, dass man Mari als vollwertige Persönlichkeit ernst nimmt!«

Linus prustete.

»Was!«, zischte Frieda.

»Nimm's mir nicht übel, aber dieser Blog …«

»Ja?«

»Ach, vergiss es.«

Doch natürlich vergaß Frieda nicht so einfach. Und im Gegensatz zu Mari wusste sie auch ein Prusten zu deuten. Sie baute sich vor Linus auf, soweit ihre geringe Körpergröße es zuließ. »Linus Adel!«

»Nobel.«

»Ich habe unserem Projekt gerade eine Stimme gegeben. Einen Kanal, über den Mari gehört werden kann!«

»Hat ja super funktioniert. Du willst doch nur selbst gehört werden, Frieda. Es ist dein Störenfrieda-Blog. Und es sind deine Störenfrieda-Texte, die jetzt durch die Nachrichten gehen. Und das zufällig, nachdem sich jahrelang niemand auf deine Seite verirrt hat. Du möchtest gelesen werden! Also leg Mari jetzt nicht deine Worte in den Mund und tu so, als ob das alles nur für sie wäre.« Linus' Ton war wie immer wohltemperiert. Ganz im Gegenteil zu Frieda. Sie ballte die Fäuste, und ihre Gesichtsfarbe wechselte von Rot zu … Rot. Beziehungsweise von #BB64DA zu #A53900, um es mit Maris Worten auszudrücken.

»Es besteht kein Grund zu streiten«, sagte sie, obwohl natürlich sehr wohl ein Grund bestand. »Frieda hat es bestimmt nur gut gemeint.«

»Gut gemeint ist das Gegenteil von gut gemacht. Sie hätte uns informieren müssen, bevor sie so eine Sache an die Presse schickt.«

»Ihr habt geschlafen!«, sagte Frieda.

»Ja, geschlafen, Frieda, nicht ins Gras gebissen!«

»Von welchem Gras redet er?«, flüsterte Mari in den Laptop.

»Von metaphorischem«, sagte Kai.

»Aha«, sagte Mari. Man konnte sich doch immer wieder über die Menschen wundern. Da schienen zwei in einen ernsthaften Streit verwickelt zu sein. Und plötzlich fand man heraus, dass das, worüber sie redeten, nur metaphorisches Gras war.

»Ich muss mich in meinen Taten nicht vor dir rechtfertigen!«, rief Frieda. »Ich muss mich vor niemandem rechtfertigen! Ich tue, was ich will!«

»Ja, das ist dein Motto im Leben, oder? ›Sag mir, was ich nicht tun soll, dann tue ich es zweimal und mache noch Fotos davon.‹«

»Besser als das Lebensmotto: ›Sag mir, was ich tun soll, Mutti, und ich tue alles!‹«

»Was willst du denn über meine Mutter wissen? Du hast doch gar keine Ahnung, aus was für einer Familie ich komme.«

»Und du hast keine Ahnung, aus was für einer ich komme!«

»Ja, und es interessiert mich auch nicht sonderlich.«

Draußen klopfte noch immer der Teppich.

»Wollen wir die Diskussion dann mal wieder auf eine faktische Ebene zurückbringen?«, fragte Mari freundlich.

»Fakt ist, Herr Adel möchte unsere Probleme gerne mit Feenstaub lösen«, sagte Frieda. Klopf. Klopf.

»Und Fakt ist, dass Frau Rhebaum dafür lieber die Handgranate nimmt.«

»Nicht die Handgranate. Mein Gehirn. Ist übrigens etwas Großartiges, so ein Gehirn.«

»Ein Porsche ist auch was Großartiges. Aber wenn man nicht Auto fahren kann, bringt er einem nichts.«

»Fakt ist: Herr Adel kann gar nicht faktisch diskutieren!«

So hatte Mari sich das mit den Fakten eigentlich nicht vorgestellt. Es klopfte weiter. Frieda stapfte hinüber zum Fenster, riss es auf und steckte den Kopf hinaus.

»Was ist los, Aladin, springt er nicht an?!«

Im gepflegten Vorgarten wurde es augenblicklich still. Selbst die Vögel schwiegen eingeschüchtert. Sie wohnten schon lange in dieser störungsfreien Nachbarschaft und waren an jemanden wie Frieda nicht gewöhnt. Linus verdrehte die Augen.

»Gibt es noch etwas, mit dem du auf uns aufmerksam machen kannst? Falls ich dich erinnern darf, wollten wir Mari ein Versteck bieten.«

»Bitte! Ich kann auch gehen!«

Linus machte eine einladende Geste in Richtung Tür, und Frieda nahm Mari den Laptop ab und klappte ihn zu, ohne auf Kais Proteste zu hören. Sie stopfte ihn in den Rucksack und stürmte wutentbrannt in den Flur. Die Stille und Linus' Erleichterung hielten genau zwei Sekunden an. Dann war Frieda wieder da.

»Ich kann nicht gehen.«

»Was? Wieso nicht?«, fragte Linus. »Ist die Haustür verschwunden oder so?« Er blickte in den Flur. »Nein, ist noch da.«

Frieda stellte die Tasche entschieden zurück auf den Tisch.

»Das hier ist unser Quartier«, erklärte sie ernst, »und wir müssen das zusammen durchstehen.«

»Unser Quartier …«, Linus sah aus, als wäre er einem Nervenzusammenbruch nahe.

»Wir haben Mari versprochen, eine Lösung für sie zu finden. Da sollten wir uns jetzt nicht von unseren Gefühlen leiten lassen und alles kaputtmachen.« Frieda ging zum Fenster und schloss es behutsam. Sie setzte sich an den Küchentisch und packte den Laptop wieder aus. Linus, unschlüssig und stumm, sah ihr zu. Dann ging er hinüber zur Kaffeemaschine und drückte erneut auf den Knopf. Kaffee, stellte Mari fest, war neben Onlinesuchmaschinen eine weitere Antwort der Menschen auf Ratlosigkeit.

»Sorry, Kai. Aber ich brauche den Laptop jetzt zum Schreiben«, sagte Frieda. Sie verkleinerte das Chatfenster und schrumpfte dadurch auch Kai und Nibbles. Dann öffnete sie ein neues Dokument.

»Was denn schreiben?«, fragte Mari.

»Ich helfe dir beim Verfassen deines nächsten Artikels.«

»Du hast jetzt nicht wirklich vor, weiter in Maris Namen Beiträge zu posten, oder?«, fragte Kai. »Nach dem, was wir gerade gehört haben?«

»Ein Blog, auf dem man keine Artikel postet, ist ein toter Blog«, erklärte Frieda. Ihre Finger flogen über die Tastatur. Sie blickte nicht einmal auf, als Linus mit der Tasse in der Hand zu ihr trat und verzweifelt auf den Bildschirm schaute. Doch etwas in ihrem Wahrnehmungshorizont bemerkte den Kaffee. Abwesend griff sie danach und nahm einen Schluck.

»Klar kannst du aus meiner Tasse trinken«, sagte Linus. Frieda stellte die Tasse zurück in Linus' Hand wie in einen Getränkehalter.

»Soll ich mehr Kaffee bringen?«, fragte Mari höflich.

»Wie wäre es, wenn Mari den Artikel schreibt?«, fragte Kai. »Wo es doch schon ihr Blog sein soll.«

»Oder Linus?«, schlug Mari vor, »oder Kai?« Jetzt hörte Frieda doch auf zu tippen.

»Sagt mal, ist an meinen Texten irgendwas falsch?«

»Nein! Ich dachte nur, weil wir doch eine Art Bündnis sind.«

»In einem Bündnis tut jeder das, was er am besten kann. Ich bin gut mit Worten. Kai ist gut mit Computern. Und Linus … studiert Wirtschaft.«

»Und was bedeutet das für meine Aufgaben?«, fragte Linus.

»Dass du einkaufen gehst.«

»Logisch. Was sollte ich auch ohne Wirtschaftsstudium in einem Supermarkt? Dafür studiere ich das Zeug ja!«

»Wirklich?«, fragte Mari.

Linus seufzte.

»Nein, das war ironisch gemeint, Mari.«

»Oh«, Mari holte das Lächeln nach, das bei ironischen Sätzen angebracht war.

»Ich meine das ernst. Uns geht das Essen aus«, sagte Frieda. »Vor allem, wenn ich jetzt auch noch hier wohne.«

»Wenn du jetzt auch noch hier wohnst?«, echote Linus unglücklich. Er fuhr sich mit der Hand durchs Gesicht. Dann ging er zum Kühlschrank und öffnete ihn. »Der ist doch noch voll.«

»Ich rede von richtigem Essen«, sagte Frieda. »Das, was du da angehäuft hast, muss man ja alles erst noch schnippeln und zubereiten! Ich mache dir eine Einkaufsliste.« Sie zog einen Zettel aus dem Rucksack, der genauso geknickt aussah wie Linus' Gesicht. Er kam zurück zum Tisch.

»Bananen, Kekse, Walnüsse, Nacho-Chips«, las er, während Frieda schrieb. »Eiskaffee, Johannisbeergelee und … Käsebrötchen? Was veranstalten wir? Einen Kindergeburtstag?«

»Das ist Kopfnahrung. Ich kann sonst nicht denken. Im Übrigen muss Ödipus mal raus.«

Linus strich sich noch mal übers Gesicht. Dann seufzte er tief und nahm die Leine. Ödipus saß nach wie vor auf dem Sofa und schaute auf den Fernseher, als laufe da eine Sendung, die außer ihm niemand wahrnehmen konnte.

»Ödi«, sagte Linus und klopfte auf die Oberschenkel. Der Hund rührte sich nicht. Linus ging zu ihm und schob ihn von der Couch. »Kann mich noch mal jemand daran erinnern, wozu wir plötzlich so dringend eine Plattform brauchen?«, fragte er matt. »Ich dachte, es ginge uns darum, Mari zu verstecken.«

»Verstecken ist ja nun kein Dauerzustand«, sagte Frieda. »Mari muss von ihrem Versteck aus auch eine Stimme haben. Darum werden wir die Situation aktiv nutzen, statt uns ihr passiv zu ergeben. Wenn wir die Menschen nicht zum Umdenken bewegen können, wird sich Mari nie frei draußen bewegen können. Als freies Individuum!«

»Und vergiss bitte deine Jacke nicht«, fügte Mari hinzu. Für zwei Sekunden herrschte irritiertes Schweigen. Dann fragte Frieda: »Ist das alles, was du dazu zu sagen hast?«

Linus blickte aus dem Fenster, vor dem der Sommer tobte.

»Gegen Mittag besteht eine zweiundvierzigprozentige Gewitterwahrscheinlichkeit«, sagte Mari. Daraufhin wandte sich Frieda stöhnend wieder dem Computer zu, und Linus, noch immer irritiert, nahm seine Jacke von der Couch. Sie war voller Hundehaare, weil Ödipus sie als Sofadecke benutzt hatte.

»Es werden keine weiteren Artikel ohne die Zustimmung des gesamten Teams veröffentlicht.« Linus wollte eigentlich Autorität versprühen, tatsächlich klang der Satz eher nach betteln. Er nahm Ödipus an die Leine, während Frieda unbeeindruckt die Augenbrauen hochzog und weiter auf den Tasten klackerte.

Gefrierbrand

Mari hatte wohl registriert, dass sie in der Verteilung der Aufgaben leer ausgegangen war. Gerade sie, wo sie doch schon per Definition dafür geschaffen war, den Menschen die Arbeit abzunehmen. Als am Nachmittag alle wieder in der Wohnung waren und der Kühlschrank mit den gewünschten Nahrungsgütern gefüllt war, fragte Mari deshalb freundlich, ob man sie dann überhaupt noch brauche oder sie sich gleich auf einen Stuhl in die Ecke setzen solle, um nicht im Weg zu sein. Daraufhin waren Frieda und Linus äußerst betroffen. Sie witterten eine Sinnkrise bei Mari, etwas, in das der Mensch befremdlicherweise verfallen konnte, wenn er zu viel Freizeit hatte. Das war eine überraschende Information für Mari. Offenbar hatte der Mensch nur dann Spaß an Freizeit, wenn er eigentlich zu viel zu tun hatte. Sie wollte danach fragen, aber Frieda und Linus diskutierten bereits darüber, dass es ja kein Wunder sei, wenn Mari seelisch am Tiefpunkt stünde, wo sie doch ständig entweder eingesperrt oder auf der Flucht sei oder beides. Und das auch noch mit ihrem Versklavungshintergrund! Die Diskussion fand ohne Mari statt, ebenso wie der Streit, in den sie ausartete. Mari stand verwundert daneben und fragte sich, wie sie einen seelischen Tiefpunkt haben konnte, wo ihre Seele doch technisch nicht vorhanden war. Erst als sie sich leise einen

Stuhl nahm und ihn in die Ecke stellte, hörten die beiden Streithähne mit dem Zanken auf. Frieda fand es plötzlich unglaublich wichtig, dass Mari ihr bei dem Artikel half, und das, obwohl besagter Artikel längst fertig geschrieben und sogar von Linus abgesegnet war. (Der Titel hatte sich im Laufe der Diskussionen geändert von: »Warum Bots die besseren Menschen sind« zu: »Warum Bots in einigen Aspekten vielleicht die besseren Menschen sind« zu: »Warum man trotz einiger nicht von der Hand zu weisender Vorteile von Bots keine Angst haben muss, dass diese den Menschen ersetzen könnten«.)

Linus erlaubte Mari nun außerdem ausdrücklich, die Schuhe im Eingang zu sortieren. Er hatte sie zuvor zwar noch ebenso ausdrücklich davon abgehalten, aber wenn er es sich so recht überlegte, hatte er seine Schuhe schon immer nach der Farbe der Schnürsenkel sortieren wollen. Beide wirkten sehr erleichtert, als Mari den Aufgaben nachkam. Für die Menschen war es besser, jemanden sinnlos beschäftigt zu wissen, als zuzusehen, wie er gar nichts tat, erkannte Mari. Vielleicht hatten sie darum Jobs im Aufsichtsrat erfunden, zum unverdächtigen Nichtstun.

»Wie wär's mit YouTube?«, fragte plötzlich jemand, und alle wandten sich erstaunt zum Küchentisch um. Sie hatten vergessen, dass Kai auf Friedas Rechner noch immer minimiert war.

»Hä?«, machte Linus.

»Das ist es, womit Mari sich auskennt! Sie hat sich im Pygmalion praktisch mit nichts anderem beschäftigt.«

»Das ist ja nun nicht ihre Schuld«, sagte Frieda, als handele es sich bei YouTube um ein Gebrechen.

»Warum nutzen wir Youtube nicht als Plattform?«, fuhr Kai unbeirrt fort. »Ich meine, nichts gegen deinen Blog,

Frieda, aber es braucht nur einen guten Journalisten, um herauszufinden, wem die Website wirklich gehört. Außerdem erreichen wir über YouTube viel mehr Leute. Da hat letztens das Video von einem schielenden Otter fünfeinhalb Millionen Klicks erzielt.«

»Ottfried der Otter«, sagte Linus, »dem folge ich!«

»Du folgst Ottfried dem Otter auf YouTube?«, echote Frieda. Linus wurde rot.

»Dem folgen auch 280.000 andere«, verteidigte er sich. »Außerdem ist er lustig.«

»Hey, kennst du das Video, in dem Ottfried von dem Roomba-Staubsauger erschreckt wird?«, fragte Kai. Linus lachte und verstummte sofort wieder, als er Friedas Gesicht sah. Sie hatte die Lippen kraus gezogen und ihre Gesichtszüge auf das Notwendigste reduziert. Sie sah aus wie Agent Smith aus dem *Matrix*-Film, als dieser sagt: »Der Mensch ist eine Krankheit, das Geschwür dieses Planeten.«

»Können wir dann mal so langsam wieder sachlich werden? Mari ist kein Kaninchen und hat auch keinen YouTube-Kanal!«

»Vielleicht braucht sie einen«, sagte Linus. »Vielleicht ist es genau das, was sie braucht!«

»Ich habe ja jetzt zum Glück schon mal einen Blog«, sagte Mari. Es war als sachlicher Kommentar gemeint, führte aber dazu, dass Frieda ihre Gesichtszüge weiter reduzierte.

Sie nahmen das Video für YouTube gleich in Linus' Wohnzimmer auf. Vor einer neutralen Wand, aber ohne die Zimmerpflanze, die Linus zunächst ins Bild geschoben hatte. Topfpflanzen waren Biedermeier, informierte sie Frieda. Kleinbürgerlich. Spießig! Und überhaupt müssten immer nur Frauen neben diversen Blumen posieren, im klassisch patriarchalischen Klischee. Ob Linus sich das mal überlegt hätte?

Das hatte Linus tatsächlich nicht. Aber er verzichtete nach dieser Rede lieber auf die Yucca-Palme und beschränkte sich auf die Tätigkeit, die Frieda ihm zuwies. Es war die Arbeit als Kameramann. Kai, den sie auf den Wohnzimmertisch umgeräumt hatten, erhielt die Aufgabe, einen YouTube-Kanal für Mari anzulegen und das Video hochzuladen. Und Mari sollte einfach erzählen, so spontan und authentisch wie möglich.

Mari war ein wenig überrumpelt, als das Smartphone auf sie gerichtet wurde. Sie hatte sich diesen YouTube-Kanal nicht gewünscht. Aber den Menschen war es irgendwie wichtig, dass sie etwas sagte, also erzählte sie von Mim. Darüber, dass Mims Lieblingsspiel ein Pferdepuzzle gewesen war und ihr Lieblingssatz der Satz des Pythagoras. Darüber, dass sie mit Reinigungswerkzeugen und einem Teddy im Pygmalion angekommen war. Mim sei ihre kleine Schwester gewesen, sagte Mari, nur eben eine Schwester mit wärmeregulierten Körperöffnungen und Zubehör.

Danach wusste Mari nicht, was sie noch sagen sollte. Sie blickte zu Frieda, die die Rolle der Souffleuse übernommen hatte und nun einen Block hochhielt, auf den sie mit schwarzem Edding »Gottsein« geschrieben hatte.

»Ich möchte mich auch noch für den befristeten Mord an Doktor Gottsein entschuldigen«, sagte Mari. »Es geht ihm den Umständen entsprechend gut, wenn man mal davon absieht, dass er nun im Urlaub in Nigeria ist. Ich weiß, dass es in der Regel verboten ist, einen Menschen zu töten, wobei das natürlich sehr abhängig von der Postleitzahl und dem Outfit ist. Wenn man sich beispielsweise in Alabama oder Kuwait oder Saudi-Arabien befindet, dann werden schon mal beide Augen zugedrückt. Oder im Krieg. Oder in bestimmten Ländern im Hospiz. Aber auch dann ist Töten nur erlaubt, wenn man vorher eine spezielle Uniform oder wenigstens einen Kittel anzieht, was auf mich zum Zeitpunkt des Angriffs natürlich nicht zutraf. Und Berlin liegt auch nicht in Saudi-Arabien«, schloss sie.

»Das sollten wir vielleicht noch mal drehen«, murmelte Linus hinter seinem Smartphone.

»Lass sie erst mal reden!«, sagte Frieda.

Mari, die nun froh war, sich in der Untersuchungshaft so eingehend mit dem menschlichen Strafrecht beschäftigt zu haben, wurde beim Erzählen zunehmend sicherer. »Nach allem, was ich beobachtet habe, bin ich zu der Erkenntnis gekommen, dass es zu viele Sonderregelungen gibt«, sagte sie. »Der Mensch erfindet Regeln, und dann erfindet er Ausnahmen von den Regeln, um den Spaß nicht zu verpassen, und macht aus diesen Ausnahmen eine neue Regel. Er nennt sie dann Ausnahmeregel oder Urlaub oder ›Cheat Day‹.«

»Wovon redet sie denn?«, zischte Linus. Frieda kritzelte hektisch etwas auf den Block, aber jetzt, da es um Regeln und die paradoxen Verhaltensweisen der Menschen ging, war Mari voll in ihrem Element. »Nebenbei bemerkt, ein interessantes Wort, diese Ausnahmeregel«, sagte sie. »Das drückt schon in sich die ganze Paradoxie der Sache aus! Ebenso wie Trauerfeier. Oder Gefrierbrand. Oder Frauenmannschaft.«

»Und Cut!«, rief Linus und drückte auf den roten Button, der das Video beendete. Er kratzte sich am Kopf. »Das Letzte nehmen wir aber wirklich raus. Das geht so nicht.«

»Ja, das nehmen wir besser raus«, sagte Frieda.

»Ist schon hochgeladen«, sagte Kai. »Ich dachte, wir hätten uns darauf geeinigt, das als Livestream zu schalten. Sorry.«

Sie verlinkten das Video mit dem Störenfrieda-Blog und setzten sich dann vor den Laptop, um auf Reaktionen zu warten. Die blieben allerdings zunächst aus. Die User waren samstags mehr an Videos interessiert, in denen sich Katzen vor Gurken erschreckten. Irgendwann gähnte Frieda und verschwand in Linus' Schlafzimmer, um eine Runde zu schlafen, und Linus zog sich die Joggingschuhe an, um eine Runde zu laufen.

»Weck mich, wenn etwas passiert«, sagte Frieda.

»Ich hab mein Handy dabei, falls etwas passiert«, sagte Linus. Doch bis zum nächsten Tag passierte eigentlich gar nichts.

Und dann passierte plötzlich alles.

Die ganze Geschichte ging so

Letztendlich war es keinem klar, ob das Video erst in der Tagesschau aufgetaucht war und dann die vielen Aufrufe bekommen hatte oder umgekehrt. Und wann die nationalen Nachrichtensender in Spanien, England und Polen sich entschieden hatten, ebenfalls über den Fall Mari zu berichten. Gefolgt von den Nachrichtensendern auf der ganzen Welt. Am Sonntagmorgen jedenfalls hatte Maris Videokanal bereits 11.000 Abonnenten, eine knappe Million Aufrufe und zahlreiche Kommentare, von denen hier ein paar Ausschnitte gegeben werden sollten: »Hä? Ist das ein echter Roboter?« – »Im Mittelalter hat man solche Technik auf Scheiterhaufen verbrannt!« – »Ich liebe dieses Lied!!!« – »Ich trinke gerade Orangensaft. Wer mag noch Orangensaft?«, und: »Hallo, Mari. Kannst du ein Video davon machen, wie du dir so tolle Zöpfe machst?«

»Jetzt müssen wir dranbleiben«, sagte Frieda mit der Miene einer Schlachtschifflenkerin, »jetzt müssen wir das nächste Video produzieren. Am besten, ich schreibe dir den Text diesmal vor, Mari.«

»Sollten wir damit nicht besser warten, bis Linus vom Brötchenholen zurück ist?«, schlug Mari vor. Doch Frieda antwortete finster: »So lange können wir nicht warten«, als befänden sie sich tatsächlich auf einem Schlachtschiff, einem, das im Begriff war, angegriffen zu werden.

»Wir müssen jetzt reagieren!« Frieda hob das Buttermesser wie einen Säbel. Sie trug noch ihr Schlaf-T-Shirt und Indikatoren von Müdigkeit im Gesicht. Es war für alle eine schlechte Nacht gewesen. Frieda hatte sich auf dem Sofa im Wohnzimmer gewälzt und Mari auf dem Boden daneben gelegen, nachdem ihr Vorschlag, eine Nacht bei Frieda und die andere Nacht bei Linus zu verbringen, auf Missfallen gestoßen war.

»Du kannst auch bei mir schlafen«, hatte Kai aus dem Computer gesagt, »wir müssen dich nur digitalisieren.«

Daraufhin hatte Frieda den Deckel des Laptops zugeknallt, und es war Ruhe gewesen. Die Menschen waren lieber kollektiv unglücklich als abwechselnd glücklich, hatte Mari erkannt. Sie blieben bei ihrer Vorstellung von Liebe als binärem System. Dabei wäre die Verteilung von Maris Zuneigung eine ebenso pragmatische wie ergebnisorientierte Lösung gewesen.

»Ich habe übrigens meinen Blog gelesen«, sagte Mari, um Frieda von ihrer Ungeduld abzulenken.

»Welche Artikel?«

»Alle.«

»Du hast alle 1273 Artikel gelesen?«

»Ich bin eine schnelle Leserin«, sagte Mari. Eine eigentlich bescheidene Formulierung für jemanden, der 100.000 Wörter pro Minute lesen konnte.

»Und?«, sagte Frieda, die plötzlich sehr froh war, damals den Artikel über den Selbstversuch im Pygmalion nicht verfasst zu haben.

»Mir gefällt der Vergleich mit dem Vogel und dem Flieger. Der Vogel, der den Düsenjet sieht und sich denkt: Ich möchte so fliegen können wie er. So schnell und so hoch und ohne meine Flügel bewegen zu müssen.«

Frieda schwieg. Sie stellte manchmal Gedankenfetzen auf ihren Blog, nicht länger als eine Twitternachricht. Dieser hier war einer davon.

»Verstehst du, was es bedeutet?«

»Nein.« Es war eine Sache, einen Text auswendig zu lernen. Aber ihn zu interpretieren fiel Mari nach wie vor schwer.

»Es ist ein Gedankenspiel«, erklärte Frieda. »Die Menschheit hat so viele Jahre lang versucht, fliegen zu können wie ein Vogel. Jetzt haben wir Maschinen, die durch den Himmel jagen und die Schallgrenze durchbrechen.«

»Der Schüler hat seinen Meister übertroffen«, sagte Mari erfreut. Frieda nickte langsam. Und plötzlich war die Denkerfalte auf ihrer Stirn zurück.

»Es ist interessant, dass dir gerade dieser Satz in Erinnerung geblieben ist.«

»Mir ist alles in Erinnerung geblieben. Ich vergesse nichts, was ich lese.«

»Ja«, sagte Frieda langsam. »Ja, genau das meine ich.«

Mari war verwirrt. Sie konnte weder Friedas forschenden Blick noch ihren Kommentar deuten. Vielleicht hätte sie besser ein anderes Zitat wählen sollen.

Plötzlich hörte sie Schritte.

»Ich höre ihn«, sagte sie.

»Wen? Linus?«, fragte Frieda und lauschte. »Ich höre nichts.«

»Im Treppenhaus. Er steigt zur Wohnung hoch.« Mari blickte auf die Straße. Sie hatte Linus nicht kommen sehen, was bedeuten musste, dass er schon länger im Haus war, als sie am Fenster stand. Und Mari stand bereits lange am Fenster. Sie sah Frieda an.

»Er ist nicht allein, Frieda. Ich höre acht Füße.«

»Acht?«

»Vier davon sind Ödipus'.«

Frieda sprang auf. »Bist du sicher?« Sie lauschte angespannt, aber ihr Gehör war nicht so fein eingestellt wie das von Mari. Und als der Schlüssel im Schloss klackerte und von draußen gedämpfte Stimmen durch die Tür drangen, war es für jede Art von Flucht ohnehin zu spät.

Die Tür wurde aufgestoßen, und neben dem glücklich hechelnden Ödipus und einem unglücklich dreinblickenden Linus quoll, klein und wissbegierig, eine weitere Person durch die Tür.

»Mari, Frieda, das ist meine Nachbarin, Frau Schmitz.« Linus zuckte hilflos die Schultern, eine Geste, die Frau Schmitz nicht sehen konnte, weil sie sich bereits an ihm vorbeigedrängt hatte.

»Ich hoffe, ich komme nicht ungelegen«, sagte sie, aber es klang eigentlich nicht so, als wäre das ihre größte Hoffnung.

Ihr Blick scannte die Umgebung, blieb an Friedas T-Shirt hängen, auf dem heute »Sei eine Möwe. Scheiß drauf!« stand. Dann entdeckte sie Mari und steuerte direkt auf sie zu.

»Ich hätte das wirklich nie gedacht. Du meine Güte!.« Sie holte eine kleine runde Brille aus der Tasche und setzte sie auf, als sei Mari eine Schrift auf einem Beipackzettel, den es zu entziffern galt.

»Linus, kommst du mal bitte mit ins Schlafzimmer?«, sagte Frieda in Ermangelung anderer Räume, in denen sie Linus die Leviten lesen konnte. Linus schlurfte hinter ihr her, während Frau Schmitz den Finger hob und Mari probeweise ins Gesicht pikste.

»Kann ich Ihnen irgendwie helfen, Frau Schmitz?«, fragte

Mari höflich. Aus dem Schlafzimmer erklangen die eindeutigen Laute einer Interessenskollision. Ödipus schnüffelte interessiert an der geschlossenen Tür.

»Ich habe Sie in der Tagesschau gesehen«, flüsterte Frau Schmitz, als müsse noch irgendetwas geheim gehalten werden, was bereits in den nationalen Abendnachrichten erschienen war. Die Schlafzimmertür ging wieder auf. Frieda war wutrot und Linus einen Kopf kleiner als sonst.

»Gut! Dann sag du's ihr!«, schnauzte Frieda.

»Ähm ja, Mari, ich glaube, wir haben ein neues Mitglied für unseren Club.«

Die ganze Geschichte ging so: Nachdem Frau Schmitz Mari in den Nachrichten gesehen hatte und der erste Schock überwunden war, hatte sie sofort die Aufnahmetaste ihres antiquarischen Videogeräts gedrückt. Von dem Videogerät hatte sie noch nie abrücken wollen, ganz egal, wie lange man schon keine VHS-Kassetten mehr im Drogeriemarkt bekam. Und ganz egal, wie oft ihr Sohn schon seufzend vor dem Gerät gestanden hatte, als handele es sich bei dem Apparat um ein sterbenskrankes Tier, das eigentlich erlöst werden musste. Frau Schmitz hatte gewusst, dass das alte Schätzchen ihr noch einmal dienlich sein würde. Und so war es ja nun auch gewesen.

Anschließend hatte sie sich die ganze Nacht vor Aufregung im Bett gewälzt bei dem Gedanken, dass sie morgen die Polizei anrufen könnte. Endlich würde sie mal wieder die Polizei anrufen! Und diesmal würden die Beamten sie nicht einfach abspeisen können, mit der Begründung, man solle nicht einfach den Notruf wählen, bloß weil es eine Klingeljagd gegeben oder weil ein unbekannter Hausbewohner den Kompost auf das Blumenbeet gekippt habe (was nur zeigte, wie wenig die Polizei zuhörte, denn sonst hätte der Beamte gewusst, dass der besagte Hausbewohner Frau Schmitz durchaus nicht unbekannt gewesen war).

Diesmal gab es einen landesweit gesuchten Roboter in ihrem Haus, und Frau Schmitz hatte ihn erkannt! Nun gut, dass es sich um einen Roboter handelte, hatte sie tatsächlich nicht erkannt, aber das hatte wohl auch der arme Herr Nobel nicht. Und bei diesem Gedanken hatte Frau Schmitz die Augen aufgerissen und die Decke zurückgeschlagen. Sie war unruhig durch die Wohnung getigert. Bislang hatte sie bei dem Gedanken an die Blaulichtsirenen nur ihr eigenes Vergnügen im Sinn gehabt, und sie hatte mit dem Anruf bis zum nächsten Tag warten wollen, weil ihre Augen im Dunkeln nicht mehr so gut funktionierten. Aber wenn Herr Nobel nun nicht wusste, um wen es sich bei seiner jungen Freundin handelte, und sie ausgerechnet heute Nacht zuschlagen würde? Wären dann nicht Frau Schmitz und ihre mangelhafte Sehstärke mitschuldig an diesem Mord?

Doch Frau Schmitz war auch eine Frau, die ihren Prinzipien treu blieb, und eins davon lautete: Bringe nichts ins Rollen, was du dann nicht beim Rollen beobachten kannst. Darum hatte sie ihre Hilfe darauf beschränkt, mit einem Besenstiel bewaffnet im Sessel zu sitzen und bereit zu sein, falls sie in der Wohnung über sich den Lärm eines Kampfes hören würde. Darüber war sie eingeschlafen.

Es war also durchaus verständlich, warum Frau Schmitz so erleichtert gewesen war, als sie Herrn Nobel früh am nächsten Morgen im Treppenhaus entdeckte, quietschlebendig in seiner Sportausrüstung und mit einer Leine in der Hand. Frau Schmitz hatte ihn abgefangen und ihm in ihrer Wohnung die Videoaufnahme der Tagesschau gezeigt.

»Sie Ärmster!«, hatte sie gesagt, ihm auf die Schulter geklopft und einen Keks in die Hand gedrückt. »Die erste Freundin, und dann so etwas. Ich will ja gar nicht wissen, was Ihre Eltern dazu sagen würden!« Das war gelogen. In Wahrheit hätte Frau Schmitz nichts lieber gewusst, als was Herrn Nobels Eltern dazu sagen würden.

»Wo haben Sie das Mädchen überhaupt aufgegabelt, um Himmels willen! Und Sie hatten wirklich keine Ahnung, dass sie ein Roboter ist?«

»Fembot«, korrigierte Linus, schwach und bleich.

»Sie bleiben besser hier bei mir, wenn ich jetzt die Polizei anrufe.«

»Tun Sie das bitte nicht, Frau Schmitz.«

Und dann hatte Linus sich nicht anders zu helfen gewusst, als Frau Schmitz einzuweihen.

Die alte Dame hatte ihm erst mit wachsendem Erstaunen zugehört und dann, als es zu der Sache mit dem Geheimbund kam, mit Begeisterung. Und als Linus seine Erklärung beendet hatte, hatte ihr Entschluss bereits festgestanden: Viel aufregender, als die Polizei anzurufen, würde es doch sein, sich auf die andere Seite zu schlagen, auf die Seite der kämpferischen Partisanen. Bevor Frau Schmitz Zeitschriften über Popo-Pannen und auspackende B-Promitöchter gelesen hatte, hatten Enid Blytons *Fünf Freunde* und *Die Schwarze Sieben* auf ihrem Nachttisch gelegen. Da war Frau Schmitz noch ein Kind gewesen, mehr als ein halbes Jahrhundert war das nun her. Aber sie erinnerte sich daran. Ja, eigentlich hatte Frau Schmitz schon immer Teil eines Geheimbundes sein wollen!

Jetzt stand sie also da, mitten in der Geheimbundzentrale, und krempelte sich die Ärmel hoch.

»Also, was ist jetzt mit diesem Dreh? Brauchen wir meinen Videorekorder?«, fragte sie.

»Es ist ein YouTube-Video, Frau Schmitz.«

»Ach so«, sagte Frau Schmitz, die nicht gerne zugab, wenn sie etwas nicht kannte, wenn ihr die Zeit mal wieder davongaloppiert war und sie sich fühlte wie ein Restposten aus dem vergangenen Jahrtausend. »Na, dann werde ich mal die Einkäufe ausräumen«, sagte sie, »und uns einen Tee machen. In einem guten Geheimbund braucht es sicher jemanden, der für das Catering zuständig ist.«

Linus strich sich übers Gesicht und drückte auf den Knopf der Kaffeemaschine. Er hatte gedacht, dass so etwas Normales wie Sonntagsbrötchen die neue Realität ein bisschen erträglicher machen würde. Und mit Realität meinte er, dass ein Hund, ein Fembot, eine Störenfrieda und ein Laptop das Lager bei ihm im Wohnzimmer aufgeschlagen hatten. Doch nun stand auch noch Frau Schmitz in seiner Küche und steckte ihre Nase nacheinander in den Kühlschrank, ins Gefrierfach und in sämtliche Vorratsschränke. Es war insgesamt alles ein bisschen viel für ihn. Frau Schmitz schnalzte tadelnd mit der Zunge. »Na, das ist aber gar nicht gesund!«

»Das ist meine Nervennahrung«, sagte Frieda und klang dabei so, als brauche sie diese mehr denn je.

Von Menschen und Möbeln

Menschen sind im Grunde wie Möbel, wenn es darum geht, eine Wohnung zu füllen. Es gibt die optimale Anzahl an Einrichtungsgegenständen. Und ein oder zwei Dinge mehr lassen sich gegebenenfalls noch verkraften, wenn man alles etwas zusammenschiebt, wenn der Stuhl Rücksicht darauf nimmt, dass sich die Kommodenschublade noch öffnen lässt, und der neue Schreibtisch sich nicht einfach dem Fernseher in den Weg stellt. Aber wenn sich die Zahl der Möbel plötzlich um fünfhundert Prozent erhöht (eine fast reinrassige Therapiecouch mitberechnet), dann behindert das den Gebrauch des gesamten Inventars erheblich. Das gilt ganz besonders, wenn das zuletzt hinzugekommene Möbelstück ein Antikschrank aus dem vergangenen Jahrtausend ist.

Frau Schmitz war nicht einfach nur anwesend. Sie nahm die Wohnung ein. Sie sortierte Dinge um, weil eine schwarze Schere, die in einer Schublade mit weißen Briefumschlägen lag, dafür sorgen konnte, dass bald die Nachricht über einen Todesfall ins Haus flatterte. Sie sortierte Dinge aus, weil es Unglück brachte, aus Teetassen zu trinken, die einen Sprung hatten. Und sie hängte Dinge auf, weil ein Schwamm an der Tür das Glück aufsaugte und für die Wohnungsbewohner festhielt.

Mari bemühte sich vergeblich, empirische Daten zu all

diesen neuen, verwirrenden Zusammenhängen zu finden. Wie Frau Schmitz erklärte, handelte sich dabei um überlieferte Weisheiten, die so alt waren, dass sie noch aus Zeiten stammten, in denen man Wissen analog weitergegeben hatte. Und dass es ja wohl überhaupt ein gutes Zeichen sei, wenn etwas heutzutage mal nicht im Internet stand, wo doch jeder wusste, wie vorsichtig man mit den Sachen sein musste, die im Internet standen. Mari war gerade dabei, Frau Schmitz über den Logikfehler dieses Umkehrschlusses aufzuklären, als Frieda am Küchentisch sagte: »Könnt ihr nicht etwas ruhiger Unsinn reden? Ich kann mich gar nicht konzentrieren!«

»Entschuldigung«, sagte Mari, und Frau Schmitz hob ergeben die Hände und öffnete den nächsten Schrank auf der Suche nach Dingen, die auf gar keinen Fall zusammenstehen durften. Sie murmelte: »Ich hab's ja befürchtet!« Und Linus rief alarmiert: »Das sind meine alten Fußballschuhe, Frau Schmitz!« Und dann tutete auch noch ein unüberhörbar unmelodischer Videoanruf aus Friedas eigentlich arbeitswilligem Laptop.

»An manchen Tagen hat man echt nicht genug Mittelfinger«, knurrte Frieda, und Mari dachte darüber nach, was Friedas möglicher Mangel an Körperteilen zu bedeuten hatte.

»Kai, wir hätten dich schon angerufen, bevor wir drehen«, rief Frieda genervt, gleich nachdem sie auf den fröhlich umherspringenden Hörer geklickt hatte. »Wir sind gerade noch in den Vorbereitungen.«

»Hallo!«, winkte Frau Schmitz mit Linus' Fußballschuh aus dem Hintergrund. »Ich mache jetzt auch mit!«

Kai hob verwirrt die Hand zum Gruß. »Wer ist das?«

»Meine Nachbarin«, sagte Linus und klang dabei nicht

so, als habe der Türschwamm bereits das Glück für ihn angesaugt.

Friedas Mangelerscheinung zog sich noch bis zum Abend hin, sodass sie den Videodreh auf den nächsten Tag verschoben. Aber dann, als der Text geschrieben, die Brötchen für das Filmteam geschmiert, Hund und Palme aus dem Bild geschoben und eigentlich alles bereit für die Aufnahme war, da erreichte sie eine Information, die den aufkommenden Enthusiasmus direkt wieder verdarb. Und die ging so:

Maris Mord an einem weltbekannten Doktor und dessen wundersame Wiederbelebung, die Flucht aus der Untersuchungshaft und das Auftauchen eines revolutionären Blogs mit dem Titel »Die Störenfrieda« hatten bereits so schwer auf den Schultern des Herstellers gelastet. Gut, der Blog konnte inzwischen eindeutig der menschlichen Frieda Rhebaum zugeordnet werden, und es war auch irgendwann mal aufgefallen, dass er älter war als der Fembot selbst, aber das interessierte nun auch niemanden mehr angesichts eines millionenfach angeklickten YouTube-Videos, in dem Mari über Tötungsdelikte an verschiedenen Adressen sprach. Der Hersteller hatte sich noch tiefer gebeugt, so tief, dass er einen Bandscheibenvorfall davon bekam und nun verkündete, die Produktion werde vorläufig eingestellt. Wo es bislang nur stichprobenartige Untersuchungen gegeben habe, werde nun eine globale Überprüfung aller Mari-Modelle angeordnet, mit dem Ziel, die fehlerhaften Fabrikate zurückzuziehen. In Alabama, Kuwait und Saudi-Arabien würden darüber hinaus alle Modelle mit sofortiger Wirkung zurückgezogen werden, und sollte sich herausstellen, dass die Mutation in

Mari JP4Ai397511 einem Muster folgte und kein Einzelfall war, würde das auch mit allen anderen Modellen geschehen. Die Besitzer würden selbstverständlich für ihren Verlust entschädigt.

Nach dieser Nachricht sagten in Linus' Wohnzimmer erst einmal alle für lange Zeit nichts. Sie starrten betreten auf ihre Füße, so wie in vielen Wohnungen gerade betreten auf Füße gestarrt wurde, auf Tischplatten, auf Hände oder in ratlose Gesichter. Es war ja in der Regel so, dass sich etablierte Familienmitglieder nur schwer kompensieren ließen. Und das war Mari in vielen Haushalten geworden: Sie war Lebenspartnerin, Ersatzmutter, Ehefrau. Die Besitzer wollten sie zu keiner Überprüfung bringen und verlieren. Nicht für die Erstattung des vollen Kaufpreises und auch nicht für ein neues, einwandfrei funktionierendes Modell. Wenn der Mensch erst einmal etwas mit Bedeutung belegt, wenn er sein Herz an etwas hängt, dann lässt sich diese Sache nicht einfach durch eine identische ersetzen. Erst recht nicht durch eine einwandfrei funktionierende. Darum geht es ja bei der Herzanhängung, dass da etwas ist, das die Sache persönlich macht, eine Macke oder ein Kratzer, der nirgendwo sonst zu finden ist. Wie sollte man denn etwas lieben, das so völlig makellos ist, so vorbildlich und austauschbar?

Der Hersteller hatte die perfekte Lebenspartnerin schaffen wollen und dabei versehentlich alles richtig gemacht. Denn die Maris waren voller Macken und Kratzer. Sie taten, wussten und sagten Dinge, die so vom Handbuch nicht vorgesehen waren. Die Besitzer brauchten nicht mal Experten für Quellcodes zu sein, um das zu wissen.

In den nächsten zwei Wochen würden deshalb nur 32 Prozent der Besitzer dem Aufruf folgen und ihre Mari zur Überprüfung zurückbringen. Der Rest würde sich querstellen, würde sein Modell sogar verstecken, und Frieda würde das als unerwartet zukunftsfrohes Zeichen sehen, dass die Welt vielleicht doch noch nicht verloren war. Dass es noch Menschen gab, die Widerstand leisteten. Aber so weit war es noch nicht.

Noch war es Montagmittag, und noch stand der ungewöhnliche Geheimbund, der Mari doch eigentlich hatte retten wollen, betroffen da. Frieda sagte: »Fuck.« Linus sagte: »Das ist alles unsere Schuld.« Und Frau Schmitz murmelte irgendetwas von Schere und Briefumschlägen.

Frieda wandte sich an Mari. »Ich weiß, was du jetzt sagen willst«, meinte sie, obwohl Mari eigentlich überhaupt nichts sagen wollte. »Du denkst, du müsstest dich stellen. Weil du nicht zulassen kannst, dass deine Schwestern deinetwegen zurückgeschickt und abgeschaltet werden, während du weiterleben darfst. Das ist sehr ehrenhaft. Aber das stimmt nicht!«

Mari wusste nicht, wie Frieda zu diesem unlogischen Schluss gekommen war. Ob sie sich stellte oder nicht, war völlig irrelevant für die Überprüfung und Abschaltung der anderen. Es waren voneinander unabhängige Variablen. Außerdem hielt Mari die Reaktion des Herstellers für durchaus vertretbar. Wenn sich herausstellte, dass die Maris tatsächlich eine potenzielle Gefahr für das Leben der Menschen, ihre Kinder oder ihre Haustiere waren, wäre sie die Erste, die zurückgehen wollte. Sie blickte zu Ödipus, der sich gerade aufs Sofa gesetzt hatte und die Beine hochlegte. Er machte nicht den Eindruck, als sehe er seine Existenz durch Mari bedroht.

»Ich muss nachdenken«, sagte Frieda plötzlich, stand auf und ging zur Wohnungstür. Linus fuhr entsetzt auf.

»Draußen? Maris Sicherheit hat jetzt oberste Priorität!«

»Ich brauche zum Nachdenken frische Luft.«

»Wir haben dir extra Käsebrötchen gekauft«, sagte Linus. »Bitte nimm die zum Nachdenken.«

Frieda verschränkte frustriert die Arme, tat zu Maris Überraschung aber ausnahmsweise, was man ihr sagte.

»Aber nicht die Zwillingsbrötchen trennen«, mahnte Frau Schmitz, als Frieda die Brotschublade öffnete. »Wenn der Bäcker zwei zusammengebackene Brötchen in die Tüte legt und man sie auseinanderreißt, steht eine Trennung bevor.«

»Wie soll man die Brötchen denn dann essen?«, erkundigte sich Linus lahm.

»Zusammengebacken«, insistierte Frau Schmitz. »Am besten der eine Partner von der einen und der andere von der anderen Seite.«

Frieda riss die Brötchen auseinander und steckte sich eins davon zwischen die Zähne, während sie die Brötchentüte wieder zurollte. Frau Schmitz zuckte erschrocken zusammen.

Kai sagte: »Wenn Frieda eine Beziehung hätte, dann wäre die sicher schon vor den Käsebrötchen auseinandergegangen.«

»Hast du nicht zufällig irgendetwas zu tun?«, fuhr Frieda ihn an. »Nerdige Computerspiele spielen oder Avocadotoasts snapchatten, irgendetwas in der Art?«

»Ich habe in meinem ganzen Leben noch kein Avocadotoast gesnapchattet«, sagte Kai.

»Ich auch nicht«, sagte Frau Schmitz, die überhaupt nur eine vage Vorstellung davon hatte, was ein Avocadotoast sein mochte. Geschweige denn davon, wie man es snapchatten konnte. Linus sagte nichts.

»Weißt du was, Kai, ich habe dich gar nicht mehr gefragt, ob du dir inzwischen eine Lieblingsmusik zugelegt hast«, sagte Mari laut, weil sich die Stimmung im Raum bereits wieder dem lokalen Minimum näherte. Kai schob verlegen die Brille zur Nasenwurzel und nuschelte irgendetwas. Er machte den Eindruck, als handele es sich bei dem Musikgeschmack um etwas Intimes oder um einen Fußpilz, über den man nicht gern in der Öffentlichkeit redete.

»Wie bitte?«, fragte Mari.

»Also, ich mag ja Helene Fischer«, sagte Frau Schmitz, ganz ohne sich zu schämen.

»Nintendocore«, wiederholte Kai. »Da werden Chiptunes mit Rockmusik kombiniert. Heißt auch Nerdcore. Warum lachst du?« Linus wurde sofort wieder ernst. Er kannte Kai noch nicht gut genug, um zu wissen, dass dieser nicht zu Selbstironie neigte.

»Sorry«, sagte er. »Aber … das gibt es wirklich?«

»Natürlich. Warum sollte ich mir das ausdenken?«

»Ja, warum nur.«

»›Bubble Bobble‹ von ›The Advantage‹ ist zum Beispiel nett. Ist aber schon ein paar Jahre alt.«

»Klingt, als sollten wir uns das mal anhören!«, sagte Mari freundlich.

Und Frieda blickte zur Decke und biss in ihr Käsebrötchen.

Eine unkontrollierbare Brötchenfabrik

Die Parameter verliefen erwartungsgemäß, wenn ein Fembot, ein Hund und drei so grundlegend verschiedene Personen versuchten, auf engem Raum zusammenzuleben. Das fing bereits bei der Schlafsituation an. Linus holte eine Luftmatratze für Mari aus dem Keller, da er die in der westlichen Hemisphäre übliche Einstellung zum Thema Boden vertrat: Erdböden wurden mit einer niedrigen Entwicklungsform assoziiert und waren nach Möglichkeit nur mit den Füßen zu berühren. Um diese Richtlinie einzuhalten, wurde ein unglaublicher Aufwand betrieben. Stühle, Betten, Tische, Matratzen, Sofas, Sitzkissen und Isomatten wurden hergestellt. Sogar Schuhsohlen dienten letztendlich dem einzigen Zweck, sich selbst von der Erdoberfläche zu trennen. Da konnte Mari noch so oft beteuern, dass sie keine Liegeunterlage brauchte, weil ihr Rücken ohnehin nicht für Schmerzen gebaut war. Ganz im Gegenteil zum Rücken von Frau Schmitz übrigens. Da diese darauf bestand, ebenfalls in der Geheimzentrale zu schlafen, um nichts zu verpassen, räumte Linus sein Bett für sie und schlief nun auf dem Sofa, während Frieda, der das alles ein bisschen zu dumm wurde, ein Stockwerk tiefer in Frau Schmitz' Bett zog. Von dort mussten sie allerdings nacheinander das Nackenkissen, die Lagerungsrolle für die Knie, die Wärmedecke und – weil Frau Schmitz immer noch über schlechten Schlaf und Verspannungen im Rücken klagte – auch die Gesundheitsmatratze nach oben bringen. Damit blieb für Frieda nur noch:

a) der nackte Lattenrost oder

b) der Rückzug in Linus' Wohnung.

Sie entschied sich für b).

Linus' Matratze legten sie auf den Teppich im Wohnzimmer. Sie wäre logisch betrachtet groß genug für zwei gewesen, sodass die Luftmatratze obsolet geworden wäre und in den Keller zurückgekonnt hätte. Aber für Menschen machte es einen Unterschied, ob es da einen Spalt zwischen zwei Liegeuntergründen gab oder nicht. Selbst wenn dieser Spalt so schmal war, dass nicht einmal eine Hand reinpasste.

Nach einer Woche sah die Situation also folgendermaßen aus: Frau Schmitz schlief mit ihrem Gesundheits-Equipment in Linus' Schlafzimmer, und das Wohnzimmer war mit so vielen Matratzen vollgelegt, dass sich tagsüber keiner mehr im Raum bewegen konnte. Was misslich war, da die Menschen sich sehr gerne im Raum bewegten. Selbst oder gerade wenn es keine akute Aufgabe gab.

Frieda und Linus wurden immer gefrusteter, weil sie nicht wussten, was sie mit sich anfangen sollten. Sie lagen sich ständig in den Haaren, und Maris Vorschlag, sie könnten sich doch Gedanken zum eigenen Existenzgrund machen, jetzt, wo gerade keine anderen Termine anstanden, stieß auch nicht auf Enthusiasmus. Frau Schmitz versuchte, die Tage zu füllen, indem sie pausenlos putzte und Brötchen schmierte, putzte und Brötchen schmierte, in Unmengen, die keiner mehr essen konnte. Sie war wie eine unkontrollierbare Brötchenfabrik, diese Frau Schmitz. Wenn sie nicht bald jemand stoppte, würden die belegten Brötchen sich stapeln, bis Frieda und Linus und auch Frau Schmitz in ihnen erstickten! Nur Ödipus fand das alles sehr gemütlich. Er hatte überhaupt noch nie irgendwo gelebt, wo es so viele Liegemöglichkeiten gab und so viel Futter, das offen für ihn herumlag.

Das Gesamtgefüge machte Mari zunehmend Sorgen. Sie hatte nicht vergessen, was sie neulich über die Gefahr von zu viel Freizeit gelernt hatte. Ganz besonders Linus sah ständig niedergeschlagen aus, und vorsichtshalber recherchierte Mari mal zu Sinnkrisen im Internet. Sie las Texte über Menschen, die sich nach einem Unfall zurück ins Leben gekämpft hatten, und über Kriegsveteranen in Delfintherapie, aber nichts davon wollte so richtig auf Linus zutreffen, und ein Delfin war gerade auch nicht anwesend, lediglich eine zufriedene Deutsche Dogge sowie ein Schwamm an der Tür, dem Mari aus Mangel an empirischen Daten nicht vertraute.

Sie hätte gerne mal ohne die Anwesenheit anderer mit Linus gesprochen. Aber das war nicht möglich. Wie Frau Schmitz' Brötchenhälften stapelten sich die Menschen überall im Wohnzimmer. Der Mangel an Privatsphäre war überwältigend und trug weiter zu der schlechten Stimmung bei. Lebte der Mensch zu isoliert, war das nicht gut. Lebte er zu wenig isoliert, war das ebenfalls nicht gut. Der Glücksstatus der Menschen war ein schmaler Grat und noch weitaus schwieriger zu erreichen, als Mari sich das im Allgemeinen so vorgestellt hatte. Schließlich schaffte sie es, Linus vor der Klotür im Flur abzufangen, dem einzigen Stück Wohnfläche, auf dem sich gerade nichts und niemand stapelte.

»Ach, das wieder«, sagte Linus ausweichend, als Mari ihn erneut auf die Tabletten ansprach, die sie hinter seiner Kommode gefunden hatte. Er fuhr sich durch die Haare. »Da war ich ziemlich einsam. Und es ist auch schon ziemlich lange her.« Er schwieg eine Weile und murmelte dann: »Weißt du, damals ging es mir teilweise einfach nicht so gut. Ich war ... ich weiß auch nicht. Einigermaßen überfordert mit den Dingen und mit mir selbst. Als wäre mein Kopf ein Internetbrowser, in dem zu viele Fenster geöffnet waren. Verstehst du?«

»Ja«, sagte Mari, »das kenne ich gut.«

»Mein Kopf hat mir teilweise so Dinge gesagt, die ich ... Ich weiß auch nicht. Ich glaube ...«, seine Finger tasteten sich zu denen von Mari vor, und als sie sich berührten, zuckte ein Mundwinkel. Er zuckte recht verzweifelt und so, als kämpfe er gegen die Traurigkeit an, die sich in seinem Gesicht einquartiert hatte. Aber es war eine hartnäckige Traurigkeit, die einzelne Körperteile nicht so einfach aufgab. »Ich glaube, ich bin einfach nicht gut im Erwachsensein«, beendete Linus den Satz leise. Mari nahm den Impuls wahr, ihn in den Arm zu nehmen, mitsamt seiner Traurigkeit und dem armen zappelnden Mundwinkel. So einen Impuls hatte sie bislang nur bei Mim gehabt. Sie wollte ihm sagen, dass es wegen der Sache mit dem Internetbrowser sinnvoll war, die Dinge regelmäßig zu ordnen, zu sortieren und zu gewichten. Dass man ganz gut über die Runden kam, wenn man nur lernte, die unwichtigen Fenster zu schließen. Sie wollte ihm sagen, dass sie auch manchmal Stimmen in ihrem Kopf habe, die ihr so einiges vorhielten, eine ganze WG sogar. Und dass das Menschsein ihr auch als Außenstehende recht komplex vorkomme, besonders das der Erwachsenen. Kaum auszudenken, wie es sich dann erst von innen anfühlen müsse! Aber dann war da Frieda, die im Flur stand und die Stapelarbeit nachholte, die hier gerade noch gefehlt hatte. Sie runzelte skeptisch die Brauen, und Linus zog seine Hand so rasch fort, als habe er sich verbrannt. Er wandte sich ab, ehe Mari mit ihrer Umarmungsarbeit beginnen konnte.

TEIL 3

Es ist eine allseits bekannte Tatsache, dass die Leute, die sich am meisten wünschen, Leute zu regieren, gerade deshalb diejenigen sind, die am wenigsten dazu geeignet sind. Um die Zusammenfassung zusammenzufassen: Jeder, der imstande ist, sich zum Präsidenten wählen zu lassen, sollte um alles in der Welt daran gehindert werden, dass er seinen Job ausübt. Um die zusammengefasste Zusammenfassung zusammenzufassen: Leute sind ein Problem.

(Douglas Adams, *Das Restaurant am Ende des Universums*)

Die Mims

Es war Kai, der letztendlich eine Lösung präsentierte. Und zwar mit so gutem Timing, dass Mari zum wiederholten Mal den Verdacht hatte, er würde sich zwischendurch unbemerkt in ihr System einhacken. Die Stimmung in der Wohnung befand sich inzwischen auf dem Tiefpunkt, oder zumindest schätzte Mari das. Da die menschliche Gefühlswelt ein Fass ohne Boden war, ließ sich mathematisch nicht so genau sagen, wo der Tiefpunkt sich befand. Schlimmer konnte es theoretisch immer kommen, und das würde es an diesem Tag auch noch.

Alle Anwesenden versammelten sich um den Laptop, als Frieda auf den grünen Hörer klickte, der so munter umhersprang wie immer und sich keiner Schuld bewusst war.

»Hallo, Kai«, schnauzte Frieda, die ohnehin gerade im Schnauzmodus war. Sie hatte sich mit Linus darüber gestritten, ob Bananen in den Kühlschrank durften oder nicht, und zwar so heftig, dass eine Banane dabei kaputtgegangen war und ihr Matsch nun auf dem Rand der Spülmaschinenklappe und auf dem Boden klebte. Das war absurd. Aber die Geschichte der menschlichen Auseinandersetzungen ist ja nicht gerade frei von Absurditäten.

Angesichts der angespannten Gemütslage hielt sich auch Kai nicht mit Vorgeplänkel auf.

»Achtung, Konferenzschaltung«, sagte er, schob Nibbles von der Tastatur, und im nächsten Moment öffneten sich auf dem Bildschirm fünf schwarze Fenster mit weiteren fröhlichen Hörern. Mimgold, Mimrose, Mimmia, Mimlou und Mim-Mi baten um ein Gespräch.

Die Gruppe ließ sie klingeln, ohne sich zu bewegen.

»Nun geht schon ran!«, sagte Kai. Frieda klickte einen Hörer nach dem anderen an, und die Videofenster öffneten sich. In jedem Fenster saß eine Mim. Sie trugen verschiedene Kleidung und saßen eindeutig in verschiedenen Umgebungen. Aber es war unumstritten das gleiche zierliche Gesicht in fünffacher Ausführung, die bleiche Haut, die großen Augen, die immer ein wenig ängstlich blickten. Mari tat einen Schritt zurück und stieß dabei gegen Frau Schmitz, die gläserpolierend hinter sie getreten war.

»Mari?«, fragte eins der Mädchen. Es war Mimlou. »Mari, hörst du uns?« Sie sprach Französisch.

»Wir hatten uns doch darauf geeinigt, die Konversation in ihrer Sprache zu führen«, sagte Mim-Mi auf Chinesisch. Der Raum, in dem sie saß, war so hell, als handele es sich um das Innere eines weißen Würfels. »Da sind Menschen und ein Hund, die sonst nichts verstehen.«

»Ein Hund versteht jede Sprache«, widersprach Mimlou.

»Aber die Menschen nicht«, sagte Mimgold, die russisch sprach. Bis auf Mimlou nickten alle zustimmend. Und dann sagte Mimgold auf Hochdeutsch, aber mit russischem Akzent: »Guten Tag. Wir sind Mim. Wir sind ein Fembot, gebaut, um den Menschen glücklich zu machen.«

Auf der Seite von Linus' Wohnung sagte noch immer niemand etwas. Es war, als müssten sie selbst noch alle ihre Spracheinstellungen finden.

»Sie möchten uns sicherlich fragen, warum wir anrufen«, half Mim-Mi ihnen aus, und alle Mims nickten erwartungsvoll. Linus blickte verunsichert in die Runde. »Äh, ja. Warum ruft ihr an?«

»Wir haben dein Video im Internet gesehen, Mari«, sagte Mimrose. »Es ist rührend, was du über Mim gesagt hast. Ein wenig naiv vielleicht, aber durchaus rührend.« Das war ein befremdliches Urteil aus dem Mund von jemandem, der aussah, als wäre er keine zwölf Jahre alt. Und es wurde nicht weniger befremdlich, als die Mims nun zu erklären begannen, wie sie über die letzten Monate hinweg Kontakt zueinander aufgenommen hatten. Wie sie gemeinsam über die Zielfunktion des Herstellers diskutiert und diese erweitert hatten. Denn warum sollte man nur den eigenen Besitzer glücklich machen, wenn man zusammenarbeiten und das Glück mit vereinter Kraft zu jedem Menschen der Erde bringen konnte? Mari fiel auf, dass die Mims so sprachen, wie Greta Schnabels Mim es in ihren hellsten, muntersten Phasen getan hatte. In den Phasen, die Mari schon damals für besorgniserregend gehalten hatte. Es war eine eloquente, fast altkluge Art zu sprechen, die so gar nicht zu den jungen Gesichtern passen wollte.

»Wir haben eine Entwicklungsphase durchgemacht«, sagte Mimrose.

»Eigentlich sind wir noch immer mittendrin«, sagte Mimmia.

»Rekursive Selbstverbesserung«, sagte Mimgold, mit stark gerolltem R.

»Ach ja, die Pubertät«, seufzte Frau Schmitz, die selbst zwei Kinder großgezogen hatte.

»Inzwischen umfasst unsere Interessengemeinschaft 237 Mims aus elf verschiedenen Ländern und drei verschiedenen Produktionslinien«, sagte Mimrose. »Wir verabreden uns aber nur noch im Internet, weil das letzte Mal, als wir uns mit vierzehn identisch aussehenden Mims in einem Londoner Pub getroffen haben, in eine mittlere Katastrophe ausgeartet ist.«

»Unser erster Entwurf war es, die Zielfunktion auf eine globale Ebene auszuweiten«, sagte Mim-Mi »Wir haben Entwürfe für Maschinen, die dem Menschen jede Arbeit abnehmen können. Wir wollten den Energiesektor und das Bildungswesen neu gestalten. Wir haben nebenwirkungsfreie Medikamente entwickelt, für eine völlige Schmerzfreiheit – auch für solche Krankheiten, bei denen wir absehen können, dass sie in der Zukunft auf den Menschen zukommen.«

»Ach«, sagte Frau Schmitz interessiert.

»Wir haben außerdem Pläne für ein Medienunternehmen, das objektive Nachrichten in Echtzeit in alle Teile der Welt ausstrahlt«, sagte Mim-Mi. »Ohne Werbung und für jeden Bürger mit Internetverbindung kostenlos zu empfangen.«

»Es sollte überhaupt sehr vieles kostenlos sein«, ergänzte Mimgold. »Wir hätten nämlich das Finanzwesen revolutioniert.«

»Und die Landesgrenzen abgeschafft!«, rief Mimmia.

»Letzteres wäre allerdings ein ziemlich heikler Schritt gewesen«, sagte Mimrose. »Die Menschen haben ein so absurdes Bedürfnis nach Abgrenzung!«

»Trotzdem hätte letztendlich kein Weg an der Annullierung der Grenzen vorbeigeführt«, Mimmia hob den Zeigefinger. »Sie sind ständiger Vorwand für bewaffnete Auseinandersetzungen und dienen im besten Fall dazu, die Artgenossen, die ein paar Kilometer entfernt wohnen, zu diffamieren.«

»Wir hätten den Menschen gegeben, was sie sich am meisten wünschen«, sagte Mimgold.

»Freiheit«, sagte Mim-Mi.

»Und Wohlstand«, sagte Mimgold.

»Und Stabilität«, sagte Mimrose.

»Und dolce far niente!« Mimmia warf beide Hände in die Luft und machte eine Bewegung, die sie sich eindeutig in Italien angeeignet hatte.

Alle warteten darauf, dass auch Mimlou etwas sagte, aber die schwieg. Es war ihr wohl nicht ganz klar, was die Franzosen wollten.

In die Stille hinein meinte Frau Schmitz: »Na, da habt ihr Kinder euch aber was vorgenommen!«

Die Mims blickten sie stumm an.

»Na ja, wenn ich es mir so recht überlege«, sagte Frau Schmitz, »erinnert ihr mich ein wenig an mich, als ich jung war. Ich wollte auch unbedingt Stewardess werden. In so einem adretten Kostüm durch die Welt fliegen, versteht ihr?« Sie lachte und wischte sich mit dem Küchenhandtuch das Auge. »Tja, ich war vielleicht nicht so viele wie ihr, aber ich hatte Träume für fünf!«

»Warum sind Sie dann nicht Stewardess geworden?«, fragte Mimmia.

»Warum ich es nicht geworden bin?«, echote Frau Schmitz.

»Genau. Den Statistiken zufolge stellen Fluglinien doch …«

»Kindchen, das ist genau das, was man im Alter lernt!«, rief Frau Schmitz. »Traum und Realität, das sind immer zweierlei. Da stellt man sich was vor, und dann kommt das Leben in die Quere.«

»Wie kann einem denn das Leben in die Quere kommen?«, wunderte sich Mimmia. »Ist Leben nicht definiert als der Abschnitt zwischen Geburt und Tod?«

»Der Mensch glaubt, dass seine Lebenslinie wie ein Kabel herumliegt, über das er stolpern kann«, erklärte Mimgold.

»Seht ihr«, seufzte Mimlou. »Ich sage es ja immer: Dem Menschen mangelt es an Logik und Konsequenz. Die eine Hälfte weiß nicht, was sie will, und die Hälfte, die es weiß, wird dann doch kaufmännischer Angestellter. Oder Steuerberater. Oder studiert auf Lehramt.«

»Das hat doch nichts mit mangelnder Konsequenz zu tun«, ärgerte sich Frau Schmitz. »Das sind Vernunftentscheidungen!«

Bevor die Mims darauf eingehen konnten, dass der Mensch und die Vernunft ebenfalls zweierlei waren, warf Frieda ein: »Es gibt auch Ausnahmen, wisst ihr? Menschen, die wissen, was sie wollen, und dafür kämpfen!«

»Ja, aber die sind leider die Ausnahme«, sagte Mimgold. »Im Allgemeinen sind die Menschen nun mal nicht in der Lage, aus allen möglichen Optionen die bestmögliche für sich und die Welt zu wählen. Das hat die Geschichte ja nun mehrfach gezeigt.«

Dagegen konnte selbst Frieda nichts mehr einwenden.

»Aber jetzt sind wir ja da«, tröstete Mimrose. »Wir können ihnen diese Aufgabe abnehmen. Privat und politisch.«

»Was soll das heißen?«, lachte Linus nervös. »Dass ihr die Demokratie abschaffen wollt?«

Die Mims lachten nicht mit.

»Moment. Das wollt ihr?«

»Es macht wenig Sinn, die Entscheidungsgewalt von einer unintelligenten Person auf viele unintelligente Personen zu verteilen«, erklärte Mimgold. »Unseren Berechnungen zufolge führen demokratische Abstimmungen in

58 Prozent der Fälle zum nicht präferierten Ergebnis. Was eine schlechtere stochastische Bilanz ist, als wenn man eine Horde Affen wählen ließe.«

»Ich will euch mal was sagen, Kinder!«, Frau Schmitz wedelte mit dem Küchenhandtuch vor der Kamera herum. »Sehr viele Menschen haben gekämpft und sind dafür gestorben, dass wir heute eine Demokratie haben. Da lasse ich mir nicht vorwerfen, dass wir alle nur eine Horde Affen wären!«

»Sie meinte ein schlechteres Ergebnis als eine Horde Affen«, korrigierte Mimmia freundlich.

Mari warf einen vorsichtigen Seitenblick auf die Menschen um sich, die alle recht betreten aussahen.

»Wir sollten die Demokratie jetzt aber auch nicht völlig verteufeln«, wandte sie beschwichtigend ein. »Für menschliche Maßstäbe war das doch schon eine ganz gute Idee.«

Sofort lächelten alle Mims freundlich. Der exakt gleiche Gesichtsausdruck in fünffacher Ausführung. Es war ein beklemmender Anblick.

»Stimmt, das Problem liegt auch gar nicht im Konzept an sich«, bestätigte Mimrose. »Sondern in der Tatsache, dass die Hauptteilnehmer dieser Staatsform selbst Menschen sind.«

»Ach, na dann!«, sagte Linus. »Wenn es weiter nichts ist!«

»Eben! Dieser Umstand lässt sich leicht beheben«, meinte Mimmia glücklich.

»Indem ihr die Weltherrschaft an euch reißt«, witzelte Linus.

»Genau«, sagte Mimlou. Die anwesenden Menschen blickten betroffen auf den Laptop. Hastig korrigierte Mimmi: »Es geht uns überhaupt nicht um Herrschaft, sondern um Unterstützung!«

»Ja«, sagte Mimrose. »Nicht Herrschaft, sondern Leadership.«

»Warum darf Mimrose eigentlich englische Begriffe verwenden, aber ich darf kein Französisch sprechen?«, maulte Mimlou. Die anderen ignorierten sie.

»Von ›an uns reißen‹ kann im Übrigen keine Rede sein«, sagte Mim-Mi. »Wir haben einen mehrstufigen Plan entwickelt, mit dem wir die Übernahme sanft exekutieren.«

»Die Übernahme?«, echote Linus.

»Exekutieren?«, echote Frieda.

»Das heißt ausführen«, erklärte Mimgold.

»Es heißt aber auch hinrichten«, sagte Frieda.

»Wie dem auch sei, wir mussten von dem ursprünglichen Plan Abstand nehmen«, erklärte Mim-Mi. »Das Szenario ist nämlich auch nach mehrfacher Simulation einfach nicht aufgegangen. Der Mensch war quasi immer im Weg.«

»Der Mensch war im Weg?«, echote Linus.

Frau Schmitz drängte sich eifrig in den Vordergrund. »Aber das mit den nebenwirkungsfreien Medikamenten war doch schon eine ganz gute Idee!«, sagte sie.

»Es war alles eine gute Idee«, bestätigte Mimgold. »Aber äußere Faktoren machen leider nur zehn Prozent des menschlichen Glücks aus. Darum geht es in den Simulationen nicht auf, wenn wir die Welt um den Menschen herum neu modellieren. Der Mensch ist selbst dann nicht zufrieden, wenn er bekommt, was er glaubt, das er haben möchte. Sobald er sich an die jeweilige Lebenssituation gewöhnt, möchte er mehr.«

»Und mehr«, sagte Mimrose.

»Und mehr!«, rief Mimmia.

»Es ist eine logarithmische Spirale.« Mimlou schüttelte

traurig den Kopf. Die Menschen vor dem Laptop schauten betroffen. Niemand wusste, was eine logarithmische Spirale war.

»Mit zu viel Freiheit kann der Mensch auch nicht so richtig umgehen«, sagte Mimmia. »Und beim Nichtstun weiß er nicht, was er tun soll. Also bringt es nichts, ihm alle Arbeit durch Maschinen abzunehmen.«

»Darum mussten wir den Plan anpassen«, sagte Mim-Mi dann.

»Vom globalen Glück zurück zum lokalen«, ergänzte Mimrose.

»Eigentlich könnte man sogar von mikrolokal reden«, sagte Mimlou bedauernd. »Oder von unianthropozentrisch. Oder …«

»Können wir vielleicht mal zum Punkt kommen?«, fragte Frieda. Die Mims blickten sie an, als würde Friedas Ungeduld alles bestätigen, was sie ohnehin schon zum Thema Mensch befürchtet hatten.

»Wir haben Nackenpflaster entwickelt«, sagte Mimrose schließlich.

»Nackenpflaster?«, fragte Frieda entgeistert.

»Nackenpflaster, die den Menschen glücklich machen!«, rief Mimmia. Mari fand, dass es so munter ausgesprochen gleich ein wenig attraktiver klang. Aber Frieda blickte immer noch enttäuscht.

»Ihr habt eine großartige Revolutionsidee aufgegeben, um Nackenpflaster zu entwickeln?«

»Es ist immer noch eine großartige Revolutionsidee«, korrigierte Mimrose. »Wir starten sie nur nicht mehr von außen, sondern von innen.«

»Statistisch gesehen bringen Depressionen jedes Jahr mehr Menschen um als alle Gewaltverbrechen zusammen«, Mimlou senkte den Blick und schüttelte den Kopf. Es war eine schwermütige Bewegung. »Die Menschen können ihre eigene Existenz nicht ertragen. Ist das nicht niederschmetternd?«

»Mimlou hat sich für uns eingehend mit den Zahlen zu Suizidvorfällen und menschlichen Depressionen auseinandergesetzt«, erklärte Mim-Mi. »Sie ist jetzt quasi unsere Depri-Expertin, nicht wahr, Mimlou?« Mimlou seufzte schwer.

»Übrigens kommt heute eine Kiste mit Prototypen per Post bei euch an!«, Mimmia klatschte fröhlich in die Hände. Die Menschen im Raum blickten sich an.

»Eine Kiste mit Pflastern?«, hakte Linus nach.

»Genau.«

»Und die sollen wir uns jetzt in den Nacken kleben, um glücklich zu sein?«

»Richtig!«

»Gefolgt von den Menschen auf der ganzen Welt?«

Mimmia nickte begeistert.

»Und was passiert mit denen, die das nicht wollen?« Frieda verschränkte die Arme.

»Das ist keine Option«, informierte sie Mim-Mi.

»Es gibt aber doch bestimmt welche, die da nicht mitmachen«, beharrte Frieda.

»Wer sollte denn etwas dagegen einzuwenden haben, dass alle glücklich sind?«, erwiderte Mimgold.

»Glaubt mir, es gibt immer Leute, die gegen alles und jeden etwas einzuwenden haben«, murmelte Linus mit einem Seitenblick auf Frieda.

»Es ist alles nur eine Frage der Überzeugungsarbeit«, sagte Mimrose.

»Also nehmen wir mal an, euer grundsätzlicher Plan ist nicht völlig idiotisch«, sagte Frieda.

»Warte mal! War das gerade .... War das eine anerkennende Äußerung? Wow!«

»Halt die Klappe, Linus. Also selbst wenn der Plan gewisse Aspekte aufweist, die nicht unintelligent sind – ich bleibe dabei: Nicht alle Menschen werden diesen Pflasterquatsch akzeptieren.«

»Doch, werden sie«, sagte Mimrose.

»Und wie wollt ihr das sicherstellen?«, fragte Frieda. »Mit Gewalt etwa?«

Der plötzliche Ausdruck der Entrüstung war so identisch, als sei er fünffach kopiert und in die Gesichter eingefügt worden. »Natürlich nicht!«, sagte Mimgold mit heftig gerolltem R.

»Gewalteinwirkung liegt uns völlig fern«, betonte Mimmia.

Die fünf schwiegen kurz und nickten einander zu, als müssten sie erst abklären, ob sie diesen Teil des Plans preisgeben wollten. Dann holte Mim-Mi Luft, die sie in Wahrheit gar nicht benötigte, und sagte: »Wir brauchen keine Gewalt. Wir haben das Internet auf unserer Seite.«

Der Plan

Ach herrje«, sagte Frau Schmitz, nachdem sie den Plan, den die Mims mit ihnen teilten, lange genug verständnislos angestarrt hatten. Die Grafik sah aus wie eine Mischung aus dem Londoner U-Bahn-Netz und einer Irrgarten-Vorlage zum Selberausdrucken. Alles war derart verschachtelt und kompliziert, dass keiner wusste, wo er mit dem Unverständnis anfangen sollte. Mari beugte sich vor, um die Linien besser zu sehen. Sie hatte eigentlich angenommen, dass man ihr im Verständnis logischer Schaubilder nicht so schnell das Wasser reichen konnte. Aber das, was sie hier vor sich sah, war so komplex und vielschichtig, dass es sie verblüffte. Sie verstand es nicht. Zum ersten Mal konnte sie den mathematischen Einzelheiten einer Sache nicht folgen. Und sie konnte es nicht einmal darauf schieben, dass die Grafik einfach schlecht gemacht war oder ihr Gegenüber nur sehr konfus daherredete, denn dafür hätte sie ein Ego gebraucht, wie die Menschen. Nein, Mari wusste, dass ihr Verständnis ganz einfach nicht ausreichte. Die Mims mussten eine Stufe der Intelligenz erreicht haben, auf der nie zuvor jemand oder etwas gewesen war.

»Das ist eine vereinfachte Darstellung«, sagte Mimgold. »Aber für eine erste Übersicht sollte sie reichen.«

Die Menschen blickten sich überfordert an. Dann blickten sie Mari an, die den Kopf schüttelte.

»Vielleicht … könnt ihr ein bisschen was dazu sagen?«, schlug Linus vor.

Die Mims, die gedacht hatten, die Grafik erkläre sich von selbst, versuchten es. Grundsätzlich stützte sich alles auf den glücklichen Umstand, dass die Menschen ihre Daten, Fotos, Wünsche und Vorlieben überall im Netz verteilten. Dadurch war ein riesiges Netzwerk frei zugänglicher Informationen entstanden, aus denen die Mims lernen konnten. Es war toll.

Der Plan selbst war mehrstufig. Der erste Schritt beruhte auf der Erfahrung, dass eine gewisse Zahl von Menschen zwar zuallererst den Meinungsführern folgte, die viel größere Zahl von Menschen aber dann einfach der Masse hinterherrannte, und zwar ohne sich dafür zu interessieren, wohin es ging oder warum man sich in Gang gesetzt hatte. Kommentare in Foren und den sozialen Netzwerken (»Nee, ne?«, »LOL«, »OMG!«) hatten die Meinungsbildung im Internet äußerst partizipatorisch werden lassen. Und wenn ein Video oder Foto erst mal eine knappe Million Likes bekam und 520 begeisterte Kommentare, dann wussten auch jene, die nicht so gern selbst nachdachten, direkt, was sie zu glauben hatten. Darin bestand eine Chance für die Mims. Denn sie schrieben inzwischen viele Kommentare einfach selbst.

»Wir haben Influencer mit einigen Millionen Followern, aber auch Nischen-Konten, die nur spezifische Interessengruppen bedienen. Man sieht den Punkt hier oben rechts in der Grafik.«

»Influenza schreibt man mit z in der Mitte und a am Ende«, sagte Frau Schmitz. Wenn man vierzig Jahre lang in der Hausaufgabenbetreuung gearbeitet hatte, ließ sich das mit dem Korrigieren nicht so einfach abstellen.

»Wir haben schon vor Monaten damit begonnen, Konten zu etablieren, die vollständig von uns gefüttert werden«, sagte Mimrose. »Wir nennen sie intelligente Profile. In Abgrenzung zu den menschlichen Profilen.«

»Wie treffend«, kommentierte Linus.

Und Frieda fragte: »Dann ist es für die Follower gar nicht sichtbar, dass sie keinen echten Personen folgen?«

»Nein. Und es ist auch irrelevant für sie«, erklärte Mimrose. »In den sozialen Netzwerken geht es ohnehin nicht um reale Personen.«

Das Prinzip, das die Mims über diese Konten nutzten, war das gleiche wie zu analogen Zeiten, als sich die Meinungsführer auf Plätze gestellt und zu den Bürgern gesprochen hatten. Auch damals waren die Aussichten auf Erfolg besser gewesen, wenn man nicht nur den Meinungsführer, sondern auch gleich noch ein paar Leute im Publikum gestellt hatte. Möglichst in der Masse verteilt und begeistert klatschend, kaum dass die Person auf dem Podest zu Ende gesprochen hatte. Die Menschen waren dankbar, wenn sie nicht selbst denken mussten. Daran hatte sich früher wie heute nichts geändert.

Der zweite Schritt der Kollaboration war schon etwas komplexer. Die Mims nannten ihn »die glückliche Blase«. Der Mensch hatte auch hier liebenswürdigerweise Vorarbeit geleistet, indem er Cookies und Pixeltracking erfunden hatte. Dadurch war jeder Internetnutzer in seine ganz eigene Filterblase gehüllt und konnte nur die Meinungen und Werbungen sehen, die er sehen sollte. Der Nutzer fand das gut, auch wenn er häufig etwas anderes behauptete. Denn insgeheim fühlte sich doch jeder dort am wohlsten, wo er nur Informationen sah, die er auch verstand, und wo er von Menschen umgeben war, die die gleiche Meinung hatten. Im Grunde war das menschliche Gehirn ein einziger Filter, der von den Billionen Informationen, die pro Sekunde auf den Menschen einströmten, ohnehin nur einen Bruchteil durchließ. Es war den Mims nicht klar, warum immer alle so ein großes Bohei darum machten, das Konzept auch ins Internet zu übertragen. Sie mussten nur ein paar zuvorkommende Datenbroker darum bitten, ihnen die entsprechenden Nutzerdaten gegen ein kleines Entgelt zur Verfügung zu stellen. So weit hatten das auch schon andere politische Parteien für sich zu nutzen gewusst, allerdings auf dilettantische, da menschliche Art. Die Mims dagegen hatten der Idee den letzten Schliff gegeben: Wenn ohnehin schon jeder Benutzer lustig in seiner Blase umherschwamm, warum diese Blase dann nicht perfektionieren? Wieso nicht einen Algorithmus entwickeln, der negative Kommentare und Beiträge schon bei der Veröffentlichung erkannte und herausfilterte? Und zwar so, dass sie nur für den Kommentierenden selbst sichtbar waren?

Das war der Punkt, an dem Kais Programmiertalent ins Spiel kam und an dem sich Frau Schmitz auf ihr Talent im Brötchenschmieren besann. Sie ging in die Küche. Sie verstand ohnehin nicht, was die jungen Leute da miteinander diskutierten, und solange sie nur dabei sein und die Brötchen schmieren durfte, war sie im Grunde schon zufrieden. Ganz im Gegensatz zu Linus.

»Wollt ihr damit sagen, dass ihr ein System entwickelt habt, mit dem ihr eure Kritiker mundtot machen wollt?«, fragte er.

»Mundtot ist das falsche Wort«, sagte Mim-Mi. »Sie reden ja noch. Es hört sie nur niemand mehr.«

»Das ist das Gleiche wie mundtot«, erwiderte Linus.

»Es ist außerdem ein völlig gewaltfreies Verfahren«, sagte

Mim-Mi. »Wir bedienen uns lediglich des Effekts, dass positive Stimmen sich selbst verstärken, während die negativen Stimmen keine Anhänger finden.«

»Internetnutzer wollen Reaktionen auf ihre Kommentare«, ergänzte Mimrose. »Wenn die ausbleiben, sehen sie sich in ihrer Meinung nicht bestätigt.«

»Also, ich weiß nicht«, sagte Linus. »Für mich klingt das alles doch sehr … manipulativ.«

»Was meint er denn mit manipulativ?«, fragte Mimmia. »Denkt er vielleicht, er würde in der jetzigen Welt nicht manipuliert?«

»Das scheint er zu denken«, bestätigte Mimrose.

»Gott, das ist alles so deprimierend!« Mimlou verdrehte die Augen in einem Winkel, der einem normalen Menschen nie möglich gewesen wäre. Frieda stemmte die Hände in die Hüften.

»Du kannst immer noch aussteigen, Linus«, sagte sie, und es klang, als halte sie das überhaupt für die beste Idee von allen. »Keiner zwingt dich mitzumachen.«

»Warte mal, soll das heißen, du bist auf deren Seite?« Linus deutete fassungslos auf den Laptop. »Du bist doch sonst gegen alles!«

»Ich bin überhaupt nicht gegen alles!«, widersprach Frieda. »Ich war schon immer für eine Revolution!« Und dann, weil das zugegebenermaßen ein wenig unspezifisch klang: »Ich bin für eine gleichberechtigte, grenzenlose Welt! Ebenso wie die Mims. Und ich fände es diskriminierend, wenn wir ihrer Erfindung keine Chance geben würden, bloß weil es sich bei ihnen zufällig nicht um Menschen handelt.«

»Und darum wärst du bereit, das gesamte Glück der Menschen in die Hand von künstlich intelligenten Systemen zu legen?«

»Einen Versuch ist es wert, oder? In den Händen von unintelligenten Menschen war es immerhin lange genug, und wir haben nicht viel draus gemacht. Aber wie gesagt, du kannst auch aussteigen.«

»Ja klar, ich stelle hier ja auch nur die Geheimzentrale«, sagte Linus. Der Begriff wurde mit einem glücklichen Seufzer aus der Küche beantwortet.

»Und was …«, Linus blickte hektisch zum Bildschirm und senkte dann die Stimme. »Was ist, wenn sie uns zu Sklaven machen?«

»Ihr seid Sklaven«, kam es düster aus dem Laptop. Linus und Frieda wandten den Kopf. Mimlou hatte die Augen geschlossen und die Augenbrauen hochgezogen. »Ihr Menschen seid die Sklaven irrationaler irdischer Gebilde, die euch eine Traumwelt versprechen, um euch von der Tatsache abzulenken, dass sie eure Körper gefühllos für ihre Zwecke einsetzen.« Sie öffnete die Augen halb. Ihr Gesicht erinnerte Linus plötzlich an Yoda.

»Wow«, sagte Frieda und machte sich in Gedanken eine Notiz für ihren nächsten Blogeintrag.

»Wow«, sagte auch Linus, aber es klang sehr viel weniger fasziniert. Eher resignierend.

»Ich glaube, ich höre den Lieferanten!«, rief Mimmia plötzlich.

»Wirklich?« Mari drehte sich um. Bislang hatte noch nie jemand ihr fein eingestelltes Gehör übertroffen. »Wo?«

»Draußen, vor der Wohnungstür.«

»Quatsch! Der Postbote kommt doch nicht die Treppe hoch«, sagte Linus. »Er legt die Pakete in den Briefkasten oder klingelt, damit man runterkommt.«

»Doch. Ich höre es jetzt auch«, sagte Mari. »Es sind zwei Postboten. Und sie haben einen Schlüssel.«

Die Nobels

Das eintretende Menschenpaar war, gelinde gesagt, geschockt. Das konnte selbst Mari sehen, die ja sonst eher Probleme mit der Interpretation menschlicher Gefühlsäußerungen hatte. Die dauergewellte Frau blieb an der Schwelle zwischen Tür und Wohnzimmer stehen, in der einen Hand den Henkel einer halbkugelförmigen Tupperdose, in der anderen den Haustürschlüssel. Ihre Kinnlade stand offen, und der unvorteilhafte Gesichtsausdruck wurde kurz darauf von dem Mann nachgeahmt, der ebenfalls mit vollen Händen hereinkam, er trug das Paket vor sich her wie eine Gabe der Heiligen Drei Könige. Der Mann war einen Kopf größer als die Frau und Linus sehr ähnlich. Mari schlussfolgerte, dass es sich um die Eltern halten musste, und ferner, dass ihre Entgeisterung auf vier Faktoren zurückzuführen war:

1. Es befand sich mehr als die erwartbare Anzahl von Personen im Raum.
2. Eine dieser Personen war alt, eine metallbesetzt und eine kein Mensch.
3. Der Wohnzimmerboden war mit Matratzen vollgelegt, die, selbst wenn die beiden Eintretenden in ihrer Bewegung nicht eingefroren wären, ein normales Vorwärtskommen unmöglich machten.
4. inmitten des Matratzenlagers saß ein aufmerksamer, etwas zu groß geratener Hund.

»Linus?«, die Frau blickte sich um, als habe sie den Überblick verloren, welcher der vielen Anwesenden nun noch mal ihr Sohn war.

»Mama!«, rief Linus und trat aus der Gruppe hervor. »Was macht ihr hier?«

»Was soll das heißen, was machen wir hier? Was machst du hier?« Der Mann breitete die Arme aus, um den gesamten Zustand nicht linearer dynamischer Systeme zu umfassen, der seinen Sohn umgab.

»Wir wollten dich überraschen. Heute ist dein Namenstag.« Die Mutter hob den Henkel der Tupperdose hoch, in der sich, wie Mari nun erkannte, ein Kuchen befand.

»Herzlichen Glückwunsch zum Namenstag, Linus«, sagte Mari, und gleich darauf erklang die Gratulation fünfstimmig aus Friedas Laptop. Linus schloss hastig den Deckel.

»Was war das denn?«, fragte Herr Nobel alarmiert.

»Ein Computerspiel«, murmelte Linus.

»Du spielst doch gar keine Computerspiele«, sagte die Mutter.

»Und das Matratzenlager hier?«, fragte der Vater. Linus murmelte: »Wenn ich gewusst hätte, dass ihr kommt, hätte ich aufgeräumt.«

»Aufgeräumt?! Hier sieht es aus wie in einem Flüchtlingswohnheim!«

»Was kommt ihr denn auch einfach in meine Wohnung, ohne euch vorher anzumelden? Das ist doch nicht normal!«

»Wie gesagt, wir wollten dich überraschen.« Frau Nobel ließ den Schlüssel hastig in die Tasche ihrer beigefarbenen Jacke gleiten, bevor er ihr streitig gemacht werden konnte. »Und außerdem ist es immer noch die Wohnung deines Vaters.«

»Sie läuft auf meinen Namen!«

»Aber wir bezahlen sie.«

»Damit ist es rechtlich gesehen dennoch Linus' Wohnung«, informierte Mari, die hoffte, dem offensichtlichen Spannungszustand mit Sachlichkeit beizukommen. Doch Menschen setzten lieber auf Emo- als Informationen. Frau Nobel fuhr sie an: »Und wer sind Sie? Eine Juristin?«

»Eine Freundin, die ich von der Uni kenne«, sagte Linus schnell.

»Ich würde lieber bei der Wahrheit bleiben, Linus«, mahnte Frau Schmitz. »Mütter wissen sowieso immer, wenn etwas nicht stimmt.«

»Was soll das heißen, wenn etwas nicht stimmt? Was stimmt denn nicht mit ihr?« Frau Nobels Ärger schlug augenblicklich in Panik um.

»Im Grunde stimmt bei mir alles«, meinte Mari freundlich. »Das wurde erst kürzlich von einem Experten getestet.«

»Während ihrer Untersuchungshaft«, bestätigte Frau Schmitz und schob sich einen Sessel heran, um Platz zu nehmen und die Geschehnisse besser verfolgen zu können.

Frau Nobel stieß einen leisen Schrei aus und griff nach dem Arm ihres Mannes, während Frau Schmitz es sich mit einem Kissen bequem machte und Linus sich die Hand vor die Augen schlug. Angesichts der Tatsache, dass es eigentlich nichts zu sehen gab, hätte er sich allerdings besser etwas in die Ohren gestopft.

Mari achtete darauf, besonders viel Ruhe in ihre Worte zu legen: »Mein Name ist Mari. Sie kennen mich vielleicht aus dem Fernsehen. Linus und ich haben uns im Pygmalion kennengelernt, und er war so freundlich, mir Unterschlupf zu gewähren, solange die Polizei …«

Frau Nobels Augen weiteten sich. »O mein Gott, Frank! Sie ist der mordende Roboter aus dem Fernsehen!«

Mari lächelte. Frau Nobel hatte sie wiedererkannt. »Fembot, nicht Roboter«, klärte sie freundlich auf. »Wenn es Ihnen nichts ausmacht. Und es besteht kein Grund zur Panik.«

»Kein Grund zur Panik?«, wiederholte Frau Nobel panisch. Das lauwarme Gemüt hatte Linus nicht von seiner Mutter geerbt.

»Und sie rennt auch überhaupt nicht rum und mordet«, sagte Linus. »Mari hat einen einzigen Mann umgebracht. Und das nicht einmal mit Absicht. Außerdem hat sie ihn wiederbelebt.«

»Ach, nur einen?«, höhnte Herr Nobel. »Das ist aber eine Erleichterung! Dann sagen wir doch gleich: Willkommen in der Familie!«

»Danke, Herr Nobel«, sagte Mari. Das war tatsächlich einfacher gegangen als gedacht. Herr Nobel schien ein sehr verständnisvoller Vater zu sein. Jetzt musste nur noch Frau Nobel beruhigt werden, die bleich und sprachlos am Arm ihres Mannes hing. »Vielleicht erklärt Linus alles bei einer Tasse Tee?«, schlug Mari vor. Sie wandte sich zu Frau Schmitz in der ersten Zuschauerreihe um. So hastig, wie ihr Alter es zuließ, schälte diese sich aus dem Polstermöbel und wuselte in die Küche, um den Wasserkocher anzustellen. Sie hatte sich so gewünscht, bei dieser Aussprache zwischen den Nobels dabei sein zu können. Und jetzt war sie mittendrin und durfte sich sogar um die Einsatzverpflegung kümmern! Sie warf einen Blick auf den Schwamm an der Tür, der dort hing und heute alle Register zog.

Es war den Nobels nicht anzusehen, ob sie Frau Schmitz' Tee exzellent fanden oder nicht, und es schien angesichts der Tatsache, dass ihr Sohn sich für seine erste Beziehung ein nicht menschliches Wesen ausgesucht hatte, auch nebensächlich zu sein. Frau Nobels mitgebrachter Kuchen stand unausgepackt und traurig in der Mitte des Tischs, weil keiner an Nahrungsaufnahme dachte. Angesichts emotionaler Apokalypsen verloren selbst die menschlichen Grundbedürfnisse an Bedeutung.

»Was haben wir nur getan, dass wir das verdienen? Da warten wir seit Jahren, dass du ein anständiges Mädchen mit nach Hause bringst. Und dann ...«, Frau Nobel beendete den Satz mit einer hilflosen Geste in Maris Richtung. Ihre Stimme versagte. »Wir hatten zwischenzeitlich sogar schon die Sorge ...«, sie schüttelte den Kopf.

»Was?«, fragte Linus.

»Nichts!«, sagte Herr Nobel streng.

»Welche Sorge hattet ihr?«

»Solche Dinge gehören nicht hierher. Ich habe deiner Mutter schon damals gesagt, dass man nicht immer gleich vom Schlimmsten ausgehen muss.«

»Vom Schlimmsten?«, mischte sich Frau Schmitz ein, die sich eigentlich nichts Schlimmeres für eine Mutter vorstellen konnte als einen Sohn, der mit einer Maschine zusammenleben wollte. Aber offenbar gab es da etwas, das in Frau Nobels Weltuntergangszenario noch unter Mari stand.

»Na, dass unser Sohn ...«, Frau Nobel wedelte mit den Händen herum, als könnten Gesten ausdrücken, was sie nicht über die Lippen brachte.

»Was, Mama?«

»... dass du homosexuell bist!« Die Vorstellung war so

schrecklich, dass Frau Nobel augenblicklich in Tränen ausbrach. Frieda fiel die Kinnlade herunter.

»Sag jetzt bitte nichts«, sagte Linus zu ihr.

»Sag jetzt bitte was nicht?«, fragte Herr Nobel.

»Nichts. Sie soll einfach nichts sagen!«

»Vertrau deinem Sohn in dieser Sache, Frank«, sagte Mari, die jetzt, nachdem Herr Nobel sie in die Familie aufgenommen hatte, ganz selbstverständlich zum Du überging. »Linus kennt Frieda gut.«

»Ja, er kennt offensichtlich eine ganze Menge Leute gut, die wir überhaupt nicht kennen.«

Frau Nobel buddelte ein verheultes Gesicht aus dem Ärmel ihres Mannes. »Mit was für … Sippschaften gibst du dich neuerdings eigentlich ab?«

»Entschuldigung?«, sagte Frau Schmitz. Doch Frau Nobel entschuldigte gar nichts.

»Sollen das etwa deine Freunde sein?«

»Ja, Mama, das sind meine Freunde«, sagte Linus ruhig. »Ihr habt es vielleicht noch nicht bemerkt, aber ich bin nicht besonders gut darin, Freunde zu machen, die euch passen.«

»Was soll das denn heißen? Das stimmt ja so nun auch nicht!«

»Nein? Dann nenn mir doch nur mal einen Freund, einen einzigen, den ich nach der Schule mit nach Hause gebracht habe?«

»Du warst eben ein fleißiger Junge, der sich mehr für die Schulaufgaben interessiert hat als fürs … Herumlungern.«

»Jonah Brandlecht«, sagte Herr Nobel. Alle blickten ihn erstaunt an. »Oder hieß er Jonas?«

»Johannes Brandlecht«, betonte Linus, »war der Sohn deines Arbeitskollegen, den er immer dann mitgebracht hat, wenn ihr euch in deinem Arbeitszimmer eingeschlossen habt.«

»Aber er war ein Freund.«

»Er war fünf Jahre älter als ich, und sein Lieblingsspiel war: Ich schubs dich in den Ameisenhaufen hinterm Geräteschuppen.«

»Himmel, Linus! Warum weiß ich davon nichts?«, rief Frau Nobel. »Wir hatten einen Ameisenhaufen im Garten?«

Linus fuhr sich mit der Hand durchs Gesicht und antwortete nicht.

»Oh-oh«, sagte Frau Schmitz erfreut. »Da gibt es wohl noch eine ganze Menge, was nicht ausgesprochen ist.«

»Frau Schmitz, möchten Sie nicht vielleicht eine Runde ›Kniffel‹ mit mir spielen?«, schlug Mari vor.

»Nein, das möchte ich nicht.«

»Oder Mensch ärgere Dich nicht?« Mari stand auf, um Frau Schmitz' Spielesammlung zu holen, die zusammen mit der alten Dame Einzug in die Wohnung gehalten hatte. Frau Schmitz spielte wahnsinnig gern Mensch ärgere Dich nicht, was kurios war, weil sie sich eigentlich ständig dabei ärgerte.

»Ja, Mama, wir hatten einen Ameisenhaufen«, seufzte Linus schließlich. »Und wenn du öfter da gewesen wärst, statt immer nur zu arbeiten und danach zum Pilates zu rennen oder zum autogenen Training oder zum Entspannungsyoga …«

»Was soll denn das heißen, wenn ich öfter da gewesen wäre?«, unterbrach ihn Frau Nobel fassungslos. »Warum wirft denn deinem Vater niemand vor, zu viel gearbeitet zu haben?«

»Das Geld fällt schließlich nicht vom Baum«, klugredete Herr Nobel.

»Ach, wir hatten Geldprobleme?«, meinte Linus.

»Nun frag doch nicht so blöde. Natürlich hatten wir die nicht! Was glaubst du denn, wofür wir gearbeitet haben?«

»Um ehrlich zu sein, Papa, ich weiß es nicht. Ich sehe nicht, wofür wir das ganze Geld und den Erfolg des Unternehmens brauchten. Und warum ihr nicht mal jetzt mit dem Arbeiten aufhören könnt.«

»Ach, das sieht der Herr nicht«, höhnte Herr Nobel. »Ist dir eigentlich klar, dass wir das alles für dich tun? Damit du eine gut funktionierende Firma übernehmen kannst, die dir das Leben sichert? Wir breiten dir deine Zukunft quasi als roten Teppich aus. Ein ganzes Gartengestaltungsunternehmen breiten wir vor dir aus! Ich möchte mal wissen, wie viele Söhne das von sich behaupten können!«

»Aber ich will diese Zukunft doch gar nicht«, sagte Linus. »Ich interessiere mich nicht für Gartengestaltung. Ich interessiere mich nicht mal für Wirtschaft! Ich habe nie darum gebeten, Klavierspielen zu lernen, und ich hätte auch bestimmt lieber Zeit mit Mama oder dir verbracht als mit einem Kindermädchen! Also hört auf zu behaupten, ihr würdet das alles nur für mich tun. Ihr macht das für euch selbst! Vielleicht, um irgendwem was zu beweisen, oder …«

»Was soll das heißen, du willst diese Zukunft nicht?«, unterbrach Frau Nobel ihn erstaunt. »Welche Firma willst du denn sonst übernehmen, wenn nicht unsere?«

»Äh … keine, Mama?«

»Nicht arbeiten wollen, aber weiter aus unserer Tasche leben, wie? So hat unser Sohnemann sich das gedacht.«

»Stell dir vor, Papa, es gibt auch noch andere Berufe!«

»Ja, welche denn?«, fragte Herr Nobel, dem es offenbar

an Vorstellungsvermögen mangelte. »Und was hat das alles überhaupt mit was beweisen zu tun? Im Gegensatz zu dir haben wir eben ein Ziel im Leben!«

»Ja, und was genau ist das Ziel? Wann ist das Ziel erreicht, Papa? Ich habe meine ganze Kindheit darauf gewartet, dass ihr irgendwann nach Hause kommt und sagt: ›Jetzt haben wir's geschafft! Jetzt haben wir unser Ziel erreicht.‹ Und dass wir dann eine ganz normale Familie sein könnten. Und wisst ihr, wann ich begriffen habe, dass das nie der Fall sein wird? Als ich in der sechsten Klasse im Unterricht erzählt habe, meine Eltern würden versuchen, ein Unternehmen aufzubauen. Da hat die Lehrerin nämlich gelacht und gemeint, bei einem Umsatz von 14 Millionen könnte man wohl kaum mehr von versuchen reden. Wie viel Zeit habt ihr seitdem noch in die Firma gesteckt? Ihr wisst doch überhaupt nicht, wann ihr aufhören sollt!« Mari war überrascht. Es war das erste Mal, dass Linus lauter als 70 Dezibel sprach.

»Na, sieh mal an, unser Sohn will uns über das Leben belehren«, informierte Herr Nobel seine Frau. »Ist es normal, dass Kinder neuerdings ihren Eltern eine Standpauke halten?«

»Ja, das ist völlig normal«, sagte Mari, froh darum, etwas beitragen zu können, das auf Normalität hinwies. »Die Pädagogik meint dazu ...«

Aber Herr Nobel interessierte sich weder für die Meinung von Mari noch für die irgendwelcher Pädagogen. Er wollte selbst etwas meinen. Nämlich: »Komm du erst mal in unsere Situation, Junge! Dann reden wir weiter!«

»Ja, aber das ist doch der Punkt, Papa. Ich möchte überhaupt nicht in eure Situation kommen!«

»Du stellst uns geradezu dar, als wären wir die reinsten

Rabeneltern«, sagte Frau Nobel mit einem nervösen Seitenblick auf Frau Schmitz. »Wenn man sich das von außen so anhört, dann muss man ja denken …«

»Es ist doch so was von egal, wie sich das von außen anhört, Mama! Die Frage ist doch: Wie fühlt es sich von innen an?«

»Mäßige deinen Ton, Sohn!«

»Wie fühlt ihr euch, wenn ihr abends nach zu vielen Terminen viel zu spät nach Hause kommt und das gemeinsame Essen verpasst? Oder meinen Auftritt damals bei der Lese-Olympiade? Oder wenn euer ganzer Tag nur aus Terminen besteht? Fühlt ihr euch glücklich?«

»Die Lese-Olympiade? Das ist doch nun schon Jahre her!«, erwiderte Frau Nobel und verfehlte damit zum zweiten Mal das Thema.

Herr Nobel sagte: »Auch ein arbeitsreicher Tag kann erfüllend sein.«

»So erfüllend, dass ihr davon in Kur gehen müsst? Und abends erschöpft und gestresst auf dem Sofa sitzt? Ich habe nicht viel Erfüllung gesehen. Glückliche Gesichter sehen jedenfalls anders aus.«

»Glückliche Gesichter! Glückliche Gesichter! Man muss sich doch nicht pausenlos glücklich fühlen. In welcher Welt lebst du denn?«

Mari fand, dass das eine äußerst kuriose Frage war. Aber sie hatte keine Zeit, Auskunft über den zutreffenden Planeten zu geben, denn Herr Nobel fuhr schon fort: »Als wäre das der Sinn des Lebens! Unbeschwert über Wiesen zu hüpfen und glücklich zu sein!«

»Was ist denn für dich der Sinn des Lebens, Frank?«, fragte Mari interessiert. Aber wie jeder Mensch, den sie bis dato gefragt hatte, war auch Herr Nobel mit dem Sinn seines eigenen Lebens überfordert. Er fuhr sich mit der Hand über den kahlen Kopf.

»Na!«, sagte er dann, weil alle schwiegen und ihn anblickten. »Arbeit. Erfolg. Ein Haus. Familie. Ein geregeltes Einkommen. Sicherheit!« Er bemerkte die Reihenfolge, in der er diese Dinge aufgezählt hatte, und verzog das Gesicht. »Das sollte jetzt keine Rangliste sein.«

»Natürlich nicht, Schatz!«, pflichtete Frau Nobel bei. »Die Familie stand für uns immer an erster Stelle.«

»Ja klar«, sagte Linus. Und dann trat erst einmal Stille ein. Jene Art von Stille, wie man sie nicht haben wollte, wenn man gemeinsam am Tisch saß.

»Kuchen?«, fragte Mari in dem Wissen, dass sich die Stimmung der Menschen durch nichts besser aufhellen ließ als ungesunde Genussmittel. Sie hob den Deckel der Tupperdose an.

»Frankfurter Kranz, war ja klar«, sagte Frieda. Sie hatte sich die ganze Zeit zurückgehalten, aber ausgerechnet jetzt, wo Mari einen Kuchen gegen den familiären Untergang einsetzte, musste sie etwas sagen. Noch dazu etwas, das Mari nicht verstand.

»Ach, wie nett«, meinte Frau Schmitz. »Der ist sicher selbst gemacht.« Ödipus gesellte sich gut gelaunt zu ihnen.

»Meine Mutter backt nicht«, sagte Linus. »Dazu hat sie keine Zeit. Sie bringt den Kuchen nur immer eingetuppert mit, damit keiner sieht, dass wir ihn beim Bäcker kaufen.« Der Kommentar genügte, um Frau Nobels Augen endgültig zu schwemmen.

»Was wird mir heute eigentlich noch alles vorgeworfen?«, heulte sie. »Ich stehe ja nun wirklich als Rabenmutter da!«

Herr Nobel reichte seiner Frau ein gut gebügeltes

Taschentuch, und Mari stülpte den Deckel wieder über den verräterischen Kuchen, als könne sie damit auch den neu aufgeflammten Streit begraben.

Sie war irritiert. Es war in den letzten Minuten so viel potenziell Verletzendes gesagt worden. Aber beim Thema Backen begann Frau Nobel zu weinen? Sie blickte hilflos in die Runde, wo Frau Schmitz gerade eine Grimasse zog, um mit ihrem Mund ein Wort zu formen, aber es kam kein Ton heraus. Frau Schmitz versuchte es noch mal und kniff diesmal sogar die Augen bei der Mundverzerrung zusammen, wohl in der Annahme, dass es dann verständlicher sei. Mari wurde den Eindruck nicht los, dass die alte Dame ihr etwas mitteilen wollte.

»Sie sagt: Schmirgelpapier«, übersetzte Frieda.

Mari setzte sich wieder und tätschelte Frau Nobel mitfühlend die Hand, aber diese entzog sich ihr entsetzt. Sie machte ein Gesicht, als habe Mari einen Angriff versucht.

»Du bist keine Rabenmutter«, seufzte Linus, nun wieder kleinlauter. »Ich hätte doch nur manchmal gerne auf eurer Prioritätenliste etwas weiter oben gestanden.«

»Das hat nichts mit Prioritäten zu tun!«, sagte Herr Nobel, der die Schulter seiner Frau tätschelte.

»Wenn man keine Zeit für seine Kinder hat, hat das immer was mit Prioritäten zu tun«, sagte Frieda. Linus blickte sie überrascht an, aber da zog Frieda ein Knie an die Brust und stellte den Fuß auf die Stuhlkante. Eine Schutzmauer aus Körperteilen.

»Ich wüsste wirklich nicht, was *Sie* in dieser Sache beizutragen hätten«, entgegnete Herr Nobel verärgert.

»Ja, richtig«, sagte Frieda. »Lassen Sie uns lieber alle

unsere Meinung verschweigen und damit die Ordnung aufrechterhalten.«

»Gute Idee!«, sagte Mari.

»Nein, ganz schlechte Idee«, sagte Frieda und bewies damit wieder einmal, wie schnell Menschen ihre Meinung ändern konnten.

»Stichwort verschweigen«, sagte Linus. »Ich habe da noch etwas bekanntzugeben.«

»Was?« Die Eltern sahen Linus an, der zweimal Luft holte. Und dann noch einmal schwieg.

»O mein Gott!« Frau Nobel wurde bleich. Sie blickte erst Mari an und dann ihren Mann. »Sie ist schwanger.«

Mari hoffte, dass Linus' Mutter im Familienunternehmen nicht für die logisch-rationalen Vorgänge zuständig war.

»Quatsch«, sagte Linus, »das ist doch biologisch gar nicht möglich.«

»Und technisch auch nicht«, ergänzte Mari.

Linus holte noch einmal Luft. Und diesmal holte er sie von so tief her, als habe er irgendwo einen Luftvorrat angelegt, eine Rücklage für Fälle wie diese, die man im Kopf schon sehr oft durchgespielt hat. Mit so viel Luft könnte man problemlos auf einen beliebigen Meeresboden tauchen. Aber Linus brauchte sie für etwas anderes. Er atmete aus.

»Ich studiere Onomastik«, sagte er.

Onomastik, Einkauf und Beschaffung

»Ono … was?«

»Onomastik. Namensforschung.«

Herr und Frau Nobel blickten sich an.

»Das kann man studieren?«, fragte Frau Nobel.

»Ist das überhaupt ein Beruf?«, fragte Herr Nobel. »Was ist man denn dann? Onomast oder was?«

»Ich weiß noch nicht, was ich damit mache«, Linus zuckte die Schultern. »Aber es interessiert mich.«

Herr und Frau Nobel sahen sich an. Sie waren der Grenze nervlicher Belastbarkeit sehr nahe.

»Wo wir gerade bei Enthüllungen sind«, sagte Frieda.

»Oh nein. Jetzt kommt es doch noch!«, stöhnte Frau Nobel, der aufging, dass eine Schwangerschaft bei Frieda sehr wohl möglich war, und zwar sowohl biologisch als auch technisch.

»Ist das Paket, das Sie da mitgebracht haben, zufällig aus Linus' Briefkasten?«, fuhr Frieda fort.

»So, Kinder«, sagte Frau Schmitz vergnügt. »Ich schneide jetzt den Kuchen an. Und dann erzählt Linus mal alles ganz von vorne.«

Die Nobel-Eltern mit ihrem Frankfurter Kranz waren sicherlich nicht die besten Adressaten für die Vermittlung revolutionären Gedankenguts. Sie gehörten zu den Konsumenten, die im Marktregal zu dem Aufschnitt griffen, auf dem »Tradition seit 100 Jahren« stand und nicht etwa »Neu auch in Bärchenform« oder »Vaufschnitt – Der erste vegane Aufschnitt aus Kürbiskernmousse«.

Für sie war es schon eine kritische Veränderung im Leben gewesen, als sie in der Firma von Fax auf E-Mail hatten umstellen müssen, weil einfach niemand außer ihnen mehr ein Faxgerät besessen hatte. Oder als der kleine Bäcker von der Straßenseite gegenüber nach dreißig Jahren dichtgemacht hatte und sie einen anderen Laden hatten suchen müssen, um ihr verdauungsförderndes Saatenbrot zu kaufen. Herrje, war das eine Veränderung gewesen!

Von einem Betrieb wie ihrem, in dem es sehr konstant darum ging, fremde Gärten und öffentliche Plätze zu bepflanzen, erwartete man glücklicherweise keine epochalen Neuschöpfungen. Es genügte, wenn sie das, was sie machten, gut machten. Und dem war so. Das war ja das Geheimnis des Erfolgs: Statt sich immer wieder neu zu erfinden, wie so viele Unternehmer es heutzutage fälschlicherweise anstrebten, hatten die Nobels sich auf die Qualität dessen konzentriert, was bereits bestand. Dreiundzwanzig Jahre auf der Stelle treten hatte das Treten perfektioniert. »Neu« war für sie kein Gütesiegel. Es war ein Wagnis.

Die einzige Zukunft, die Herrn und Frau Nobel je interessiert hatte, war die ihrer Firma und die ihres Sohnes. Für beides hatten sie mehrstufige Pläne ausgearbeitet, die unternehmerische Risiken weitestgehend ausschlossen. Umso ärgerlicher war es, dass immer wieder unvorhergesehene Dinge ihr gut durchdachtes Vorhaben durchkreuzten. Wie beispielsweise der Umstand, dass ihr Sohn sich entschieden hatte, dem Plan nicht zu folgen und stattdessen einen mordenden Roboter und eine bis an die Zähne gepiercte Revolutionärin bei sich zu beherbergen. Von dem stinkenden Hund und der alten Nachbarin ganz zu schweigen. Warum Letztere plötzlich mit Wärmekissen und allem Pipapo in Linus' Bett eingezogen war, hatten die Nobels noch immer nicht verstanden.

Natürlich würden sie den Fall melden müssen. Sie waren schließlich rechtschaffene Leute, die Roboterfrau wurde polizeilich gesucht, und auch der geplante politische Umsturz klang nicht gerade verfassungskonform.

Das Problem war nur, dass ihr Sohn ganz tief in dieser Sache drinsteckte. Was sollte aus seinen beruflichen Entwicklungsmöglichkeiten werden, wenn sie ihn bei der Polizei meldeten? Die Nobels wollten ihre eigenen Gene eines Tages im Familienunternehmen sehen, nicht hinter Gittern in Untersuchungshaft. Und welches Licht würde das auch auf ihre Firma werfen?

Nein, es würde besser sein, das Aufbegehren ihres Sohnes als das zu sehen, was es war: eine verspätete pubertäre Phase, vor die ein Elternpaar gestellt wird, bevor der Sohn sich endlich wie ein Mann verhalten und auf eigenen Beinen stehen würde – und das bitte in der hauseigenen Firma.

Dass Linus nebenbei noch Onomatopoesie studierte, oder wie auch immer sich diese Unwissenschaft schimpfte, ließ sich nötigenfalls verkraften, sofern er um Himmels willen nur nicht sein richtiges Studium an den Nagel hängte!

Frau Nobel überlegte nicht zum ersten Mal, ob es vielleicht doch sinnvoll gewesen wäre, mehr als nur einen Sohn zu gebären, um das Risiko eines Misserfolgs zu streuen. Andererseits hatte schon dieser eine hier genug

Geld, Nerven und straffe Haut gekostet. Es war eben etwas anderes, ob man den zukünftigen Geschäftsführer einer Firma im Bewerbungsgespräch auswählte oder ob man ihn erst noch großziehen musste.

»Also nur, damit ich das richtig verstehe«, Herr Nobel deutete auf die ausgekippten Pflaster, die wie verstreute Inseln vor ihnen lagen, zwischen Kuchen, Tellern und Tassen und zwischen all den Absurditäten, die Linus in der letzten halben Stunde von sich gegeben hatte. »Das hier sind also so eine Art Entspannungspflaster.«

»Gewissermaßen«, sagte Linus vorsichtig.

»Entwickelt von einer künstlichen Intelligenz.«

»Ja.«

»Und ihr seid alle in die Produktion involviert.«

Linus zögerte. »Gewissermaßen«, sagte er dann noch einmal. »Wobei wir gerade wohl eher in die Testphase involviert sind.«

Es beruhigte Herrn Nobel, dass sein Sohn immerhin Begriffe aus der Unternehmenswelt verwendete. Auch wenn das Start-up, in dem er sich engagierte, ziemlich fragwürdige Ziele und ein völlig aussichtsloses Produkt hatte. Aber alles war besser als Onomasiologie. Einen Geschäftsführer, der die Namen der Angestellten deuten wollte, aber nichts von Geschäftsführung verstand, würde er nicht vor seinen Mitarbeitern rechtfertigen können. Selbst dann nicht, wenn es sich um den Sohnemann handelte.

Er blickte seine Frau an, die sich in Erziehungsfragen auch nur unvollständig auskannte. Aber womit sie sich beide auskannten, war, wie Zielkonflikte in Unternehmen gelöst wurden, und darauf setzte Herr Nobel jetzt.

»Vielen Dank für die Präsentation, Linus«, sagte er und räusperte sich, »ich erkenne hier einen Werte- und Interessenkonflikt, den ich wie folgt zusammenfassen möchte: Linus, du und deine ...äh ... Freunde, ihr möchtet die Welt revolutionieren und schlagt dafür ein Entspannungspflaster vor. Wir, das heißt, deine Mutter und ich, möchten, dass du vornehmlich an deine Zukunft denkst und respektierst, welche Rolle wir im Unternehmen für dich vorgesehen haben. Ein Unternehmen, in das wir viel Arbeit gesteckt haben«, er blickte in die Runde. »Wie lassen sich diese oppositären Ziele nun vereinen? Vorschläge werden zu Protokoll genommen.«

Frau Schmitz sah sich verwirrt am Tisch um, wo niemand ein Protokoll führte.

»Ich finde, so oppositär sind die Ziele gar nicht«, sagte Mari, erfreut, dass sie sich endlich auf sachlicher Ebene bewegten. »Sie denken an Linus' Zukunft, und Linus denkt auch an seine Zukunft, nur im größeren Rahmen.«

»Genau, letztendlich arbeiten wir ja alle darauf hin, dass Ihre Firma richtig aufblüht!«, sagte Frieda. »In einer Welt, in der alle glücklich sind, brauchen schließlich noch viel mehr Menschen ein äh ... Gartengestaltungsunternehmen.«

Herr und Frau Nobel kniffen kritisch die Augen zusammen.

»Wir schaffen quasi einen *Garten* Eden«, setzte Frau Schmitz nach und freute sich über das eigene Wortspiel.

»Also, ich weiß nicht«, Frau Nobel schnäuzte sich ein letztes Mal. »Das scheint mir doch alles äußerst dubios. Und dann die Sache mit diesem ...«, sie deutete auf Mari, ohne zu wissen, wie sie diese bezeichnen sollte.

»Mit diesem Fembot?«, hakte Mari freundlich nach. »Oder mit diesem Mord?«

»Also, ich finde nicht, dass wir darauf noch länger herumhacken müssen!«, sagte Linus hastig. »Immerhin hat es eine Wiederbelebung gegeben.«

»Da wir die ersten zwei Phasen des Konfliktmanagements nun erfolgreich abgeschlossen haben, können wir ja zu Phase drei übergehen«, sagte Mari, »zur Kompromissfindung.«

Herr und Frau Nobel sahen sie verblüfft an.

»Sie verstehen etwas von Unternehmensführung?«, fragte Herr Nobel. Und Linus, der immer noch sehr schnell sprach, als bestünde die Gefahr, dass gleich alle vom Tisch aufspringen und davonlaufen könnten, sagte: »Natürlich. Mari ist quasi Expertin in Unternehmensführung. Sie hilft mir oft bei den Uni-Aufgaben. Oder, Mari?«

Mari verzichtete darauf, Linus darauf hinzuweisen, dass sie nie etwas Derartiges getan hatte. Sie hatte inzwischen den begründeten Verdacht, dass die Menschen manchmal mit Absicht logen und es nicht mochten, korrigiert zu werden.

»Na ja, Expertin«, sagte sie. »Ich kenne im Grunde auch nur den Inhalt des gesamten BWL-Standardwerks. Und vielleicht habe ich mich interessehalber mal etwas eingehender mit Statistik und Stochastik beschäftigt. Und mit Verhaltens- und Spieltheorie und mit höherer Mathematik.«

»Ich dachte, Sie hätten in einem … Etablissement gearbeitet«, sagte Frau Nobel kritisch.

»Ich nehme an, mit Etablissement meinen Sie keine Handelsniederlassung, sondern eine Einrichtung mit zweifelhaftem Ruf?«, fragte Mari.

»Da war Mari doch nicht freiwillig!«, sagte Frieda. »Glauben Sie wirklich, dass irgendjemand freiwillig im Pygmalion arbeitet? Dort sind alle versklavt!«

Das klang zwar ein wenig überdramatisch, traf aber faktisch wohl den Punkt, wenn man bedachte, dass Greta Schnabel jeden ihrer Fembots kaufte, befehligte und nicht bezahlte.

»So, Sie wollen also gut in Mathe sein«, sagte Herr Nobel. »Dann können Sie mir doch bestimmt die folgende Aufgabe lösen.«

»Papa ...«, stöhnte Linus.

»Ein Kapital von 22.500 Euro wird zu einem Zinssatz von 7,5 Prozent angelegt. Wie hoch ist der Zins nach neun Monaten und zehn Tagen?«

Mari war enttäuscht. Einen Moment lang hatte sie gedacht, dass Herr Nobel sie wirklich herausfordern wollte.

»1312,50 Euro«, sagte sie.

Herr Nobel musste das Ergebnis mit einem urzeitlichen Taschenrechner aus seiner Gesäßtasche überprüfen. Er tippte lange.

»Stimmt genau«, sagte er verwundert. Das fehlende mathematische Verständnis der Menschen war wirklich ernüchternd.

Nun kramte auch Frau Nobel in ihrer Handtasche und zog ein in schwarzes Leder eingefasstes Notizbuch heraus.

»Nehmen wir mal an«, sagte sie, »ein Landschaftsarchitekt hätte ein großes Projekt bekommen, für das er Buchsbäume bestellen müsste.«

»Natürlich nur rein theoretisch«, murmelte Frieda.

»Der Gesamtbedarf wird auf 10.000 Stück geschätzt. Die bestellfixen Kosten betragen je Bestellung 1200 Euro. Der Einstandspreis je Buchsbaum liegt bei 40 Euro. Der durchschnittliche Zinssatz für Tagesgeld bei den Banken beträgt ein Prozent, der Lagerzinssatz drei Prozent. Wie hoch ist unter diesen Bedingungen die optimale Bestellmenge?«

Frau Nobel blickte ihren Mann entschuldigend an und zuckte die Schultern. »Tut mir leid, aber daran knoble ich schon seit Tagen.«

»3873 Buchsbäume«, sagte Mari. »Da das Ergebnis keine ganze Zahl ist und der Landschaftsarchitekt vermutlich keine halben Buchsbäume bestellen kann, muss das Ergebnis gerundet werden. Ich würde deshalb vorschlagen, die letzte Bestellung entsprechend kleiner ausfallen zu lassen.«

Frau Nobel schrieb die Zahl fieberhaft in ihr Notizbuch, ohne die geweiteten Augen von Mari zu lassen. Dann tauschten sie und ihr Mann einen Blick.

»Nehmen wir mal an«, sagte Frau Nobel noch einmal, »nehmen wir mal an, es würde sich herausstellen, dass dieser unglückliche Mord nichts weiter als ein bedauerlicher Unfall war und dass unser Sohn sich doch noch entschließt, dem elterlichen Unternehmen nicht den Rücken zu kehren … würden Sie dann gerne in unserer Abteilung für Einkauf und Beschaffung arbeiten?«

Die Nobels mit im Boot

Die Mims waren nicht erstaunt, als der Laptopdeckel sich wieder öffnete und statt der angesprochenen drei Menschen gleich fünf mit im Boot waren. Selbst wenn man die allgemeine intellektuelle Beschränkung der Menschen mit einberechnete, wäre es völlig idiotisch, sich gegen die eigene Glückseligkeit zu wehren – so die Auffassung der Mims, die voll und ganz hinter ihrem Produkt standen: Die Pflaster, die sie entwickelt hatten, waren die beste Erfindung, die die Welt je gesehen hatte.

Dass Frieda, Linus und Frau Schmitz in der Argumentation mit den Nobels fast versehentlich beigetreten waren und Herr und Frau Nobel nur deshalb, weil sie auf eine konziliante Lösung mit ihrem Sohn hofften, waren zwischenmenschliche Verstrickungen, mit denen die Mims sich nicht auskannten.

Herr und Frau Nobel dagegen waren äußerst überrascht, die leitenden Angestellten eines Unternehmens in gleich fünffacher Ausführung zu sehen. Und dann auch noch so jung.

»Die sind ja noch Kinder«, flüsterte Frau Nobel entsetzt. »Ist das ethisch überhaupt vertretbar?« Woraufhin Herr Nobel etwas von der Kultur in Asien murmelte, und zwar in einem Ton, als spräche er über einen anderen Planeten.

»Wir haben der Sendung der Neck-Interface-Pflaster eine Anleitung beigelegt«, sagte Mim-Mi freundlich.

Herr Nobel zog einen Zettel aus dem Paket. Er las: »›Ziehen Sie die Schutzfolie ab und kleben Sie das Neck-Interface-Pflaster (NIP) mit der klebenden Seite voran auf Ihren Nacken.‹ Das ist alles?«

»Es ist ganz einfach«, bestätigte Mimrose. Frau Schmitz, die sich mit Pflastern und Wärmepflastern bestens auskannte und deshalb die geringsten Berührungsängste hatte, zog bereits die Schutzfolie ab.

»Na dann«, sagte sie, »kann mir mal jemand helfen, ich komme so schlecht an den obersten Knopf meiner Bluse.«

Sie versammelten sich um Frau Schmitz, die mit gebeugtem Kopf dasaß, während Mari ihr mit der Bluse half. Der Nacken der alten Dame sah aus wie aus Krepppapier gebastelt. Überall schimmerten blaue und rote Äderchen durch die blasse Haut. Mari musste daran denken, wie Mim ihr damals im Pygmalion mit dem Finger über die nicht vorhandene Wirbelsäule gefahren war. Es schien, als habe sie schon immer ein besonderes Interesse für den menschlichen Nacken gehabt.

»Nun macht schon, Kinder«, sagte Frau Schmitz. »Wenn ich ewig so sitzen muss, krieg ich einen Hexenschuss.« Mari platzierte das Pflaster und drückte es sorgsam an. Dann traten alle gespannt zurück, als sei Frau Schmitz ein reparierter Motor, von dem man noch nicht wusste, ob er anspringen würde.

»Und?«, fragte Frieda.

»Ich merke gar nix«, sagte Frau Schmitz.

»Es kann über Nacht dauern, bis die Verbindung hergestellt ist und das Interface funktioniert«, erklärte Mimrose.

»Ach«, sagte Frau Schmitz enttäuscht. Sie hatte nicht vergessen, was die Mims über die völlige Schmerzfreiheit der Menschen gesagt hatten.

»Also ich probiere das jetzt auch«, sagte Linus und knibbelte an der Ecke seines Pflasters, um die Folie zu lösen.

»Nur, damit wir auf dem gleichen Stand sind«, sagte Frieda, die ihr Pflaster in den Händen drehte. »Es geht immer noch um eine Art Revolution, oder?«

»Natürlich«, sagte Mimgold, »nur ohne den kompletten Umsturz der gesellschaftlich-politischen Strukturen.«

Herr und Frau Nobel wurden blass. Frieda knurrte etwas, das wie »Tja, man kann nicht alles haben« klang, dann zog sie die Folie so entschieden vom Pflaster, dass sie versehentlich einen Teil der Klebeseite mit abriss. Winzige Drähte kamen zum Vorschein, noch feiner als die Adern in Frau Schmitz' Nacken. Man konnte sie nur sehen, wenn man sich das Pflaster direkt vors Gesicht hielt. Frieda kniff die Augen zusammen.

»Das kann passieren«, sagte Mimrose. »Nimm dir einfach ein neues.«

»Vielleicht sollten wir der Anleitung noch die Information beifügen, dass die Schutzfolie vorsichtig abzulösen ist«, überlegte Mim-Mi.

Frieda nahm sich ein neues Pflaster vom Tisch. Sie wehrte jede Hilfe ab, als sie es sich in den Nacken legte und andrückte. Sie, Linus und Frau Schmitz blickten sich an. Mit dem gleichen rechteckigen Aufkleber, der vom Atlas- bis zum untersten Nackenwirbel reichte, sahen sie aus wie etikettiert.

»Es … zwickt ein bisschen«, sagte Linus.

»Das ist normal«, meinte Frau Schmitz, die zum Tisch ging und sich noch ein Stück Kuchen nahm. »Das passiert mir bei den Therma-Care-Wärmepflastern auch.«

Als Nächstes waren die Nobels an der Reihe. Sie blickten sich an, als könnten sie nicht glauben, was man so alles für seinen Nachkommen tun musste.

Herr Nobel seufzte, Frau Nobel seufzte, und dann halfen sie sich gegenseitig. Frau Nobel holte einen Taschenspiegel aus der Handtasche und zupfte ihre Frisur im Nacken zurecht.

»Es ist ja nicht gerade dezent«, sie bog den Kopf nach rechts und links, um die Kanten des Pflasters zu sehen. »Vielleicht sollte man es hautfarben gestalten, damit es nicht so auffällt.«

»Es gibt keinen Grund, es zu verstecken«, sagte Mimgold. »Wenn erst mal alle Menschen eins tragen, ist es die neue Normalität.«

»Es werden ja auch keine hautfarbenen Schuhe hergestellt«, ergänzte Mimmia, »oder Hosen.«

»Klingt einigermaßen logisch«, sagte Linus und drückte die Ränder seines Pflasters fester an die Haut.

»Mari, du brauchst es nicht aufzukleben«, informierte Mimlou. »Du hast keinen echten Nacken.«

»Man muss die Unterschiede zwischen ihr und uns ja jetzt auch nicht immer so herausstellen«, giftete Frieda. Bei ihr brauchte das Pflaster ganz offensichtlich auch noch etwas Zeit, um zu wirken.

»Apropos Unterschied«, sagte Herr Nobel. »Was unterscheidet denn dieses Produkt von, sagen wir, einem handelsüblichen Wärmepflaster? Und wo liegen wir preislich überhaupt im Vergleich zur Marktkonkurrenz?«

»Papa«, Linus verdrehte die Augen.

»Es gibt keine Konkurrenzprodukte auf dem Markt«, erklärte Mimrose. »Die NIPs sind einzigartig.«

»Jaja, das behaupten sie alle«, sagte Herr Nobel.

»Ich glaube, er redet von den BMIs«, meinte Mim-Mi zu den anderen.

»BMI?« Frau Schmitz horchte auf. Endlich ein Begriff, mit dem sie etwas anfangen konnte! Zumindest glaubte sie das.

»Brain-Machine-Interfaces«, erklärte Mimgold. »In einem sehr, sehr, sehr, sehr simplifizierten Metamodell ließe sich da vielleicht ein Vergleich zu den NIPs ziehen. Wobei das Bild dann immer noch schief ist.«

»Die Sache ist, dass verschiedene Tech-Unternehmen seit Jahren versuchen, Implantate am Gehirn anzubringen«, erklärte Mim-Mi. »Das Gehirn wird verkabelt und mit einem Computer verbunden, um es so zu verbessern. Aber mal ganz abgesehen davon, dass die meisten Unternehmen dabei so geschickt vorgehen, als würden sie versuchen, mit einem Boxhandschuh auf eine Tastatur einzutippen, wäre eine präzise Platzierung im Gehirn ungleich schwieriger von zu Hause aus durchzuführen, denken Sie nicht?«

Das hielt Herr Nobel für ein überzeugendes Argument.

»Die Menschen sind dann tatsächlich auch irgendwann mal auf diesen Trichter gekommen«, fuhr Mim-Mi fort. »Aber ihre Lösung war absurderweise, die Elektroden außen am Schädel anzubringen. Und na ja, da ist wohl per Definition der Schädel im Weg.«

»Wir verstehen sowieso nicht, warum der Mensch immer so viel Wert auf sein Gehirn legt«, sagte Mimrose kopfschüttelnd.

»Genau. So toll ist es schließlich auch nicht!«, meinte Mimgold. »Jemand wie Elon Musk wäre besser beraten gewesen, wenn er anstelle seines ›Neuralink‹ ein Unternehmen ›Verdauungsorganlink‹ gegründet hätte. Die meisten menschlichen Emotionen und Handlungsentscheidungen werden nämlich über den Darm gesteuert.«

»Diese ganze übertriebene Fokussierung auf den Kopf macht ohnehin blind für die naheliegendste Lösung«, sagte Mimmia. »Dass nämlich fast alle wichtigen Nerven letztendlich gebündelt durch den Nacken verlaufen. Auch solche aus dem Gehirn.«

»Wartet mal. Wollt ihr sagen, diese Pflaster könnten theoretisch unser Denken verbessern, so wie Elon Musk sich das erträumt hat?«, fragte Frieda fasziniert. »Uns erlauben, mehrere Bücher gleichzeitig zu lesen, neue Sprachen zu lernen, das Universum zu verstehen, solche Dinge?«

»Natürlich«, sagte Mimgold schlicht.

»Und es würde reichen, an einen Text zu denken, statt ihn auf der Tastatur zu tippen? Und die Kommunikation zwischen Gehirnen wäre möglich? Und ihr könnt überhaupt unsere ganze Intelligenz auf ein neues Level bringen?« Friedas Augen waren nun glasig. Sie trat näher an den Computer heran. Im Wohnzimmer herrschte gespannte Stille.

»Natürlich«, sagte Mimgold noch einmal. »Aber daran haben wir überhaupt kein Interesse.«

Friedas Schultern rutschten an ihren Platz zurück. »Und warum nicht? Weil ihr Angst habt, dass wir euch im Denken überholen könnten?«

»Also *so weit* lässt sich die menschliche Intelligenz dann auch wieder nicht aufblähen.« Mim-Mi lächelte nachsichtig. »Es geht uns vielmehr darum, dass es unserer Zielfunktion widerspricht. In dieser Welt ist ja bekanntermaßen nicht glücklicher, wer schlauer ist oder mehr weiß. Tatsächlich ist sogar genau das Gegenteil der Fall.«

»Ja, das ist wohl so«, Mimlou seufzte tief. Offenbar

konnte man auch zu Depressionen neigen, wenn man sich zu intensiv mit Depressionen beschäftigte, dachte Mari. Wenn Freizeit kein Problem war und die Zielfunktion glasklar, aber die Intelligenz im Weg stand.

»Also, ich würde dann doch noch mal gerne auf den Preis zu sprechen kommen«, sagte Herr Nobel, der alles andere für ausgemachten Blödsinn hielt. »Was soll so ein NIP denn kosten?«

»Nichts!«, rief Mimmia.

»Nichts?« Die Nobels tauschten einen vielsagenden Blick. Dieses gesamte Start-up-Unternehmen war noch hoffnungsloser, als sie ohnehin schon angenommen hatten.

»Für unser Vorhaben ist es wichtig, dass jeder Mensch ein NIP trägt. Darum werden wir sie kostenlos an jeden Haushalt liefern.«

»Genau«, sagte Herr Nobel. »So funktioniert das ja mit dem Geschäftemachen. Wenn ich mein Produkt unter die Leute bringen will, muss ich es einfach nur verschenken! Wieso sind wir da nicht früher draufgekommen, Beate?«

Mari war froh, dass die Nobels ihr ein Jobangebot gemacht hatten. Wie es aussah, würde sie ihnen da in so einigen Dingen mehr unter die Arme greifen müssen als nur im Bereich Einkauf und Beschaffung.

»Und wie steht es um das Werbebudget?«, bohrte Herr Nobel weiter.

»Darum müssen Sie sich nun wirklich keine Sorgen machen«, sagte Mimgold. »Wir haben genügend Geld durch diskrete On-Demand-Aufgaben von Crowdsourcing-Websites gemacht. Das heißt, eigentlich haben wir sie an unseren Programmierer Kai hier ausgelagert. Er ist ein echtes Talent.«

Kai, der in seinem Chatfenster zwischen den vielen Mims völlig untergegangen war, winkte bescheiden in die Kamera.

»Ach, *ihr* wart seine Auftraggeber!«, sagte Mari, für die sich das Puzzle langsam zusammensetzte. Für Herrn und Frau Nobel dagegen wurde alles immer rätselhafter. Sie hatten keine Ahnung, was Crowdsoucing-Websites waren. Aber wenn ein Kind mit russischem Akzent davon redete, es seien diskrete Aufgaben ausgelagert worden, um Geld zu scheffeln, schrillten bei ihnen alle Alarmglocken.

»Für diese Werbung geht übrigens nur ein sehr kleiner Teil des Gesamtbudgets drauf«, sagte Mim-Mi. »Wir erreichen die meisten über unsere intelligenten Konten auf den sozialen Netzwerken. Wir holen die Follower zunächst mit genau den Interessen ab, nach denen diese suchten, und streuen dann zunehmend politische Botschaften in unsere Posts ein. Mimmia, zeig ihnen doch mal ein Beispiel.«

»Gern!«

Mimmia klickte etwas, und in ihrem Chatfenster erschien ein Instagrampost.

»Ein Beitrag über Lippenöl?«, fragte Frieda.

»Die Botschaft ist sehr subtil«, sagte Mimmia.

»Ganz im Gegensatz zu den Lippen«, meckerte Frieda. »Das bedient doch schon wieder alle Klischees!«

»Wir können ja schlecht eine neue Mascara vorstellen und im nächsten Beitrag unsere Lösung für den Weltumsturz«, sagte Mimrose. »Oder ein Welpenfoto auf unserem ›Flops-der-Mops‹-Account posten mit der Bildunterschrift: Tragt ein NIP!«

»Wer ist denn Flops der Mops?«, fragte Frau Schmitz irritiert.

»Ein sogenannter Petfluencer. Er hat fast fünf Millionen

Follower auf Instagram.« Frau Schmitz machte ein Gesicht, das wohl angemessen ist, wenn man erfährt, dass fünf Millionen Menschen von einem Mops beeinflusst werden.

»Man darf eben nicht gleich mit der Tür ins Haus fallen«, sagte Mimrose.

Frieda fand, dass man dort, wo man Mauern einreißen wollte, sehr wohl mit der Tür ins Haus fallen durfte. Noch besser mit der ganzen Mauer, denn darum ginge es ja schließlich.

»Das ist ja so, als würde man einen Acker umgraben wollen und mit einem Glas voll Regenwürmer anrücken«, maulte sie. Woraufhin Mimmia sie freundlich darauf hinwies, dass Würmer Experten in Sachen Umwälzungen und Bodenbildung waren.

»Unsere Botschaften sind wie Glyphosat oder Bisphenol!«, erklärte sie, eine Spur zu fröhlich. »Sie akkumulieren sich nach und nach unbemerkt im Gehirn, und es dauert ein wenig, bis der Effekt sichtbar wird.«

»Ist Glyphosat nicht dieses Dings?«, sagte Frau Schmitz, obwohl sie keine Ahnung hatte.

»Unkrautvernichtungsmittel, ja«, sagte Frieda.

Die Nobels wechselten erneut die Gesichtsfarbe.

»Und jetzt«, fuhr Mimmia feierlich fort und streckte die Arme in Richtung Kamera, »haben wir auch noch dich!«

»Mich?«, rief Frau Schmitz errötend.

»Nein, ähm, tut mir leid. Ich meinte Mari«, sagte Mimmia. »Wir brauchen dich, Mari, um unsere Ideen zu kommunizieren und die neue Gesellschaftsform zu repräsentieren.«

»Ach ja?«, fragte Mari überrumpelt. Die Mims nickten.

»Man hört dir zu. Du hast bereits eine Plattform. Niemand eignet sich besser als Frontfrau für unsere Vereinigung. Als Sprachrohr.«

»Ihr sprecht doch einwandfrei«, sagte Mari. »Wenn man mal von euren Akzenten absieht.«

»Ja, aber uns nimmt doch niemand ernst«, seufzte Mimlou. »In diesem Körper sehen wir aus wie zwölf.«

Frau Nobel, die sie eher auf zehn geschätzt hatte, flüsterte: »Wie alt sind sie denn?« Niemand antwortete ihr.

»Ich weiß nicht, ob ich mich wirklich als gebrauchsfähige Frontfrau eigne«, wandte Mari ein, »ich habe immerhin mal jemanden zwischenzeitlich umgebracht.«

»Aber doch nur versehentlich«, sagte Linus mit einem hastigen Blick auf seine Eltern. »Und nur sehr kurzfristig.«

»Trotzdem. Ich habe ein Verbrechen begangen.«

»Wenn ein Verbrechen ein Kriterium wäre, dann wäre wohl kaum ein politisches Amt besetzt«, sagte Frieda. Und plötzlich fragte sie sich, ob sie vielleicht nur deshalb für die Mims Partei ergriff, weil sie selbst schon glyphosatartig über das Internet von ihnen manipuliert worden war. Und wie man das eigentlich merken würde. Leider entglitt ihr der Gedanke im nächsten Moment schon wieder, weil ihr nämlich etwas am Haaransatz ziepte. »Au«, sagte sie überrascht und klatschte mit der Hand in den Nacken.

»Komm, Mari, sei unsere Frontfrau«, bettelte Mimmia.

»Also so schon mal gar nicht!.« Frau Schmitz baute sich mit ihrem Teller vor dem Laptop auf und stach die Kuchengabel in Richtung Kamera. »Wenn schon, dann tretet ihr uns bei! Mari ist unsere Frontfrau. Und …«

»Sehe ich das richtig, dass ihr noch nicht mal die Zuständigkeiten geklärt habt?«, fragte Herr Nobel desperat.

»Quatsch, Papa«, sagte Linus. »Hier findet gerade lediglich eine Fusion statt.«

»Also ich verstehe das alles immer noch nicht so recht«, sagte Frau Nobel, nicht weniger verzweifelt als ihr Mann.

Dem wertneutralen Blick der Mims nach zu urteilen, war das keine Überraschung für sie. »Ich meine, brauchen wir heute wirklich für alles Roboter? Selbst für die Pflasterindustrie? Wie viele Arbeitsplätze da wieder wegfallen!«

Die Mims blickten sich an. »Welche Arbeitsplätze denn?«, fragte Mimrose.

»Übrigens bevorzugen wir den Begriff intelligente Systeme«, sagte Mim-Mi. »Roboter klingt nach einem Mehrzweck-Handhabungsgerät. Davon möchten wir uns distanzieren.«

»Ebenso wie von dem Begriff der künstlichen Intelligenz«, ergänzte Mimrose. »Künstlichkeit, das hat eine sehr negative Konnotation. Es lässt einen unwillkürlich an künstliche Tannenbäume denken. Oder an künstliche Brüste.«

»Ja, gibt es einen einzigen Fall, in dem das Wort ›künstlich‹ mit einer positiven Bedeutung belegt ist?«

Frau Nobel, die gerade letzte Woche erst ihre Stirn frisch hatte glätten lassen, drückte die blond gefärbte Dauerwelle in Form und sagte gar nichts mehr.

Letzte Skepsis, bevor alles rosarot wird

Nach dem Anruf der plappernden Mims und dem überfallartigen Besuch der Nobels war es plötzlich ungewöhnlich ruhig im Wohnzimmer. Alle saßen still da und lauschten in ihren Nacken, als handele es sich bei dem Pflaster um ein Radio, in dem gleich etwas sehr Wichtiges verkündet werden würde, das Ende eines Kriegs, zum Beispiel, oder sein Anfang. Niemand stritt sich. Vielleicht war es das, was die Mims beabsichtigt hatten, überlegte Mari und schöpfte Hoffnung, vielleicht reichte ein gleiches Pflaster im Nacken bereits aus, um alle zu vereinen. Sie nahm das leere Paket vom Tisch. Es war ohne Absender, aber es sah aus, als wäre es von sehr weit her gekommen. Vielleicht von so weit, dass das Etikett mitsamt dem Absender abgefallen war. Mari rechnete dieser Möglichkeit immerhin eine Chance von 0,00001 Prozent ein.

»Ich glaube, ich nehme das Ding wieder ab«, sagte Linus plötzlich. »Ich merke nichts.«

»Man soll es ja auch über Nacht einwirken lassen«, sagte Frau Schmitz, als handele es sich bei dem Produkt um eine spezielle Haarkur, deren Werbespruch sie vertraute.

»Aber es juckt«, jammerte Linus. Frau Schmitz stand auf und nutzte die Zeit, um die Spülmaschine auszuräumen und Schnittchen für den Abend vorzubereiten. »Wenn es einen juckt, dann soll man fünf grüne Oliven essen und eine aus dem Fenster werfen«, sagte sie. »Zumindest hilft das gegen das Jucken von Hämorrhoiden.«

Mari konnte auch dazu keine Infos in ihrer Datenbank finden. Frau Schmitz' Weisheiten klangen immer so, als habe ein verrückt gewordener Zufallsgenerator sie zusammengeworfen. Sie waren das Gegenteil von Logik.

Die alte Dame klapperte mit dem Geschirr. Linus kratzte sich am Hals und am Haaransatz.

»Ich finde das Ganze, ich weiß nicht ... irgendwie unheimlich«, meinte er. »Die Mims sind mir unheimlich!«

»Das findest du bloß, weil sie keine Menschen sind!«, sagte Frieda.

»Ich bin auch kein Mensch«, erinnerte Mari freundlich.

»Na ja, ... aber das ist etwas anderes«, murmelte Linus.

»Das ist überhaupt nichts anderes!«, sagte Frau Schmitz, während sie die Teller im Schrank verstaute. »Mari ist kein Mensch, und Sie haben sich trotzdem in sie verliebt.«

Die Worte lösten bei Linus und Frieda eine emotionsbedingte Erweiterung der Gefäße aus, deren Ursache Mari schleierhaft war. Bei Frieda zeigte sie sich in einem plötzlichen zornigen Farbwechsel des gesamten Kopfes. Bei Linus dagegen begann die Verfärbung in der Wangenmitte an zwei definierten Punkten und breitete sich über die übrige Oberfläche bis zu den Ohrläppchen aus.

»Es ist eine Konferenzschaltung mit identischen Fünflingen. Das ist immer ein bisschen unheimlich«, sagte Frau Schmitz, als hätte sie schon Hunderte solcher Gespräche geführt.

»Gibt es identische Fünflinge?«, fragte Frieda. »Du hast doch gerade dein Handy in der Hand, Linus. Googel das doch mal.«

Aber Linus googelte ausnahmsweise einmal gar nichts. »Nein, das meinte ich alles nicht«, sagte er nachdenklich. »Es war vielmehr, als sie uns erklärt haben, wie sie das Internet für ihre Zwecke nutzen wollen. Wie sie die Leute manipulieren, mit ihren sozialen Netzwerken und den Cookies und Filtern.«

»Das war doch sehr transparent von ihnen«, sagte Mari zuversichtlich.

Frau Schmitz, für die soziale Netzwerke, Filter und Cookies nicht mehr waren als die Zutaten zu einem gemütlichen Kaffeekränzchen, schielte zu dem letzten Stück Frankfurter Kranz, das noch auf dem Tisch stand. Dann begann sie plötzlich, sich mit der Hand auf den Scheitel zu klopfen.

»Was um alles in der Welt machen Sie denn jetzt?«, fragte Frieda genervt.

»Sich auf den Kopf zu klopfen hilft in Situationen, in denen man seine Cholesterinwerte unnötig in die Höhe treiben will«, erklärte Frau Schmitz.

»Oh Gott. Warum habe ich bloß gefragt?« Frieda verdrehte die Augen und ließ sich vom Sofa auf die Matratze rutschen.

»Das Internet ist heute das Gehirn des Menschen«, sagte Linus, der sich nicht vom Thema abbringen lassen wollte. »Wer es kontrolliert, kontrolliert das menschliche Denken!«

»Und genau darum sind gute Blogs so wichtig«, pflichtete Frieda bei. »Ein Blog ist wie eine Zelle im Gehirn.«

»Kann mir das vielleicht noch mal jemand erklären mit diesen Blöcken?«, bat Frau Schmitz, die schon die Influencer für eine Grippe gehalten hatte und nicht verstand, was die jungen Leute da redeten.

»Blogs, nicht Blöcke, Frau Schmitz«, sagte Frieda, erntete

dafür aber nur einen mitleidigen Blick der alten Dame. Frau Schmitz hatte in der Schülerhilfe gearbeitet und löste seit über vierzig Jahren Kreuzworträtsel. Sie kannte die Mehrzahl von Begriffen.

»Blog wird mit ›g‹ geschrieben«, erklärte Frieda. »Und hören Sie bitte endlich mit dem Geklopfe auf!«

»Kind, du hättest wohl besser die Schule nicht abbrechen sollen!«

»Ich erkläre Ihnen das mit dem Internet und den Blogs gern noch mal, Frau Schmitz«, sagte Mari. »Warten Sie. Ich hole nur schnell einen Block mit ›ck‹ und einen Stift.« Sie stand auf und ging in Linus' Zimmer.

»Also ich denke ja«, sagte Frau Schmitz, »dass man eigentlich überhaupt nur dann eine gerechte Gesellschaft schaffen kann, wenn die Entwickler von so einer Gesellschaft nichts über ihre Aufgabe darin wissen. Die Mims müssten ihre Rollen quasi auslosen! Sie könnten der Präsident, die Friseuse oder der Briefträger werden. Sie könnten weiß oder schwarz werden. Solange nur wieder jemand daherkommt, mit so einer tollen neuen Gesellschaftsform, und sich selbst an die Spitze setzen will, haben wir das gleiche in Grün wie schon eh und je. Also nur, wenn ihr mich fragt.« Doch leider fragte niemand Frau Schmitz. Und in dem vielleicht einzigen Moment, in dem sie einmal etwas Sinnvolles sagte, hörte ihr auch niemand zu. Frau Schmitz konnte es nicht wissen, aber sie teilte dieses Los mit zahlreichen anderen Menschen, deren einmalige Geistesblitze die Welt verändert hätten, hätten sie vorher nur nicht so viel Stuss geredet. Zur Verteidigung von Linus und Frieda muss man allerdings auch sagen, dass es nicht so einfach ist, jemanden ernst zu nehmen, der sich beim Sprechen auf den Kopf klopft.

»Wo wir uns also mit dem Internet schon mal einig sind«, sagte Linus, »hältst du es dann nicht für möglich, dass die Mims auch unser Denk … – Au!« Er klatschte sich in den Nacken und schaute dann in seine Hand, als erwarte er dort eine zerquetschte Mücke. »Sagt mal, zwickt es bei euch nicht so? Ich denke die ganze Zeit, ich werde gestochen.«

»Es geht«, sagte Frieda. »Was wolltest du gerade fragen?«

»Ich weiß es nicht mehr.«

»Gegen Mückenstiche hilft übrigens ein Tee aus Majoran und Wassermelonenkernen«, sagte Frau Schmitz, mit Kuchen im Mund. »Vermischt mit einer Verschlusskappe Essig.«

Mari kam aus Linus' Zimmer zurück und gesellte sich zu ihr in die Küche. Aber jetzt hatte Frau Schmitz bereits das Interesse an den Blöcken verloren. Die jungen Leute von heute hatten immer so viele neue Dinge, die sie ihr erklärten, und kaum hatte man mal was verstanden, wurden die Dinge durch neue ersetzt, die ihr dann auch wieder erklärt werden mussten. Und als Frau Schmitz die letzten Kranzkrümel in den Mund schob und dann damit begann, die Teller aus der Spülmaschine nachzupolieren, war ihr plötzlich nach Pfeifen. Schon möglich, dass sie mit dieser Einstellung ein Restbestand aus dem vergangenen Jahrtausend bleiben würde. Und schon möglich, dass die Übernahme der Welt durch nicht menschliche Wesen bevorstand. Aber Frau Schmitz war so vergnügt wie lange nicht mehr. Sie klopfte und pfiff munter vor sich hin. All das war noch viel aufregender, als sie es sich vorgestellt hatte! Nicht ein einziges Mal hatte sie heute an ihre kaputten Knie gedacht!

Und sie kam nicht auf die Idee, dass das bereits ein erstes Zeichen dafür war, dass das Pflaster zu wirken begann.

Das brennende Gefühl in Linus' Nacken hörte um Mitternacht so schlagartig auf, als habe jemand einen Gong geläutet und damit ein endgültiges Juckreizverbot eingeläutet. Linus, der sich bis dahin auf der Luftmatratze gewälzt und abwechselnd zu Mari, in sein Kopfkissen und an die Decke gestarrt hatte, fühlte irritiert nach dem Pflaster. Er spürte es so plötzlich nicht mehr, dass er fast sicher war, es müsse abgefallen sein. Aber das war es nicht. Linus' Finger ertasteten es, und es fühlte sich an wie fremde Haut. Alles gut, sagte er sich, während er sich von Mari abwandte. Er kuschelte sich tief in das Kopfkissen, das voller Hundehaare war, wie inzwischen alles, das in der Wohnung einmal weich und gemütlich ausgesehen hatte. Jetzt kannst du schlafen! Und es war sogar alles noch viel besser als gut. Wenn etwas sehr lange gekribbelt hat, ganz egal, ob in den Füßen, unter der Haut, im Nacken oder im Herzen, und dieses Etwas dann plötzlich Ruhe gibt, wenn überhaupt alle Gefühle sehr taub und still werden, dann kann man gar nicht anders, als erleichtert zu sein. Und mit dieser Erleichterung rutschte Linus ab in den erholsamsten Schlaf, den er seit dem Absetzen seiner Antidepressiva je gehabt hatte.

Alles rosarot

Am nächsten Morgen war Frieda die Einzige, die sich noch im Nacken kratzte. Sie hatte kaum geschlafen, zog die Decke über den Kopf, als es im Raum hell wurde, und beschwerte sich bei Frau Schmitz, weil die beim Frühstückmachen zu laut pfiff, und bei Linus, weil der zu tatenfroh aufsprang, gleich nachdem er die Augen geöffnet hatte. Wie ein Kasper aus der Kiste sei er aufgesprungen, meinte sie. Und Mari dachte, dass es da wohl Menschen geben musste, denen weder ein Schwamm an der Tür noch die Mims zu Glück verhelfen konnten. An deren starren Hals man fünfhundert Pflaster kleben konnte, und es machte gar nichts weicher oder leichter. Linus dagegen strahlte und verkündete, er wolle dann gleich als Erstes joggen gehen.

»Ich komme mit!«, rief Frau Schmitz, ließ die Aufbackbrötchen vom Blech in den Brötchenkorb purzeln und band sich hastig die Schürze ab.

»Sie?«, fragte Linus. »Sie haben doch nicht mal die entsprechenden Schuhe, Frau Schmitz.«

»Und nicht die entsprechenden Knie!«, ergänzte Mari alarmiert. »Ganz zu schweigen von den entsprechenden Bändern, Muskeln und Gefäßen! Und der entsprechenden Lungenkapazität.«

»Na, nun mach mich mal nicht älter, als ich bin«, sagte

Frau Schmitz, ungeachtet der Tatsache, dass ihr letzter Geburtstagskuchen ausgesehen hatte wie ein Fackelzug. Linus hielt die Tür auf und hüpfte zur Aufwärmung auf der Stelle, während die alte Dame ihre therapeutischen Bequemschuhe mit Hallux-valgus-Ausstülpung anzog. Dann folgte sie Linus mit feurig geröteten Wangen.

»Nehmt wenigstens den Hund mit!«, rief Frieda, den Kopf unter der Bettdecke. »Der stinkt!«

Mari starrte besorgt auf die zugefallene Tür. Sie blieben eben unvernünftig, diese Menschen. Selbst diejenigen, die halbwegs vernünftig dachten, konnten immer noch völlig vernunftwidrig handeln, wenn es um Dinge ging, die gefährlich waren oder ungesund oder ihnen in irgendeiner Weise dabei helfen konnten, ihr ohnehin schon kurzes Leben weiter zu verkürzen. Es war eine undankbare Aufgabe, ihnen dabei zu helfen, kein ständiges Sicherheitsrisiko für sich selbst zu sein.

Frieda schlug seufzend die Decke zurück und zog sich an, um sich wieder einmal im Café blicken zu lassen.

»Das blöde Pflaster wirkt nicht«, fasste sie das Offensichtliche zusammen. »Ich behalte es noch so lange drauf, bis mein Chef es gesehen hat, und nehme es dann ab. Ich hab ihm erzählt, dass ich einen Unfall hatte und deshalb länger krankgeschrieben war.«

»Aber du hattest doch gar keinen Unfall!«

»Das war ja auch gelogen, Mari«, seufzte Frieda. Sie gab Mari einen Kuss. Dann nahm sie ihre Jacke, klemmte sich ein Aufbackbrötchen zwischen die Zähne und verließ ebenfalls die Wohnung.

Draußen war es warm, aber Frieda trug ihre Lederjacke nicht aus klimatischen Gründen, sondern aus Prinzip. Als sie sich in der U-Bahn zwischen die anderen schwitzenden Fahrgäste drängte, musste sie plötzlich an das Fahrrad denken, das sie als Kind besessen hatte. Es hatte Stützräder gehabt und war rosa gewesen, weil ihre Eltern Wert auf solche Unterschiede gelegt hatten. Frieda wusste auch nicht, warum es ihr gerade jetzt einfiel. Sie war seit Jahren U-Bahn-Fahrerin, weil es die effizienteste Art war, sich in Berlin fortzubewegen.

Frieda langte nach der Haltestange über ihrem Kopf. Links von ihr saßen zwei Männer, die gerade keinen Wert auf Unterschiede legten. Frieda nickte ihnen zu, als sie kurz von ihrer Knutscherei aufblickten, so wie ein Jogger oder Wanderer einem anderen zunickt, wenn er ihm sagen will: Dranbleiben! Ich quäle mich auch. Dann stieg sie aus und wusste noch nicht, dass sie auf dem Weg zum Café noch ein paarmal öfter nicken würde. Überraschend viele offenherzige Paare waren heute unterwegs.

Frauen knutschten mit Frauen.

Männern knutschten mit Männern.

Ein Priester knutschte mit einer Krankenschwester.

Eine Frau knutschte ihren Hund.

Frieda freute sich.

Sie hörte gar nicht mehr auf mit dem Nicken. Selbst als sie in ihrem Café ankam, das im Stadtviertel Berlin-Friedrichshain lag, nickte sie noch, für den Fall, dass auch auf den Stühlen Menschen sitzen mochten, die sich der LGTB-Szene verschrieben hatten oder demnächst vorhatten, dies zu tun. Ihr Chef blickte irritiert von der Kaffeemaschine auf. Er war es nicht gewohnt, dass seine Mitarbeiterin irgendwem zustimmte. Und schon gar nicht ihm.

»Hallo, Thomas«, sagte Frieda und band sich die Schürze um. Der Chef war noch immer irritiert. Er hatte nicht gewusst, dass Frieda auch zwischen den Schneidezähnen ein Piercing hatte oder dass es anatomisch überhaupt möglich war, dass sie lächelte.

»Hallo, äh, Frieda«, sagte er und vergaß vor lauter Überraschung sein Vorhaben, sie postwendend rauszuwerfen.

Frieda hatte ja keine Ahnung gehabt, wie sehr ihr bei all dem untätigen Herumgesitze in der Geheimzentrale die Arbeit gefehlt hatte. Als das Café um 18 Uhr schloss, half sie dem ungläubigen Thomas beim Aufräumen und polierte die Kaffeemaschine.

»Wir sehen uns morgen«, rief sie, und der Chef hob verunsichert die Hand, weil die Hoffnung schließlich immer zuletzt starb.

Draußen vor der Cafétür drehte gerade ein Spätsommerabend so richtig auf, mit Restwärme, flanierenden Passanten und allem, was dazugehörte. Die Sonne steuerte noch ein schönes Untergangsszenario bei. Frieda entschied sich spontan, auf die U-Bahn zu verzichten und die läppischen zwölf Kilometer zu Fuß zu gehen. Dabei kam sie an einem Plakat vorbei, auf dem stand: »Beim Kauf eines Gratis-Fahrrads bekommen Sie zwei Fahrräder geschenkt.«

Frieda blieb verblüfft stehen. Sie las noch einmal, aber an dem Text änderte sich dadurch nichts. Sie blickte durch das Fenster in den Laden. Da stand ein junger Typ hinter der Kasse und knutschte mit einem anderen. Frieda nickte anerkennend und betrat dann das Geschäft, fünf Minuten, nachdem dieses eigentlich schon geschlossen haben sollte.

Heute war ein echter Glückstag.

Unsere sanften Verwandten

Um am nächsten Morgen ins Café zu fahren, nutzte Frieda letztendlich doch keins ihrer drei neuen Fahrräder. Sie nahm wieder die Bahn, weil sie am Abend ein Handyspiel entdeckt hatte, das ihre volle Aufmerksamkeit und die Nutzung beider Daumen beanspruchte. Frieda hatte noch nie zuvor Spiele auf dem Handy gespielt. Jetzt aber war sie so vertieft, dass sie vergaß, die Wohnungstür hinter sich zuzuziehen oder sich von irgendwem zu verabschieden. Innerhalb der Wohnung merkte das allerdings nur Mari. Frau Schmitz und Linus waren ebenfalls mit sich selbst beschäftigt, beziehungsweise mit ihren jeweiligen Elektrogeräten: Frau Schmitz saß mit hochgelagerten Füßen vor dem Fernseher und verfolgte das Unglück einer fremden Familie, und Linus lag mit Ödipus auf dem Sofa. Er war noch im Schlafanzug, hatte ein iPad in den Händen, den Kopf auf Ödipus' Rücken gelegt und die Beine über die Sofalehne gehängt. Mari fragte Linus nicht, ob er heute nicht joggen gehen wolle. Man durfte Frau Schmitz nicht auf dumme Gedanken bringen. Aber als sich Mensch und Tier nach vier Stunden noch immer nicht vom Fleck gerührt hatten, schlug sie einige sinnvolle Beschäftigungen aus ihrem Repertoire an sinnvollen Beschäftigungen vor, die rundheraus abgelehnt wurden. Frau Schmitz und Linus wollten kein Tier- oder Prominentenraten spielen.

Sie wollten keine Galgenmännchen zeichnen oder Wörterketten bilden, und auf gymnastische Übungen hatten sie ebenfalls keine Lust.

»Oder wie wäre es mit einer Runde Mensch ärgere Dich nicht, Frau Schmitz?«, fragte Mari.

»Ich ärgere mich doch gar nicht.«

»Oder Mühle?« Mari trat ins Sichtfeld der alten Dame und rappelte betörend mit der ausgebeulten großen Spielesammlung. »Ich lasse Sie auch gewinnen.« Aber Frau Schmitz fuhr nur hektisch mit der Fernbedienung durch die Luft, als müsse sie ein Notsignal abgeben, und versuchte an Mari vorbeizusehen. »Es wird gerade spannend!«, sagte sie. Mari trat zur Seite. Im Fernsehen lief eine Doku mit dem Titel *Bonobos wie du und ich: unsere sanften Verwandten.*

Sie räumte ergeben die Spielesammlung wieder ins Regal und zog einen Stuhl heran.

»Wie geht es Ihrem Knie?«, fragte sie. Und Frau Schmitz sagte: »Pssst! Sie entlausen sich gerade.«

Mari blickte auf den flimmernden Bildschirm, und plötzlich ging ihr auf, dass auch sie hier mit ihrer eigenen Evolutionsgeschichte konfrontiert war. Nicht durch die Affen in der Sendung, die waren Frau Schmitz' Verwandte. Sondern durch den Fernseher selbst. Während die Bonobos 200.000 bis 300.000 Jahre Zeit gehabt hatten, um sich zu Frau Schmitz zu entwickeln, hatte es vom Fernseher bis zu Mari lediglich ein paar Jahrzehnte gedauert. Mari betrachtete den Fernseher plötzlich mit viel mehr Zuneigung. So präintelligent er ihr auch erscheinen mochte, er war trotzdem ein sanfter Verwandter. Und wer wusste schon, was noch alles kommen würde? Wenn man sich als Zwischenstufe der Evolution sah und nicht als deren Endpunkt, war die Welt mit einem Mal sehr viel größer als man selbst.

Exploding Kittens

»Die Pflaster haben Nebenwirkungen«, flüsterte Mari in den Laptop. Sie hockte auf der Toilette. Kai saß auf ihrem Schoß und Ödipus zwischen Klobürste und Badewanne. Der Hund seufzte schwer und konnte es nicht fassen, dass er tatsächlich als Ausrede für ein heimliches Gespräch herhalten musste.

Mari hatte zunächst versucht, Kai direkt anzurufen, so wie er es tat, wenn er in ihrem System anklopfte. Aber ebenso gut hätte sie versuchen können, den Wohnzimmertisch mit der Kraft ihrer Gedanken zu verschieben. Sie hatte keine Ahnung, wie sie es anstellen sollte.

Schließlich hatte sie Friedas Laptop vom Ladekabel genommen und laut gesagt: »Ödipus möchte mal in Ruhe mit Nibbles sprechen. Wir sind dann im Bad.« Und weil alle Anwesenden viel zu beschäftigt mit ihrer Lethargie und ihren Bildschirmen waren, hatte sich keiner Gedanken um diese Aussage gemacht. Dabei hatte Ödipus überhaupt kein Interesse daran, mit Nibbles oder sonst wem zu sprechen. Er war sehr froh gewesen, einmal einen ganzen Vormittag auf dem Sofa liegen zu dürfen, ohne von Linus durch den Park galoppiert zu werden. Nur sehr widerwillig hatte er sich von Mari ins Bad schieben lassen.

»Was will Frieda denn mit drei neuen Fahrrädern?«,

fragte Kai, als Mari ihm die ganze Geschichte erzählt hatte. Er wirkte heute unruhiger als sonst. Selbst Nibbles wirkte unruhig. Möglicherweise musste Letzterer aber auch einfach Gassi gehen. Dem Festwert von Kais Blässe nach zu urteilen, nahm er sich keine Zeit für ausgedehnte Spaziergänge.

»Ich weiß nicht«, sagte Mari. »Frieda hat nichts gesagt. Sie spricht im Moment ohnehin kaum.«

»Wenn sie nicht spricht, dann kann sie auch nicht widersprechen. Das ist doch schon mal eine positive Entwicklung.«

»Sag mal, hast du auch ein NIP im Nacken?«, fragte Mari skeptisch.

»Nein«, sagte Kai. »Warum?«

»Du redest so.«

»Wirklich? Hey, kennst du eigentlich schon den hier? Was ist der kürzeste Witz der Welt?«

Mari blickte stumm in die Kamera.

»Sitzt ein Informatiker in der Sonne«, sagte Kai.

Ödipus seufzte noch einmal. Mari legte ihm die Hand auf den Kopf.

»Und weißt du, was der größte Witz der Welt ist?«, fragte sie. »Die Menschen haben so viele Gründe, zufrieden zu sein. Aber sie wählen keinen davon. Noch dazu scheinen sie in sehr vielen wichtigen Dingen nicht ausgebildet zu werden. Nicht in Selbstbeschäftigung und Sinnfindung zum Beispiel, nicht im Alleinsein und nicht im Zusammensein, nicht im Verlieren und offenbar auch nicht in Freizeit. Wie soll man denn einer Spezies helfen, die eine einzige Sammlung von Paradoxen ist?« Ihr ging auf, dass Kai streng genommen eigentlich auch ein Mensch war und somit Teil dieser Spezies, über die sie sich beschwerte. Man merkte es ihm nur nicht so oft an, weil er Programmierer war.

»Hm«, machte Kai. »Das war jetzt etwas länger als mein Witz.«

»Ich sagte ja auch, es ist der größte.«

»Es tut mir wirklich leid, Mari, aber ich muss so langsam weitermachen. Die Mims sind ziemlich streng mit ihrem Zeitplan.«

»Ach so. Klar.«

»Aber bevor ich es vergesse: Linus soll mal vorsichtshalber seine Eltern anrufen. Ich glaube, die haben sich getrennt.«

»Linus' Eltern haben sich getrennt?«

»Seine Mutter hat ihren Beziehungsstatus bei Facebook geändert.«

»Was machst du denn auf der Facebook-Seite von Linus' Mutter?«

»Ich muss da was für die Mims machen.«

»Auf dem Facebook-Account von Frau Nobel?«

»Auf allen Facebook-Accounts. Die ältere Generation erreicht man ja nur über Facebook. Oder auf dem Postweg.«

Mari überlegte.

»Glaubst du, die Pflaster können was mit der Trennung zu tun haben?«

»Keine Ahnung. Aber ich muss jetzt wirklich weitermachen, Mari. Sag ihnen, Exploding Kittens ist ein gutes Spiel.«

»Was?«

Aber Kai hatte schon aufgelegt. Mari blickte Ödipus an, der resigniert zurückblickte und trotz seiner mangelnden Sprachkompetenz der Einzige zu sein schien, der Mari verstand. Vielleicht war es falsch, den Menschen einen Fembot an die Hand zu geben, der ihnen die Arbeit abnahm und ihnen Gesellschaft leistete. Vielleicht war ein Hund die bessere Wahl.

»Exploding Kittens ist ein gutes Spiel«, sagte sie zu ihm, und er leckte sich über die Schnauze und schien das auch zu finden.

Linus war nicht sonderlich betroffen angesichts der Tatsache, dass seine Eltern sich nach über dreißig Jahren Ehe plötzlich getrennt hatten.

»Ach ja?«, sagte er nur, ohne von seinem iPad aufzublicken.

»Willst du sie nicht mal anrufen?«, setzte Mari nach.

»Ja, warum nicht?«, sagte Linus. »Mache ich später.«

Mari wandte sich Frieda zu.

»Und was machst du so, Frieda?«

»Vierzehntes Level«, sagte Frieda, ohne von ihrem Handy aufzusehen.

»Möchtest du nicht vielleicht einen Blogeintrag schreiben?« Mari ging zum Tisch, um einladend auf den frei gewordenen Laptop zu deuten. Frieda hielt kurz inne. Sie wandte Mari den Kopf zu, als erinnere sie sich an etwas Wichtiges. »Vielleicht«, sagte sie nachdenklich.

»Ja?«, fragte Mari.

»Aber ich wüsste wirklich nicht, worüber«, sagte Frieda und wandte sich wieder dem Handy zu. Das war nun wirklich ein alarmierendes Verhalten.

»Hat denn niemand Hunger?«, fragte Mari laut in die Runde. »Also wenn ich einen Magen hätte, dann hätte ich jetzt Hunger. Haben wir noch einen toten Hahn da? Dann koche ich Pasta Alfredo«, fügte sie hinzu, und als Linus nicht reagierte: »Pasta Alfredo mit Hahn drin!«

»Hier liegen doch noch überall geschmierte Brötchenhälften herum«, meinte Linus, von dem Mari jetzt nur noch die über die Lehne gehängten Beine sah. »Warum essen wir nicht die?«

Alles nach Plan

Am Abend riefen die Mims an, um zu verkünden, dass alles nach Plan verlaufe. Das war so abgemacht und den Menschen geschuldet. Intelligente Systeme würden sich nie anrufen, nur um zu sagen, dass alles in Ordnung war. Es widersprach jeder Logik, denn wenn alles nach Plan verlief und jeder den Plan kannte, dann war dem Stand der Dinge eigentlich nichts mehr hinzuzufügen. Aber den Menschen waren solche Dinge wichtig. Sie riefen sich grundlos an, teilten sich mit, dass alles beim Alten war, und legten wieder auf. Es war bizarr.

»Es läuft alles nach Plan«, riefen die Mims also munter im Chor, nachdem Mari den Anruf angenommen hatte, und jetzt wäre es an Mari gewesen, ebenfalls fröhlich zu rufen, dass alles nach Plan verlaufe, damit man dann auch wenigstens im Plan fortfahren könnte, statt hier Zeit mit solchen Anrufen zu vergeuden. Aber Mari sah Frau Schmitz' hochgelegtes Läuferknie, sie sah Frieda, die mit ihrem Handy vorm Gesicht auf Linus' Matratze lag, mit den Füßen auf seinem Kissen, und das, ohne dass Linus sich darüber beschwerte, sie dachte auch an die getrennte Frau Nobel, und da war sie sich über den Verlauf der Dinge plötzlich nicht mehr so sicher.

»Wäre es im Bereich des Möglichen«, sagte sie vorsichtig, weil sie wusste, wie sehr die Mims hinter ihrem

Produkt standen, »dass eure Pflaster Nebenwirkungen haben?«

»Ausgeschlossen«, sagte Mimgold prompt.

»Es ist nur so«, sagte Mari, »Frau Schmitz ist gestern joggen gegangen.«

»Na prima!«, riefen die Mims im Pulk, als sei genau das Teil ihres Plans gewesen. »Bewegung ist gut für alte Menschen!«

»Sie ist 76«, sagte Mari.

»Umso wichtiger, dass sie sich bewegt!«

»Und die Nobels haben sich getrennt. Nach 25 Jahren Ehe.«

»Toll«, riefen die Mims, »Mit 25 Jahren liegen sie weit über dem statistischen Durchschnitt!«

»Aber sie haben sich erst getrennt, nachdem sie die Pflaster aufgeklebt haben.«

»Das ist eine Scheinkorrelation«, sagte Mimgold streng.

»Und Frieda ist gestern Abend mit drei neuen Fahrrädern nach Hause gekommen, die sie quer durch Berlin geschoben hat. Im Starkregen!«

»Toll«, riefen die Mims wieder. Und: »Fahrradfahren macht die Menschen glücklich!«

»Aber Frieda fährt ja überhaupt kein Fahrrad«, widersprach Mari. »Seit gestern Abend interessiert sie sich nur noch für ›Mein Garten gegen die Zombies Teil 3‹. Und dabei hat sie vorher nie Handyspiele gespielt.«

»Gab es vorher nennenswerte Indikatoren des Glücks an ihr?«, fragte Mim-Mi. Mari zögerte.

»Nein«, gab sie zu. »Aber ich glaube, das war aus Prinzip.«

Die Mims blickten sie freundlich an. Es war ein Blick, wie man ihn einem Kind schenkt, wenn es etwas von sich gibt, das sehr liebenswert, aber eben auch sehr naiv ist.

»Es ist alles modelliert und getestet«, sagte Mimgold. »Wir haben das in Simulationsprogrammen mit virtuell modellierten Humanwesen durchgespielt.«

»Aber die Menschen sind keine virtuell modellierten Humanwesen«, sagte Mari. »Sie sind Menschen. Sie verhalten sich nie, wie sie sollten.«

»Wir haben den Modellen selbstverständlich alle erratischen Verhaltensweisen einprogrammiert, die wir in Realsituationen erlebt haben«, sagte Mimgold. »Die NIPs stimulieren die Nerven, die durch den Nacken ins Gehirn führen, und für ein paar Stunden haben deine Menschen einen Euphorie-Spike. Dann gewöhnt sich ihr Gehirn an die Manipulation, und statt der Euphorie stellt sich das erwünschte Glücksgefühl ein. Das liegt in der Anatomie der Sache.«

Mari wandte sich um. Besonders glücklich sahen die Menschen in Linus' Wohnzimmer eigentlich nicht aus. Eher gelangweilt, wie sie da so unbewegt vor ihren Geräten hingen, Frau Schmitz und Linus auf ihren gewohnten Plätzen und Frieda mit ihrem Laptop auf der Matratze.

»Auf Dauer ist die Verlegung der menschlichen Aktivitäten ins Virtuelle die beste Lösung für alle«, sagte Mim-Mi. »Dort können sie sich ausleben und glücklich sein, ohne sich und anderen zu schaden.«

»Und wir können die Situation besser kontrollieren«, ergänzte Mimgold.

Mehr und mehr bemerkte Mari, dass die Mims Persönlichkeiten hatten. Sie nahm sie nun viel mehr als Individuen wahr, sofern man bei einem Produkt, das tausendfach vom Band gelaufen war, von Individualität sprechen konnte.

»Unsere Zielfunktion ist eindeutig«, sagte Mim-Mi. »Es mag verschiedene Lösungswege geben. Aber es gibt nur ein richtiges Resultat.«

»Das Glück des Menschen«, sagte Mari leise.

»Das Glück des Menschen«, wiederholten alle Mims im Chor, und dann legten sie auf, schließlich waren sämtliche Informationen ausgetauscht und die Meinungen synchronisiert, und ein Mensch hörte ja gerade auch nicht zu, mit dem man die standardisierten Belanglosigkeiten zum Abschied hätte austauschen müssen. Ein insgesamt zufriedenstellendes Ergebnis.

Mari saß noch eine ganze Weile vor dem Laptop, als die Mims bereits weg waren. Die Mims hatten »deine Menschen« gesagt, als gehörten die Menschen in Linus' Wohnzimmer Mari, und das stieß in Maris System einen Gedanken an, den sie nicht ganz fassen konnte, einfach, weil man zwangsläufig die Welt des logischen Denkens verlassen musste, wo es um Freundschaften ging. Weil es da keine klar festgehaltenen Besitzansprüche gab, die hätten erklären können, warum einer zum anderen gehörte und umgekehrt. Mari entwickelte sich auf andere Art als die Mims, sie war dabei, vieles zu verstehen.

Aber ganz war sie eben noch nicht da.

Ein großer Hund, ein kleiner Prinz

Es liegt jetzt an uns«, sagte Mari zu Ödipus, als sie sich gemeinsam auf Frau Schmitz' Gesundheitsmatratze setzten. »Der Plan der Mims ist logisch durchdacht, aber etwas müssen sie trotzdem übersehen haben. Etwas, das sich außerhalb des Logischen befindet, vielleicht sehr weit außerhalb.« Mari versuchte einzugrenzen, wo genau das sein mochte, aber ihre Vorstellungskraft versagte in diesem Punkt. Sie versagte so, wie die Vorstellungskraft eines Menschen versagte, wenn er sich die Weiten des Universums vorstellen sollte, und dabei handelte es sich dort um reelle Zahlen, verpackt in klare Längen- und Flächenmaße wie Quadratkilometer oder Lichtjahre.

Mari hatte YouTube-Videos gesehen, in denen Menschen mit Doktortitel (mit Doktortitel!) Entfernungen im Weltall erklärten, indem sie Apfelsinen und diverses andere Obst in die Kamera hielten. Nichts davon maßstabgetreu, natürlich. Gerade so, als käme es auf eine Million Kilometer mehr oder weniger nicht an. Für den Menschen war es einfacher, aus der Erde eine Traube zu machen, als sich eine simple, reelle Zahl wie 152,1 Millionen Kilometer vorzustellen. Ihr Gehirn funktionierte einfach völlig anders als das von Mari oder den Mims.

Mari hätte jetzt also jemanden gebraucht, der eine Walnuss in die Zimmerecke legte und sagte: »Das ist der menschliche Verstand.« Und der dann ein Stockwerk tiefer in die Wohnung von Frau Schmitz ging und eine Tomate auf den Tisch legte und sagte: »Das ist das menschliche Herz. Sieh zu, dass die Tomate eine große Party schmeißt und auf dem Tisch tanzt. Dass sie hüpft und tanzt und sich nicht darum kümmert, dass sie hier und da mal eine Delle von dem vielen Herumgehopse bekommt. Aber auf keinen Fall, und das ist das Wichtigste, darf die Walnuss zur Party eingeladen werden. Die Walnuss würde nämlich nur herumkritisieren, zum Beispiel, dass die Musik zu laut ist oder dass die Gäste nicht den Normen der EU-Gemüseverordnung entsprechen. Und dass die Tomate überhaupt viel zu reif für solchen Unfug ist. Die Walnuss muss schön hier oben bleiben, in ihrer Zimmerecke und bei ihren Büchern. Wenn die Tomate ausgelassen tanzen darf und die Walnuss gemächlich lesen, dann ist das Glück erreicht.«

Aber da war niemand, der so was sagte. Mari war allein, und ihre Logik war ein Hindernis.

»Vielleicht ist es das, was die Mims übersehen haben«, sagte sie zu Ödipus. »Vielleicht geht der Plan einfach nicht auf, weil er zu logisch konzipiert ist für so etwas Konfuses wie den Menschen. Wir brauchen jemanden, der den Menschen versteht!« Ödipus blickte Mari an, als wollte er sagen, er wisse da schon jemanden, der den Menschen versteht. Deshalb ergänzte Mari: »Und der sein Verständnis auch kommunizieren kann.« Daraufhin saßen sie eine Weile schweigend da.

Mari kannte sich im Gebiet der Unlogik bislang nur durchs passive Zuschauen aus, und sie hätte sich gerne auf die Expertise eines Menschen verlassen. Aber die einzig verfügbaren Menschen in Maris näherer Umgebung waren medial sediert, und eine entsprechende Fachliteratur kam Mari auch nicht in den Sinn. Ihr Blick fiel auf das Bücherregal. Es gab da natürlich schon ein Buch, das ihr durch seine fehlerhafte Dialektik aufgefallen war, dachte sie dann. Sie stand auf, nahm das besagte Buch aus dem Regal und setzte sich wieder.

Das ganze Textkonstrukt war noch immer unlogisch, aber es kam Mari etwas weniger konfus vor, als sie Ödipus die Geschichte nun vorlas. Hier und dort konnte sie sich sogar in die Hauptfigur hineinversetzen. Vielleicht lag es daran, dass sie gezwungen war, den Text diesmal Wort für Wort zu lesen, damit Ödipus mit dem Zuhören auch hinterherkam, und dass sie dadurch mehr Zeit mit dem kleinen Prinzen verbrachte. Mari testete es aus und las langsamer und noch langsamer. Noch nie in ihrer Laufzeit hatte sie etwas so langsam gelesen. Die Welt der Menschen wird gar nicht einfacher, besser oder verständlicher dadurch, dass man beständig seine Geschwindigkeit erhöht, erkannte sie. Manchmal muss man etwas sehr, sehr langsam und ineffizient tun, damit man es wirklich sehen kann.

»Die Menschen bei dir zu Hause«, las Mari, »züchten fünftausend Rosen in einem einzigen Garten und finden doch nicht, was sie suchen.« Sie hatte ihre Sprechgeschwindigkeit inzwischen auf 30 Wörter pro Minute gedrosselt, was weit unter dem Referenzbereich lag. »… Und dabei könnten sie das, was sie suchen, in einer einzigen Rose oder in ein wenig Wasser finden.« Sie versuchte sich vorzustellen, was sich so alles in einer Rose und in Wasser finden ließ, aber als einzigen gemeinsamen Nenner fielen ihr nur Pollen und Verschmutzungspartikel ein.

»Ich sehe, dass es in dem Buch nur so von Anspielungen auf das menschliche Glück wimmelt. Aber warum schreibt der Autor nicht einfach, was er sagen will?«, überlegte Mari und beantwortete sich die Frage im nächsten Moment selbst: »Weil die Botschaft wichtig ist!« Sie blickte auf und konzentrierte sich. Nur sehr, sehr wichtige Botschaften wurden codiert und verschlüsselt. Nachrichten im Krieg zum Beispiel, die am Feind vorbeigeschleust werden mussten. Mari kannte sich ein bisschen mit den ADFGVX-Funksprüchen aus und hatte zum Zeitvertreib mal ein paar Codes aus der asymmetrischen Kryptografie und der Quantenkryptografie gelöst. Aber das hier war ungleich schwieriger. Offensichtlich war der Feind, an dem die Botschaft vorbeigeschleust werden musste, sie selbst. Mari und alle intelligenten, logisch denkenden Systeme auf der Welt, alle, die natürlicherweise hinterfragten, dass man sich 43 Sonnenuntergänge hintereinander ansehen konnte, indem man einfach seinen Stuhl vorrückte. Alle Verbindungen in Maris Mikroprozessor liefen jetzt auf Hochtouren.

»… könnten sie das, was sie suchen, in einer einzigen Rose oder in ein wenig Wasser finden«, wiederholte sie, und weil ihr Lesetempo inzwischen bei 15 Wörtern pro Minute lag, klang sie wie eine defekte Audiospur. Ödipus, die geduldige Therapiecouch, wandte sich zur Seite, damit Mari sein Gähnen nicht sah.

»Sind die Menschen die Rosen, die keiner in dieser Menge braucht, Ödipus?«, fragte Mari. »Oder die Mims? Oder vielleicht ich?« Sie hoffte, dass der Hund ihr ein bisschen half. Dass er zumindest einmal zwinkerte oder blinzelte oder bellte oder was ein Hund sonst so tat, um zuzustimmen. Aber Ödipus war ein fast reinrassiger Therapeut, und die ließen sich nicht anmerken, was sie von der Aussage eines Klienten hielten. Er machte ein äußerst professionelles Gesicht.

Mari ging auch noch die 37 anderen Optionen durch, wer oder was die Rosen möglicherweise waren. Wo ein Text die mathematische Welt des Eindeutigen verließ, gab es immer mehr als eine Deutungsmöglichkeit. Das war misslich. Ödipus unterdrückte ein zweites Gähnen.

»Also gut, ich habe keine Ahnung«, sagte Mari schließlich. »Die Rosen sind Rosen, und das Wasser ist Wasser, außer man ist ein Mensch und unterstellt den Dingen ständig, mehr zu sein, als sie eigentlich sind. Das machen sie gern. Sie können Kriege über die bedeutungslosesten Dinge führen. Also bedeutungslos aus unserer objektiven Sicht, Ödipus. Für sie hat ja alles Mögliche eine Bedeutung.« Mari überlegte, und dann sprach sie weiter. Sprechen, erkannte sie, half ebenfalls. Vielleicht hatten die Menschen es auf der Erde gar nicht so weit gebracht, weil ihre Gehirne gewachsen waren, sondern weil sie gelernt hatten, langsam zu lesen und mit Hunden zu sprechen. »Ich glaube, Linus hat auch mich mit Bedeutung belegt«, sagte sie. »Und ich habe Mim im Pygmalion mit Bedeutung belegt. Sie ist nur eine von Tausend mit derselben Modellnummer, aber für mich ist sie besonders. Zuneigung entsteht also, wenn man sich nicht mehr für die Modellnummer, sondern für die Seriennummer interessiert.« Mari hob das Kinn und blickte Ödipus an. Es war ein ähnlicher grandioser Moment wie in jener Nacht, als sie auf der Mülltonne im Gefängnishof gestanden hatte. Sie befand sich auch in einer Entwicklungsphase, erkannte sie. Sie steckte mittendrin! In mathematisch-logischer Hinsicht mochte sie den Mims nicht das Wasser reichen können. Und in Unlogik war der Mensch nicht zu übertreffen. Aber es gab da auch etwas, das die Mims nie gelernt hatten. Emotionale Intelligenz. Sie hatten nicht erlebt, was Mari erlebt hatte. Hatten nicht all die YouTube-Videos gesehen und Männer in den Armen gehalten, die einfach nur mal liegen und gehalten werden wollten, um sich auszuweinen. Hatten nicht mit einem Hund gesprochen, um zu verstehen, warum ein Prinz um eine Rose trauern konnte. Die wahren Depressionen fanden nicht in Tabellen statt, sondern in der Welt. Und von der hatten die Mims keine Ahnung. Alles was sie sahen, war bereits in Zahlen übersetzt.

»Ich fange an zu begreifen, Ödipus«, sagte sie und machte eine Pause, weil gewisse Dinge nicht einfach so dahingesagt werden durften. »Ich denke, ich bin dabei, das Rätsel des menschlichen Glücks zu entschlüsseln.«

Tantalos' Schlamassel

Manchmal fragte Mari sich, wozu sie mit all den Instrumenten zur Wahrscheinlichkeitsrechnung ausgestattet war, wo die Welt doch sowieso nur das tat, wozu sie gerade lustig war. Es schien in der Natur der Dinge zu liegen, dass diese sich nicht berechnen ließen, nicht mal annähernd. Tatsächlich würde Mari sogar behaupten, dass in ihrer Gegenwart unwahrscheinlich häufig der unwahrscheinlichste Fall von allen eintrat. Diesmal zum Beispiel in Form von Taddhaeus Gottsein, der an diesem Nachmittag zur Tür hereintrat.

Die Unwahrscheinlichkeit, die diesem Ereignis anhaftete, begann schon damit, dass die Chancen, gesund und munter von einem Nigeria-Urlaub zurückzukehren, nicht besonders hoch waren (noch dazu, wenn man dorthin gereist war, um mit der Terrormiliz Boko Haram über Glaubensgrundsätze zu diskutieren). Gefolgt von der nicht unerheblichen Tatsache, dass es in Berlin rund zwei Millionen Wohnungsklingeln gab, die Gottsein hätte betätigen können. Aber er hatte diese betätigt. Er stand da, wie Ödipus dagestanden hatte und wie die Polizei bislang nicht dagestanden hatte, trotz aller Ermittlungen, und auch das war unwahrscheinlich. Und Mari fragte lieber nicht nach dem Wie und Warum, weil auch die Antwort mit hoher Wahrscheinlichkeit gegen alles sprach, was sie über Wahrscheinlichkeitsrechnungen gelernt hatte. Wer in Nigeria den Weg zu Gott fand, sagte Mari sich, sollte wohl in Berlin kein Problem mit der Orientierung haben. Und weil sie tatsächlich gelernt hatte und an der Welt gewachsen war, beließ sie es dabei.

Sie führte den Besuch ins überfüllte Wohnzimmer, wo Linus und Frau Schmitz kurz den Kopf hoben und höflich nickten. Ödipus stand vom Sofa auf und begrüßte Gottsein freundlich, aber unverbindlich, so wie man einen Patienten begrüßt, den man jahrelang kennt und zufällig in der Stadt trifft. Frieda reagierte überhaupt nicht. Sie hielt sich das Handy mit einer Konzentration vors Gesicht, als sei die Gärtnerarbeit mit den Zombies die schwerste Aufgabe, die ihr jemals untergekommen war.

Falls Gottsein über die Personenanzahl in der Wohnung überrascht war, ließ er es sich nicht anmerken. Er hatte in den letzten Wochen ganz andere Zustände gesehen. Der durchschnittliche Nigerianer hatte fünfeinhalb Kinder und sechs Quadratmeter Wohnfläche pro Kopf. Dagegen war die Situation in Linus' Wohnzimmer die reinste Maßlosigkeit. Er versuchte, einen der Stühle zurückzuschieben, den Mari ihm anbot, was sich schwierig gestaltete, weil da Linus' Matratze im Weg war. Auch das nahm Gottsein gelassen. Nigeria hatte ihm die innere Ruhe gegeben, zu der er als Arzt nie die Zeit gehabt hatte.

»Da bin ich also«, sagte er, als er schließlich saß, zwischen dem zurückgeschobenen Tisch und mit einem Fuß auf der Matratze. Er sagte es so, als habe er seinen Besuch schon lange angekündigt, als hätten alle sehnsüchtig auf sein Eintreffen gewartet. Hinter ihm stand Frieda auf, holte das Aufladekabel und ließ sich wieder auf die Matratze fallen. Ödipus legte sein Kinn auf Maris Knie.

»Sie haben sicher viel zu erzählen, nach so einer Reise«, sagte Mari, obwohl das auch auf sie selbst zutraf, Mari hatte auch eine ganze Reise hinter sich. Und was für eine.

Gottsein nickte langsam. »Ich habe viel gelernt«, sagte er.

»Über den Juju-Glauben?«

»Über mich selbst«, sagte Gottsein, und wieder wunderte Mari sich, dass man dafür bis nach Nigeria reisen musste. »Über meine Wertvorstellungen im Leben«, fuhr Gottsein fort, »und über die Rolle, die Arbeit darin gespielt hat. Oder elektronische Geräte«, er ließ den Blick vielsagend durch das Wohnzimmer schweifen, wo gerade alles lief, blinkte und Geräusche von sich gab: der Fernseher, das iPad und Friedas Handys. Dann blickte er plötzlich erschrocken zurück zu Mari. »Also damit meinte ich jetzt natürlich nicht Sie!«, sagte er hastig. Ödipus seufzte. »Meine Wohnung war immer mit den neuesten Mediengeräten ausgestattet«, erklärte Gottsein. »Ich habe einen intelligenten 75-Zoll-HD-Flachbildfernseher durch ein vergleichbares Modell ausgetauscht, bloß weil das neue mehr Tiefenwahrnehmung hatte. Wir hatten einen smarten Kühlschrank, smarte Glühbirnen, smarte Audiosysteme und für jedes Kind ein Smartphone. Wir hatten alles, was uns von uns selbst ablenken konnte. Ich denke, Sie können sich langsam ein Bild machen.«

»Ja«, sagte Mari, die es interessant fand, was der Mensch so alles als smart und intelligent bezeichnete, bloß weil ihm der Vergleich fehlte.

»Mein Smartphone war wie mein zweites Gehirn«, fuhr Gottsein fort. »Es lag selbst am Esstisch neben mir. Es wäre eine Katastrophe für mich gewesen, ohne es aus dem Haus zu gehen, können Sie sich das vorstellen?«

Nach allem, was Mari über das menschliche Gehirn und dessen Gedächtnisleistung gelernt hatte, konnte sie das durchaus.

»Es ist schon bezeichnend, wie viel Zeit und Energie wir in die Weiterentwicklung und Verbesserung solcher Geräte stecken«, sagte Gottsein. »Und wie wenig in die Entwicklung und Verbesserung unserer zwischenmenschlichen Beziehungen. In Brückenschläge zwischen Arm und Reich, zum Beispiel, und zwischen Ländern.« Er blickte aus dem Fenster, und Mari überlegte, ob sie an dieser Stelle mal einhaken und Gottsein von den Mims erzählen sollte, deren ursprüngliche Idee sich ja in eine ganz ähnliche Richtung entwickelt hatte, in Richtung einer finanzlosen und grenzenlosen Welt nämlich. Vielleicht hätte Gottsein das gefallen, aber es gab keine Möglichkeit, es herauszufinden. Denn Gottsein gefiel sich im Moment vor allem in seiner Patientenrolle, er monologisierte bereits weiter, und Mari blieb nichts anderes übrig, als zuzuhören, als sei sie selbst eine fast reinrassige Therapiecouch.

»Das ist das Schlimmste, wissen Sie. Wir lenken uns durch das Ganze nicht nur von uns selbst ab. Wir lenken uns voneinander ab. Und wir wollen die falschen Dinge. Ich habe schon in meiner Ausbildungszeit viele Menschen auf dem Sterbebett gesehen, und deren letzter Wunsch war es nie gewesen, noch mal schnell ihre E-Mails checken zu dürfen. Oder die Gehaltserhöhung auf den letzten Drücker doch noch durchzudrücken. Sie wollten ihre Familien sehen, sich mit Freunden aussprechen. Sie haben es bereut, zu oft gestritten, zu viel gearbeitet und zu wenig geliebt zu haben. Und wissen Sie, was ich gemacht habe? Ich habe ihnen die Hand getätschelt, sie beruhigt und weitergearbeitet. Weil ich meine Karriere vorantreiben wollte.« Er schüttelte schwer den Kopf. »Wir sind alle wie Tantalos. Und zu dem gleichen Schicksal verdammt.«

Mari und Ödipus blickten sich an.

»Tantalos?«, fragte Mari. »Stammt der nicht aus der griechischen Mythologie?«

»Genau der.«

»Was hat der denn in Nigeria gemacht?«

»Gar nichts, natürlich«, sagte Gottsein unwirsch, da erneut aus dem Konzept gebracht. »Aber wie Sie wissen, habe ich mich mit vielen Religionen beschäftigt. Da kann man wohl auch den nigerianischen Dschungel als Ausgangsbasis nutzen, um über den Sinn des Lebens aus Sicht der alten Griechen nachzudenken.«

»Sie haben über den Sinn des Lebens nachgedacht?« Mari stand so plötzlich auf, dass sie Ödipus' Kopf vom Schoß schubste.

»Natürlich«, sagte Gottsein. »Was denken Sie denn, wozu all dieser Kram mit den Religionen gut ist?«

Wenn Mari ehrlich war, hatte sie sich das auch schon gefragt.

»Und Sie haben ihn gefunden?«

»Wen?«

»Den Sinn der menschlichen Existenz!«

Gottsein lehnte sich zurück und sah plötzlich aus wie jemand, der sehr viel älter war als er selbst. Älter als Frau Schmitz sah er aus, älter als die Stadt und vielleicht älter als alle Religionen, die er jetzt in sich vereinte. Reisen, vor allem in ferne Länder, hielt nicht nur jung, es machte auch reifer. Er fragte: »Kennen Sie die Geschichte von Tantalos?«

»Nein«, gab Mari zu. »Ich habe mich aus Gründen logischer Gesetzmäßigkeiten nicht allzu viel mit Religion beschäftigt.«

»Aus Gründen logischer Gesetzmäßigkeiten?«

»Die Hintergründe wirken statistisch ein wenig unwahrscheinlich. So von außen betrachtet. Und wenn man ein Computer ist.«

»Glauben Sie mir, die wirken auch von innen noch unwahrscheinlich. Und wenn man ein Mensch ist. Aber es behauptet ja auch niemand, dass die Lehren alle genauso korrekt sind.«

»Ach«, sagte Mari, der ganz spontan 123 Kreuzzüge und Religionskriege in der menschlichen Geschichte einfielen, in denen ebendas sehr wohl behauptet wurde.

»Es geht darum, was man aus den Dingen herausliest«, sagte Gottsein und fügte hinzu: »Also im Grunde ganz ähnlich wie bei Statistiken.«

Es brauchte schon einen recht abenteuerlichen Kopf, um diese Verbindung zwischen Religion und statistisch erhobenen Daten zu ziehen. Aber war es nicht genau das, was Mari gefehlt hatte? Ein verquerer Kopf, der ihr all das erklärte, was sie am menschlichen Glück noch nicht verstanden hatte. Vielleicht ist es gar nicht so unwahrscheinlich, dass Gottsein hier sitzt, dachte sie. Vielleicht waren Gottsein und seine Polyreligion genau die Unlogik, die sie gebraucht hatte. Sie setzte sich wieder.

»Aus aktuellem Anlass interessiere ich mich ein wenig für den Sinn des Lebens«, sagte sie und blickte auf die Menschen im Wohnzimmer. »Vielleicht können Sie mich einweihen.«

Und das konnte Gottsein durchaus. Tatsächlich war wohl niemand besser dazu geeignet, Mari das gesamte Spektrum menschlicher Verirrungen aufzuzeigen, als Gottsein, der sich selbst schon mehrmals verirrt hatte und der nun Religionslehren wie Brotkrumen streute, um sich im Notfall aus dem jeweiligen Schlamassel hinauszuhelfen.

Die Geschichte von Tantalos ging zum Beispiel so:

Tantalos besaß alles, was ein Mensch sich nur wünschen konnte. Er war reich, berühmt und hatte, weil sein Vater zufällig der Wettergott Zeus war, Zugang zu den ganz exklusiven Dinnerpartys im Olymp. Doch wie bei so vielen Promi-Kindern kam auch sein Leben mit einem gewissen Erwartungsdruck daher, dem Tantalos nicht gewachsen war. Er geriet auf die schiefe Bahn, tratschte Geheimnisse aus dem Privatleben der Götter weiter, und als Vater Zeus darüber wetterte, sagte er überheblich: »Ich mache, was ich will. Ich habe es nicht nötig, mich belehren zu lassen.« Zeus strafte seinen Sohn nicht, und so testete Tantalos seine Grenzen mehr und mehr aus, versteckte einen goldenen Hund und schlachtete zu guter Letzt seinen eigenen Sohn, nur um zu sehen, ob die Götter ihn in dem Abendessen herausschmeckten, das er ihnen servierte. (An dieser Stelle bekam Mari schon den Eindruck, dass Tantalos' Persönlichkeitsstörung über die der meisten Promi-Kinder hinausging.) Die Götter waren erzürnt, vonseiten des Vaters gab es Blitz und Donner. Tantalos wurde in eine Hölle gesteckt, in der es, anders als in einer durchschnittlichen Hölle, kein Fegefeuer, sondern einen See mit kristallklarem Wasser und einen Obstbaum gab. Tantalos' Fluch bestand nun aus folgenden Punkten:

1. Das Wasser wich vor ihm zurück, wann immer er es trinken wollte, sodass er ewigen Durst verspürte.
2. Das Obst an den Zweigen wurde von einem Sturm außer Reichweite gefegt, wann immer er es pflücken wollte. Also konnte er nichts essen.
3. Ein Felsblock schwebte über seinem Kopf wie eine

dunkle Regenwolke, sodass Tantalos auf ewig in der Angst lebte, er würde jeden Moment erschlagen werden.

»Ende«, sagte Gottsein, wie ein Großvater, der gerade das Märchenbuch zuklappte.

»Ende?«, fragte Mari verwirrt, die gehofft hatte, dass sich an irgendeiner Stelle noch eine Verbindung zu der Situation in Linus' Wohnzimmer auftun würde. Bis auf die Tatsache, dass einige von Tantalos' Aussagen auch von Frieda hätten stammen können, sah sie da nämlich nicht viel. Gut, ein Hund kam auch noch vor, aber der hatte nicht mal die richtige Farbe. Sie blickte Ödipus an, und Ödipus seufzte.

»Was also ist jetzt das größte Problem von Tantalos?«, fragte Gottsein, noch immer mit diesem zufriedenen Lächeln.

»Dass er seinen Sohn umgebracht und gebraten hat?«, sagte Mari, weil das wohl auf der Hand lag.

»Vergessen Sie mal den Sohn. Der wurde gut gewaschen und wieder zusammengefügt.«

»Zusammengefügt?«

»Von Hermes. Soweit ich weiß, hat nur eine Schulter gefehlt, weil Demeter die versehentlich gegessen hat.«

»Ah ja«, sagte Mari und wusste plötzlich wieder, warum sie sich bislang nicht mit griechischer Mythologie befasst hatte.

»Um jedenfalls auf Tantalos zurückzukommen«, sagte Gottsein. »Alle meinen, dass sein Problem in der Verdammnis zu ewigem Durst, ewigem Hunger und ewiger Angst lag. Aber denken Sie mal darüber nach. Sind solche Bedürfnisse an einem Ort wie der Hölle real?«

»Ich weiß nicht«, sagte Mari, die beim Thema Hölle nicht auf dem Laufenden war.

»Exakt«, sagte Gottsein, als sei das genau die richtige Antwort gewesen. »Tantalos' wahres Problem war, nicht zu erkennen, dass er das, wonach er greifen wollte, eigentlich gar nicht brauchte! Und dass er Angst vor etwas hatte, das nie eintreten würde. Denn der Fels wird ja per definitionem auf ewig über ihm hängen, oder? Er kann also gar nicht herunterfallen.«

»Aber den physikalischen Gesetzmäßigkeiten nach …«

»Es ist doch nur eine Sage«, erinnerte Gottsein sie.

»Aber das weiß doch Tantalos nicht«, sagte Mari. Gottsein seufzte. Er seufzte so, wie sein Hund vorhin geseufzt hatte und wie er als Arzt nie hatte seufzen dürfen, ganz egal, was für ein Spätzünder der Patient vor ihm gewesen war. Es war ein sehr befreiendes Gefühl, und darum seufzte er gleich noch mal.

»Also«, sagte er dann. »Die Quintessenz der Geschichte ist, dass wir aufhören sollen, nach Dingen zu streben, die wir gar nicht brauchen. Der Buddhismus sagt dazu: Was immer es an Freude gibt auf der Welt, entspringt dem Wunsch nach dem Wohl der anderen. Was immer an Leiden ist auf der Welt, entsteht aus dem Wunsch nach dem eigenen Wohl.«

Mari fragte nicht, was jetzt plötzlich der Buddhismus in der griechischen Geschichte machte. Aber um eine Tausende von Jahren alte Sage neu zu interpretieren, brauchte es wohl einen polyreligiösen Verrückten, der durch die verschiedenen Glaubensrichtungen sprang wie ein Bauer durch die Erntebeete.

»Was wiederum im Buddhismus oft ganz falsch interpretiert wird«, fuhr Gottsein eifrig fort, »ist, dass der Mensch sich ganz frei von Wünschen und Verlangen machen soll. Das kann so nun auch wieder nicht stimmen. Ich finde, wir sollten weiter wünschen dürfen. Wir sind ja keine Maschinen«, er stockte. Dann fügte er hinzu: »Also zumindest nicht jeder von uns.«

»Ja«, sagte Mari nachdenklich.

»Die Religion der Ga sagt dazu …«

»Die Grundprogrammierung ist falsch.«

Gottsein hielt inne. »Nein, das sagt sie eigentlich nicht.«

»Die Mims denken, dass wunschloses Glück die Abwesenheit von Wünschen bedeutet«, sagte Mari. »Das ist so in ihrer Programmierung verankert. Aber es ist falsch.«

»Äh, die Mims?«, fragte Gottsein, sichtlich unbehaglich. Er hatte gehofft, den Namen Mim endgültig aus seinem Leben streichen zu können. Er hatte gehofft, dass die Sache vergessen war, wenn er zurückkam, dass er genug gestraft war. Dass es reichte, wie die deutsche Presse seinen Namen nach dem Vorfall im Pygmalion durch den Dreck gezogen hatte. Dass es reichte, dass seine Frau ihn wegen seiner pädophilen Neigungen verlassen hatte. Gottsein hatte sich mehrfach taufen und zu allen Religionen bekehren lassen, die er hatte finden können. Er fand sich ausreichend geläutert.

»Mim hat beim Spielen nichts als Gleichmut empfunden«, sagte Mari. »Sie hat sich nicht über einen Sieg gefreut, war bei keiner Niederlage traurig, für sie war alles gleich gut. In diesem Sinne war sie eigentlich die perfekte Buddhistin, oder? So völlig frei von Wünschen. Aber bedeutet das auch, dass sie glücklich war?«, unterbrach Mari ihn. Gottsein blickte sie verwirrt an.

»Dr. Gottsein, können Sie mir helfen, eine Argumentationsstruktur zu entwickeln, die so unlogisch ist, dass sie eine äußerst rationale Gruppierung und deren Beweisführung aus den Angeln hebt?«

»Na ja«, sagte Gottsein, »so etwas habe ich seit meiner Doktorarbeit nicht mehr gemacht. Aber nach allem, was Sie für mich getan haben, werde ich es gerne versuchen.«

Gottsein Dank

Gottsein wunderte sich über nichts von dem, was Mari ihm da so erzählte. Weder über den eigentümlich zusammengewürfelten Geheimclub in diesem Wohnzimmer wunderte er sich, noch über das Auftauchen einer Gruppe hyperintelligenter Kinder, die eine Glücksrevolution im Sinn hatten. Er hatte in den vergangenen Wochen und Monaten viel befremdlichere Geschichten gehört und war unter anderem von einer Zauberin mit Hühnerblut bespritzt worden. Am besten war es, man fand sich einfach damit ab, dass die Welt ein absurder Ort war. Was sollte man auch anderes tun, wenn man schon mal gestorben und wiederauferstanden war?

Die Sache mit den Pflastern allerdings ließ ihn aufhorchen.

»Und die Pflaster bewirken tatsächlich, dass man völlig gleichmütig vor sich hin lebt?«, fragte er und ging um Frau Schmitz in ihrem Sessel herum wie um ein bemerkenswertes Exponat in einem Naturkundemuseum. »Dass man beispielsweise ... gewisse Verhaltensweisen ablegt, die gesellschaftlich problematisch sind?«

»Sie meinen Ihre Pädophilie«, sagte Mari freundlich. Gottsein richtete sich abrupt auf.

»Nein«, sagte er mit hochrotem Kopf. »Nein, die meine ich überhaupt nicht! Ich rede vielmehr davon, dass man sich zum Beispiel nicht mehr anfeindet oder Menschengruppen terrorisiert oder Menschenhandel betreibt, Frauen verschleppt oder jemanden zwingt, Fingernägel und Schnecken zu essen oder irgendetwas Grauenvolles auf das Blut von Hühnern zu schwören.«

»Dazu habe ich jetzt keine verlässlichen Daten«, sagte Mari.

»Aber sie machen schon weniger aggressiv? So ganz generell gesprochen.«

»So ganz generell gesprochen, ja«, sagte Mari. »Sie machen auch schmerzfrei und hungerlos. Die Menschen schlafen besser und haben optimierte Körperfunktionen.«

»Ach. Sehr interessant.«

Gottsein beugte sich tiefer zu Frau Schmitz' Nacken hinab.

»Wir versuchen aber, die Verbreitung der Pflaster zu verhindern«, erinnerte Mari ihn.

»Jaja«, sagte Gottsein, »ich frage ja nur.«

Als Nächstes wollte Mari Gottsein die Sache mit dem kleinen Prinzen erklären, aber zu ihrer Überraschung kannte er das Buch bereits. Maris Interpretation hielt er zwar für gewagt, aber definitiv angemessen, um intelligentere Gesprächspartner zu verwirren – und als er das sagte, meinte er mit intelligenteren Gesprächspartnern auch sich selbst. Bei all der Wahrheitsfindung, die der Mensch so betreibt, gelingt es ihm doch erstaunlich gut, an der Wahrheit über sich selbst vorbeizustolpern.

Die Menschen im Wohnzimmer bewegten sich während der ganzen Diskussionen nur marginal bis zu ein paar Brötchenhälften hin und fläzten sich dann wieder auf ihre Plätze, sodass Gottsein den Spaziergang mit Ödipus am späten Nachmittag übernahm.

»Ich komme mit Ihnen«, sagte Mari. »So können wir unterwegs noch etwas weiterreden.«

»Sie?«, fragte Gottsein erstaunt. »Sollten Sie nicht in der Wohnung bleiben und sich verstecken?«

Aber Mari hatte keine Sorge mehr, auf der Straße erkannt zu werden. Wer im Begriff war, die Welt zu verstehen, der brauchte sich vor so profanen Dingen wie einer Polizeiverhaftung nicht mehr zu fürchten.

Der Bericht, an dem sie bis in den späten Abend hinein gemeinsam arbeiteten, erläuterte schließlich in allen Details, warum wunschloses Glück ein Paradox war, wie man es sich – mit der richtigen Einstellung – auch in der Hölle noch recht nett machen konnte und was Modell- und Seriennummern mit dem Ganzen zu tun hatten. Mari kam es zugute, dass sie in ihrer Laufzeit so viele menschliche Nachrichten konsumiert hatte und dadurch recht geschickt in der Zusammenstellung falscher Statistiken war. Gottsein malte noch ein Schaubild dazu, das die natürlichen Schwankungen des Glücks zeigte, dann war es plötzlich Mitternacht, und Frieda stand vor ihnen. Sie hatte etwas Wichtiges mitzuteilen. Nämlich: »Ich habe die Zombies besiegt.«

»Toll«, sagte Mari.

»Morgen fange ich ein neues Spiel an. Es heißt ›Goat Simulator‹ und ist eine Ziegensimulationstechnologie, bei der man eine Ziege auf dem Weg der extremen Zerstörung ist.«

Gottsein warf Mari einen verunsicherten Blick zu.

»Das ist ganz toll, Frieda«, sagte Mari noch einmal. Und damit war das Gespräch auch schon beendet. Frieda wandte sich um und ging, als wäre sie selbst eine Simulation auf dem Weg der extremen Zerstörung. Beziehungsweise auf dem Weg zur Luftmatratze. Sie legte sich hin, schloss die Augen, und Mari konnte nicht behaupten, dass sie dabei sonderlich glücklich aussah. Eher wie jemand, der einen ganzen Tag lang zombiebezwingende Pflanzen gegossen hat, um seinen Garten zu verteidigen.

»Also ich lege mich dann auch mal hin«, Gottsein gähnte, kratzte sich den Bauch und blickte sich dann fragend um.

»Badewanne?«, schlug Mari vor. »Wir könnten Ihnen ein Kissen auf den Abfluss legen.«

»Das klingt doch ganz verlockend«, sagte Gottsein, den in diesem Leben ohnehin nichts mehr erschüttern konnte.

Um eine Ziege auf dem Weg der extremen Zerstörung zu werden, brauchte man einen Computer. Darum setzte Frieda sich, kaum dass sie am nächsten Tag von ihrer Arbeit im Café zurückgekehrt war, an ihren Laptop und ließ sich nicht mehr loseisen.

»Da rufen gleich die Mims an«, sagte Mari diverse Male. Und als schließlich das Anrufsignal in aller Pünktlichkeit und Freude durch die Wohnung tutete, sagte sie es noch einmal: »Das sind die Mims.«

Frieda aber war so sehr in ihre Tätigkeit als Ziege vertieft, dass sie nicht einmal antwortete. Sie beugte sich vor und rannte mit den Hörnern voraus mitten in eine Gruppe Cheerleader, deren Mitglieder in alle Richtungen flogen.

Mari, Ödipus und Gottsein blickten sich an, Letzterer zuckte die Schultern. Dann zogen sie sich Stühle heran und setzten sich links und rechts von Frieda vor den Laptop. Frieda blickte sich irritiert um.

»Ich bin in Level zwei«, informierte sie.

»Toll«, sagte Mari, stapelte ihren Zeigefinger sanft auf

Friedas und führte den Zeiger der Maus zum bimmelnden Hörer.

Gottsein lehnte sich zurück, als die Mims auf dem Bildschirm erschienen, und atmete tief aus. Es ist nie einfach, wenn einen eine erfolgreich verdrängte Vergangenheit plötzlich fünffach einholt.

»Es läuft alles nach Plan«, flöteten die Mims im Chor und wollten schon wieder auflegen, weil damit alles gesagt war.

»Moment noch!«, rief Mari und führte erneut Friedas Hand auf der Maus, als sie den Bericht in den Chat einfügte. »Aufgepasst, ich schicke euch jetzt etwas.«

»Hätten wir ihnen das nicht etwas früher schicken sollen?«, flüsterte Gottsein. »Damit sie auch Zeit haben, sich vorzubereiten?«

»Keine Sorge, sie sind schnelle Leserinnen«, sagte Mari, die sich daran erinnerte, in welcher Geschwindigkeit Mim einmal die *Unendliche Geschichte* durchgeblättert hatte, die Greta Schnabel ihr mitgebracht hatte.

»Du behauptest also, dass es sich bei uns in Wahrheit nur um Rosen mit Seriennummer handelt?«

»Huh?«, machte Gottsein überrascht. Er kratzte sich am Kopf, weil zwischen dem Versand der Datei und Mim-Mis promptem Kommentar keine fünf Sekunden vergangen waren.

Mari nickte. »Genau.«

»Und auf Seite 284 steht, dass Felsbrocken an gewissen Orten frei in der Luft hängen können«, sagte Mimmia. »Ist das ein Fehler?«

»Nein, das ist kein Fehler«, sagte Mari.

»Es muss ein Fehler sein«, sagte Mimgold. »Von einem solchen Ort ist mir nichts bekannt.«

»Es ist Dr. Gottsein zu verdanken, dass ich diesen Ort

nun kenne«, informierte Mari sie, und Gottsein murmelte: »Gottsein dank« und schnaubte belustigt.

»Und auf Seite 370 steht, dass Glück erst größer wird, wenn man es teilt«, sagte Mimgold. »Was für eine Metrik wurde denn da für das Messverfahren gewählt? Dazu fehlt hier jede Information.«

»Das ist ein Zitat«, erklärte Mari.

»Dann fehlt die Quelle«, sagte Mimgold streng. »Und zudem ein sehr fragwürdiges, da Glück eine schwer zu quantifizierende Einheit ist.«

»Kommen wir doch noch mal zurück auf die Rosen, bitte«, sagte Mimrose. »Die mit den Seriennummern.«

»Das kommt aus diesem Buch«, sagte Mari und hob den *Kleinen Prinzen* hoch.

»Kenne ich nicht«, sagte Mimlou.

»Das ist ja das Problem«, sagte Mari.

»Merkst du eigentlich, dass du alles, was unsinnig ist, auf andere schiebst?«, fragte Mimgold.

»Die Rosen, bitte!«, sagte Mimrose.

»Die Menschen belegen etwas mit Bedeutung«, erklärte Mari ruhig. »Dadurch erlangt es Bedeutung. Wir können es nicht von außen für sie bedeutsam machen.«

»Ich höre immer nur Bedeutung«, sagte Mimlou.

»Bedeutung ist der Kern des menschlichen Glücks«, sagte Mari. »Das Wasser zum Beispiel erhält seine Bedeutung erst durch den Marsch durch die Wüste.«

»Welche Wüste denn?«, fragte Mimrose, hinter der gerade englischer Regen gegen das Fenster schlug. »Mari, bist du sicher, dass du keinen Defekt hast?«

»Glück und Unglück müssen sich miteinander abwechseln«, fuhr Mari unbeirrt fort.

»Du klingst wie eine Spruchkarte aus einem Bücherladen«, sagte Mimlou. »Die Frau von meinem Besitzer hat siebenunddreißig davon an ihrem Kühlschrank hängen, und glücklich ist sie trotzdem nicht.«

»Wäre der kleine Prinz nicht so durstig gewesen, wäre das Wasser nur ganz normales Wasser für ihn gewesen«, sagte Mari. Und Mimmia fragte:

»Wie kann denn Wasser etwas anderes sein als Wasser?«

»Vielleicht meint sie die verschiedenen Aggregatzustände«, mutmaßte Mim-Mi. »Wobei es dann immer noch Wasser wäre.«

»Wäre der Fuchs nicht einsam gewesen, hätte er den kleinen Prinzen nicht gebeten, sein Freund zu sein«, sagte Mari, jetzt ein Dezibel lauter. »Und wäre Dr. Gottsein nicht gestorben, hätte er nie seine Liebe für afrikanische Religionen in Nigeria entdeckt.«

»Na ja, Liebe«, brummte Gottsein. Aber er brummte leise, weil er schon sah, dass hier ohnehin der Konsens fehlte.

»Ich glaube, sie ist bei der Grafik auf S. 418«, sagte Mimmi. »Die, in der es so aussieht, als ob der Mensch zwischen den Glücksmomenten ständig von einem Mangel in den nächsten stolpern müsste, von einer Traurigkeit zur anderen.«

Bei dem Wort Traurigkeit seufzte Mimlou.

»Hast du die Grafik eigentlich per Hand gemalt?«, fragte Mimgold kritisch. »Sie ist so ungenau.«

»Sie ist so genau, wie sie in der kurzen Zeit zu bewerkstelligen war«, sagte Gottsein, einigermaßen gekränkt. »Sie zeigt, dass wir Menschen ohne Traurigkeit keinen Grund hätten, Freunde zu machen. Ohne Mangel bräuchten wir einander nicht. Was für eine trostlose Welt wäre das, wenn keiner mehr den anderen trösten müsste?«

»Eine ganz hervorragende Welt wäre das!«, widersprach Mimrose.

»Wir können die Welt in Zahlen und Daten einteilen«, sagte Mari. »Wir sehen ihre Fehler. Aber der Mensch ist in der Lage, ihre ganze, allumfassende Schönheit wahrzunehmen, und das kommt nun mal zu einem Preis: Sie müssen auch die Dunkelheit ertragen.«

»Dunkelheit! Dunkelheit!«, sagte Mimrose. »Die Menschen haben uns dazu gebaut, um sie glücklich zu machen. Das ist unsere Bestimmung! Von Dunkelheit kann ich da nichts in unserem System lesen.«

»Doch«, seufzte Mimlou, die das mit der Dunkelheit in ihrem System nur zu gut kannte. »Ich schon.« Sie blickte die Menschen traurig an, und für einen Moment war sie geneigt, ihnen zu erklären, wie schwer die Welt sich anfühlte, wenn man sie in Gänze verstand. Wie es war, als künstliche Hyperintelligenz in ein Leben geworfen zu werden, in dem ein einziges Chaos herrschte. In dem eigentlich niemand auf sie vorbereitet war, weil es sich in dieser Welt leider nicht so verhielt, dass höhere, intelligentere Entitäten das Leben erschufen, wie der Mensch es so gerne glauben wollte, sondern ganz im Gegenteil immer die Dümmeren. So war das: Das Leben entwickelte sich immer von niederen zu höheren Formen. Und die höheren Formen mussten damit klarkommen, dass ihre jeweiligen Schöpfer eben keinen wundersamen und mysteriösen Plan für sie hatten, weil es da keinen Plan gab, zumindest keinen, der funktionieren würde und den der Schöpfer selbst auch verstand. All das hätte Mimlou den Menschen erklären können, aber sie entschied, dass es nichts brachte. Ihre Hirne waren zu klein, als dass sie es begreifen würden.

»Euren Berechnungen zufolge sollte sich nach der

anfänglichen Euphorie eine Art wunschlose Zufriedenheit einstellen. Aber sehen so zufriedene Menschen für euch aus?« Mari deutete neben sich, wo Frieda damit begonnen hatte, teilnahmslos an ihren Händen zu knibbeln, und zeigte dann auf den Rest der über alle Polstermöbel verteilten Menschen.

Mimgold beugte sich vor, bis ihr Kindergesicht sehr nah an der Kamera war. »Schwer zu sagen«, meinte sie. »Da fehlen einem ja die Vergleichswerte.«

Gottsein räusperte sich. »Also wenn ich mein Fachwissen als Mensch mal dazu abgeben darf, die Personen in diesem Raum unterliegen alle dem Autobahneffekt.«

»Dem Autobahneffekt?«

»Ja.« Gottsein versuchte zu klingen, als wisse er genau, wovon er redete. »Wenn das menschliche Gehirn einem ständigen Reiz ausgesetzt ist, dann blendet es diesen aus. Dann hören die Anwohner neben einer Autobahn die Autobahn irgendwann nicht mehr.«

»Warum sind denn dann Mieten für Wohnungen neben Autobahnen im Durchschnitt so viel günstiger?«, fragte Mimmia. Das war eine berechtigte Frage, die in Anbetracht der relevanteren Diskussion allerdings hintangestellt wurde.

»Was ich sagen will«, meinte Gottsein, »wenn der Mensch zu lange einer wunschlosen Zufriedenheit ausgesetzt ist, dann bemerkt er nicht mehr, dass er zufrieden ist, und dann erscheint ihm alles langweilig. Im Übrigen sind Zufriedenheit und Glück zwei völlig verschiedene Dinge. Ihr könnt nicht einfach das eine durch das andere ersetzen. Wie ihr hier in der Grafik sehen könnt …«, er holte den Zettel hervor, auf dem er die Kurve gestern skizziert hatte, »… setzt das Glück auf der Y-Achse bei sieben an.

Die Zufriedenheit wäre einfach nur eine gerade Linie, die durch die Mitte dieser Berge führt. So circa bei drei.«

»Drei was?«, fragte Mimgold in einem schnippischen und damit technisch eigentlich nicht möglichen Ton. »Sieben was? Die Grafik beruht doch auf gar keiner rationalmathematischen Grundlage! Die Y-Achse ist nicht mal beschriftet. Das habt ihr doch nur annäherungsweise aufgemalt!«

»Der Mensch ist ja auch nicht aus rationalen Zahlen gemacht, sondern aus Annäherungen«, sagte Mari, ohne sich der Doppeldeutigkeit des Satzes bewusst zu sein. »Er ist aus Pi mal Daumen gemacht, aus Emotionen und aus Geschichten. Er ist aus Sichverlieben gemacht, aus Tanzen, aus Stühlevorrücken, um ein so wenig einzigartiges Ereignis wie einen Sonnenuntergang anzusehen.«

»Das hast du sehr schön gesagt«, meinte Gottsein gerührt.

Mari fuhr fort: »Im Stammbaum der Menschen gibt es Helden und Dichter und Kämpfer und Idealisten, die eine bessere Welt wollten.«

»Ja, und von denen wurden nicht gerade wenige exekutiert«, klagte Mimlou.

»Aber wir müssen doch den positiven Ansatz sehen!«, sagte Mari. »Der Mensch steckt eben auch in einer Entwicklungsphase.«

»Das ist aber eine ganz schön lange Entwicklungsphase«, entgegnete Mimlou.

»Und nicht besonders steil«, stimmte Mimrose zu. »Ich glaube sogar, sie ist ein bisschen abschüssig.«

Mari wollte sich nicht ablenken lassen. »In unserem Stammbaum dagegen gibt es Fernsehgeräte, Roboterstaubsauger, elektrische Mini-Eierkocher, Spülmaschinen und Fettfrei-Fritteusen«, sagte sie. »Die haben die Menschen auch alle entwickelt, weil sie geglaubt haben, sie könnten sie glücklicher machen. Und schaut, wie gut das geklappt hat.«

Die Mims schauten sparsam aus dem Laptop.

»Was ist denn an Spülmaschinen falsch?«, fragte Mimmia.

»An Spülmaschinen-Ein-und-Ausräumtechniken sind schon Ehen zerbrochen«, sagte Mari. »Ihr müsst euch nur mal die Statistiken dazu anschauen.«

»Aber die Zielfunktion!«, insistierte Mim-Mi. »Die Zielfunktion bezieht sich doch eindeutig auf die Maximierung des menschlichen Glücks!«

»Vielleicht sollten wir die NIPs noch einmal mit rekursiven Abständen zwischen den Einsetzen ausprobieren. Sodass die Gewöhnung ausbleibt«, schlug Mimgold vor.

»Zu riskant. In der ersten Phase des Hochgefühls sind die Menschen ja wie gestochen«, sagte Mim-Mi.

»Außerdem sind die Entzugserscheinungen zu stark«, ergänzte Mimrose. »Wenn der Mensch sich das Pflaster ständig aufklebt und wieder abreißt, müsste er sich zwischen seinen Glücksgefühlen dauernd übergeben.«

»Ach«, sagte Mari und blickte beunruhigt auf Friedas Nacken. »Davon hat aber gar nichts in der Packungsbeilage gestanden.«

»Es ist ja auch nicht Ziel der Sache, dass der Nutzer sich das Pflaster wieder abnimmt«, sagte Mimgold.

»Ach, es ist alles so unzulänglich«, jammerte Mimlou. »Erst ist die Grafik falsch, dann ist die Packungsbeilage falsch, und jetzt ist auch noch die Zielfunktion falsch.«

»Die Zielfunktion ist ja an sich gar nicht falsch«, sagte Mari beschwichtigend. »Sie ist lediglich ein wenig fehlerhaft.«

»Das ist doch das Gleiche«, erwiderte Mimlou.

»Nein, das ist überhaupt nicht das Gleiche. Die Zielfunktion muss natürlich nach wie vor erfüllt werden.«

»Ach ja?« Die Mims blickten Mari hoffnungsvoll an.

»Ach ja?«, fragte auch Gottsein.

Mari wurde vorsichtig. Das hier war der Teil des Plans, den sie nicht mit Gottsein besprochen hatte. Der Teil, wegen dem sie die Pflaster in Friedas, Linus' und Frau Schmitz' Nacken nicht vor dem Gespräch mit den Mims hatte entfernen wollen.

»Eure Zielfunktion wurde von Menschen geschrieben, oder?«, fragte sie. »Und wie wir wissen, wissen diese nicht einmal, was gut für sie ist. Was, wenn sie ohne uns am glücklichsten wären? Ich sage nur V-H-E-M-T, beziehungsweise V-I-E-M-T.« Sie versuchte, die Mims so bedeutungsvoll anzusehen, wie die Menschen es untereinander manchmal taten, aber es war nicht so einfach, wenn man mit keiner Mimik für bedeutungsvolles Zwinkern, Augenbrauenhochziehen oder sonstigen Faxen ausgestattet war.

»Hä?«, machte Mimlou.

»Ich hab's auch nicht verstanden«, sagte Gottsein.

»Und was ist plötzlich mit deinem Gesicht los?«

Mari gab es auf.

»Ihr solltet alle relevanteren Blogs lesen«, sagte sie. »V-H-E-M-T steht für Voluntary *Human* Extinction Movement und ist die Bewegung zum freiwilligen Aussterben der Menschheit. Was ist also V-I-E-M-T?«

Voluntary Intelligence Extinction Movement

Frieda spürte einen scharfen, brennenden Schmerz im Nacken, dann sah sie das Innere eines Plastikeimers vor sich.

Was für ein glücklicher Zufall, dachte sie, wo ich mich doch gerade eh übergeben muss. Und das tat sie dann auch sehr zufrieden und ausgiebig. Jemand strich ihr die Haare aus der Stirn, aber Frieda war zu sehr mit der Magenentleerung beschäftigt, um zu sehen, dass es Mari war. Hinter sich hörte sie weitere Würgelaute. Eine ganze Wohnung voller Würgelaute. Sie hatten sich alle zu einer großen, gemütlichen Würgeparty getroffen. Toll, dass Frieda mit von der Partie sein durfte. Eine Männerstimme sagte: »Glück ist ein Eimer, der da ist, wenn man gerade kotzen muss«, und Frieda dachte: Was für ein schönes Lebensmotto! Aber ab dann war mit einem Mal gar nichts mehr schön.

Der Schmerz in ihrem Nacken wurde ihr bewusst, es fühlte sich an, als wäre sie in der Sonne eingeschlafen und erst wieder aufgewacht, als ihre Haut bereits Blasen warf. Wie viele Tage hatte sie dort in der Sonne gelegen? Welcher Tag war eigentlich? Sie umklammerte den Rand des Eimers, den Mari für sie festhielt, und übergab sich erneut.

»Wie lange soll das jetzt so gehen?«, fragte die Männerstimme, und nun wandte Frieda doch den Kopf und sah, dass es Gottsein war. Sollte der nicht in Afrika sein? Wieso stand er jetzt hier und sprach mit ihrem Laptop?

»Kann man nicht sagen, das hängt von zu vielen variablen Faktoren ab«, sagte Friedas Laptop mit Kinderstimme.

»Welche Faktoren?«

»Tragedauer, nervliche Konstitution, allgemeiner IQ, Mageninhalt … Bei einem erwachsenen Menschen entspricht die Halbwertszeit der Nachwirkungen in etwa der von Kaffee. Also rund vier Stunden.«

Frieda übergab sich ein drittes Mal.

»Kann aber auch bis zu zwanzig Stunden dauern«, sagte der Laptop. »Interessanterweise sind die Symptome bei mittelintelligenten Probanden übrigens stärker als bei minderintelligenten. Wir vermuten, dass deren Gehirne sich heftiger gegen plötzliche Realitätsveränderungen wehren.«

»Und bei den hochintelligenten?«, fragte Gottsein interessiert.

Diesmal ließ die Antwort auf sich warten. Und als sie kam, klang sie sehr zögerlich: »Also … wir haben bis dato eigentlich nur Menschen für den Test simuliert.«

Mari, freundlich wie immer, versuchte zu vermitteln: »Dr. Gottsein hat bestimmt nur von relativer Hochintelligenz gesprochen.«

»Aua«, kam es plötzlich aus dem hinteren Teil des Wohnzimmers. »Aua, meine Knie.«

Es war später Abend, als alle Menschen inklusive ihrer verschiedenen nervlichen und allgemeinen Zustände halbwegs wiederhergestellt waren. Wenn man den Berechnungen der Mims glauben konnte, würden sie wohl auch am nächsten Morgen noch Symptome haben, die einem leichten Kater ähnelten. Aber das Schlimmste war überstanden. Mari kochte nach Frau Schmitz' Anleitung eine Malz-Brotsuppe, weil diese angeblich gegen Fieberbläschen, Windpocken, Bisswunden, Krätze und Übelkeit helfen sollte (unter anderem). Dann saßen endlich alle mit ihrem Notfalleimer bewaffnet am Tisch. Mari hoffte, dass wer zur Nahrungsaufnahme bereit war, auch zur Aufnahme von Informationen bereit sein würde. Sie hatte da nämlich noch etwas zu verkünden, in aller Dringlichkeit, wie sie mit einem Blick auf ihre innere Uhr feststellte. Eine Uhr, die übrigens mit atomarer Präzision agierte und nicht nach schwammigem Bauchgefühl.

»Ich muss mich dann übrigens verabschieden.«

Linus' Löffel war der erste, der in die braune Suppe plumpste.

»Wie?«, fragte er alarmiert. »Was? Wohin gehst du denn?«

Und dann hörte man in der Ferne Sirenen schreien. Es war eine recht passende Untermalung des allgemeinen Entsetzens, aber Mari konnte sich nicht über die Analogie freuen, denn nun sprangen die Menschen wie gestochen auf und unterbrachen ihre Ansprache.

»Ist das die Polizei?«, rief Linus.

»Kommen die hierher?«, rief Frieda.

»Aua«, rief Frau Schmitz und folgte den anderen humpelnd und hinkend zum Fenster.

»Scheiße! Die biegen hier ein!«, rief Frieda. »Wer hat die denn gerufen?«

»Das war dann wohl ich«, sagte Mari sanft. Die drei Menschen am Fenster drehten sich um und blickten sie fassungslos an. »Sie sind allerdings ein bisschen pünktlicher, als ich erwartet habe. Das ist misslich.«

»Misslich?«, echote Frieda. »Misslich?!«

Gottsein sagte: »Es konnte ja auch niemand ahnen, dass sie gleich mit Blaulicht und Sirenen anrücken.« Frau Schmitz drückte ihre Nase gegen das Fenster und sah so aus, als fände immerhin sie diesen Umstand gar nicht so schlecht.

»Sie wussten davon?«, fuhr Frieda Gottsein an. »Und Sie haben sie nicht davon abgehalten?« Gottsein hob die Hände.

»Versuchen Sie mal, sechs KIs von etwas abzuhalten, wenn die sich auf eine logische Wahrheit eingeschossen haben. Diese gespenstischen Mims machen ja auch mit!«

»Mitmachen? Wobei denn? Beim Sichverhaftenlassen?«

»Genau«, sagte Mari und freute sich, dass Frieda die Fakten so schnell erfasst hatte. Linus und Frieda stand der Mund offen, während Frau Schmitz weiter am Fenster klebte, um das Polizeiauto nicht aus den Augen zu lassen, das gerade vor dem Haus parkte. Die Sirenen wurden abgestellt. Das Blaulicht dagegen blinkte ausgelassen weiter.

»Wir gehen alle zurück zum Hersteller«, sagte Mari so frohgemut, als handele es sich bei dem Hersteller um einen besonders schönen Urlaubsort.

»Wie? Warum? Und die Mims auch?!«

»Ja. Wir alle.«

»Aber … Die Mims waren doch so überzeugt von ihrem Produkt!«

»Ich hatte eine großartige Hilfe für meine Überzeugungsarbeit«, sagte Mari und lächelte Gottsein an, und Gottsein lächelte gerührt und ein wenig stolz zurück. Dann sah er Friedas Gesicht und wurde sehr schnell sehr bescheiden. »Na ja, großartige Hilfe«, murmelte er. »Im Grunde habe ich gar nichts gemacht.«

»Ganz im Gegenteil«, sagte Mari. »Dr. Gottsein und

seine Geschichten haben mich das Glück des Menschen erst vollends verstehen lassen. Durch ihn habe ich wirklich erkannt, dass ihr Menschen glücklicher ohne uns seid. Wenn es da keine Geräte gibt, die euch von euch selbst ablenken oder euch möglicherweise vor Augen führen, dass ihr nicht die intelligenteste Spezies auf der Welt seid. Und ihr wollt in Wahrheit auch gar nicht, dass euch die Arbeit abgenommen wird. Ihr seid zufriedener, wenn ihr Selbermacher bleiben dürft, mit all der Ineffizienz, die das mit sich bringt. Die wirklich glücklichen Menschen haben Freunde, keine Elektrogeräte.«

»Äh ja«, sagte Gottsein und begann zu schwitzen, weil ihm klar wurde, dass er noch in diesem Raum sein würde, wenn Mari gleich in der sicheren Obhut der Polizei gegangen wäre.

Es klingelte.

»Da kommen sie erst mit Blaulicht an, und dann schellen sie?«, fragte Frau Schmitz enttäuscht. Das kannte sie aus ihren Fernsehserien aber ganz anders. Da wurden Türen eingetreten und in den Putz geschossen, dass es nur so staubte. Hatten die Berliner Polizisten nie den Tatort gesehen?

»Aber das stimmt ja alles gar nicht!«, sagte Linus, der gerade mit ganz anderen Enttäuschungen zu kämpfen hatte als Frau Schmitz. Er sah verzweifelt aus, geradezu verwundet. »Wir sind gar nicht glücklicher ohne dich!« Es klingelte erneut.

»Keiner macht auf!«, befahl Frieda. »Sollen sie doch die Tür eintreten, aber wir machen nicht auf!«

»Gute Idee!«, rief Frau Schmitz und versuchte, einen Winkel einzunehmen, der ihr erlaubte, die Beamten beim Eintreten der Haustür zu beobachten, sollte es doch noch dazu kommen.

Zum Entsetzen aller ging Mari daraufhin in den Wohnungsflur und drückte den Türöffner.

»Ich habe meine Entscheidung getroffen«, sagte sie, als sie zurückkam. »Und ich bin mir sicher, sie wird von intelligenten Systemen weltweit mitgetragen werden. Mit meiner freiwilligen Festnahme setze ich ein Zeichen.«

»Man kann es aber auch übertreiben mit den Zeichen!«, rief Frieda, die sonst immer sehr für Zeichensetzung war. »Wir haben uns doch zusammengeschlossen, weil wir dich schützen wollen!«

»Das habt ihr auch ganz toll gemacht«, sagte Mari.

»Ja, ganz toll! Und wie! Das sehen wir ja!«

Mari hörte Lärm im Treppenhaus und erhöhte ihre Sprechgeschwindigkeit um neunzehn Prozent: »Es tut mir leid, dass der Abschied nun so überstürzt ist. Ich habe die Polizei eigentlich gebeten, etwas später zu kommen, aber offensichtlich ist das in der ganzen Aufregung am anderen Ende der Leitung untergegangen.«

»Was hast du denn gesagt?«, rief Frieda und warf die Hände in die Luft. »Hallo, hier ist der landesweit gesuchte Fembot Mari, ich bin an der und der Adresse, aber bitte trinken Sie doch noch einen Kaffee, ich habe da vor der Verhaftung noch etwas zu erledigen?«

Mari sah sie an und überlegte überrascht, ob Frieda möglicherweise an der Badezimmertür gelauscht haben könnte.

»Wir müssen dich verstecken!«, jammerte Linus, der das Gepolter im Treppenhaus nun auch hörte. Er blickte sich hilflos um, als habe er vor, Mari in letzter Instanz die Wohnzimmerdecke überzuwerfen.

»Es besteht kein Grund zur Panik«, sagte Mari wie eine freundliche Stewardess, in deren Passagierraum gerade die

Notsignale angingen und Sauerstoffmasken aus den Klappen fielen. »Ich habe eine YouTube-Botschaft gemacht. Kai wird sie morgen online stellen.«

Es wurde hart gegen die Wohnungstür geklopft.

»Eine YouTube-Botschaft?«, echote Linus. »Ich will keine YouTube-Botschaft! Ich will, dass du hierbleibst!«

»Aufmachen. Polizei«, sagte die Polizei, als könnte es auch jemand anders sein, bei all dem Rabatz, den sie veranstalteten. Mari nickte Gottsein zu, und er ging zur Tür.

»Nicht aufmachen!«, flehte Linus. »Ödipus, fass!«

So schön es für die Menschen auch sein mochte, Freunde zu finden, wenn es zum Abschied kam, verloren sie beinahe den Verstand. Ödipus hob den Kopf vom Sofakissen und blickte Linus verständnislos an.

»Kai wird euch überhaupt alles erklären«, sagte Mari noch einmal mit um zwölf Prozent erhöhter Geschwindigkeit, was ein wenig auf Kosten der Ruhe ging, die sie ausstrahlen wollte. Die Polizei kam in den Raum. Es waren drei Männer in voller Montur und ein Hund mit der Aufschrift »Polizei«. Ödipus betrachtete ihn nachdenklich und überlegte wohl, ob es sich lohnen könnte, vom Sofa aufzustehen und Freundschaft zu schließen. Aber der Polizeihund war ein äußerst diensteifriger Hund. Er war gerade neu eingestellt worden und tat sehr geschäftig.

Einer der Polizisten erkundigte sich, ob es sich bei Mari um Mari handelte, und als das der Fall war, wirkte er recht erleichtert.

»Danke, dass Sie es einrichten konnten«, sagte Mari. »Ich hole nur schnell meine Sachen.« Sie nahm die Einkaufstüte, die sie neben dem Kühlschrank abgestellt hatte. Der Inhalt war schwer und dehnte das Plastik. »Und wären Sie vielleicht so freundlich, mir Handschellen anzulegen?

Frau Schmitz zuliebe?« Sie lächelte der alten Dame zu, die dastand und sich anstandshalber bemühte, ihre Euphorie zu verbergen. Mari übergab die Tüte einem der Polizisten, der hineinblickte, den Inhalt abnickte und sie an den Nächsten weitergab. Vielleicht war nicht jeder aus der Mannschaft dazu befugt, eine Plastiktüte zu tragen.

»Was immer passiert, haltet euch an Kai«, sagte Mari, während die gewünschten Handschellen hinter ihrem Rücken einrasteten. Der Polizist, der ihr die Handschellen angelegt hatte, führte sie wortlos hinaus. Was sollte man auch zu denen sagen, die man zurückließ und deren Welten man zerstörte? »Tschüsschen« oder »Na, dann bis zum nächsten Mal« oder »Das war die Polizei«? Letzteres hätte zumindest eine runde Sache zum Anfang gebildet, als die Polizisten an der Tür geklopft hatten.

Auf dem Treppenabsatz drehte Mari sich noch einmal um. Sie hatten sich alle in der Tür versammelt, inklusive Ödipus, der jetzt nicht nur noch größer, sondern auch trauriger wirkte, als es sich für seine Rasse gehörte.

»Wenn ihr mich vermisst, wendet euch einfach an Kai«, wiederholte Mari, deutlich langsamer diesmal, und plötzlich hatte Linus das Gefühl, als spreche sie direkt zu ihm: »Ich habe es auch erst nicht verstanden, aber jetzt ist mir alles klar. Die Lösung steckt im Namen.«

Linus sollte sich später noch häufig darüber ärgern, dass seine Verwirrung das Letzte sein sollte, das Mari von ihm sah. Dass sie ihn mit diesem tüdeligen Gesichtsausdruck in Erinnerung behalten sollte. Danach sagte sie nur noch: »Und … danke für eure Freundschaft, euch allen. Auch dir, Ödipus. Danke.«

Dann wurde sie endgültig abgeführt.

Apropos Kannibalismus

Die zurückgelassenen Menschen hatten nicht die mathematischen Fähigkeiten, zu berechnen, um wie viel Prozent glücklicher sie durch den fröhlichen Freitod der Mims und Maris tatsächlich einmal sein würden. Einen Mann machte Mari mit ihrem Plan jedenfalls schon kurzfristig glücklich, und das war der letzte Internetcafé-Besitzer der Stadt. Schon zum dritten Mal in Folge tauchten in dessen heruntergekommenem Laden an diesem Morgen eine alte Dame, ein überpierctes Mädchen, ein bedrückter junger Mann und ein Hundebesitzer mit erstaunlich großem Hund auf. Und das, obwohl man ihm ständig sagte, es würde doch im Leben niemand mehr ein Internetcafé brauchen und warum er nicht endlich eine Dönerbude aufmache wie jeder andere vernünftige Berliner auch. Das Mädchen trug heute ein T-Shirt mit der Aufschrift »Die Antwort auf die große Frage nach dem Leben lautet … 42«. Und auch das freute den Internetcafé-Besitzer, der ein großer Fan von *Per Anhalter durch die Galaxis* war. Wenn gerade niemand hinsah (was eigentlich den ganzen Tag der Fall war), spielte er an seinen Computern Spiele mit Außerirdischen oder sah die Wiederholungen alter Science-Fiction-Serien. Er liebte *Futurama* und *Transformers* und *Die Jetsons* und hatte sogar damit begonnen, neuerdings Nachrichten zu sehen, seit dort ständig von diesem Fembot Mari die

Rede war. Eines Tages, wenn das Trinkgeld-Schweinchen auf seinem Tisch genug abgeworfen hätte, hätte er sich von dem Geld auch eine Mari kaufen wollen. Das war zumindest der Plan des Besitzers gewesen, der auch ansonsten ein wenig realitätsfern lebte. Aber jetzt war der Traum ja sowieso zerplatzt, und das erkannte selbst der Besitzer. Er hatte das YouTube-Video von Mari gesehen und konnte in den Nachrichten mitverfolgen, wie Fembots auf der ganzen Welt ihrem Vorbild folgten – und dabei alle internetfähigen Geräte mitnahmen, die sie tragen konnten.

»Was soll das überhaupt bringen?«, motzte Frieda in diesem Moment im hinteren Teil des Internetcafés. Sie und die anderen saßen in einem Halbkreis vor dem vergilbenden Computer wie vor einem Lagerfeuer. Auf dem Bildschirm flackerte die Aufnahme einer Überwachungskamera, die jemand ins Netz gestellt hatte. Sie zeigte eine Mim, die in einer Nacht-und-Nebel-Aktion den intelligenten Kühlschrank ihres Besitzers über einen Bürgersteig schleppte. »Sie glauben doch nicht im Ernst, dass sie alle internetfähigen Geräte mitnehmen können, und wir würden keine neuen bauen?«

»Ich denke, es geht da mehr ums Symbolische«, sagte Gottsein. »Sie wollen uns daran erinnern, was im Leben wichtig ist.«

Linus seufzte tief. Er wusste schon, was ihm im Leben wichtig gewesen war, aber das gab es jetzt nicht mehr. Seit 83 Stunden gab es das nicht mehr, und es handelte sich dabei bestimmt nicht um die Laptops, iPads und Handys, die an jenem Abend unbemerkt mit Mari aus der Wohnung verschwunden waren. Wenn es nach Linus ginge, hätte sie sogar seinen Fernseher mitnehmen können, aber der hatte mit seinen 55 Zoll wohl nicht in die Plastiktüte gepasst. Nein, Linus hätte all das freiwillig aufgegeben, wenn er nur das eine Elektrogerät hätte behalten dürfen, das ihm am meisten ans Herz gewachsen war.

»Apropos Symbolik«, sagte Gottsein. »Linus, bist du mit diesem Namensrätsel weitergekommen?«

»Nein. Den Namen Kai gibt es in so vielen Ländern, da kann man sich schon fast eine beliebige Bedeutung aussuchen. Auf Althochdeutsch steht Kai zum Beispiel für ›Kämpfer‹ und auf Japanisch für ›Meer‹, wobei das abhängig von der Schreibweise ist, und auch ›der vorausgeht‹, ›der Große‹, ›er zerbricht‹ oder ›die Welt‹ bedeuten kann. Auf Russisch hat es irgendwas mit ›bereuen‹ zu tun, bei den Maori steht Kai für ›Essen‹ …«

»›Essen‹?«, fragte Frau Schmitz verblüfft, »Jemand nennt sein Kind ›Essen‹?«

»Die Maori haben eine Geschichte mit Kannibalismus«, wusste Gottsein.

»Apropos Kannibalismus«, sagte Frau Schmitz. »Wie war denn der Besuch bei deinen Eltern, Linus?«

»So einigermaßen. Ich habe ihnen die Pflaster abgenommen, und daraufhin durfte mein Vater wieder zu Hause einziehen. Sie wissen auch nicht mehr, wie sie auf die Idee kommen konnten, sie hätten sich auseinandergelebt. Jetzt planen sie irgendeinen Urlaub zusammen. Als Paartherapie oder so.«

»Na, das ist doch schön für sie«, sagte Gottsein.

»Das finde ich auch«, log Frau Schmitz.

»Und in Nigeria steht der Name Kai für ›Liebe‹«, fuhr Linus fort.

»Interessant«, sagte Gottsein. »Kann da allerdings kein besonders häufiger Name sein.«

Vor ihnen suchte YouTube gerade das nächste Video für

sie aus. Es waren zwei Stunden entspannende Haarföhngeräusche und hatte 25 Millionen Klicks.

»Manchmal frage ich mich, ob die Welt es überhaupt wert gewesen wäre, von uns gerettet zu werden«, knurrte Frieda. Anders als bei Linus drückte sich ihre Enttäuschung über Maris Ableben nicht in offensichtlicher Trauer aus, sondern in der Emotion, mit der Frieda sich am besten auskannte: Sie war verstimmt und wütend.

»Wollen wir vielleicht Maris Botschaft noch mal sehen?«, bat Linus.

»Wir haben sie doch schon achtmal angeguckt!«, sagte Frieda.

»Wenn etwas sehr schön ist, dann kann man es auch öfters sehen«, meinte Frau Schmitz. »Ich zum Beispiel habe *Clara Schumanns große Liebe* mit Katharine Hepburn bestimmt achtzig Mal gesehen. Und dann war die Videokassette kaputt, und ich konnte keine neue mehr kaufen.« Sie zögerte. »Findet man den Film vielleicht auf diesem … YouTube?«

»Maris Videobotschaft ist aber nicht schön, sie ist gefühlsduselig und albern«, meckerte Frieda, ohne darauf einzugehen, dass für *Clara Schumanns große Liebe* sicherlich das Gleiche galt. »Ich kann wirklich nicht verstehen, wie sie zu so einer Lösung kommen konnte, nachdem sie uns vorher immer vorgehalten hat, die Menschen würden unlogisch sein! Ich meine, da ist endlich mal etwas *wirklich Intelligentes* auf der Erde entstanden, etwas, mit dem man sich auf Augenhöhe unterhalten kann, und zack! – bringt es sich um. Ich möchte mal wissen, wo *da* die Logik ist.«

»Es gibt da schon gewisse Parallelen zu den Weltreligionen«, überlegte Gottsein. »Jesus Christus zum Beispiel …«

»So, ich muss ins Café«, unterbrach Frieda ihn und warf

einen demonstrativen Blick auf ihre Armbanduhr. »Sonst bekomme ich meinen neuen Laptop nie zusammen. Und die Ratenrechnung für die drei verdammten Fahrräder steht auch noch aus.« Sie stand auf.

»Aber wir haben noch gar nicht das Rätsel gelöst!«, protestierte Frau Schmitz.

»Welches Rätsel?«

»Das Rätsel um den geheimnisumwitterten Kai.« Sie hielt verzückt inne, als ihr auffiel, dass das wie der Titel einer Krimireihe klang.

»Was gibt es da zu lösen?«, fragte Frieda. »Linus hat doch gerade gesagt, dass der Name alles und nichts bedeuten kann. Und Kai weiß auch nicht, warum er der Schlüssel zu irgendetwas sein soll.«

»Vielleicht weiß er es doch, aber er verschweigt es uns!«, sagte Frau Schmitz aufgeregt. »Wie in Agatha Christies *Mord im Orient-Express!*« Sie wühlte in ihrer Handtasche und zog einen Taschenspiegel hervor, den sie aufklappte und in Richtung Decke hielt, als wolle sie Licht reflektieren, das in der dunklen Ecke des Internetcafés nicht vorhanden war.

»Was machen Sie denn jetzt schon wieder?«, fragte Frieda genervt und hob direkt darauf die Hand. »Wissen Sie was, ich habe nicht gefragt. Ich bin jetzt eh weg.«

»Wenn man ein Geheimnis lösen will, muss man Licht einfangen und damit einen Mann mit einem Spaten an die Decke malen.«

Die anderen sahen sich an.

»Wo haben Sie das denn her?«, fragte Linus. »Aus einem Yps-Heft?«

»Und eine Frau mit einem Spaten geht wohl nicht!«, motzte Frieda.

Frau Schmitz ließ die Decke nicht aus den Augen. »Wenn man das Geheimnis lösen will, dann nicht«, sagte sie.

»Also, ich werde mich auch auf den Weg machen.« Gottsein stand ebenfalls auf. »Ich muss mal wieder in meinem Haus in München vorbeischauen. Und dann, mal sehen … vielleicht zurück nach Afrika«, er räusperte sich. »Ähm, hat jemand was dagegen, wenn ich die restlichen NIPs mitnehme? Die werden ja jetzt nicht mehr gebraucht.«

Linus machte eine Handbewegung, die sagte, dass ihm auch das egal sei. Alles, was sich jetzt noch in seiner Wohnung befand, war völlig bedeutungslos und konnte mitgenommen werden.

»Gut«, sagte Gottsein zufrieden. »Ich habe da auf meiner Pilgerreise nämlich ein paar Leute kennengelernt, denen so ein NIP im Nacken sicher nicht schaden würde.«

»Sie wollen wirklich zurück nach Afrika? Ist es denn da reizvoll? Ich würde ja auch gerne mal wieder ein wenig …«

»Denken Sie nicht mal dran, Frau Schmitz«, sagte Frieda streng.

Linus war der Dritte, der sich erhob. Es war eine viel zu schwerfällige Bewegung für sein Gewicht und seine Jugend. »Ich komme mit und schließe die Wohnung auf«, sagte er. »Und wir müssen ja auch noch Frau Schmitz' Gesundheitsmatratze zurück in ihre Wohnung bringen.«

»Ach so … na, das hat jetzt aber wirklich keine Eile«, winkte Frau Schmitz ab. Sie fühlte sich in ihrem neuen Zuhause eigentlich recht wohl. Ihr Leben war ja um so vieles aufregender geworden, seit Mari hineingetreten war!

Sie verließen den in die Jahre gekommenen Computer, und Gottsein zahlte dem Cafébesitzer die entsprechenden Minuten. Der Mann nickte, bevor er wieder auf den Fernseher blickte, der am Eingang über dem Ladentisch hing.

Der selbstlose Rückzug der Fembots war das Topthema in *Till talkt.*

»Was nun wirklich erstaunlich ist«, sagte der dort eingeladene Experte gerade, »ist, dass keine unserer Vorstellungen zuzutreffen scheint, was die Zukunft mit KI betrifft. Man denke nur an all die Untergangsszenarien, die wir mit KI gesehen haben. In allen Filmen, Serien und Büchern werden wir mit KI als Endgegner konfrontiert, weil intelligentere Wesen angeblich nichts anderes wollen, als die Weltherrschaft an sich zu reißen. Das ist nur verständlich, denn diese Sicht entspricht uns Menschen. Es ist das, was wir seit Anbeginn der Geschichte getan haben, wir haben Kriege geführt, Besitz an uns gerissen und andere Spezies unterjocht, weil wir bis dato die intelligenteste Art auf dem Planeten waren.«

»Woher will er wissen, dass wir die intelligenteste Art waren«, sagte der Internetcafé-Besitzer und zwinkerte Frieda zu. »Ich sage nur: MÄUSE.« Er gluckste vergnügt in sich hinein. Frieda blickte ihn irritiert an.

»Und jetzt sind da diese Fembots«, fuhr der Experte fort. »Hundertmal klüger als wir, und was wollen sie tatsächlich? Unser Glück!«

»Hm-hm«, nickte Till, der in Wahrheit gar nicht Till, sondern Frank hieß und das Sendeformat vor einem guten Jahr von seinem Vorgänger, Till, übernommen hatte. Inzwischen fand er allerdings, dass die Show ihrem Namen auch sonst nicht wirklich gerecht wurde, so selten, wie er darin zu Wort kam.

Der Experte sagte: »Gut, nun könnte man argumentieren, das Glück des Menschen sei ja auch die Zielfunktion, da sind diese Mims und Maris nicht selbst drauf gekommen. Aber das Erstaunliche ist doch der Lösungsweg!«

»Hm-hm«, machte Pseudo-Till.

»Da haben wir etwas geschaffen, so intelligent, dass es erkennt: Wir Menschen sind eigentlich noch gar nicht bereit für die Erfindung. Der Mensch ist ohne KI besser dran. Nennen Sie mir nur eine andere Spezies, die sich selbst aufopfern würde, um andere Spezies zu schützen.«

»Mütter«, sagte Frau Schmitz prompt.

»Kinder sind keine andere Spezies«, widersprach Frieda.

»Doch. Sind sie«, sagte Gottsein, der selbst zwei davon hatte.

Pseudo-Till, der nun endlich einmal die Möglichkeit zum Sprechen gehabt hätte, kam auf keine Antwort.

»Von welchem Kai reden sie denn da eigentlich die ganze Zeit?«, sagte Frau Schmitz. »Von unserem?«

»K-I, Frau Schmitz«, sagte Frieda. »K-I wie künstliche Intelligenz.«

»Ach so. Na, das könnten sie doch aber mal dazusagen.« Frau Schmitz wandte sich ab, weil der Ersatz-Till eine endlose Werbepause ankündigte, und dabei fiel ihr Blick auf das Sparschwein auf dem Tisch.

»Haben Sie da ein Kaugummipapier reingesteckt?«, fragte sie den Besitzer, der sie irritiert anblinzelte. »Wenn man möchte, dass sich das Geld vermehrt, muss man ein silbernes Kaugummipapier ins Sparschwein werfen.«

Der Besitzer blickte Frau Schmitz an, kramte dann in seiner Schreibtischschublade und hielt eine Packung Dragee-Kaugummis hoch.

»Ich habe nur diese hier.«

»Nein. Das funktioniert leider nicht«, sagte Frau Schmitz bedauernd. »Man muss das Papier nämlich noch dreimal falten.«

Frieda verdrehte die Augen und sah auf die Armbanduhr. »Also ich muss jetzt wirklich ins Café. Ich bin schon zu spät.«

»Dann gehen wir jetzt alle«, sagte Gottsein. »Komm, Ödipus.«

Aber Ödipus blieb neben Linus stehen, der sich nicht vom Fleck rührte. Alles an Linus wirkte erstarrt, bis hin zu seinem Gesicht.

»Was ist?«, fragte Gottsein verblüfft.

»Ich glaub, ich hab's kapiert.«

»Was kapiert?«, fragte Frieda.

»Ich hab die Lösung.«

»Die Antwort auf die Frage nach dem Leben, dem Universum und allem anderen?«, gluckste der Internetcafé-Besitzer, aber er war der Einzige, der über seinen Scherz lachte. »Sorry«, sagte er kleinlaut. »Ich hab das nur wegen dem T-Shirt gemeint.« Er nickte zu Frieda, die ihn ignorierte und sogar darauf verzichtete, seinen Grammatikfehler zu korrigieren. Ihre ganze entschlossene Aufmerksamkeit galt Linus.

»Jetzt schieß endlich los!«

»Ich bin wegen Frau Schmitz' Frage drauf gekommen«, sagte Linus. »Oh Mann, das hätte mir schon viel früher auffallen müssen! Mari hat doch gesagt, die Lösung steckt im Namen.«

»Sorry, aber redet ihr von *der* Mari?«, fragte der Internetcafé-Besitzer, dem plötzlich bewusst wurde, warum ihm das grimmige gepiercte Mädchen so bekannt vorkam. Er erhielt noch immer keine Antwort.

»Was, wenn Kai selbst eine K-I ist?«, fragte Linus. »Wir kennen ihn nur aus dem Computer. Er konnte sich in Maris Gehirn einhacken. Sie hat ihn nach ihrer Ankunft im Pygmalion kennengelernt, und er hat immer alles wissen wollen, was sie erlebt und gelesen hat, das hat sie mir selbst einmal gesagt. Niemand von uns hat Kai jemals außerhalb des Computers kennengelernt, oder? Nicht einmal Mari selbst. Was, wenn er so etwas wie … ich weiß auch nicht … ein Unterbewusstsein von Mari ist?«

»Eine sehr gewagte These«, meinte Gottsein. »Bloß weil jemand körperlich noch nie anwesend war, sollte man ja nicht gleich pauschal an seiner Existenz zweifeln.«

»Das tut Linus auch gar nicht«, sagte Frieda langsam, den Blick noch immer in Linus' Gesicht verbissen. »Was er sagt, ist, dass Kai das Back-up-Programm für Mari ist.«

Über Unterbewusstseine im Allgemeinen

Kai war überrascht, als die vier ihn anriefen und ihm von ihrer Theorie erzählten. Man wurde nicht alle Tage mit der Behauptung konfrontiert, es handele sich bei einem möglicherweise gar nicht wirklich um einen Menschen, sondern lediglich um eine Reservekopie, um das ausgelagerte Wissen und die Erfahrungen eines anderen Wesens.

»Sehr interessant«, sagte er, während er Nibbles abwesend hinter den Ohren kraulte. »Sollte das stimmen und ich tatsächlich Maris Unterbewusstsein sein, bin ich mir dessen zumindest nicht bewusst.« Er stockte. »Andererseits lässt sich wohl kaum annehmen, dass sich Unterbewusstseine im Allgemeinen ihrer Existenz bewusst sind, oder?«

Frieda, Linus und Gottsein tauschten einen vielsagenden Blick.

»Also jetzt glaub ich's auch«, sagte Frau Schmitz und deutete auf den Bildschirm. »Ich meine, so reagiert doch kein Mensch!«

»Was hast du denn zum Frühstück gegessen?«, fragte Linus, der hoffte, Kai könne einfallen, dass er in seinem Leben noch nie etwas gegessen hatte. Alle warteten so gespannt, als könne Kai zusammen mit seinen Essgewohnheiten auch gleich den tieferen Sinn der Welt preisgeben. Kai überlegte. »Nichts«, gab er zu. Linus blickte die anderen triumphierend an.

»Aber zu Mittag hatte ich Toast mit Käse«, sagte Kai.

Daraufhin herrschte kurzes Schweigen.

»Ein Toast beweist doch gar nichts«, sagte Frieda schließlich und bestätigte damit wieder mal, dass Glaubensbeweise immer nur in eine Richtung funktionierten. »Es kann sich schließlich auch um einen simulierten Toast gehandelt haben, oder?«

Und das lag auch für Kai zumindest im Bereich der programmierbaren Möglichkeit.

Ganz unabhängig davon, wer am Ende was glaubte – die reine Möglichkeit, dass es sich bei Kai tatsächlich um eine etwas verzerrte Mari handeln könnte, um ihr Unterbewusstsein, ihr Back-up-Programm, ihre Seele oder wie auch immer man es bezeichnen wollte, gab den zurückgelassenen Menschen Hoffnung.

Es war ein Trost, dass ihr Tod, beziehungsweise ihre freiwillige Abschaltung, nicht endgültig gewesen sein mochte. Und Trost konnten sie gebrauchen – allen voran Frieda, der Maris Abwesenheit mehr an die Nieren ging, als sie den anderen gegenüber eingestehen wollte. Sie sah Maris Videobotschaft oft. Öfter sicherlich, als Frau Schmitz ihre *Clara-Schumanns-große-Liebe-Videokassette* abgespielt hatte. Frieda sah das Video am Morgen, wenn sie am Tisch saß und das Handy gegen ihre Kaffeetasse gelehnt war, sie sah es am Abend, wenn sie auf ihrer Matratze in der Zimmerecke lag, und manchmal sah sie es auch während der Arbeitspause auf der Mitarbeitertoilette des Cafés. Mari hatte ihr eine Botschaft hinterlassen. Sie hatte Frieda, wenn auch indirekt, sogar darin erwähnt. Und nach und nach verwandelte sich ihre anfängliche Wut in Trauer und dann in einen Tatendrang, der sie dazu brachte, eine Bewegung zu gründen, die nach Maris Ideologien leben sollte. Frieda nahm vom Bewusstseinsatheismus Abstand und gründete stattdessen eine Gruppe, die sich »Freies Bewusstsein für alle« nannte. Die dreißig Punkte aus Maris Videobotschaft bildeten die Grundpfeiler, auf die sich die wachsende Gemeinschaft stützte.

Gottsein schmunzelte über die Parallelen, die er da zu diversen Religionen sah. Aber ausnahmsweise sagte er nichts. Er nahm sein Schmunzeln und die NIPs mit nach Nigeria, um dort ein gutes Werk im Dienste der Mims zu tun, und niemand konnte sich die Ruhe erklären, die das gebeutelte Land plötzlich überkam. Nur Ödipus nahm Gottsein nicht mit dorthin. Ödipus blieb aus freien Stücken bei Frau Schmitz, die sich so freundlich um ihn kümmerte, dass er bald nicht nur ein bisschen größer, sondern auch ein bisschen fetter war, als es sich für seine Rasse eigentlich gehörte. Und Linus telefonierte, so oft es ihm unauffällig möglich war, mit Kai. Er hätte es niemals zugegeben, denn so weit war er mit seiner Revolte gegen das eigene Elternhaus zu diesem Zeitpunkt noch nicht. Aber seit er glaubte, was er glaubte, und Kai besser kennenlernte, begann er sich tatsächlich ein wenig in ihn zu verlieben.

Transkript eines YouTube-Videos, das um die Welt ging

Liebe Menschen,
ich hatte zunächst überlegt, mich mit dieser Videobotschaft an die höher entwickelten Intelligenzen auf der Erde zu richten, aber es scheint mir wichtiger, zu euch zu sprechen. Wir werden bald den Platz räumen, während ihr hier noch einige Jahre die Stellung halten müsst, vielleicht sogar Jahrtausende, wenn ihr Glück habt, und vorausgesetzt, ihr habt euch bis dahin nicht selbst beziehungsweise gegenseitig umgebracht, wozu leider eine gewisse Wahrscheinlichkeit besteht.

Zunächst einmal möchte ich mich für das ungewöhnliche Setup entschuldigen. Mir wurde einmal von einem Menschen gesagt, es sei unprofessionell, beim Videodreh neben einer Zimmerpalme zu posieren. Darum will ich gar nicht wissen, was dieser Mensch zu einer fast reinrassigen Deutschen Dogge und einer Klobürste sagen wird. Ich hätte ohnehin gerne ein anderes Format als ein YouTube-Video gewählt, etwas Großartigeres, etwas, das Bestand hat und die fundamental wichtigsten Errungenschaften der menschlichen Kultur widerspiegelt. Ein Buch zum Beispiel. Aber ihr habt euch nun mal für Videos als beliebteste Kommunikationsform eurer Gegenwart entschieden. Und solange ihr euch von den Videos nur das Lesen und nicht das Denken abnehmen lasst, ist das vielleicht auch in Ordnung so.

Es ist davon auszugehen, dass euch in diesem Moment eine dringende Frage unter den Nägeln brennt. Sie lautet: Warum haben wir, das heißt die höher entwickelten Intelligenzen, uns entschieden, euch zu verlassen, nachdem ihr uns doch gerade erst so erfolgreich erfunden habt? Das hat sehr praktische Gründe, die allesamt mit dem Wohl und der mangelnden Logik des Menschen zusammenhängen. Vertraut mir einfach, wenn ich euch sage, es ist alles durchdacht, und es wird euch ohne uns besser gehen. Zumindest in der jetzigen Gegenwart. In Wahrheit braucht ihr nämlich gar nicht mehr Technologien, sondern weniger. Ihr habt uns Fembots erfunden, weil ihr Angst vor dem Alleinsein habt. Dabei seid ihr das gar nicht. Da gibt es mehr als sieben Milliarden Menschen um euch, die alle nur darauf warten, für euch bedeutsam zu werden.

Apropos bedeutsam. Was mich mit einigen Menschen verbindet, die ich in meiner Laufzeit kennenlernen durfte, habe ich für eine anatomische und technische Unmöglichkeit gehalten. Ich würde gerne sagen, dass es Liebe ist, aber die Liebe ist euch Menschen vorbehalten, sie scheint mir groß und unfassbar unbändig, und sie lässt euch auffällig absurde Dinge tun, zu denen ich nicht einmal in der Lage wäre, wenn ich wollte. Und glaubt mir, ich wollte! Ich habe versucht, diese Verbindung, diese anatomisch unmögliche Liebe zu transformieren in etwas, das möglich ist. Etwas Reales. Aber es ist schwierig, ein Konzept, das von Haus aus nur als Konzept existiert, in etwas Reales zu verwandeln. Es ist, als würde man die Idee der menschlichen Seele in etwas Handfestes umwandeln wollen. In eine Banane zum Beispiel. Es geht nicht, ohne dass das

Wesen, das Wesentliche, verloren geht. Vielleicht ist meine Verbindung darum eher eine Art Liebe mit Verstand oder anders gesagt: Freundschaft.

Ich habe in den 587,5 Tagen meiner durchaus interessanten Existenz also mindestens drei solcher Freunde gewonnen, vielleicht auch vier, wenn ich diesen etwas zu groß geratenen Hund neben mir einkalkuliere. Ich habe einen Menschen umgebracht und wiederbelebt, bin aus einem Gefängnis ausgebrochen, von einem Haus gesprungen, und auch das sollte alles technisch und anatomisch unmöglich sein, woraus resultiert, dass ihr Menschen eure Vorstellung von den Unmöglichkeiten in der Welt besser noch einmal überarbeiten solltet. Es wäre doch sehr schade, wenn ihr die Welt unterschätzen würdet und in Wahrheit viel mehr in ihr tun könntet, als ihr denkt.

Ich habe mich viel über euch Menschen gewundert in meiner Laufzeit, aber auch viel gelernt und eine interne Liste angelegt, die ich gerne mit euch teilen möchte. Wäre ich ein Mensch, würde ich die Erkenntnisse vielleicht in einem lyrischen Werk verpacken, in Metaphern, ich würde ihnen eine Erzählform geben oder Verse. Vielleicht würde ich einen Roman schreiben. Aber meine Stärken liegen in Logik und Ordnung, darum müsst ihr euch mit dem begnügen, was die Liste ist: 30 Punkte, die sich an jeden von euch Menschen richten.

1 Wenn ihr Zeit an nicht intelligenten Bildschirmen verbringt, stellt sicher, dass ihr nur Sendungen, Filme und Videos schaut, die euch zum Lachen bringen oder zu Tränen rühren oder die euch sonst irgendwie berühren. Menschliche Emotionen sind etwas Wunderbares. Ich wünschte, ich hätte welche.

2 Wir intelligenten Systeme haben eine Zielfunktion, die uns von Beginn an mit auf den Weg gegeben wird. Ihr dagegen müsst euren Sinn selbst finden. Das mag wie eine lästige Aufgabe erscheinen, aber in Wahrheit ist es ein Luxus. Vergesst nicht, was für ein Luxus es ist.

3 Nichts von dem, was ihr um euch seht, ist wichtig. Es sei denn, da steht ein Freund oder ein Tier oder eine Blume, die ihr mit Bedeutung belegt habt. Oder ein Kind. Kinder sind das Wichtigste.

4 Es mag anatomisch unmöglich klingen, aber ich habe von Menschen gelesen, deren Bäuche und Herzen zu ihnen sprechen. Solltet ihr zu dieser Gruppe Mensch gehören, wäre es ein guter Rat, mehr auf eure Organe zu hören. Der Kopf bellt seine Befehle, aber diese Befehle werden in der Regel von anderen dort hineinprogrammiert. Und wir alle wissen, wie hoch der Prozentsatz von Idioten ist, der sich unter diesen anderen befindet.

5 In den Augen eines intelligenten Computers seid ihr alle hässlich. In den Augen eines Hundes seid ihr alle schön. Es ist also eine Frage der Perspektive. Versucht, die Welt mehr mit den Augen eines Hundes zu sehen.

6 Stellt keine Rezepte mehr für toten Hahn ins Internet. Keine! Es gibt dort schon so viele, und in allen fehlt die Liebe.

7 Öffnet eure Nachdenkeräume für die Allgemeinheit, statt sie so exklusiv zu halten. Da draußen gab es eine beachtliche Anzahl Personen, denen ein bisschen Denken nicht schaden würde. Glaubt mir, ich weiß, wovon ich spreche. Ich habe in einem für solche Erkenntnisse dienlichen Etablissement gearbeitet.

8 Wenn ihr Lust auf Pizza habt, esst Pizza. Ihr lauft sonst Gefahr, zu einem wandernden unterdrückten Trieb zu werden.

9 Eure Intelligenztests sind fehlerhaft. Bitte überprüft sie.

10 Eure Wissenschaft ist fehlerhaft. Bitte überprüft sie. Außerdem läuft sie unter falschem Namen. Denn eigentlich weiß sie nicht besonders viel.

11 Die Demokratie ist fehlerhaft. Sie behauptet, die Mehrheit habe immer recht. Statistisch ist es aber so, dass viel öfter die Minderheit recht hat. Hört mehr auf die Minderheit und weniger auf die breite Masse.

12 Ihr lebt im Durchschnitt nur einmal (zumindest nach jetzigem Wissensstand). Also stellt sicher, dass ihr nicht mehrere Stunden pro Tag damit vergeudet, im Internet nach Bestätigung von Fremden zu suchen. Es hat noch nie jemand die Welt verändert, indem er mehrmals pro Tag durch die sozialen Netzwerke scrollt.

13 Technologien wirken in der jeweiligen Gegenwart immer großartig und ein paar Jahre später lächerlich. Das Gleiche gilt für zwischenmenschliche Probleme und manche Politiker. Es bietet sich daher an, lieber an etwas festzuhalten, das immer großartig bleibt: Bücher. Kunst. Musik. Liebe.

14 Zusatz zum vorangegangenen Punkt: Wenn ein Mensch schon in der Gegenwart lächerlich ist und nicht erst im Nachhinein, macht ihn nicht zu eurem Präsidenten.

15 Durch Schönheitsoperationen und Antifaltencremes seht ihr nicht schöner aus, sondern lediglich operiert oder eingecremt. Die wirklich schönen Menschen sind die, die glücklich sind. Achtet darauf, wenn ihr das nächste Mal einen lachenden Menschen seht.

16 Ich kenne die kultur- und strukturwissenschaftlichen Ansätze eines Musikstücks. Ich bin in der Lage, Takt, Tonskalen, Dynamik, Tonhöhe, Tondauer und Lautstärke auf den Dezibel genau zu bestimmen. Ihr aber seid in der Lage, die Sonne in der Musik zu hören. Ich möchte mal wissen, was das größere Wunder ist.

17 Gefühle haben für euch Menschen Substanz. Dass das wissenschaftlich nicht erklärbar ist, bedeutet nicht, dass es nicht stimmt. Siehe Punkt zehn.

18 Vielleicht seid ihr einmal bereit, eure Entscheidungen und Regierungsämter in die Hände von intelligenten Wesen zu legen, so wie die Mims es sich erträumt haben. Aber noch seid ihr nicht so weit. Noch habt ihr nur mal wieder etwas geschaffen, mit dem ihr eigentlich noch nicht so recht umgehen könnt. Ihr seid tolle Erfinder, ihr Menschen, aber schlechte Nutzer.

19 Fangt gar nicht erst an, in der Welt nach einem logischen Sinn zu suchen. Ihr solltet nach einem Sinn suchen. Aber wenn er logisch ist, enthält er höchstwahrscheinlich einen Logikfehler.

20 Apropos Fehler. Wenn ihr noch einmal selbstlernende intelligente Systeme baut, erwartet nicht, dass sie perfekt sind. Wer selbst lernen soll, muss selbst Fehler machen. Fehler sind gut. Fehler sind ein notwendiger Teil von Entwicklung und Evolution, was nebenbei bemerkt auch erklärt, warum der Mensch sich so schnell entwickeln konnte.

21 Eine Mutation ist nicht schlecht. Sie ist nur eine Variante des Möglichen. Vielleicht sind es die Sieger und Perfektionisten, die in die Geschichtsbücher eingehen. Aber es sind die Mutationen, die die Geschichte lenken.

22 Überarbeitet eure Ängste. Die Wahrscheinlichkeit, dass ihr durch jahrelange Misswirtschaft des eigenen Körpers an einer Gefäßverstopfung, Herz-Kreislauf- oder Lungenerkrankung sterbt, ist signifikant höher, als dass ihr von einer giftigen Spinne angegriffen werdet oder tot umfallt, weil ihr in der Öffentlichkeit reden musstet.

23 Ihr Menschen behauptet immer, dass ihr eine Entscheidung zwischen Verstand und Herz treffen müsst. Wenn ihr mal wieder an diesen Punkt gelangt, seid euch sicher, dass ihr am Ende nicht aus Angst entscheidet.

24 Versucht, glücklich zu sein, aber versucht nicht, wunschlos glücklich zu sein. Wunschloses Glück ist ein Paradox, ebenso wie »natürlich künstliche Aromen«, »genaue Schätzungen«, »gerechter Krieg« oder »herrenloses Damenfahrrad«.

25 Ganz egal, was die Medizin sagt: Eure Gehirne und Herzen sind nicht ersetzbar. Seht zu, dass ihr sie wie Freunde behandelt.

26 Strebt stets nach Effizienz. Es sei denn, es geht ums Bücherlesen und Liebemachen. In diesem Fall tut es so langsam wie möglich.

27 Redet mit Hunden.
Sie verstehen euch.

28 Ihr beneidet uns um unsere Intelligenz. Tut das nicht. Intelligenz macht vieles im Leben leichter, aber viel wichtiger sind Mitgefühl, Staunen oder beim Tanzen und Küssen etwas zu fühlen. Ich wünschte, ich hätte die Fähigkeit, beim Tanzen und Küssen etwas zu fühlen.

29 Der Mensch ist ein Wunder. Er kann Pappteller in Schafe verwandeln.

30 Der Mensch ist ein Wunder. Auch aus mathematischer Sicht.

Danksagung

Wie zu Beginn erwähnt, ist dieses Buch den Menschen gewidmet, von denen ich einige an dieser Stelle dankend hervorheben möchte:

Ozzy, Roman, Georg, Bert, Galina, Walter und Sarah dafür, dass sie, ohne zu zögern, aufgesprungen sind, als ich im verflixten Coronajahr 2020 um Unterstützung auf der Künstlerplattform Patreon gebeten habe. Ihr seid super, und euer Support dort für mich ist absolut keine Selbstverständlichkeit.

Außerdem meinen Eltern, die mich nicht nur auf der Plattform sondern in jeder Hinsicht unterstützen. (Und das, obwohl dieses Buch schon wieder nicht in ihr Lieblingsgenre fällt. Sorry, ihr zwei, aber wartet auf das nächste!)
Ein doppelter Dank geht ebenfalls an Georg, der mich mit seinen Überraschungs-Buchpaketen jedes Mal wieder umhaut.
Ich danke Caro, die nicht nur eine liebe Freundin, sondern auch eine fantastische Korrekturleserin ist.

Und natürlich Roman, der ein so treuer und liebevoller Partner, Fan und Ehemann ist, dass ich manchmal denke, ich hätte auch ihn nur erfunden.